河出文庫

グレースの履歴

源孝志

河出書房新社

目次

グレースの履歴

各章の冒頭にある言葉は、私が尊敬する偉大な日本人の技術者が残した名言をあえて引用しました。

その伝説的なエンジニアが『エスハチ』という魅力的な車を作らなければ、この物語も書かれることはなかったでしょう。

本田宗一郎様、一人の車ファンとして心からお礼を申し上げげます。

著者

Ⅰ

私は開き直ることにした
自分はたぶん、他のどんな人よりも
自分に忠実に生きてきたという自信がある

美奈子　二〇〇九年六月五日

またATRA《アトラ》を服用し始めたせいだろうか。口の中が渇いた感じがして、ミネラルウォーターが手放せない。五百ミリのペットボトルを一本飲んだばかりだというのに、もう二本目のキャップを開けている。

調子は悪くない、と思う。

鼻血も出なくなったし、飛行機の疲れも溜まっていない。担当医の佐々木は、思わしい結果が得られなかった場合、新しい薬に変えてみましょう、と言っていた。Am80とかいう薬で、ATRAに比べて十倍近い効果があるそうだが、今より強い薬には抵抗感があった。副作用のこともあるし……まだまだいろんなことを諦めたわけじゃない。

体の調子がいいのは精神的に安定しているせいかもしれない。フランスに出発する前の一週間でやれるだけのことをやった（多少無謀なこともやってしまったけど）という安堵感があった。贅沢だけどビジネスクラスにしてよかったと思う。着いた日はどこにも出歩かずに寝ていたのもよかった。去年に比べて我ながら用心深くなったものだと美奈子は思う。

ホテルはモナコの街と地中海を見渡せる高台に建っている。バルコニーに出ると目の前にカジノの屋根が見下ろせた。明るいターコイズブルーの海が遠くで音もなくうねっている。石造りの手すりから身を乗り出すようにして右手を覗きこむと、緩く左右にうねりながら立ち上がるボー・リヴァージュの坂道が見渡せる。豪華なクルーザーで埋め尽くされたマリーナの海面が、眩しく朝の陽を反射させていた。美奈子はデジカメを取り出して一枚パシャリとやった。

（オテル・ド・パリにしたのは失敗だったかな）

モナコグランプリも終わり、ヴァカンス前の谷間のシーズンだというのに、三十平米ほどのスタンダードなダブルの部屋が一泊三百八十ユーロだ。旅慣れた美奈子の感覚からするといかにもバカげている。

部屋の内装は装飾過剰の外観やロビーと比べ、拍子抜けするほどシンプルだった。床や壁面を大理石で張り巡らした手頃な広さのバスルームも、薄クリーム色の壁紙で統一された部屋も、必要十分に清潔で上品ではあるが平凡な気がした。ただバロック調の布張りのソファーだけは気に入った。客に使われているうちにアンティークになってしまったような風合いもいいし、職人の仕事がきちんとしているせいか、草紋様のレリーフを施された木枠はしっかりとして軋《きし》み一つ立てない。家具の買い付けという職業柄、美奈子はそうやって三百八十ユーロぶんの値打ちを探しては、後悔し始めている自分を慰めていた。

エレベーターで乗り合わせた中年女の一団が放つ、強烈な香水の匂い。

明らかに人員過剰の従業員たちがホテルのそこここで投げかける監視まがいの笑顔。

昨日の夜、話の種にと思ってグランドレベルにある三ツ星レストランで夕食を食べたのも失敗だった。ベルサイユ宮のダイニングを模した七メートルはあろうかという高い天井の下、男のエスコートもなく独りでディナーを食べる女がどれほど滑稽《こっけい》で違和感のある存在かを身につまされるはめになった。気を遣った給仕やソムリエがこれ見よがしに寂しいテーブルに貼り付き、訛《なま》りの強い英語でマニュアルどおりの世間話をすることが、さらに寂しさを増幅させた。

キクちゃん、何食べてるかな？

やたらとアニスの香りがする鰈《かれい》のポアレを口に運びながら、日本に残してきた夫のことを思った。一週間前、家の前で見送ってくれたいつもの笑顔を思い出した。

「本当は二人で行けたらよかったんだけど」

と言わずもがなのことを言った。まともなサラリーマンの夫がゴールデンウィーク明けに半月も休暇を取れるはずがない。仕事を辞めて専業主婦になった自分とは違う。

「一人で行きたいくせに。節目の一人旅だろ？」

と右の頰を少し緩めるようにして微笑み、夫の希久夫は送り出してくれた。いつもどおりの、美奈子を安堵させてくれる笑顔だった。

二歳年下だが、希久夫には物の分かった老人のような優しさがある。枯れているという感じではなく、懐が深いという意味でそう思うのだ。押しつけがましくなく、「俺は我慢できるから」という自虐的ないじましさもない。

（こういうときは甘えるに限る）

それが六年の結婚生活で美奈子が体得した、夫婦間の社交術だった。

美奈子は大学卒業後、たいていの日本人がその社名を知っている大手住宅メーカーに就職した。バブルが崩壊して間もない頃で、四大卒の女子大生の多くが就職にあぶれた時代であったことを考えると、私立の美大出身の美奈子がそういう企業に拾われたというのは極めて幸運だったと言える。それがデザインの仕事ではなく事務職であったとしても文句の言える時代ではなかった。その会社を四年ほどで辞めると言い出したとき、父親はもちろんのこと、物分かりのいい母親や妹にまで反対されたが、美奈子にすれば既定の行動に過ぎない。辞めるときにはもう次の転職先が決まっていた。今から十二年前のことになる。

中途採用されたのは、学生のときから大好きだった輸入家具店だ。都内にほどほどの広さのブティックを二店舗持つ老舗で、アンティークやユーズド家具の趣味の良さに定評があった。豊洲の倉庫街にあるストックルームで在庫管理や修理係から始め、千駄ヶ谷と白金にあるショールームの接客係を経て、入社八年目に念願のバイヤーに抜擢された。

デンマーク、スウェーデン、イギリス、フランス、イタリア……旧植民地時代のアンティークや中古の出物があると聞くと、ベトナムやラオス、インドにも身軽に出かけていった。あの頃、大好きな古い家具を求めて世界中を飛び回っていた二年間の自分はいったい何なのだろう。本当に実在したのだろうか? 今となっては昔見た長い長い夢だったたような気もする。

「仕事辞めるから、わたし」

今年の春、突然そんなことを言われて、何も知らない希久夫はさぞかし驚いただろう。たぶん自分のせいだと思ったに違いない。口には出さないが、子供が欲しいという夫の気持ちに、美奈子はずいぶん前から気づいていた。

事実、子供を作るか否かの問題は、今年三十八歳になる美奈子にとってタイムリミットの迫った切実な問題だった。海外を飛び回るバイヤーの仕事とは悲しいかな両立できない。それ以前に自分の抱えている病気の治療と相いれなかった。大好きな仕事を手放したのは悩んだ末の決断だった。希久夫は病気のことを何も知らない。

仕事を辞める。もう辞表も出した。そう打ち明けたとき希久夫は珍しく本気で怒った。

「何かのために何かを一方的に犠牲にすることは、無益で、残酷で、つまらないことだと思うよ」

あのとき、確かそんなことを希久夫は言った。相談もされず、そんな大事なことを独りで決めた美奈子への失望と抗議が濃厚に言葉の裏に含まれていた。

美奈子は、ありのままの理由を正直に打ち明けられない自分が情けなかった。いつだって自分のことは二の次の優しい夫に嘘をつき、怒らせてしまったことが悲しかった。

「桃のコンポート。パスティスのジュレでございます。ミントのシャーベットを添えてございます」

デザートを運んできた若いギャルソンがフランス語で言ったのはおそらくそういう意味だろう。もう口の中はいろんな香草の香りで麻痺している。あとでカフェイン抜きのエスプレッソを飲もうと思った。

(キクちゃん、何食べてるんだろう？　お茶漬けとか、素麵《そうめん》ばかり食べてなきゃいいけど)

美奈子はまたそんなことが心配になった。

二時間半の修行めいた「お一人様ディナー」の料金は百八十五ユーロ！だった。別に医者からアルコールを止められているわけではないけど、割高なグラスのシャンパーニュ一杯にしておいて正解だった。

(ま、いいか。最後だし)

食事中何回かそう心の中でつぶやいた。場所代というかブランド料金というか、それがモナコのモナコたる所以《ゆえん》なのかもしれない。もともとこの街にやって来る人間は派手に見栄を張りたくて来るか、そういう見栄を張る連中のバカバカしさを見物に来るか、大概そのどちらかに属している。自分はそのどちらでもないが、物好きな旅行者であることに違いはない。参加した旅行会社のバスツアーにわざわざオプションまで付けてモナコにやってきたのは、車のためだ。

周囲の人間で、美奈子のやや偏った車好きを知らない人間はほとんどいない。

美奈子の歴代の愛車には名前と人格があり、両親や妹と同じく家族の一員だった。かつての恋人たちの中にそれらの愛車よりプライオリティの高い男が何人いただろう？　六年前に結婚した夫はその稀少な例外といえる。

今ではやや死語に近い言葉で、この手の車好きを指し示す〝エンスー〟という妙な略語があったりするが、美奈子の場合、その意味するところの「特定の車に対する熱烈なマニア」には、厳密に言うとあてはまらない。実際、ポルシェやロータスのような個性の強いメーカーのファンというわけでもないし、「イタリア車が好き」というのでも「四駆が好き」というのでもない。むしろ惚れ込む車には他人が見る限り一貫性はない。

大学生になる前の春に運転免許を取って以来二十年ほどの間に乗り継いできた車は、

メンテナンスに手がかかるという共通点を除いて形状も性能もまちまちだった。いすゞ117クーペ、アルファロメオ・ジュリエッタ、フォルクスワーゲン・スイング、フィアット600ときて、現在は一九六六年製のホンダS800に乗っている。美奈子はこれらのロートル・カーをガレージの置き物にすることなく、常に日常の足として使った。中には一年の半分以上を修理工場で過ごす車もあったが、美奈子は苦にもせず頻繁に街に連れ出した。

結局のところ、機械である車と生身の人間が心を通わせるには、「走らせる」しかないと美奈子は思っている。だから、飽きたから乗り換えるというのではなく、もうこれ以上実用に耐えられない、という状態になるまで添い遂げる場合が多かった。

美奈子には子供の頃から機械を偏愛するという、あまり女の子には似つかわしくない性癖がある。「内部構造が好き」といったほうが正確かもしれない。機械工学に詳しいとか電気技術の専門知識があるというわけではなく（むしろ、無い）、美奈子の機械好きはあくまで美的な嗜好《しこう》の部類に属する。分かりやすく言うと、半導体チップが整然と集積されたコンピューターの基板を見ても何も感じないが、不揃いの真空管やヒューズが乱立し、配線が剝き出しになった旧式テレビの中身にはドキドキさせられる……といった類のことだ。男の子のようにバラバラに分解してみたいという嗜虐的な探究心もない。むしろ完成された美しい機械の塊に対してはある種の人格を感じるし、場合によっては仏像に対する崇拝に似た気持ちすら持った。

美奈子がまだ小学校の低学年だった頃、機械に強い父親がラジカセの裏蓋を開けて修理していた光景を今も鮮明に覚えている。それぞれの機能を果たすのに最も適した形をしたコイルやコンデンサーが、動脈と静脈のような赤と青のニクロム線で繋がっていた。学校の理科室にある人体模型の中に隠された内臓を初めて見たときの衝撃に似ていた。神妙な顔で精密ドライバーを回して小さなネジを留め、ニクロム線をはんだ付けする父が、腕利きの外科医に見えたものだ。

誤解を恐れずに言うなら、蓋を開ければ臓物を隠し持っているような機械が好きなのだ。鉄板の皮膚の下は骨と内臓と血管で構成されているような、動物的な金属の集合体を美しいと思ってしまう。熟練した職人の手で削られ、磨かれ、百分の一ミリ以下の誤差で作り上げられた大小様々な美しいパーツの集合体——オルゴールであったり、手巻きの機械式時計であったりするのだが、たいていの場合、それはハイテクに逆行するようなアナログ・メカであることが多かった。こういった機械へのフェティシズムは大人になるに従って昂《こう》じ、自然とその対象が、大いなる部品の塊である車になった。

(できれば『エスハチ』に乗りたかったな)

美奈子はそれだけが悔やまれた。エスハチとは今乗っている愛車、ホンダS800の愛称である。残念ながらそんなマニアックなレンタカーは存在しない。フランスに来る前にインターネットや雑誌で丹念に調べたが、南フランスやイタリア北東部に、この日本の古い名車はなかった。千キロ以上離れたパリに修理中のエスロク(ホンダS600。エスハチの先代機)が一台見つかったが、百万円近い輸送費をかけて、走れるかどうか怪しい車をモナコまで回送する酔狂さや金は、さすがの美奈子にもない。

結局諦めて他の車種をさんざん物色した結果、カンヌにある中古車メーカー所有の一九六六年製MG・ミジェットMkⅡを見つけ、ホテルのコンシェルジュ経由でレンタルしてもらうことにした。

コンパクトなボディのサイズ、七百キロちょっとの軽い車体重量、四速マニュアルの後輪駆動というところがエスハチのドライブフィーリングに最も近いと思ったからだが、一番の決め手は赤いボディカラーのオープンカーだということだ。美奈子にとってこの見た目は重要だった。美奈子のエスハチも赤のオープンで、幾分かは愛車でモナコの街を走っている気分になれるだろう。

カンヌ郊外で小さな中古車ディーラーを営んでいる赤ら顔の中年男は、こんなに朝早くから高級ホテルのロビーに呼びつけられ、あまり愉快ではなさそうだった。「いけ好かない」という目で派手な制服のポーターを睨んでいる。

「ポワティエさん、ですか？」

英語で声をかけた美奈子を見て、ちょっと驚いている様子だ。

「よろしければコーヒーでもいかがです？」

美奈子はにこやかに笑って向かい側のソファーに腰を下ろした。それなりのレンタル代金は払うにしても、もともと無理な頼みを聞いてもらっている。コーヒーくらいおごるのは当然だろう。

マチュー・ポワティエはレンタカー業者ではないが、古いスポーツカーでドライブしたいという物好きの旅行者に車を貸すことがたまにある。しかし借り手はたいがいロートル車にふさわしいロートル親爺《おやじ》と相場が決まっていた。こんなに若い（実のところ若くもないのだが）、しかも日本人の女がミジェットを転がすのか？　と言わんばかりの訝《いぶか》しげな目で、美奈子の国際免許の写真と実物の顔をしげしげと見比べている。

「マダム・アスミ……」

たいていのフランス人は「H」を発音しない。蓮見《ハスミ》がアスミになっている。

「マニュアル車を運転なさったことはありますか？」

と丁寧な英語で失礼なことを訊いた。MGミジェットをオートマチック車だと勘違いしているとでも思ったのだろう。

「今まで乗った車はすべてマニュアル車ですけど」

「今お持ちの車は？」

「六六年製のホンダS800」

ほぉ……という顔でマチューは目尻を下げた。だったらミジェットはおあつらえ向きに違いない。

「あれは面白い車だ」

そう言ってポケットからミジェットのキーを取り出し、美奈子に渡した。


「綺麗なエンジン……」

カジノ前の広場に停めたミジェットのボンネットを開け、エンジンルームを長々と覗きこんでいた美奈子は日本語でそうつぶやいた。

バッグからデジタルカメラを取り出し、よく手入れされた水冷直列四気筒のエンジンを嬉しそうに撮影している。

「ムッシュ・ポワティエ。この車、とっても気に入りました」

「マチューでいいですよ」

美奈子は「記念に一枚」とマチューを赤いミジェットの助手席に座らせ、シャッターを押した。

美奈子は、縁《ふち》が丁寧にパイピング仕上げされた飴色の革張りシートの運転席に静かに座った。助手席の大柄なマチューの肩が美奈子の肩に触れそうなほど車体が小さい。三本スポークの木製仕上げのハンドル。光沢のあるマホガニーのインパネに、武骨な丸メーターがお行儀よく並んでいる。美奈子はサスペンションやステアリングの固さ、エンジンの吹け具合など、この車の癖を一とおりマチューにレクチャーしてもらった。

「F1のコースを走りたいんでしょ？　ここに来る観光客は皆そうだ。一生の記念になるからね」

もちろんマチューの言うとおりだった。セナもシューマッハも、そしてあの人も走った一周二マイルの道を走るために、わざわざこんなところまで来ているんだから。マチューに頼んで最初の一周だけ同乗してもらい、コース案内してもらうことにした。

イグニッションを回すと、気取った顔に似つかわしくない野太い声でミジェットがアイドリングを始めた。

午前七時。モナコの街はまだ静かで、車の数も少ない。カジノ前広場を出て右へ。高級ブティックが並ぶ短いストレートを走ると、右に鋭角に曲がりながら坂を下るミラボーホテル前のコーナーがある。テレビで観るよりずっと道幅が狭く、恐怖感があった。美奈子は思わずブレーキを踏み、ギアを一速に落とした。

「ここは二速でスムーズに回らなきゃ。すぐ先にヘアピンカーブがあるから、そこで一速に落とす」

マチューの指差す先、下り坂の途中に有名なローズ・ヘアピンが迫る。レース期間中と違ってガード・レールがないぶん、そのままフェアモント・ホテルの玄関に突っ込んでしまいそうな気がした。

ヘアピンを抜けると右手に青い地中海が見えた。

坂を下りきってポルティエ・コーナーを右に曲がると、フェアモント・ホテルの真下を潜り抜ける長いトンネルに入る。右に緩く弧を描く八百メートルほどのストレート。モナコGPの市街地コースの中で一番スピードが出るセクションだ。

「五千回転までなら回してもいいですよ」

マチューは、古いエンジンに過度の負担をかけず、丁寧にシフトアップして加速する美奈子に、車を扱う商売の人間として好意を抱いたようだ。

「メルシー」と言ってから、美奈子は少し大胆にアクセルを踏み込んでみた。オレンジ色のトンネル灯が流れを速め、あっという間に白く輝くトンネルの出口が迫ってくる。

(このミジェット、予想以上にパワーがある)

トンネルを抜けると視界いっぱいにマリーナの空と海が出現して、一瞬視界が白く飛ばされた。スピードメーターは時速百キロを超えている。

「気をつけて。このままパーキングに飛びこむと駐車料金取られるよ」

マチューは上手くもない冗談を言った。ストレートの終わりにあるヌーベル・シケインはレース時以外はガードレールもなく、真っ直ぐ進めばそのまま有料駐車場に入ってしまう。

ポンピング・ブレーキを使いつつ一気に四速から一速に落としてシケインを抜け、左手に並ぶセレブたちのクルーザーを眺めながら、美奈子はゆったりと海沿いの道を加速していった。

タバコ屋コーナーを曲がり、レーニエ三世プールの前を通過すると、レストラン前のテラス席をグルリと回りこむラスカスのカーブが見えてくる。

この、世界一有名な海辺のコースを走る赤いミジェットは様になった。水着で日光浴をしているテラス席の客たちが、あまり見かけない赤のオープンカーを見つけ、カメラを向けてシャッターを切っている。ヘアピンカーブでスピードが落ちたぶん、彼らの顔がよく見え、話し声まで聞こえてくる。

(なるほど、これは檜《ひのき》舞台だわ)

F1レーサーたちがモナコでは目の色を変えて頑張るのも納得できた。

(エスハチだったらよかったのに)

ギャラリーの視線を浴びて運転しつつ、美奈子は何度もそう思った。排気量千三百ccのミジェットは見た目以上にパワーもあるし操縦も楽しい。それに美奈子好みの「雰囲気」を持った車だ。でも八百ccの小さなエンジンで同じパワーを絞り出すエスハチのほうが偉い、と親馬鹿に似た贔屓目《ひいきめ》で思ってしまう。

モナコGPのホームストレートにあたるアルベール一世通りに出た。

「シフトアップは素早くテンポよく。あっという間に直線は終わるからね」

マチューの言葉どおり弓なりの直線はあっという間に終わった。毎年クラッシュやコースアウトが多発する魔のコーナー、サン＝デヴォーテが口を開けて待っている。四速に上げたばかりのギアを二速まで落としてカーブを抜けると、目の前に、青空に向かって伸びる長い坂道が姿を現した。

(ボー・リヴァージュだ)

美奈子は心の中でうっとりとそうつぶやいた。アクセルを踏み込んで三速。さらに踏み込んで四速。スピードのぶんだけ空に早く近づく気がした。

「もちろん時間があればご一緒したいけど、このあとモナコで商談が二つほどあってね」

マチューは心底残念そうにそう言った。若い女（実のところそう若くもないのだが）からドライブに付き合ってくれと頼まれて悪い気はしない、とお世辞を言った。

結局グランプリの市街地コースを三周もしてしまったあと、カジノ前の広場に戻って地図を広げた美奈子は、マルタン岬までドライブしたいと言い、マチューにナビゲーター役を頼めないか？　と遠慮がちに頼んだ。

「どうも、地図を見るのが苦手で……」

という美奈子の言葉を、マチューは謙遜と受け止めたらしい。

「マダムくらい運転がうまければ多少道に迷っても大丈夫。まあ、ここからはほとんど海沿いの一本道みたいなもんだから間違えようもないけど」

それを間違えてしまうんだから我ながら恐ろしい。

運転の才能と方向感覚はまったく別ものだということをマチューは理解していない。英語で『方向音痴』にあたる単語を知らない美奈子は、先天的に欠落している自分の方向感覚を彼にどう説明していいやら分からない。レンタカーを借りればもれなくナビが付いている日本はなんと素晴らしい先進国だろうかと思う。フランスでナビ付きの車といえばよほどの高級車かタクシーくらいのもので、相変わらずミシュランの地図が売れるはずだった。

美奈子が自分の方向音痴の深刻さを自覚したのは、高校三年の夏に起きたある事件がきっかけだった。

それは、女子ホッケー部のキャプテンだった美奈子が犯した高校生活最大の失敗といってもいい。

横浜で開かれた関東大会の会場に独り遅れて行くことになった美奈子は、地図を持っているにもかかわらず道に迷った。駅から徒歩十分ほどの距離にある競技場まで、歩けど歩けどたどり着けず（むしろ遠ざかっていた）、タクシーに乗ろうにも見つからず、結局チームはキャプテン不在で試合をする羽目になったことがある。主将の面目丸潰れだった。運良くチームは試合に勝てたから良かったものの、「一人で何でもできる女」「頼れる女」というお気に入りのキャラクターが、あの日以来完全に崩壊した。

大学に入って車に乗るようになってからは、ますます方向音痴の正体が露呈していった。特に見知らぬ土地での苦い思い出が多い。まったく逆方向に走っていたなどということはざらで、京都では一方通行の狭い袋小路を彷徨《さまよ》った挙句、寺の墓地に迷い込んで立ち往生したことがあるし、奥秩父では山奥の林道で迷ううちに日が暮れ、イノシシや狸に囲まれて一晩ビバークしたこともある。携帯電話がなければ危うく遭難するところだった。

「ドライブに来て救助要請ってのは初めてだね」

と地元消防団の団長に呆れられたのを覚えている。

こういうことが続くと車を運転するのが嫌いになりそうなものだが、そこは美奈子のタフさ——というより楽天的なところで、克服不可能な自分の欠点とうまく共存する術を考えた。

まず思いついたのは地図の読める人間を助手席に座らせることだった。

テレビでたまたま世界ラリー選手権を観ていて、助手席で的確にドライバーに指示を与えるナビゲーターという存在を知ったのがきっかけだった。

彼らは、走るルートはもちろんのこと、一つひとつのカーブの回転半径を把握し、地図に書かれた等高線から道のアップダウンを割り出し、天候と時間に常に気を配って「次のカーブを出たら西日が目に入るから気をつけろ」などと神様のような予言をすることを知って感動した。ドライバーを運転に集中させ、その能力を百パーセント引き出す究極のドライブパートナーだ。

ラリーのナビゲーターとまではいかなくても、そういう資質を持った人間が助手席にいてくれればどれほどいいだろうと美奈子は思った。それが恋人であればなおのこといい。

好意を持った男をそういう目で観察し始めた二十代半ばの頃、意外と自分は包容力のある男に甘えたい女なんだ……ということにも気づいた。それに、理系の頭を持った男に弱いということも。

だいたい「地図を読める男」にはどんな能力が備わっているのか？

好きになる男がどうも似通っていることに気づき始めた頃、そう真剣に考えたことがある。理論的に説明するなら……地図という平面に印刷された二次元の記号の集合体の中から、方向、地形、建造物などの諸元を抜き出し、自分の頭の中に正確な三次元の立体像をイメージできるセンスがあるかどうか——ということだろう。それは測量や建築に必要な数学的想像力と同じ類のものだと思う。

例えば高い山を遠くから眺めている男がいたとしよう。山の麓にいながら、その男は地図を見ただけで、遠い山頂から逆に自分のいる場所を見下ろしたときの光景をありありと思い浮かべられる。美奈子には信じ難いが、そういう人種がこの世には存在する。美奈子が好きになってしまう「理系の男」には必ずそういうセンスがあった。

付き合ってみた男はそれなりにいた。しかし、恋人と呼べる関係になった男は三人……いや、厳密にいえば二人しかいない。その、さして多くもない美奈子の恋愛経験から言うと、理系の男たちは、「どうしてこうなったか？」という「結果」に対する「原因」を重要視したがる。

「なぜだか分からないけど、そういうことってあるよね？」

などと情緒的に済ませることができない。原因と結果の因果関係を真面目に考察し、分からなければ何度でも考える。たまにうんざりするのだが、臭いものにすぐ蓋をする男よりもずっと信用できた。

美奈子の最後の恋人であり、今の夫である希久夫も典型的なこの手の「理系男」であり、「地図が読める男」だった。

だった……というのは、その後現れたカーナビという文明の利器に美奈子が飛びつき、単に希久夫がお役御免になったからだが、美奈子の車の助手席に座った歴代の男たちの中で、希久夫が最高のナビゲーターであることは間違いない。いろんな意味で。

希久夫が助手席に座っているだけで、美奈子の心は安らいだ。

出会って間もない頃、希久夫を初めて家まで送っていったときからそう感じていた。いつまでもこの人を乗せて走っていたい……そう思わせる男だった。結婚してからもその気持ちは変わらなかった。希久夫が隣にいてくれるだけで、どこにだって行ける気がした。二人で、どこまでも。

カーナビもない。希久夫もいない。

見知らぬ海外の街に方向音痴の女一人。

でも走り出さないわけにはいかなかった。走るためにここに来たんだから。あの人が愛したドライブコースを走るために。

マチューとはオテル・ド・パリで別れた。

「通りの名前はどんどん変わっていくけど、とにかく東に向かってひたすら道なりに走っていけばマルタン岬が見えてくるから」

親切なマチューは、岬の付け根にあるロックブルーヌの町の、魚のスープがとびきり美味しいビストロや、海に面した斜面にある美しい旧市街のことも教えてくれたけど、次々と変わる道の名前を覚えるのに精一杯で、余計なことがまったく頭に入ってこない。

ムーラン通りがイタリア通りに。イタリア通りがフランス通りに。フランス通りがジャン・ジャウーレ通りになって、ジャン・ジャウーレ通りがコート・ダジュール通りになって……もうまったくわけが分からない。

モナコからイタリア国境に向かって東に十キロほど。マルタン岬に至るコースは、広々とした地中海を右手に望みつつ、山肌を縫うよう走るワインディング・ロードだ。

美奈子はなんとかモナコの街はずれにあるゴルフ場の前までたどり着いた。コート・ダジュールの海岸線が水平線の彼方まで延び、少し霞んで見えるマルタン岬に向かって片側一車線の道がうねりながら続いている。

「戻ってこれるかな……」

美奈子は、なんだか怖くなってきた。

キクちゃん、わたし戻ってこれるかな？

この場所に戻ってこれるかな？

キクちゃんが待ってるあの家に、戻ることができるかな？

美奈子は車のエンジンをかけ、ギアを一速に入れた。

Ⅱ

飛行機は飛び立つときより
着地が難しい
人生も同じだよ

希久夫　二〇〇九年六月八日

「ほんと鬱陶《うっとう》しいすね。この雨」

去年入社した助手の杉本はAランチを早々と平らげ、別に頼んだオムライスに取りかかりつつそう言った。研究棟の最上階にある社員食堂の窓際の席からは、ここ一週間ほど雨を降らせ続けている無愛想な鉛雲の下、私鉄沿線の古い住宅街が見渡せる。

体格のいい杉本はよく食う。白衣を着ていなければ新薬の研究室に勤める研究員だとは誰も思わないだろう。百八十六センチもある身長はラグビーでもやっていたかのような感じだが、中学のときから帰宅部っす、と本人は言っていた。東大薬学部出身というエリートのわりには実験の手際もいいし体力もある。こういうタイプの理系のガリ勉もいるんだなと、希久夫は可笑《おか》しかった。

「蓮見さんは何部だったンすか？」

「俺？　高校のときは軟式野球部だった」

「軟式ですか……微妙っすね」

確かに「高校球児でした」と胸を張って言えない感じが微妙だ。

「野球はどこのファンすか？」

「ないよ、特に。昔は中日が好きだったけど」

「へえ、蓮見さん実家名古屋なんすか？　知りませんでした」

「東京だよ。中日ファンはもれなく名古屋出身って決めつけるな」

「でも、そういうもんですよね」

たかだかこれだけの会話の間に、杉本はもうオムライスを完食してしまった。

「よく噛んで食えよ」

「俺、デザートでプリン食いますけど、蓮見さんは？」

杉本は、噛むという行為が面倒くさいのだろう。

「じゃあコーヒーを頼む。プリン、おごるよ」

と自分のIDカードを杉本に渡した。ごちそうさまッす、と杉本は自分と希久夫のトレイを片づけ、注文カウンターのほうへ大股に歩いていった。帰宅部のくせに体育会系の動きが板についている。

それにしても、この新薬研究棟（通称〝ラボ棟〟）五階の社食（通称〝五食〟）は空いている。ラボ棟で働く者の大半が、わざわざ渡り廊下を渡って本社オフィス棟の大食堂（通称〝本店〟）に行ってしまうからだ。本店食堂のほうが広くて新しいし、何よりもメニューが豊富だ。新薬研究所といっても半数以上が薬剤師の免許を持つ女性で占められているから、デザートや低カロリーメニューの充実した本店に足が向いてしまうのは理解できる。ラボ棟の五食で飯を食うのは、もっぱら博士号を持つ年配の研究者か、食い物に執着心の薄い男連中だが、希久夫は静かに食事ができる五食のほうが好きだった。味だってそう悪くはない。

希久夫の会社はドイツと日本の中堅製薬メーカー同士が合併してできた半外資系企業で、特にバイオテクノロジーの分野で世界的な競争力を持っている。

希久夫が所属するのは新薬を開発する研究所で、いわば巨大な理科実験室の複合体といっていい。希久夫は農学部の出身で教員免許も持っている。昔は高校の生物教師にでもなるつもりでいたから、「理科室」は居心地としては悪くない。所属はプラント・セクションと呼ばれる一角で、薬効成分を持つ植物とそれに寄生する微生物の研究をしている。

女性社員の間で「典型的草食系」と自分が呼ばれているらしいことは知っている。実験に使う鉢植えを抱えて廊下を歩いていたりすると、すれ違う女性所員がよく含み笑いをした。草食動物が餌の葉っぱを大事そうに運んでいるように見えるのだろう。ちなみに杉本は肉食系らしい。女よりプラモデルと昆虫採集が好きな奴なのに。結局、彼女たちの分類基準は見た目だけのものなのだ。

「焼肉ですか？　俺バカみたいに食いますよ。いいんすか？」

そう言いながら杉本は嬉しそうに家に電話を入れ、母親に「今日晩飯いらない」と早々と手を打った。

「かみさんが旅行中でさ。外食のほうが楽だし」

希久夫は脱いだ白衣をロッカーにしまいながら言い訳がましいことを言った。杉本を誘ったのは少し酒が飲みたいと思ったからだ。

中学の頃から父親と二人の男所帯で、ほとんど放ったらかしと言っていい環境で育った希久夫は、たいがいのことを一人で済ませる術を知っていたし、一人で飯を食うのもさほど苦にならない。だが、一人で酒を飲むということがどうにもできない。それほど酒が強くない希久夫は、食事をするときに少しだけ飲む。ビールならせいぜい五百ミリリットル缶一本。ワインならグラス二杯というところだろうか。そうするようになったのは妻の美奈子の影響だった。

食事と酒と会話を楽しむということを教えてくれたのは美奈子だった。

二人で食卓を囲み、少し酒を飲みながら他愛もない話をするだけで、どんな簡単な料理でも美味くなるということが希久夫にとっては新鮮な発見だった。だから一人で飲む酒をどうしても美味いと思えない。仕事帰りに一人でふらりとバーに立ち寄り、カウンターで一杯……という連中の気持ちが理解できない。あんなに落ち着かないものはない。ましてや家の冷蔵庫を開けて一人飲む缶ビールは味気なくて飲めたものではない。

もう十日、いや十二日間も一人で飯を食っている。だから酒も飲んでいない。

美奈子が買い付けの仕事で海外を忙しく飛び回っていた頃には、そういうことも珍しくもなかったが、一年半前に彼女が内勤になり、二人で夕食を食べることが多くなった。さらに三ヶ月前に突然仕事を辞めて専業主婦に転向してからは、忙しかった頃のブランクを埋めるかのように毎日希久夫のために夕食を作っていたから、なおさら一人飯を食う寂しさを感じてしまう。杉本でも誘うか、と思ったのは、その寂しさに耐えられなくなってしまったからだ。

たった十二日間美奈子がいないだけで……慣れというものは恐ろしい。

しかし、ここのところ面倒くさくてお茶漬けとか素麺の類ばかり食べている。〝草食系〟の希久夫も、さすがに肉が食べたいと思った。

「蓮見主任、デスクのほうにお電話が入っています」

研究室の総務担当の女性社員が希久夫に声をかけたのは、杉本とラボ棟のエントランスを出ようとしていたときだった。

「誰？」

「旅行代理店の方です。茂田さんとおっしゃってましたけど」

旅行会社が俺に何の用だろう？　しかもわざわざ会社にまで電話をかけてくるなんて。美奈子の参加したツアーのことかな？　今フランスにいるはずだけど……向こうはまだ朝だよな……そんなことを考えつつ、廊下を逆戻りする希久夫の足は次第に速くなった。

「蓮見です」

「セントラル・ツアーの茂田と申します」

電話の主は張りのある声の中年男だった。

「蓮見美奈子さんのご主人でいらっしゃいますね？」

「はい」

不安感で口の中が乾いた。茂田という男の声は冷静だったが、感情を抑えているようにも聞こえる。

「何かありましたか？　向こうで」

「ええ、それが……」

茂田は一瞬言い淀んだ。

「つい一時間半ほど前のことですが、現地時間の八日午前十時過ぎに、私どものチャーターした観光バスが南フランスで事故に遭遇したという一報が入りました。詳細はまだ確認中ですが、道路脇の谷に転落した模様です」

希久夫は、石を呑み込んでしまったように声が出なかった。

「ツアーに参加された方は全部で二十九名いらっしゃいますが、全員近くの病院に収容されたということを確認しています。現在弊社の駐在員をパリから現地に急行させていますので、間もなく詳しい状況が把握できると思います」

「あの……」

喉の奥からやっと絞り出した声は掠《かす》れていた。

「家内は、無事なんでしょうか？」

「今のところ個別の怪我の程度など、詳しい情報が入手できておりません」

「でも、谷に転落したんですよね？」

「これはあくまでも未確認情報であることをご承知の上でお聞きください」

電話の向こう、茂田の苦しげなため息が聞こえた。

「バス会社が現地の警察から受けた報告によると重傷の方が六名ほど。お一人が亡くなられた模様です」

「まさか……」

「お亡くなりになったのは男性だと聞いています」

そうですか——希久夫は足に力が入らず、自分の席に腰を下ろした。

「今夜の最終便と明日の朝と昼、ご家族のためにパリ行きの席を確保しました。恐縮ですが数日ぶんの滞在のご用意をしていただいて、新宿にあります私どもの本社まで、できるだけ早くご足労いただけますか？　地図はファックスでご自宅のほうにお送りさせていただきました。パスポートをお忘れなく。もしお持ちでない場合は……」

淡々と説明する茂田の声が、希久夫の耳の奥で蚊鳴《かな》りのように響いている。

アプトの町は想像していたよりずっと小さかった。ここに来るまでの沿道に点在しているプロヴァンス地方の村を三つほど合わせた程度の規模だが、リュベロン山脈の事故現場からは最も近い近代的な設備の病院があった。

町はずれの低い丘陵上にある病院に、被害者家族の第一陣として希久夫たちが到着したのは六月九日の夜だった。沈んだばかりの太陽の残光が、西の空にオレンジとダークブルーの濃いグラデーションを作っている。丘陵の斜面いっぱいに生えている黒ずんだ植物がラベンダーだということに気づいたのは、車を降りてからだった。エントランス前の駐車場に吹く風がほのかに香っていた。

茂田から電話をもらった翌早朝、事故が起こってから十二時間後には、希久夫はすでに成田のエアポートホテルにいた。朝十一時発のパリ直行便に乗るべくターミナルに向かう途中、現地から最新情報が入った。

死者は三名。三十八歳のフランス人ドライバーと、邦人は四十七歳の男性とその四十一歳の妻。いずれも即死だった。

手術が必要な骨折や意識不明の重傷者はその後増えて九名。軽傷者十七名。奇跡的にかすり傷程度だった者が二名。

美奈子の名前は、重傷者リストの中にあった。両足に負傷しているという。

パリのシャルル・ド・ゴール空港に着いたのは、時差の関係で同じ日の午後五時前だった。乗り継ぎラウンジで一行を待ち受けていたセントラル・ツアーの若い駐在員に何事か耳打ちされた茂田は、深刻な表情で振り向き、希久夫の顔を探した。

「奥様は集中治療室にいらっしゃるそうです」

「足の怪我で、ですか？」

辻褄が合わない、と希久夫は思った。

「急ぎましょう。乗り継ぎ便に乗り遅れます。とにかく一刻も早く現地に入って確認することが大事です」

茂田は一同を促し、立ち上がった。

パリから国内線に乗り継ぎ、マルセイユ・プロヴァンス空港に着いたのは午後七時半。夕方というにはまだ陽が高く、雲一つない空が青く澄んでいる。そこから車で北へ一時間半ほど走るとアプトの町がある。一行は用意された二台のワゴンに分乗し、空港からアプトの町へ向かった。

事故は現地時間六月八日午前十時頃、アプトの南にあるリュベロン山脈を越える山道で起こった。

美奈子の参加したセントラル・ツアー主催の『バスで巡るモナコとプロヴァンスの

村めぐり一週間』の旅は、チャーターした大型観光バスで六日にモナコを出発し、エクサン・プロヴァンス、アプト、アヴィニヨン、アルルなどプロヴァンスの主要な町と、その間に点在する美しい村々を周遊するバスツアーで、二十九名の参加者と一名の添乗員、計三十名の日本人とフランス人ドライバー一名が事故に遭遇した。

ツアー三日目、午前九時半に宿泊先のルールマラン村のホテルを出発したバスは、石灰岩が険しく隆起するリュベロン山脈を越え、風光明媚なゴルド村を目指して走っていた。片側一車線の曲がりくねった登りも最後に差しかかった頃、岩陰の向こうから一台の大型バイクが現れた。オーバースピードでカーブを曲がり切れず、反対車線に大きく膨らんでいた。

しかし、双方回避できないような致命的な運転ミスではなかった。普通であれば。大型バイクのライダーは、ドイツからツーリングでやってきた土地の道路に不慣れな外国人だった。慌てて急ハンドルを切ったため後輪がドリフトし、それが悪いことにセンターライン付近に溜まった砂に乗り上げて転倒した。

ライダーを投げ出した大型バイクは慣性の法則に従って真っ直ぐに反対車線を走るバスに向かって地面を滑っていく。

衝突を避けようとしたバスの運転手がハンドルを切った方向に薄いガードレールと落差四十メートルの谷があった……それら悪夢のような一連の連鎖反応は、事故現場のアスファルトにタイヤ痕として克明に残されていたという。

以上が、空港から病院に向かう車の中、パリから出張ってきた青山という若い日本大使館員に聞いた事故のあらましである。希久夫は美奈子の容態が心配で気が急《せ》いていたせいもあるが、現地の警察から情報を集める大変さをくどいほど繰り返す青山に訳もなく苛立った。起きてしまった事故の原因など今さら知っても何の役にも立たない。

美奈子が集中治療室で待っている。

エントランスを一歩入ると、物々しい空気が病院内を支配していた。廊下のそこここにたむろする警察官、疲れ切った救急隊員、フランスの報道陣、その中には早々と駆けつけた日本のマスコミの姿もあった。医療スタッフが余裕のない顔で右往左往している。事故がいかに大きく衝撃的なものであるのかを物語っていた。茂田に先導され、希久夫たちは被害者の家族に割り当てられた控室にひとまず落ち着いた。部屋の中には右腕と左膝に包帯を巻き、額に大きな絆創膏を貼った日本人の若い女が疲れた顔で座っていた。

「柏木君」

茂田に声をかけられた添乗員の柏木律子は、立ち上がろうとして負傷した左膝に痛みが走ったらしく、顔を歪めてしゃがみこんだ。

「そのまま、そのままでいい」

茂田は柏木に駆け寄り、労《いたわ》るようにその肩に手を置いた。

「申し訳ありません、茂田部長」

柏木の声は苦しげだった。傷の痛みとは別の種類の苦痛のように見えた。

「これは不可抗力の事故だ。君のせいじゃない。大丈夫か？」

「大丈夫です。私は……」

私は、という言葉が、その場にいた家族たちに重く響いた。

「皆さんの怪我の処置はおおかた終わりました。これが――」

と柏木は茂田にＡ４サイズの紙を渡し、

「割り当てられた病室のリストです。皆さん入院病棟の三階にいらっしゃいます。池上さんと篠田さんはまだ奥のＩＣＵにいらっしゃいますけど」

「池上さんと、篠田さんだな？」

茂田は念を押すように言うと、チラリと希久夫のほうを見てから、声をひそめた。

「蓮見さんの奥さんはどちらに？」

「地下のお部屋に、いらっしゃいます」

あとから部屋に入ってきた現地駐在のスタッフが家族をそれぞれの場所に誘導し始

め、控室には茂田と柏木、希久夫だけが残った。

「こちらにいる添乗員の柏木君が蓮見さんをご案内します。通訳が必要になりますので」

一辺が十五メートルあまりの方形のコンクリートの部屋は、正面の壁に聖母子像がなければ倉庫と言われても分からない殺風景な空間だった。病院の地下二階にあるその遺体安置室に美奈子はいた。室温が低く保たれているせいで、寝不足の希久夫には酷く寒く感じられた。

美奈子が息を引き取ったのは、ほんの一時間ほど前だという。

希久夫が車で空港からこの病院に向かっている最中のことだった。棺《ひつぎ》は間に合わなかったのだろう、すでに死亡していた日本人二人の遺体が納められた木製の棺の横に、ストレッチャーに乗せられ、ブルーのシーツに包まれた美奈子の体が横たわっている。

いや、これは美奈子ではないのかもしれない。

希久夫には信じられなかった。この、もはや何も喋らない、シーツに包まれた冷たい肉の塊があの美奈子だと言われても信じられるわけがなかった。昨日の夕方、茂田からの電話に出て以来、まことしやかな悪い冗談に乗せられ続けている気がしてならない。だとすれば誰がこんなたちの悪い筋書きの芝居を考えたのだろう？　ご丁寧に遺体確認に立ち会う警察官、司法医まで用意して――

「奥様に間違いありませんか？　そう質問されています」

警察官の言葉を通訳した柏木の声で希久夫は我に返った。視線を下げると、シーツの端が捲《めく》られていた。血の気を失い、表情のない美奈子の白い顔があった。額に小さな擦り傷を負っていたが、この六年間、誰よりも長い時間をともに過ごした顔がそこにあった。醜い肉の塊などではなかった。

頬に、乾いた涙の痕があった。

「奥様で、いらっしゃいますね？」

柏木はもう一度警官の質問を繰り返した。はい、と答えた自分の声が、まるで水の中にいるようにくぐもって聞こえた。

「右手首と上腕部の亀裂骨折、それに左足大腿骨に複雑骨折が認められます。これはシートと車体に挟まれて圧迫、粉砕されたものでしょう。幸いにも衝撃による内臓の損傷はありませんでしたが、左足大腿部の動脈まで至る深い裂傷が致命的でした」

処置にあたったフランス人医師の言葉を通訳する柏木の声が耳を離れない。

「車体に挟まれた奥さんを救助するのに二時間あまり時間がかかりましたが、この間に大量の血液が失われたものと思われます。病院に移送されたあと緊急輸血を施しましたが、九日午後八時過ぎ心拍が停止し、死亡が確認されました」

頭が冴えて寝つけないまま短い夜が明けた。気がつくと洋服を着たままホテルの部屋のソファーで寝ていた。

ホテルは旅行代理店が用意した国道沿いのモーターホテルで、半分だけ開く回転窓から、ラベンダー畑の上にある病院が見えた。

シャワーを浴びようと思って立ち上がったが、首の後ろあたりに鈍く重い感覚がわだかまっている。

ワイシャツのボタンをはずそうとしてうつむいたとき、不意に不快感がこみ上げて便器に吐いた。

(まだ吐くものがあったんだな)

思い返してみれば、成田からパリに向かう機内でサンドイッチを少しつまんだだけだ。

これから煩雑《はんざつ》な手続きに立ち会い、美奈子の遺体を日本に、二人が暮らしていた家に連れて帰らなければならない。昨日の深夜に電話で話した様子だと、美奈子の実家の両親や妹の受けたショックと動揺は激しい。喪主である自分がしっかりと全てを取り仕切っていかなければならない。葬儀の段取りも国際電話で決めておかなければならないだろう。三年前に父親も死に、そういうことを頼める近しい身内も自分にはいない。

何か食べなければいけない、と希久夫は思った。何か、まともなものを。

ホテル一階のカフェテラスに降りると、添乗員の柏木律子が隅の席に座っていた。窓の外、田舎の国道を行きかう車を疲れきった顔で眺めている。歳は二十代の半ばだと思うが、化粧もろくにしていないショートカットの顔は少女のように見える。白い頬についた擦り傷の痕が痛々しかった。入院していないところを見ると、彼女は奇跡的に軽傷で済んだ二名のうちの一人なのだろうが、昨日の遺体安置室での取り乱しようを考えれば、安易に挨拶の言葉をかけることすら憚《はばか》られた。

もともと責任感が強い女なのだろう。自分自身も事故に遭った被害者だというのに、柏木はこの二日間ほとんど睡眠を取らず、事後処理に献身的に奔走したと茂田から聞いている。昨晩も気丈に遺体確認の通訳を買って出て、警察官や医師のフランス語の説明を丁寧に通訳してくれた。

柏木の様子がおかしくなったのは、美奈子の処置を担当した医師が経過を説明し終わり、最後に何事かを柏木に耳打ちしてからである。

「それから、もう一つ……」

と通訳しかけて急に泣き始め、ついには両手で顔を覆って床にしゃがみ込んでしまった。

「もういいんです。もう通訳しなくてもいい」

希久夫は柏木を助け起こそうとしたが、ますます激しく泣くばかりだった。

本音を言えば、美奈子がどう死んでいったかなど知りたくもなかった。その間の美奈子の苦しみを想像するだけでやりきれない。

「……ごめんなさい。本当にごめんなさい」

この子は何をこんなに謝っているのだろう？　美奈子が生き返るわけでもないのに。

「謝っていただいても何も変わりません。今は一刻も早く妻を日本に連れて帰りたい。そう皆さんに伝えていただけますか」

昨日のあの言い方は、少し冷たすぎただろうか？

コーヒーに手もつけず、放心したように座っている柏木の小柄な後ろ姿を見ているうち、不憫に思えてきた。

そういえば昨日の夜、少し遅れて病院に到着した犠牲者の息子らしき青年から柏木は詰《なじ》られていた。

「うちの両親が死んで、なんであんたが生きてるんだよ」

自分はあれほど感情的な遺族ではないが、褒められたものでもない、と希久夫は思った。皆苛立っている。

腕時計を見た。フランス時間の朝七時十分。予定どおり夜十一時のパリ発東京行きの飛行機に美奈子を乗せて帰国するには、遅くとも午後三時にはこの町を出なくてはならないと茂田に言われていた。その前に全ての準備と手続きを済ませなくてはならない。

希久夫はクロワッサンを頬張り、冷めたコーヒーで胃袋に流し込んだ。

Ⅲ

友情は、人間感情の中で最も洗練された
そして純粋な美しいものの一つだと思う
夫婦とは、多種多様の秘密を共有する人間関係である

希久夫　二〇〇九年六月一二日

阿佐ヶ谷には戦災を免れた区域が多く、狭い一方通行の道がまだ多く残っている。希久夫の家もそういう古い住宅街の一角にあり、少し大きな車になると、角を曲がるときには切り返しに苦労しなければならない。

蓮見家は、住み手のなくなった家を二十年ほど前に父が安く譲り受けたもので、さ

ほど手も入れずにそのまま住み続けている。昭和三十年代に建てられたごく平凡な木造平屋建ての日本家屋だが、今では近所でも珍しいノスタルジックな造作の建物になってしまった。このあたりの子供たちからは「サザエさんの家」と呼ばれているらしい。建設会社に勤めていた希久夫の亡父に言わせると、地味で小ぶりな家だが、普請道楽の老人が終《つい》の棲家として建てただけに大工仕事がしっかりとした味のある家——ということになる。

希久夫は札幌に下宿していた大学時代を除き、かれこれ四半世紀近くをこの家で生きてきた。父と二人で暮らし、六年前に美奈子がこの家にやってきて三人になり、三年前に父親が死んで美奈子と二人になった。そして今度は美奈子がいなくなり、これからは一人この家で暮らしていかなければならない。

家の南側には縁側に面したほどよい広さの庭があり、木蓮《もくれん》や梔子《くちなし》、南天《なんてん》など、昔の日本の家ならどこでも見られた草花が植えられている。前の住人が植えたものもあるが、ほとんどが庭いじりの好きだった父が自分の好みに合うように植え変えたもので、これまた土いじりの嫌いではない美奈子が暇を見つけては手入れしたおかげで、一年中何かの花がささやかに咲く庭になった。今は紫陽花《あじさい》が薄いピンクと青紫の花を咲かせている。

その、ささやかで古ぼけた我が家の前で、さっきから『成田オート運輪』と書かれた三トントラックが切り返しに苦労している。今日は通夜で人の出入りが激しく、幅の狭い一方通行の道を塞ぐトラックは邪魔で仕方がない。トラックの若い運転手は早々と家の前に停めることを諦め、少し離れたバス通りで大仰な荷物を下ろすことにしたようだ。

荷物とは、成田空港の駐車場に停めたままだった美奈子の愛車のことだ。

車好きの美奈子は仕事で海外に出るときも必ず空港まで車で行き、ロングタームの駐車場に停めていた。希久夫はそのことをうっかり忘れていた。それどころではなかったからだ。

昨夜、成田に着いてからは文字どおり大騒ぎだった。美奈子の遺体が納められた保冷機能付きの棺と一緒に特別なルートで入国したが、そこにはパリに出向く時の数倍のマスコミが大挙して待ちかまえていた。

蓮見さん、こちらを向いてください。

今のお気持ちを一言お願いします。

奥様のご遺体には何とお声をかけられましたか？

怒号のような質問の中を潜《くぐ》って、セントラル・ツアーの用意した大型ワゴンに美奈子の棺ともども逃げるように乗り込んだ。

驚いたことに、報道陣は阿佐ヶ谷の自宅にも待ちかまえていた。

家の前にたむろしている彼らと警察官が騒がしく口論をしていた。報道陣の一部は玄関脇の駐車場に勝手に三脚や脚立を立て、我がもの顔に店を広げている。希久夫は連中の無遠慮さに腹が立ったが、その有様を見て、本来そこにあるはずの美奈子の愛車がないことに気づかされた。

「申し訳ありませんが、敷地の中はご遠慮願えますか」

希久夫は努めて冷静にそう言ったつもりだが、その日の深夜のニュースで見た自分の顔は十分険しかった。目の下に隈を作り、不機嫌さを漲《みなぎ》らせている。酷い顔だった。

希久夫は成田のいくつかの空港パーキングに連絡して、三軒目に美奈子の車を預かっているところを見つけた。さらに車輌専門の運輸会社を探して車のキーを送り、阿佐ヶ谷までの回送を依頼した。

なにもこの慌ただしい中、急いでそんなことをする必要もなかったのだが、美奈子の柩を送り出すときに、あんなに大切に乗っていた車がないのは寂しいだろうと思ったからだ。その赤いオープンカーがなんとか間に合って、通夜の日にあるべきところに戻ってきた。

バス通りで美奈子の車を降ろした運輸会社の若いドライバーは、玄関脇の駐車スペースにピタリと車庫入れしてくれた。

「かっこいい車ですね、これ」

ドライバーはそう言いながら丁寧に幌《ほろ》を閉めた。

「私は車に疎いから、そう言われてもピンとこないんですけどね。家内が大事にしていた車なんで」

支払いをしたいと言うとドライバーは帽子を取り、「代金はけっこうです」と言った。

「いや、そんなわけには」

「うちは家族経営なんでお気遣いなく。親父とも話しまして、金なんかもらえないって……あの、お悔やみ申し上げます」

若いドライバーは一礼すると、トラックを停めたままのバス通りに向かって駆け足で去っていった。

昨日からずいぶんとテレビに映っているせいだろう。妻を突然大事故で失った悲劇の夫として顔が売れてしまっている。

「そりゃ無念だったに決まってるじゃない。あれだけできる女だったのよ、美奈子は」

希久夫が家の中に戻ろうとしたとき、玄関先で話をする女の声が耳に入った。聞き覚えがある声だった。

「旦那に家庭に入ってくれって言われたに決まってる。そうじゃなきゃせっかく苦労して手に入れたバイヤーのポジション、あの美奈子が自分から放り出すわけないでしょ?」

確か美奈子の同僚で、蓮見家のバーベキューにも一度来たことがある女の声だ。批判されているのは自分らしい。希久夫は出ていきづらくなった。

「美奈子はああ見えて古風なところもある女じゃない? 泣く泣く旦那の言うこと聞いたに決まってるわよ」

「決まってる」という言葉が好きな女だと思った。それに話を聞いていると美奈子とはあまり親しくないようだ。希久夫は一度だって美奈子に専業主婦になれなどと言った覚えはないし、美奈子は人に言われて泣く泣く自分の夢を捨てるような受け身の女ではない。

「まあ、こんな日だからあんまり言いたくないけどさ、離婚を考えたこともあるみたいよ」

女が、吸っていた煙草を南天の鉢植えの土で消すのが生垣越しに見えた。

希久夫はようやくその女が竹内という名前で、美奈子があまり好きではなかった先輩であることを思い出した。自分を追い越してバイヤーに抜擢された美奈子が気に入らないらしく、事毎に辛く当たられる……とたまに愚痴をこぼしていた。そんな女に美奈子が離婚の相談などするはずもない。

「お清めに飲みに行かない？」

竹内という女は、困った顔で目配せし合う若い後輩たちを無理やり引き連れて帰っていった。

やりきれない。美奈子はもう死んでしまったというのに。希久夫は人の悪意というものの存外な灰汁《あく》の強さにうんざりする思いだった。

陽が傾き、家の前の路地が暗くなり始めている。希久夫は門柱に掲げられた忌中の提灯《ちょうちん》に明かりを灯し、通夜が行われている家の中に戻っていった。

履き物で溢れる玄関を避け、庭に面した縁側から八畳の居間に上がると、手伝いに来た希久夫の会社の総務部の連中が、畳の上に車座になって葬儀屋と明日の打ち合わせをしていた。研究室の助手の杉本は、出前の大きな寿司桶を五段ほど抱え、どこに置こうかと悩んでいる。希久夫は杉本のために小さな飯台を出してやり、「お手すきのときに寿司でもつまんでください」と一同に声をかけた。そろそろ美奈子の学生時代の友人たちがやって来る時間だ。

家中の襖《ふすま》を取り払っているせいか、我が家が広く感じて妙に落ち着かない。

同じく庭に面した隣の六畳の客間では、美奈子の祖父と父親が、もう夏だというのにぬるく燗をした酒を黙念と飲んでいる。

「希久夫君、少し座ったらどうだい」

と義父の浩一が言った。

「はい。寿司でもいかがですか?」

「いや、私らはこれだけでいいよ」

と盃をかざす仕草をした。希久夫はこの穏やかな性格の義父が好きだ。大手の電機メーカーを去年定年退職したばかりで、いつも物分かりのいい教師のように笑っている。

「飲まんかね。一緒に」

「そうですね。何か肴《さかな》になるようなものを持ってきましょう」

希久夫は少しくらい酒に付き合ってもいいと思った。どうせ義父もそれほど強くない。

客間の北側にある四畳半は美奈子が仕事部屋として使っていた部屋だ。希久夫の祖父母と父の位牌がある小さな仏壇の前に棺が置かれ、その周りで美奈子の想い出話をする彼女の母親や、従妹たちの湿った声が聞こえてくる。

今この家にいる身内といえば、すべて美奈子の家の親戚ばかりだ。死んだ希久夫の父には二人の姉がいるが、遥か昔に他家に嫁いで一人は死に、もう一人は遠い九州で暮らしているせいもあって、親戚らしい付き合いはほとんどない。母方の親戚とはさらに没交渉だった。二十三年前両親が離婚して以来、実の母親の顔すら希久夫は見ていなかった。

俺が死んだら、いったい誰が葬式を出すんだろう？　希久夫はふとそんなことを考えた。

台所に入ると、美奈子の妹の美紀が喪服姿で黙々と洗い物をしていた。

「少し休みなよ。明日もあるんだし」

「義兄《にい》さんこそ」

美紀は父親譲りの大ぶりで穏やかな目を持っている。昨日泣き過ぎたのか、その目元が少し腫れていた。美奈子の旧姓は辻というが、辻家の姉妹は外見も性格も、遺伝の棲み分けが上手くできている。この五歳違いの妹は父親と相似形で、美奈子は完全に母親似だった。

「たしか、するめがあったと思うんだけど」

希久夫は食器入れの下の棚を探ってみたが、小麦粉やパン粉の袋ばかりで見つからない。

「するめ？　どうするの」

「お義父さんたちの酒の肴」

辻家は典型的な「立憲君主制」で、家のことは諸事行動力があって機転の利く母親の芳江が考えて決め、父親の浩一は全幅の信頼を置き、黙って承認を与える仕組みになっている。そういう家庭で育った母親似の美奈子が、「何事も自分がリードして家族を引っぱっていくのが美しい」という価値観の女になったのは、当然と言えば当然のことだ。自分のような男と家庭を持とうと決意したのも、「君臨すれども統治せず」タイプの男を選んだということだろう。

辻家は単に美奈子の実家というよりも、親戚縁者のいない希久夫にとって第二の家族というべきものだった。車なら三十分ほどで行き来できる距離の近さもあったし、希久夫の父親と美奈子の父親も、畑こそ違え同じ技術屋同士うまが合った。むしろ美奈子が蓮見家に嫁いだというより、二つの家族が合体した、というほうが実感としては近い。

「戻ってきたんだね。グレース」

美紀はするめをガスレンジで炙《あぶ》りながら言った。流しの上の窓から、ガレージに停められた美奈子の愛車の赤いボディが見える。

『グレース』というのは、美奈子がこの車に付けた愛称だった。

車に名前を付けるというのはいわば美奈子の癖で、歴代の愛車にはそれぞれそれらしい名前が付けられていた。希久夫が見る限り命名の理由はごく気分的なもので深い意味などないような気がするのだが、毎日そう呼んでいると不思議とそれ以外の名前はしっくりこなくなってくるものだ。美奈子と結婚して六年、交際していた期間も含めると七年余りになるが、希久夫は都合三台の助手席に乗ったことになる。

最初のはたしか、ドイツの武骨な四輪駆動車で『デューク』。

二台目はイタリア製の小型車で名前は『ムッゴロー』。

そして今蓮見家のガレージで静かに鎮座しているのが『グレース』。

美奈子に日本車だと言われるまでヨーロッパの車だと思っていた。よく見ると確かに『ＨＯＮＤＡ』のエンブレムが付いているが、日本車なら日本の女の名前にすればいいものを、と思わなくもない。

さて、このグレースをどうしたものか。希久夫は車が戻ってきたときから思案している。

「美紀ちゃん、この車もらってくれないかな。うちにあっても仕方ないし」

「だめだめ、あたしオートマ免許だから。こんな手のかかる車乗りこなす自信ないよ」

美紀の言うとおりだった。グレースは一年のうち確実に三、四回、季節の変わり目ごとに修理工場の世話になる。

「でも、他人の手に渡るのも嫌だな。お姉ちゃんの形見みたいな車だから」

希久夫はもうこの話題をやめようと思った。美紀の眼に涙が溜まっている。この穏やかな外見の義理の妹は思ったよりもずっと感情家で、一度泣き始めたら疲れ果てるまで泣き止まないことが昨日分かったから。

「無理しないで今日は適当なところで帰って寝なよ。お義父さんとお義母さんも」

「あたしたち、今夜はここに泊まるよ」

「三人とも？」

「最後にお姉ちゃんの側で一晩過ごしたいの。明日、お骨《こつ》になっちゃうから」

そうだった。明日、美奈子の体は葬儀場のガス炉で焼かれ、灰と炭化した骨だけになる。

美奈子がこの世から消えてなくなる。

アセト・カルミン溶液を加えられた細胞核が赤く色づく。形状の安定した健康な細胞検体だ。

触媒液を加えると細胞はもがき始め、やがて核に亀裂が入って二つに分裂しようとする。一つの細胞膜内に二つの核は共存できない。それぞれに個性を持ってしまった「他者」である。二つの細胞核はせめぎ合い、自立を求めて蠢動《しゅんどう》し、千切れるように分裂した。悲鳴を上げて裂け、真っ赤な血を流した。

希久夫は喉に貼りつくような声を上げて目を覚ました。喪服を着たまま居間の畳の上で寝てしまったらしい。美奈子の骨が入った白磁の骨壺を腹のあたりに抱え込んでいた。

縁側の向こう、昨日の夜遅くから降り出した雨が、庭の紫陽花《あじさい》を濡らしている。台所の食卓の上にビールの空き缶が四つほど転がっていた。

昨日の葬儀はあっという間に終わった。呆気なかった。

慣れた口調の司会役の女がどんどん式次第どおりに進行させ、二時間ほどで慌ただしく美奈子は骨にされてしまった。別れを惜しむという間もなかった。人が死ぬ、ということは、こんなものなのだろうか？

「こんなものさ」

誰よりも美奈子を可愛がっていた義理の祖父が、帰りのタクシーを待つ葬儀場のロビーでそうつぶやいた。

「どうせ生き返らないのなら、さっさと消えてなくなったほうが、残された人間が苦しまなくていい」

枯れた声でそう言って、寂しそうに煙草を吸っていた。

葬儀のあとは美奈子の実家へ集まり、義母の芳江が作ってくれた冷やし中華で簡単に夕食を済ませた。美奈子の骨をどこに納めるか、という話が出たのはそのときだ。

「これから先、死んだ人間が生きてる人間の人生を束縛するようなことがあっちゃいけない」

義父の浩一は慎重に言葉を選びながら、デリケートな話を切り出した。

「うちの家族は皆希久夫君が好きだ。だから無理して古臭い筋の通し方なんかしてほしくないんだ」

君はまだ三十六歳だろう? 死んだ女房に操《みさお》を立てて四十年も五十年も生きてくなんて、そんなこと誰も喜ばない——義父はそういうことを時間をかけて言った。

希久夫は、ついさっきまで家族だと思っていた辻家の人々が、急に他人になっていくような喪失感を感じた。事実、美奈子がいなくなった今、彼らは仲の良い他人でしかない。

結局、美奈子の骨は分骨して、蓮見家と辻家、それぞれの墓に納めることになった。

その夜はやりきれなくて、希久夫は家に帰ってから飲めないビールを四缶も飲んでしまった……というわけだ。おかげでよく眠れたが、少し頭が痛い。

美奈子が事故に遭って以来、まとまった睡眠をとったのは久しぶりだが、爽快感はなかった。

(嫌な夢を見たせいだ)

希久夫は働かない頭でそう思った。

細胞がもがき苦しみながら分裂するという夢はここのところよく見る。一年、いや二年くらい前からだろうか。美奈子の死とはまったく関係ない。むしろ生きていた頃の美奈子と関係があるのかもしれないと思う。

美奈子には、最終的に自分には理解できないブラックボックスのような心の暗部があるのではないか？　希久夫は美奈子の生前から漠然とそんな不安を感じることが稀にあった。なぜそう感じるのかという明確な根拠もない。根拠がないだけに不安で、そういうときはちょっとした口論でもストレスが溜まった。少しずつ、少しずつ……コップいっぱいに溜まったストレスという水が溢れそうになるとき、決まって細胞分裂の夢を見る。希久夫にそんな趣味はないが、占い師に夢判断でもしてもらいたい気分だった。ひょっとしたら精神科医の範疇《はんちゅう》かもしれない。顕微鏡のスコープの中で分裂する細胞は仕事の中で頻繁に目にするけど、悲鳴を上げ、赤い血を流すのはまともではないだろう。細胞に知覚機能があるとしたら、ああいう分裂するときの痛みはどんなものなんだろう。想像するだに身の縮まる思いがして、いつも目が覚める。

希久夫は畳の上に起き上がり、背広を脱いで黒いネクタイをはずした。

小さな仏壇の下に立て掛けた美奈子の遺影が、屈託のない笑顔でこちらを見ている。結婚して間もない頃の写真で、帰国してこれを見たとき、希久夫は何となく違和感を感じた。三週間前まで自分の隣にいた美奈子とは少し違う気がした。希久夫が忘れかけていた笑顔だった。希久夫の帰国を待っていたのでは葬儀に間に合わないため、遺影にする写真は美奈子の家族が相談して決めた。アルバムの中から、彼らが一番美奈子らしいと思った写真を選んだという。

美奈子の生きた三十八年間を知っている家族。

美奈子と生きた七年間しか知らない自分。

希久夫は、家族が選んだ遺影を見てそんなコンプレックスを感じさせられたが、一方で「俺は家族の知らない美奈子の顔を知っている」とも思った。

自分に抱かれているときの美奈子の顔。

喧嘩の出口が見つからず、諦めたようにため息をつく美奈子の顔。

その翌朝、喧嘩の気まずさをリセットしようと無理をして作る硬い笑顔。

希久夫にとってはそのどれもが夫婦として生きた現実の美奈子らしくて、むしろ愛おしいものだった。遺影の中で屈託なく笑う美奈子は、まだお互いのことをよく知らなかった恋人の頃を思い出させてはくれたが、そのぶんどこかよそよそしい。

希久夫はシャワーを浴びたあと、美奈子の仕事部屋の本棚からアルバムを取り出して、パラパラと捲ってみた。

写真好き、というより記録魔の美奈子は、希久夫がうんざりする枚数の写真を持っている。実家から持ってきた写真は、百科事典のように分厚いアルバム十冊ほどもあった。さすがに最近はデジカメとパソコンのおかげでアルバムが肥え太るスピードも鈍ったが、美奈子は相変わらずカメラを持ち歩き、被写体を見つけてはせっせとシャッターを押していた。

自分の写真。自分の好きな人たちの写真。レストランや旅館で見つけた気になる家具。その年に初めて花をつけた庭の草木、愛車の写真、旅先で出合った暖簾《のれん》や看板、感動した本の表紙。そして希久夫の写真。美奈子曰く、それらの写真は「愛おしいと感じたものが、この世に存在した記録」なのだそうだ。

「もったいないから、ブログでも作って公開すれば？」

どちらかと言えば写真嫌い（特に写されるのが）の希久夫は、一度そう冷やかしたことがある。

「そういう自己顕示欲のために写真撮ってるんじゃないよ」

美奈子は心外そうに言った。

「自分だけの大事な思い出を他人に見せちゃうなんて、バカげてる」

嫌がる本人の目を盗んで希久夫の写真を撮るのも、「自分だけの希久夫の思い出」を残すためであって、「二人の思い出」のためじゃない——と妙な理屈を言った。人には「自分だけの大切な思い出」があってしかるべきで、それはいかに夫婦であろうと厳密な意味で共有できるものではないのだという。

「わたしたち夫婦だけど別々に死ぬんだよ？ キクちゃんが死んで一人残されても寂しくないように、自分だけの思い出貯金してるわけ」

「俺が先に死ぬとは限らないだろう？」

俺のほうが年下だし——こんなことになるとは想像もできず、そう言った記憶がある。

「できれば、キクちゃんより後に死にたいな。難しいことかもしれないけど」

あのときの、寂しげに笑った美奈子の横顔を思い出した。あの笑顔もきっと家族は知らない。希久夫だけが知っている美奈子の表情だと思う。屈託なく笑い合えることが幸福だとするならば、男と女は出会った瞬間からどんどん不幸になっていくしかない——そんなふうに考えたくはなかったが、美奈子を幸せにできたかどうかに関しては心もとなかった。

（あいつは、俺と結婚して幸せだったんだろうか？）

屈託なく笑う美奈子の遺影を前に、希久夫の自信は頼りなく揺らいでいる。

日常というのは残酷だな。

希久夫はしみじみとそう思う。妻の葬儀が終わってまだ一週間しか経たないというのに、悲しいかなサラリーマンは仕事に戻らねばならない。補償問題など懸案事項は残っているが、セントラル・ツアー側の対応は誠実で、仕事を休まずとも交渉に支障はきたさない。それより進行中の実験が三つもあり、事故以来もう二週間もほったらかしにしている。いくら杉本に体力があっても一人で抱えるのは無理があった。

休み明けの月曜日というのは、いい切りどころなのだ。

ついついそう思わせる「日常」はやはり残酷で、厄介なことに心に平静を与えてもくれる。希久夫は日常の反復の中で、美奈子のいない世界に自分を慣らしていきたかった。朝、トーストを一枚だけ食べ、決まった時間に同じ電車の同じ車両に乗り、同じ駅で乗り換えて、ほぼ同じ時間にＩＤカードを入口のセンサーにかざす。試験管を振り、顕微鏡を覗き、昼は〝五食〟の定食をローテーションで食べる。データをコンピューターに入力し、また実験を繰り返し、時間が来たら同じ電車の同じ車両に乗って家に帰る……その電車の中で、希久夫はあることに気づいた。

(俺は、泣いていない)

フランスで美奈子の死に顔を見たときも、葬式のときも、美奈子の骨を拾うときも、不思議と涙は出てこなかった。

なぜだろう? 今になって、そんなことで戸惑っている。

仕事に復帰した週末、大学時代からの友人の三井と飲んだ。

「まだ三週間だろう? とんぼ返りでフランス往復して、通夜に葬儀に納骨、初七日。泣いてる暇もなかったろう? 疲れてんだよ、お前」

友人といえる人間がそれほど多くない希久夫だが、三井は、たまにゆっくり飯を食いながらあれこれ話してみたくなる唯一の男だった。同じ理系人間なのに、若いときから妙に人間通で包容力がある。

まあ、飲めよ、と三井は希久夫のあまり得意ではない焼酎をロックグラスに注いだ。もちろん今日は飲むつもりだ。飲みたくて三井を誘ったんだから。

美奈子と出会ったのは、三井の結婚式の二次会だった。

長年付き合った前の恋人に、壮絶な振られ方をしたばかりの頃だった。休日は家に引き籠り状態だった希久夫を、三井がしつこく説き伏せてパーティに引っ張り出してくれた。今から七年前のことだ。

結婚式とか披露宴というのは、基本的に新婦のために行われるセレモニーであって、新郎側の友人などは付け合わせのトマトくらいの存在感しかない。なかでも地味な部類の希久夫はせいぜい色取りでちょこんと添えられたパセリがいいところだろう。同じ付け合わせでもトマトは食べてもらえるが、パセリは多くの場合残される運命にある。

新婦が出版社で女性誌の編集をしていることもあり、二次会の会場は華やかだった。美奈子もそういう新婦側の友人の一人で、とりわけ会場の独身男たちの目を引く存在だった。

あの日も、美奈子はカメラ片手に被写体を求めて会場をウロウロしていた。

希久夫にとって幸運だったのは、そのデジカメが買ったばかりの最新型だったことだ。美奈子は会場にいる多くのやる気満々な独身男の中から、たまたま一番機械に詳しそうな顔をした男を選んで話しかけたにすぎない。

「あの、自分のカメラのことお聞きするのって恥ずかしいんですけど……教えていただけます？」

「僕、ですか？」

それが美奈子と交わした最初の言葉だ。美奈子はトマトよりパセリが好きな奇特な女だと分かったのは、それからずいぶん経ってからのことだ。

「涙っていうのは、悲しいから出るってもんじゃないんだってな」

希久夫に呑ませながら三井も少し酔っている。

「唐突な悲しみには脳がついていけない。むしろ追想とか追体験で人間の涙腺は緩む」

三井はもっともらしいことを言うが、希久夫はもう泣けない理由など、どうでもいい気がしてきた。

麦焼酎二杯で頭の働きが鈍くなり始めている。

友達のように仲のいい夫婦。

希久夫と美奈子はしばしば人からそう言われた。おそらく褒め言葉として使うのだろうが、よく考えてみればおかしな話だと希久夫は思う。「友達」と「夫婦」とでは人間関係の重さが絶対的に違う。友達にしか見えないというのは、どこか責任感の希薄な、軽い関係だと言われている気がして、希久夫は内心愉快ではなかった。「友情」は自由なぶんだけあやふやなのだ。実際の夫婦関係はもっと泥臭い努力の上に成り立っていることを、希久夫も結婚してから思い知った。日々頻発する感情の摩擦や衝突を回避することなく、一つひとつ地道に問題点を潰していかなければならない。それはたいていの場合面倒で、不快で、互いに傷つく辛い作業に他ならない。「友達のような関係」にフワフワと逃げてしまうのは安易だが、長続きはしない。

希久夫は、本当はもっと色んなことを三井に相談しようと思っていた。

最近、セックスの回数が極端に少なくなっていたこと。

子供を作るかどうかで、自分と美奈子とではかなり温度差があったこと。

美奈子の考えていることが、ここ数年急に見えなくなったこと。

それら全部が、今さら相談しても無駄なことばかりだった。死んだ美奈子をあげつらうだけの、つまらない話になるだけだ。希久夫は酔いが回り始めた頭の隅に、それらの疑問をしまいこんで鍵をかけた。

美奈子は幸せだったんだろうか？

幸せなまま死んでいったんだろうか？

それは、残された自分が一人で考えなければならない宿題のように思えた。

Ⅳ

割り切れないのが人生なんです
だったら、割り切れないことをするのがいいんだな

希久夫　二〇〇九年六月二七日

土曜の朝、携帯電話の音で希久夫は目を覚ました。着信画面に見慣れない電話番号が表示されている。

「休日の朝早くから恐縮です。弁護士の袴田と申します」

弁護士が俺に何の用だろう。セントラル・ツアーとの示談の件なら、被害者の家族会が共同で弁護士を立てている。

「奥様から個人的にご依頼を受けていた者です。ご葬儀にも参列させていただいたのですが、ご挨拶できずじまいでした。あのようなときにお話しするのもデリカシーに欠けると思い、タイミングを計っていたのですが……」

詳しくはお会いしてお話ししたい。袴田という弁護士は生真面目な口調で言った。

その日の午後、約束した一時きっかりに袴田はやってきた。

希久夫が玄関の引き戸を開けると、初老の男が涼しげなパナマ帽をとって、少し禿《は》げ上がった白髪の頭を下げた。

「はじめまして、袴田です」

左手に提げた千疋屋《せんびきや》の白桃の籠から甘い香りが漂ってくる。袴田は首筋の汗をハンカチで拭きながら、玄関脇に停めた美奈子の車を見て眼を細めた。

「綺麗な車ですね。何ていう名前ですか？」

「私は車に疎いもので詳しいことは……家内は『グレース』って言ってましたけど」

「グレースねぇ。じゃあ外車だ」

袴田は一人合点にそう頷き、感心したように赤い車体を眺めている。本当は国産車なのだが、希久夫は初対面の袴田に玄関先でそれを説明するのが億劫だった。

「あの、中へどうぞ」

希久夫は袴田を庭に面した客間に通した。

袴田は「まずお線香を上げさせてください」と言って白桃の籠を仏壇の前に置き、丁寧な仕草で線香を上げて手を合わせた。

（そう言えば、美奈子は桃が好きだったな）

袴田の背中を見ながら、希久夫はそんなことを考えていた。

袴田の話は驚くべきものだった。

「遺言……ですか？」

「はい」

「家内の、でしょうか？」

狐につままれたような希久夫の顔を見て、袴田は扇子を扇ぐ手を止めた。

「ご不審に思われるのも当然です。突然事故で亡くなられた奥様が遺言を残していたなんて理屈に合いませんから」

そのとおりだ。理屈に合わない。袴田は姿勢を正し、謹厳《きんげん》な表情になった。

「実のところ、こんなにも早く奥様の遺言をお渡しすることになろうとは思いもしませんでした。最悪の場合でも数年後だろうと」

「あの、分かりやすく説明していただけませんか」

希久夫は、美奈子ならこういうこともあり得るかもしれないと直感的に感じていた。ここ数年ほど、美奈子には明らかに〝隔意《かくい》〟のようなものがあった気がする。それがどういうものかは判らないが、何事かを隠していたような気がするのだ。「美奈子の心の暗部」だと感じていた部分だ。それを唐突に突きつけられた気がした。

「単刀直入にお話ししましょう」

この袴田という弁護士が、その暗部に光を当てようとしている。

「実は奥様……美奈子さんは、あなたやご実家のご家族にも内緒で、ある病気の治療をされていたんです。急性白血病です」

希久夫は絶句した。そんな命にかかわる病気を隠せるものではない。俄《にわ》かには信じ難い。

「ご主人は製薬会社で新薬の研究をされているとお聞きしていますので、医療のことにもそれなりの知識がおありになるという前提でお話しします」

袴田は鞄から『蓮見美奈子』と表紙に書かれたノートを取り出した。几帳面な字でびっしりと美奈子の治療の経緯が書き込まれている。

「美奈子さんの正確な病名は、急性前骨髄球性白血病です」

血液中で癌化した白血球が急激に増殖する一般的な急性の骨髄性白血病に比べ、正常な白血球や赤血球、血小板が異常に減少する病気だそうです——と、袴田は手短に美奈子の病気について説明した。

「最初は貧血によるめまいや血が止まりにくいなどの症状が見られますが、進行すると免疫力が衰えて感染症を発症し、また脳内や臓器内での出血などで死に至ります」

「そんな……」

年中側にいながら、そんな重大な妻の病気に気づかなかった自分の迂闊《うかつ》さに、希久夫は愕然とする思いだった。

「しかし不幸中の幸いといいますか、この病気に関しては近年特効薬が見つかったおかげで非常に治癒率が高くなったと聞いています。ATRAという内服薬で九割近くが治癒するということです」

ご存じのことと思いますが――という目で袴田は希久夫を見た。

「〝アトラ〟と呼ばれるレチノイン酸のビタミンA誘導体のことですね」

「さすが、よくご存じでいらっしゃる」

何をやっていたんだろう？　俺は。薬の専門家のくせして、女房のピルケースの中身さえ知らなかった。

「ですが袴田さん、アトラの服用だけでは白血病の治癒はまだ難しいと聞いています。入院して化学療法や骨髄の移植を受けないことには……」

袴田は慌ててノートに目を落とした。

「これは失礼。確かにおっしゃるとおり『治癒』ではありませんでした。ＡＴＲＡ療法で九割の患者さんが完全寛解《かんかい》、つまり血液がほぼ正常な状態に戻る……ということです。もちろん美奈子さんもこの完全寛解の状態にまで回復しましたが、ご指摘のように厳密な意味での治癒ではありません。完全寛解になってもまだ血液中には白血病細胞がわずかに残っていて、放っておけば必ず再発するからだそうです。しかし三年間再発しなければほとんどの場合治癒したと見なされるそうです。美奈子さんが完全寛解にこぎつけてもうすぐ二年経つわけですから、もう一息、というところでした。ですから、あの事故のニュースをテレビで見たときは、なんと言いますか……」

袴田は最後まで言わず、出された麦茶を一口啜った。

「美奈子はどれくらい前から治療を続けていたんですか」

「二年ほど前だと聞いています」

二年前。美奈子がバイヤーから内勤になった頃と一致する。

「すぐにＡＴＲＡによる寛解導入治療を始めて、一ヶ月ほどで完全寛解に至ったそうです。極めて初期段階で発見できたのが良かったようです。地道に病院に通われていたせいで、体の異変にいち早く気づくことができて」

「待ってください」

袴田の話は少しおかしい。

「白血病になる前から、美奈子は通院してた、ということですか？」

「ええ、不妊治療に通われていた婦人科で、血液検査をした際に分かったそうです」

「不妊治療？」

まったく、驚かされることばかりだ。

「ご存じではなかったんですか？」

袴田は戸惑いの色を浮かべている。夫婦関係の深さを計りかねているようだ。

「なぜですか？」

希久夫には分からない。

「なぜ美奈子は、私に不妊治療のことまで隠していたんでしょう」

「それは……」

袴田の当惑も無理はない。こんなこと、夫が他人に質問するようなことじゃない。

「私は単に遺言を嘱託《しょくたく》されただけですので、ご夫婦の心情的問題にまで立ち入る権利はありません。ですからこれは、あくまで私一個人の推測ですが……美奈子さんには美奈子さんなりのプライドがあった、ということではないでしょうか」

「プライド？」

温厚そうな袴田の目に、そんなことも解らないのか、という困惑が垣間見えた。

「美奈子さんが最終的に仕事を辞める決断をしたのも、治療に専念する覚悟を決めたからでしょう。私に遺言を託したのは万が一のことを考えての準備だとおっしゃってました」

そんなことはたやすく想像がつく。希久夫が知りたいのはそんなことではなかった。

「世界中に出かけていって、輸入家具の買い付けをする念願のポストを、努力の末やっと手に入れた。美奈子さんはそれを失いたくなかっただろうし、子供を産むという夢も捨てたくはなかった」

解っている、そんなことは今さら言われなくても。

「治る可能性が高い病気ならば、周囲に心配や負担をかけないで、できる限り自分独りで克服したい、そう思われたのではないでしょうか」

(俺は、信用されていなかった)

苦い寂しさが喉の奥から込み上げてくる。希久夫は表情を消して黙り込んでしまった。

袴田は鞄から封筒を取り出した。

「肝心の遺言をお渡ししましょう。内容は彼女の個人名義の資産と遺品の処分方法に関してです」

V

耐える心に新たな力が湧くものだ
まったくそこからである
心機一転やり直せばよいのである
長い人生の中で
一年や二年の遅れはものの数ではない

美奈子　二〇〇九年三月二七日

「片づけ、終わったんだ?」

商談から戻ってきた竹内志穂は、美奈子のデスクの横に積まれた段ボール箱をポンと一つ叩いて大仰に眉根を寄せてみせた。あんたがいなくなるなんて寂しくなるわ――ということなのだろう。彼女が陰では上司や同僚たちに、あれこれと自分に対する批判や中傷をしていることを美奈子は知っている。もともと調子が良くて独善的な言動の多い竹内にはシンパなどおらず、陰口を聞かされた人間たちがいちいち親切に注進してくれる。この三つ年上の先輩が自分のことを小面憎《こづらにく》いと思っていることはよく分かっていた。

竹内志穂は、父親の仕事の関係で少女時代をシンガポールやオーストラリアで過ごしたという帰国子女で、帰国子女ということ自体がアイデンティティの人間だった。海外を飛び回ってアンティーク家具を買い付けるバイヤーに、英語に堪能な自分が選ばれないという理不尽さが我慢ならないのだろう。

それはオーナーの露骨な依怙《えこ》贔屓であるという被害妄想を生み、ついにはオーナーと美奈子の肉体関係を匂わすような（オーナーは七十二歳の老人なのに！）噂話を吹《ふい》聴《ちょう》し始めたことさえある。第三者から見て荒唐無稽《こうとうむけい》な作り話も、この手の妄想人間からすればあり得る話になってしまうのだろう。

（正直、やりきれない）

美奈子は時々うんざりするのだが、竹内は根が小心なだけに、美奈子と正面きって対立する根性もないようで、ひたすら地味に陰湿に悪口を言い続けることでフラストレーションを相殺《そうさい》している。

（その程度のことだ。放っておこう）

美奈子にはそれくらいの大人げというか、忍耐力とバランス感覚はある。そう遠くない将来に必ずバイヤーに復帰してみせる。そう考えて朝九時から夕方六時までの淡々とした内勤の仕事に耐えてきた。この病気と向かい合ってきた時間と深刻さに比べれば、笑い話に過ぎない。

でも、その二年近くの忍耐も今日で終わりになる。今日でこの愛すべき仕事場から去らねばならない。

治ったと思った病気が、突然再発したのだ。

自分が『急性前骨髄球性白血病』という忌まわしい名前の病気にかかっていることを知ったのは、一昨年の春のことだった。当時月に二回ほど定期的に通っていた婦人科で、血液検査をした際に偶然分かった。

婦人科のクリニックに通っていたのは不妊治療のためだった。希久夫には話していなかった。とりたてて秘密にする必要もなかったのだが、今から考えれば多少の後ろめたさみたいなものがあったのだと思う。

念願が叶ってバイヤーに抜擢されて以来、それまでとは桁違いに仕事が面白くなり、のめり込んでいく自分をどうしようもなかった。それを一番身近にいる希久夫が感じないはずがない。

「今しかやれないことなんだから堂々とやれよ。後悔だけは絶対してほしくないんだ」

「キクちゃんはそれで後悔しないの？」

「子供のことを言ってるのか？」

この話になると、希久夫はいつも煙ったような微笑で心の動きを見せまいとする。

「美奈子が欲しいと思ったときに作ればいい。そうじゃないと意味がない」

希久夫はいつもそう言って話を終わらせ、それ以上心の中を詮索《せんさく》されることを拒んだ。

本音はそうじゃないことくらい美奈子は気づいていた。気づいていたけど、ほんの少し後ろめたい気持ちで甘えた。そうやって少しずつ、子供を作るという問題が、精神的に健全だった夫婦関係の中で唯一の腫れ物になっていった。触ると痛みがある。だからできるだけ触らないようになった。だからといって腫れが引くわけでもない。知らないうちにストレスという膿が溜まって大きくなっていく。

いつかは子供を産みたい。でもそのタイミングは自分自身で後悔のないよう慎重に見極めたい。

三十代中盤にさしかかった年齢。妊娠や子育てとはとても相いれないやり甲斐のある仕事。その二つを天秤にかけつつ、いつの日か、どうしても子供が欲しいという気持ちの高まりが、自然とその均衡を崩してくれる「タイミング」が来るに違いない……美奈子はそう楽観的に考えていた。そのときに何の迷いもなく子供を作ればいい——そう安易に考えて世界中を飛び回っていた。一年のうちの三分の一は家を空けた。

希久夫とのセックスが目立って減ったのもバイヤーになってからだ。帰国して、久しぶりに抱かれるという喜びも格別なものだったが、それだけにタイミングの悪さに遭遇することもしばしばだった。

仕事のスケジュールと生理のカレンダーを合わせることなどできない。希久夫に避妊具を着けてもらうことが普通になり、時には我慢をしてもらった。もともとさほど性欲の強くない希久夫を、さらに淡白にしてしまったのは自分のせいだ、という罪悪感が美奈子にはあった。

(自分は妊娠しにくい体質かもしれない)

そう美奈子が気づいたのは三十五歳を過ぎた頃だった。皮肉なことに、どうしても子供が欲しいという気持ちの高まりがやって来たとき、それが分かった。

きっかけは同居していた希久夫の父・敬一郎の死だった。三年前のことになる。

義父の死は唐突だった。

謹厳《きんげん》で真面目な性格は息子とそっくりだが、敬一郎は希久夫よりも濃厚に昭和的な磊落《らいらく》さを持った男だった。酒も煙草も大好きで、口数少なく晩酌する姿に風韻《ふういん》があった。

大手建設会社の中で終始道路建設現場に身を置き、定年後も乞われて子会社の幹部になって、常に現場に足を運んでいた仕事人だった。痩せて背が高く、焼きしめた針金のように頑健《がんけん》な人だったが、珍しく風邪をこじらせ、軽い肺炎を患って入院した。いつまでたっても熱が下がらず、咳の止まない容態を懸念した医者が精密検査をしたところ、悪性の肺癌がかなり進行していることが分かった。併発した肺炎がそれと重なり、予断を許さない状況に陥った。

敬一郎が入院したとき、デンマークへ家具の買い付けに行っていた美奈子は、予定を二日繰り上げて帰国した。すでに一週間も有休を取って敬一郎の側に付きっきりだった希久夫を無理やり家に追い返して、付き添いを代わった。

「納得いかないな。俺は風邪で死ぬのか」

入院して半月近く経ち、自分の容体が尋常ではないことを察した敬一郎が、熱で潤んだ眼でそう言ったのを忘れることができない。

「やだ、面白くない、その冗談」

美奈子は笑い飛ばしてみせたが、そのときはまだ、希久夫から肺癌の話は聞かされていなかった。

「悔しいなぁ」

そうつぶやいた義父の横顔を見て、美奈子は言葉をなくした。

「六十五やそこらで、孫の顔も見れずに逝っちまうなんて」

それまで三年間一緒に暮らしていて、おくびにも出さなかった義父の本音を聞いてしまった気がして、美奈子の胸は罪悪感で押し潰されそうになった。

敬一郎が悪性の肺癌に冒されていることを希久夫から聞いたのは、その夜のことだった。

「俺は、親父に何も報いていない気がする。何一つ」

縁側に膝を抱えて座り、暗い庭を見つめながら、希久夫は寂しげにそうつぶやいた。父親そっくりの痩せた背中が、縁側の薄暗い闇に消え入りそうだった。

「まだダメだって決まったわけじゃないでしょう?」

「あと半年だと思ってくれ……今日、先生にそう言われた」

あの夜、希久夫と交わした会話はそれが最後だったような気がする。苦しいくらいの沈黙が朝まで続いた。

敬一郎が息を引き取ったのはそれから一月も経たない、暖かな冬晴れの午後だった。肺炎の症状が治まり、医師の許可を得て一度退院した。二週間余りを阿佐ヶ谷の家で過ごしたのだが、再び高熱を出して急性肺炎を発症し、緊急入院したまま二度と戻ってこなかった。呆気なくて慌ただしい死だった。

希久夫は一度も泣かなかった。

臨終のときも、納棺のときも、葬儀のときも。

ただただ寂しそうに父親の死に顔を見つめていた。十三歳のときに両親が離婚して以来二十年あまり、ともに生きてきた唯一の肉親を希久夫は失った。皮膚を切り裂かれたら即座に痛みが走るが、体の半分の肉をいきなりもぎ取られたとしたら、俄かに何が起こったか分からないのかもしれない。内臓を露出し、血を振り撒きながら途方に暮れている……そんな壮絶な寂しさを湛《たた》えた風情だった。

葬儀が終わって数日経ったある日、普段は庭いじりなどしない希久夫が、敬一郎が鉢から植え替えた南天の若木に、如雨露《じょうろ》で水をやっていた。その頼りなさげな後ろ姿を見たとき、美奈子は初めて子供を産みたいと思った。

(もしわたしがいなくなったら、この人は本当に独りぼっちになってしまう)

そう考えると胸苦しくなるほどの焦燥感を感じた。

その日以来、美奈子は避妊をしなくなった。

自分が欲しいと思う夜、希久夫が求めてくる夜に、何の顧慮《こりょ》もなく抱かれることができるのは幸福なことだった。

妊娠したらバイヤーの仕事を辞めればいい。子供を産んで何年か経ち、そのときの自分のモチベーションと環境次第で復帰も考えればいい。そう考えると急に気持ちが楽になった。あれからの半年余りの月日が、希久夫との生活で一番幸せな日々だったのかもしれない、と今になって思う。結局、妊娠することはできなかったけど……

敬一郎の四十九日の法要を済ませてからすぐ、美奈子は大学時代の友人に紹介してもらった産婦人科クリニックで検査を受けた。

自分が妊娠しにくい体ではないかという不安が日々大きくなるのを、それ以上放置しておくことができなくなったからだ。


「卵巣で作られた卵子が、採卵管に定着しにくいのではないか……と思われますね」

数回にわたる検査で、宮川という担当の女医が出した所見はそのようなものだった。

ホルモンバランスを安定させ、健康な卵子を作るための注射や投薬の治療を続け、六ヶ月経っても自然妊娠しないようであれば人工授精、さらに六ヶ月待っても成果が上がらなければ体外受精、という妊娠に向けての綿密なカレンダーが組まれた。

「三十八歳のうちに出産することを目標にしましょう。出産後の育児にも体力がいるものなんです。三歳くらいまでは抱っこしてくれってねだられますからね。私は三十六で最初の子を産んだんですけど、十キロちょっとある三歳の子供を、三十分抱いているだけでもうフラフラでしたから」

自身も共働きで高年齢出産という宮川医師のアドバイスは、どれも具体的で解りやすく、いちいちが腑に落ちた。

「そのうち一度、ご主人にも来院してもらって精子検査をしてみましょう。あちらに原因がないとは言い切れませんからね」

「はい。時機を見て」

不妊は夫婦二人で解決すべき問題だし、夫の協力なしには成立しない。しかし希久夫を治療の場に引っぱりだすのはもう少しあとでいいと思った。半年待って妊娠できなければ人工授精ということになり、否応なく希久夫をこのクリニックに連れてくることになる。ある程度までは自分一人で努力してみたかった。

不妊治療を始めて五ヶ月ほど経った頃、検診に行った翌日に宮川医師から電話があった。確認したいことがあるから、いつでもいいので来院してほしいという。

(妊娠の兆しがあるのかもしれない)

美奈子は、全てを月経のカレンダーに合わせて規則正しく生活し、筋肉注射を何本も打つという治療が想像以上に辛いものだっただけに、早く妊娠してこの辛さから解放されたいと、心のどこかで願うようになっていた。

「血液検査の結果、意外なことが分かりました。最近、鼻血が出やすいとか、傷が治りにくいってことありません？」

宮川の言葉は、美奈子が期待していたものとはあまりにかけ離れていた。

「あの、どういうことでしょうか？」

宮川の目はカルテの数値に注がれたままで、表情を隠そうとしているようにも見えた。

「血液の中にある赤血球や白血球、血小板の数が減少しているの。念のため大きな病院で診てもらったほうがいいですね」

「私、何かの病気なんですか？」

「まだ分からない」

宮川はカルテから目を離し、美奈子の目を正面から見て噛んで含めるように言った。

「妊娠して子供を産むためには、そういう不安要素を排除しなくちゃならない。そのための検査です」

宮川の対処は早かった。その日のうちに大学病院に紹介状を書き、週末には検診を受けるよう美奈子に念を押した。

大きな大学病院を訪れたのは、遠い昔に親戚の叔父を見舞ったとき以来だった。診察を待つ人々で空港ロビーのように混雑するエントランスホールを抜けてエレベーターに乗り、『血液内科』のある階で降りると、嘘のように静まり返っていた。その静けさが、自分の病気が尋常でないことを物語っているようで、美奈子は何やら空恐ろしい気がした。

准教授の肩書を持つ佐々木という医師は、まだ顔に若さの残る優しげな人物だった。宮川から送られたカルテを一見して「マルクの用意を」と看護師に小声で告げてから、美奈子に向き合った。

「もう一度うちで精密に検査しますが、急性白血病の疑いがあります」

あのとき、腰のあたりが震え、体中の力が抜けていく感じがしたのを美奈子は今でもよく覚えている。全てはあのときから始まった。

「これから骨髄穿刺《せんし》という検査をやります。腰の骨に針を刺して骨髄組織を抜き取り、詳しく調べる検査です」

骨髄穿刺は想像したより苦痛ではなかった。

「ちょっとだけ痛みますよ」

薄暗い処置室の中、佐々木の穏やかな声が背後から聞こえて、腰のあたりに局部麻酔が打たれた。麻酔が十分に効いていたせいか、腰骨に針を打ちこまれているという感覚はなく、針を抜き取るときに鈍い痛みを感じた程度だった。

急性前骨髄球性白血病。

それがあなたの正式な病名です——と告げられたのは、検査のわずか二時間後だった。不妊治療を通して美奈子の体をよく知っていた宮川が、血液検査の微細な変化を見逃さなかったおかげで、発症の極めて初期段階で発見できたのは不幸中の幸いだった、と佐々木は説明した。

「できるだけ早く治療を開始したほうがいいですね。まずは合併症の検査をしなければなりません。すぐ入院できますか？」

全てのことが突然やって来て、突然始まった。

「入院、ですか？」

美奈子は徐々に得体の知れない恐怖感を感じ始めていた。

「ええ、少なくとも二、三日は」

あのとき、穏やかにそう言う佐々木の白い顔までが邪悪に見えた。

「週末、御主人と出かける約束でもしていましたか？」

希久夫のことを言われて、美奈子はようやく我に返った。

キクちゃんに何て言おう。わたしは、子供を産むどころか、とんでもない病気にかかってしまった。

「必要でしたら私から御主人にご説明してもかまいませんが」

「いえ」

美奈子は冷静さを取り戻していく頭の隅で、こんなことあの人に言えないと思った。

「主人には私から話します」

この男を幸せにしたい――結婚する前、希久夫に対して強烈にそう思ったことを美奈子は思い出していた。あの夏の日感じた、体の奥のほうから湧き上がってくる強い使命感のような愛情を、忘れることなんてできない。

自分がこの男を幸せにする。

あのとき感じた気持ちは、秘かに神様と交わした、崇高で厳格に守られなければならない約束だった。あんな気持ちにさせられたことは、それまでの人生で一度もなかったし、それは今も変わらない。

「先生。私の病気は治せますか？」

毅然《きぜん》と自分の目を見つめてそう言った美奈子に佐々木はやや気圧されたようだったが、やがて誠実そうな笑みを浮かべた。

「蓮見さん。現在この病気は最も治療しやすい白血病なんです。幸運なことに素晴らしい特効薬があるからです。ＡＴＲＡという内服剤を服用することで、血液細胞を元の正常な状態まで戻すことができます」

「それは、強い薬なんでしょうか？」

美奈子は、抗癌剤で髪の毛の抜け落ちた自分を想像した。

「いわゆる抗癌剤とは少し違います。たくさんの種類がある白血病の中でも、急性前骨髄球性白血病だけに有効なビタミンＡの誘導体です。体への負担も少なく、一日三回服用すれば、日常生活を続けながら治療できます」

佐々木の顔には、患者を安心させるための嘘をついている後ろめたさは微塵もなく、美奈子を安心させた。

「仕事を続けることはできますか？」

「もちろん。しかし規則正しい生活をして、体に必要以上の負荷をかけないようにする必要があります。それがこの病気を治す早道です。職場の上司の方とよく相談してください」

自分に期待をかけてくれているオーナーの落胆する顔が美奈子の頭をよぎった。バイヤーの仕事は諦めざるを得ないだろう。でも不思議と悲しくはなかった。子供ができたらいつでも辞める……すでにそう腹をくくっていたおかげかもしれない。

「蓮見さんのように発症のごく初期段階の場合、特にＡＴＲＡ療法は有効です。ほぼ九割の患者さんがこの薬で完全寛解、つまり白血病細胞が骨髄中の細胞の五パーセント以下に減った状態まで回復する、というデータがあります。まずはこの寛解導入療法から始めましょう」

「どれくらいの時間がかかりますか？」

「最短で一週間、長くてまず、一ヶ月」

もっと深刻な状況を想像していた美奈子は、少し肩の力が抜ける思いだった。

「ただし油断は禁物です。完全寛解と言っても根治《こんち》ではないんです。体内にはわずかですが白血病細胞が生き残っていますから、治療をやめると必ず再発します。ですからその後の『地固め治療』が大切なんです。上手くいけば半年、確実を期するなら二年は辛抱強く投薬を続け、経過を見守る必要があります」

「二年……ですか」

その頃自分は三十八歳になっている。子供を産めるだろうか？　美奈子はまずそのことを考えた。

「ところで、不妊治療をされていた……と、宮川先生から聞いています」

佐々木は宮川から提供されたカルテに目を落とし、やや表情を引き締めた。

「残念ですが、この治療の期間中、家族計画のための性交渉をしないことを強く勧めます」

「どうしてですか？」

「ＡＴＲＡは副作用の少ない薬ですが、胎児の催奇性《さいきせい》を誘発する恐れがわずかにあります」

「催奇性……」

「全部が全部とはいいませんが、深刻な臓器疾患を先天的に持った赤ちゃんや、奇形児が生まれるケースが報告されています」

美奈子は目の前が真っ暗になる思いだった。

「蓮見さん、あなたの目的は赤ちゃんを産むことだけではないはずです。その子を育てて、一緒に楽しい人生を送っていくことなんです。そのための忠告です」

佐々木は諭すようにそう言った。

「私は医者ですから、患者さんにいたずらに期待を抱かせてはならないのですけど……」

佐々木はそう穏やかに前置きして、

「経過が良好であれば、段階的に投薬量を減らしても、二年あまりで完全治癒が確認される期待が持てます。その後さらに二年間、薬の副作用が消える期間をおけば、安心してお子さんを作ることができます」

「佐々木先生……」

美奈子はやっとの思いで口を開いた。声が震えていた。

「そのとき私は、三十九歳になっています」

「蓮見さん」

佐々木はカルテを閉じてデスクの上に置いた。

「実は、私の姉の子は宮川先生に取り上げていただいたんです。それ以来のお付き合いでして……姉は四十二歳の初産でしたが、母子ともに健全でした。あなたはまだ三十六歳です。人生の半分も生きていないんですよ。今はただ、その残りの長い人生をどう幸せに生きていくか……それを強くイメージして病気と闘っていきましょう」

キクちゃん、ごめんね。

美奈子は込み上げてくる悲しみを、希久夫の顔を思い出すことでかろうじて抑え込んだ。

キクちゃんごめんね。わたし、キクちゃんの赤ちゃんを産めないかもしれない。

佐々木が何か自分を励ます言葉を連ねていたような気がするが、美奈子はよく覚えていない。

ただ佐々木の背後にある窓の外、今年初めての雪が疎《まば》らに飛散していたのを記憶している。

結局、佐々木に頼んで検査入院は翌週にしてもらった。会社には有給休暇を申請し、希久夫には急な海外出張だと嘘をついて。

その後美奈子の病気は、佐々木医師が予想した理想的なプロセスで回復していった。ATRA療法開始後一ヶ月で完全寛解。

その良好な結果に満足した佐々木から、仕事をしながらの通院治療が許可された。

美奈子に目をかけてくれている輸入家具店のオーナーには、「子供を作りたいから」という理由で、内勤への異動願いを出した。こちらはまんざら嘘でもないので、さほど心は痛まなかった。

「左遷か？」

内勤になったことを知った希久夫が心配顔でそう訊いたのも無理はない。美奈子がいかにバイヤーの仕事に執着していたかを知っていたからだ。

「ローテーション、ってやつかな」

美奈子はまた一つ小さな嘘をついてしまった。

「うちは小さな会社でしょ？　一番人気のバイヤーのポジションを誰かが独占しちゃうと、精神衛生上良くないのよ」

「そうか」

夫に嘘をつくのはもっと精神衛生に良くない。

希久夫はいつもの笑みを浮かべて、それ以上詮索しなかった。

「でも、無理するなよ」

希久夫は決して鈍い男じゃない。

「無理なんかしてないよ」

「辛いことがあったら相談してほしい。人に言えなくても、俺には」

希久夫は一見茫洋《ぼうよう》としているが、敏感な感受性を肉厚な優しさで包んでいるだけだと美奈子は思っている。いつまでも隠し通せることではない。この嘘がしこりにならないうちに、いつかは話さなければならない。でも自分一人で解決できることなら、希久夫に心労や負担をかけずに済ませたいとも美奈子は思う。まだ自分は何の努力もしていない。だから今は、まだ話す時期ではない。

「これからはキクちゃんと長い時間一緒にいられる。わたし、それが嬉しいんだ」

美奈子は本当のことを一つ言って、希久夫の澄んだ眼差しから逃れた。

その後美奈子は二十二ヶ月間にわたる地固め療法を根気強く行い、精密な組織検査でほぼ完全な治癒が認められた。約一ヶ月半前のことだ。美奈子は佐々木の許可を得て、産婦人科の宮川医師とも相談しつつ、妊娠に向けての〝薬抜き〟を始めた。忍耐強く治療を続けて病気を克服したことは大きな喜びであり、美奈子は再び自分の体力に自信を持った。

しかし、その代償も払うはめになった。希久夫との関係がその二年ほどの間に少なからずぎくしゃくしてしまったからだ。再び希久夫に避妊具を着けてもらうようになり、危険な日にはやんわりと拒否した。希久夫はその変化を、やはり子供を作りたくなくなった美奈子の意思表示だと受け止めたに違いない。この問題は二人にとって再び「腫れ物」になった。

子供を産みたい女が、妊娠することを禁じられているというのは、滑稽で残酷だった。佐々木医師からほぼ完治したと告げられたとき、美奈子は希久夫に全てを話そうと思ったが、ＡＴＲＡの服用をやめて一ヶ月後に行われる、最後の精密検査を待ってからでも遅くないと我慢した。二年間の闘病と比べれば、それくらいの辛抱などなんでもない。


最後になるはずの検査の結果は、信じ難いものだった。美奈子の骨髄の中で、再び白血病細胞が数を増やし始めているという。

急性骨髄性白血病が再発した。

すべてが振り出しに戻った。不安と闘いながら歩いてきた薄暗い樹海の道が、突然断崖の上の行き止まりに出たような気がした。

家に持ち帰る私物は段ボール箱一つに収まった。使えそうな資料や文房具、事務機などはショールームの後輩たちに譲ったし、それ以外のがらくたは捨てた。美奈子は記録魔だっただけに、写真やメモ帳、雑誌の切り抜きなどの類が山ほどあったが、未練を断ち切るためにも思い切って処分した。

「そういえば、美奈子の個人アドレス聞いてなかったよね。また連絡取り合おうよ」

去り際、段ボール箱を抱えた美奈子に、竹内志穂が当たり前のようにそう言ったが、感傷的になっていた美奈子は少し癇に障った。

「ありがとう。でもそのお気持ちだけでけっこう」

「どういうこと?」

「あなたと話すことなんて、たぶんないと思うから」

言わなくてもいいことだが、魚のようにキョトンとした顔の竹内を見て、少しは溜《りゅう》飲《いん》が下がった。

もう何度も「送る会」をしてくれたのに、オーナーも同僚たちもショールームの外までぞろぞろと見送りに来てくれた。自分は愛されていたんだと思うと、ここで働いた十二年が報われる気がする。

美奈子はタクシーに乗り込んだ。ここに戻ってきたい。その気持ちはまだあった。でも、もう戻ってこれなくてもいいとも思っている。

「阿佐ヶ谷まで」

行き先を告げ、走り出したタクシーの窓から見慣れた街の景色を見ているうち、不意に涙が出てきた。それが呼び水になり、どうしようもないくらい涙が溢れてきた。

自分の選択は間違っていない。

そう思えば思うほど、無性に悲しくなった。

白血病の再発を告げられて以来、この病気が仕事をしながら片手間で治せるものではないことが身に沁みて分かったし、もっともっと大切にしなければならないものがはっきりと分かった。

希久夫を不幸になんてできない。だから自分は死ぬことなんてできない。

でも、万が一死んでしまうとしたら……希久夫のために、今の自分ができることを真剣に考え、生きているうちにやり遂げなければならない。

インターネットで探した手堅そうな弁護士事務所を訪ね、袴田という人柄の良さそうな老弁護士に出会ったのは、仕事を辞めた翌週だった。この一ヶ月の間、考え抜いて出した結論を形にしなければならない。最悪の事態はいつ訪れるか分からなかった。

自分から希久夫への、遺言を残しておかなければならない。

VI

これからは女性が車に乗る時代が来る
女性にアピールする車を作らなくてはならない
この世に女がいなかったら俺は毛生え薬を試すことはなかったし
服はドンゴロス（ずた袋）に穴を開けたもので十分だ

希久夫　二〇〇九年六月二七日

袴田弁護士立会いのもと開封された美奈子の遺言には、以下のことが箇条書きで書かれていた。ブルーのインクで美奈子自身が書いたものだ。

一、私の預金については、残高の全てを夫、蓮見希久夫に贈与します。尚、私が死亡した際、クレジットカードなどの個人的な残債があれば、ここから清算してくれることを望みます。
二、私が死亡した際に支払われることになる生命保険金総額の二分の一を、NPO法人白血病研究基金に寄贈し、四分の一を夫・蓮見希久夫に、残りの四分の一を父・辻浩一に贈与します。
三、私の遺品に関しては、夫・蓮見希久夫をその代理人として処分を委託します。特に以下の物に関しては、遺言どおりに処理してくれることを希望します。
①私の蔵書のうち、ブルーのしおりを挟んである書籍は貴重な専門書、写真集ですので、代理人が必要としない場合は、杉並区立図書館に寄贈してください。余の物は廃棄してもらってかまいません。
②私の衣服、靴、鞄、宝飾品などは全て妹・辻美紀に贈与します。処分方法は彼女に委ねます。
③納戸にある私の私物が入った木箱（赤いテープが巻かれたものです）は、母・辻芳江に贈与します。
④私名義の車は、夫・蓮見希久夫に贈与します。できれば処分せず、乗ってくれることを希望します。

右記以外の物の処分については、代理人である夫・蓮見希久夫の一存に任せます。

尚、遺言に指定された相続人がすでに死亡しているか、相続能力を持たないときは、民法に定められた順位で相続されることを、弁護士・袴田聡一郎氏に委託します。


「これだけですか?」

遺言書に目を通した希久夫は、当惑気味に袴田を見た。

「そこに書かれていることが遺言の全てです」

「他に、私や家族宛ての手紙のようなものは」

「私がお預かりしているのは、それだけです」

気まずい沈黙が、障子を開け放した六畳間に流れた。

「先ほどもお話ししましたが、この遺言は美奈子さんがご自分の病気の再発を契機に作られた、万が一のときのためのものです。委託された私はもちろん、ご本人もこういう形でご主人の手に渡るとは想像できなかったと思います。実際、彼女は最後まで必死に生きようと努力していたわけですから」

しかし希久夫には一つだけ腑に落ちない点があった。

「車の相続についてですが、贈与する相手は私ではなく、家内の妹の間違いじゃないでしょうか?」

「間違いありません。きちんとご本人に確認しましたから」

「しかし……車を運転できない私がもらうというのは」

「えっ、免許お持ちじゃない？」

「はい。残念ながら」

希久夫が原付免許さえ持っていないことを、美奈子は袴田に話していなかったらしい。

「まあ、これは故人のご遺志ですから」

困った顔で茶を啜った袴田は、そう言って曖昧《あいまい》に話をまとめた。

「美奈子さんはかなりの車好きだったみたいですね。うちの事務所にもよくあの車でいらしてました。グレース、でしたかね？どこか美奈子さんに似ている気がします。上手く説明できませんが……こう、磨き上げたような美しさがあります。操縦は難しそうですけど」

袴田の美奈子評は、言い得て妙だと希久夫は思った。手綱さばきが難しいところも的を射ている。

「いや、これは、つい不謹慎なことを言ってしまいました。謝ります」

「いいえ、案外当たっています」

本当に変わった女だな、と希久夫は思う。

こんな遺言を俺に残して。

「よろしければお茶をもう一杯、いかがですか」

希久夫は空になった袴田の麦茶のグラスを盆に載せて立ち上がった。

バス通りに出る角で、丁寧にパナマ帽を取って会釈する袴田の姿が陽炎《かげろう》に揺れている。今年の夏は一人で過ごさなければならないのか……希久夫は、気持ちのまとまらない頭の隅でそんなことを思った。

玄関脇の駐車場に目をやると、美奈子が遺していった赤い車が、眠っているように静かにうずくまっている。

(もう三年か、うちに来て)

美奈子がこの車に買い替えたのは、父親の敬一郎が亡くなる少し前だった。

それまで長い間乗っていた『ムツゴロー』(たしかイタリアの車だった気がする)がついに動かなくなり、美奈子は泣く泣くディーラーに引き渡した。車にも「大往生」というものがあるんだと希久夫が思ったほどの最後だった。

しばらくの間ふさぎこんでいた美奈子が、目を輝かせて新しい車の話をするようになったのは、フランスのオークションサイトで『グレース』を見つけてからだ。

「すごい掘り出し物を見つけちゃった」

仕事柄、美奈子はそういう古い一点物を見つけ出す術に長けていた。

「六十年代の名車よ。小さいオープンカー」

こういうものはね、一期一会なの——と美奈子はいつもの持論を持ち出した。大量生産の規格品ならいつでも同じ物が買える。でも心を打つアンティークという唯一無二の一点物は、出合ったときにしか手に入れるチャンスがない。くどくどと躊躇していれば、再び巡り合う機会は永遠に失われてしまう。

「男と女の出会いと同じよ」

自分を選んだのも「一期一会」の哲学なのだろうか。希久夫は、あのとき美奈子に見出された自分は幸運だったと思う。

数ヶ月後、ピカピカに磨き上げられた赤いオープンカーがうちにやって来たとき、希久夫は何やらオーラめいたものを感じた記憶がある。この車は、フランス、イタリア、スイスと持ち主が変わるたびに旅をして、阿佐ヶ谷の我が家までやって来たらしい。

「イギリス製の車?」

希久夫が何となく勘でそう訊くと、

「キクちゃん、これよく見てよ」

と美奈子は後部トランクの蓋にある銀色のエンブレムを指差した。『ＨＯＮＤＡ』

とある。

「HONDAって、あのホンダ？」

「そう。あの、日本のホンダ」

「へぇ。昔こんな車造ってたんだ。何ていう名前？」

「グレース」

美奈子はそう言って、赤いボディを愛おしげに撫でていた。

不用心なことに、グレースにキーを差したままだった。成田から回送してもらったまま、葬儀の慌ただしさにまぎれてすっかり忘れていた。

希久夫はいつもの癖で助手席側のドアを開け、シートに腰を下ろしてから自分の迂闊さに気づいた。

座るのなら運転席のほうだろう？　運転席に座るべきこの車の主はもういないのだから。

一度車を降りて反対側に回り、改めて運転席のドアを開けた。違和感があった。シートに座ると、目の前に三本スポークのハンドルと、暗く沈黙したインパネのメーター類がある。

イグニッションに差さったままのキーに指をかけたとき、このまま走り出したらどうしようという恐怖感が急に込み上げてきて、慌てて手を離してしまった。子供の頃、父親の車にこっそり乗ったときの気持ちに似ていた。

「無理だよ、俺には……」

いくら大切にしていたとはいえ、こんなに手のかかる機械を、運転免許も持っていない自分に遺した美奈子の気がしれなかった。

ドアを閉めると、幌で覆われているだけの車内が嘘のように静かになった。

グローブボックスを開けると、美奈子が使っていた革のグローブとサングラスが、主を失ったことなど知らぬようにそこにある。希久夫は妙に鼻の奥のほうがムズムズとしてきて、慌ててグローブボックスを閉じた。

ハンドルを握り、シートに深くもたれて目を閉じて深く息を吸い込むと、仄《ほの》かに美奈子の香りがした。

ふと、美奈子の顔を思い出した。泣いている顔だ。

「だから、謝ってるじゃない」

美奈子は感情が高ぶると、額の、眉と眉の間のあたりの静脈の影がスウッと浮き出る。それが分かっているのに、つい言わなくてもいいことを言ってしまう。

「仕事を言い訳にするのはよせよ。仕事の都合つけて休みを取った俺はどうなる?」

「展示会の前はいろいろ大変だってことくらい、いいかげん理解してよ」

美奈子は怒ると声が小さくなる。

「俺が理解してないって言うのか？　色んなことを我慢したり、犠牲にしたりしてきたのに」

「犠牲？」

美奈子の眉間のサインが見る見る蒼ざめる。

「キクちゃんだけが辛い思いしてきたみたいに言わないでよ」

美奈子はショルダーバッグ一つ持って、家の外へ飛び出していった。雨が降る夜だった。

何時間経っても美奈子は帰ってこなくて、心配になって駅前の飲み屋街に捜しに出かけた。美奈子はこんなとき、決して実家や友人のところには逃げ込まない女だった。夫婦喧嘩のとばっちりを持ち込んで慰めてもらうなど、プライドが許さないのだろう。

ファミリーレストランにまで手を広げて捜したが、美奈子を見つけることはできなかった。傘を差して阿佐ヶ谷中を歩き回り、疲れ果てて家に戻ってみると、玄関に置かれたままの美奈子の傘に気づいた。

玄関脇の駐車場を見ると、グレースの車内で寝ている美奈子を見つけた。泣きながら寝てしまったのだろう。フロントグラスを透かして、頬に乾いた涙の痕が見えた。

「美奈子……」

あの夜、グレースの運転席で泣きながら眠ってしまった美奈子の白い顔を思い出した。

たしか、フランスの遺体安置室で見た美奈子の頰にも、あの夜と同じ涙の痕があった。

「美奈子」

もう一度そうつぶやいたとき、驚くほど熱いものが、ボロボロと頰にこぼれ落ちた。

美奈子が死んで初めて流した涙は、いつまでたっても止まらなかった。

Ⅶ

鋭敏で振幅のある感情というのは
いつの場合でもモーションの生まれる発火点だ
これがイカレてくれれば人間が動物に退化するのである
自分から捨てれば奴隷として生きることになる

希久夫　二〇〇九年八月一日

『多磨霊園』という、辛気臭い名前の私鉄の駅で降りたのは初めてだった。各駅停車しか停まらない駅で、もともと乗降客も多くないのだろうが、土曜日の朝八時半ということもあり、まったく閑散としている。

改札を出て、油蟬が鳴きしだく広大な墓地の森を北に向かって歩いた。運転免許試験場に行くのはこれが二回目だ。筆記試験を受けに来た前回は、三鷹駅からバスを利用したが、今日は歩いて行こうと家を出るときに決めた。郵送してもらってもよかったのだが、直接受け取りたかった。出来上がった自分の免許証を受け取りにいくという弾んだ気持ちが、駅から徒歩三十分の試験場まで歩いてみようと思わせたのだろう。

正直こんなに嬉しいとは思わなかった。自分の運転免許を手にする、ということが。自動車教習所で予想以上に苦戦したというせいもある。車の運転というのは身体的な能力以外に、ある種の感性が必要なものだと思い知らされた。物理的な言い方をするなら、「移動する物体の中で常に外界の他物体との位置関係を相対的に把握し、環境や地形の変化を考慮して予測し、修正しつつコントロールする行為」と言える（簡単にいえば、クランクカーブや車庫入れでポールにぶつけないとか、坂道発進で後ろに下がらないという単純なことなのだが）。脂汗や冷や汗という類の汗をあれほど掻いたのは初めてだ。教習の第一段階で早々と落第してしまったのも、その手の〝センス〟が欠落していたからだろう。

「まあ、こういうのは運動能力とはまた別のものですから」

角田という五十がらみの担当教官は、妙な慰め方をしてくれた。

「動体視力とか、反応スピードとか……三十五歳の人間が十八歳の人間に負けるのは仕方ないですよ」

あとは慣れですねと言われたが、野球部では三番・ショートだった希久夫にとって（もう二十年近く前のことだが）、自分の運動神経を否定されるような落第はかなりショックだった。

「蓮見さん、今からオートマティック車のコースへ変えることも可能ですよ」

角田は教官としての本音を、そのように言い換えた。

「いえ、うちの車がマニュアル車なので」

「スポーツカーですか？　初心者がそういうのに乗るのはお勧めできませんねぇ。ポルシェとか？」

角田の言葉尻は少し嫌味を帯びていた。

「いや、昭和の時代の国産車です」

角田の右眉がピクリと上がった。

「箱スカとか、ケンメリ？」

「二人乗りの車でして」

「ヨタ8だ。そうでしょう？」

角田は矢継ぎ早に古い日本車の名前を口にしたが、困った顔の希久夫を見て、この男に訊いても分からねえか……という態《てい》で頭を掻いた。

「ま、そういうことならちゃんとやりましょう、ちゃんと。昔の車は運転難しいですよ。クラッチも固けりゃ、ステアリングも重い」

その後希久夫は、角田の懇切丁寧な指導もあって、落伍することなく一ヶ月ほどで教習所を卒業した。

「頑張りましたね。仕事帰りに毎日でしょう？　なんか執念みたいなものを感じましたよ」

角田はそう祝福してくれたが、そんな大げさなものではない。ただ車の免許を取るくらいしかすることを見つけられなかっただけだ。美奈子がいなくなった寂しさを忘れるため、何か没頭できることが必要だった。

没頭しただけに達成感もあった。卒業証明書をもらった夜、希久夫は生まれて初めて一人で酒を飲みにいった。教習所の前にある居酒屋で酎ハイを一杯飲んだだけだが、あんなに美味いものだとは知らなかった。カウンターで一人酎ハイのジョッキを上げ、ちょっと乾杯の仕草をしたのは、美奈子と祝杯を上げているつもりだった。

美奈子、俺、免許取ったよ。

天国にいるだろう美奈子に、そう心の中で語りかけたとき、希久夫はほんのりと寂しい気持ちになった。

人はこうして、死んでしまった人間を思い出にしていくのだろう。

「蓮見さーん。杉並区の蓮見希久夫さーん」

窓口の職員に抑揚のある声で呼ばれ、出来上がったばかりの運転免許証を受け取った。どうして証明写真の自分はこんなに無愛想なのかという不満もあるが、阿佐ヶ谷の家に帰り着くまで、電車の中で何度も財布から取り出しては眺め、ニヤついた。

（さて、車に乗ってどこに行こう？）

思い立ったときにどこにだって行ける、と思ったとき、ふと美奈子の言葉を思い出した。

「わたし、たぶん運転免許を持ったときに大人になったんだと思う。大学生になる前の春だった」

結婚したばかりの頃、美奈子が運転免許の更新を終え、新しい免許証を手に帰ってきたときのことだ。

「運転免許さえあれば、いつでも好きなときに車を走らせて、好きな場所に行けるって思ってた。でも、実際そういう自由を手に入れたときに怖くなったの」

想像してみてよ、と美奈子は言った。

「例えば夜中にふと思いついて、友達も知り合いもいない北の遠い遠い町に、あてもないドライブに出かけたとするよね。一晩中走って、夜が明けて、行けども行けども知らない町なの。わたしを知っている人間なんて一人もいない町。最初のうちは孤独を楽しめるかもしれないけど、そのうち不安になってくる。自分はどこまで行くんだろう？　どこまで走ったって自分は独りぼっちなのに」

際限がないの。自由には——だからものすごく怖い、と美奈子は言った。

「どこにでも行ける自由は、帰る場所がある安心感に裏付けられた自由だってそのとき思ったの。だから逆に、自分のいるべき場所、帰るべき場所はどこだろうって考えるようになった。それまでは、そんなこと考えもしなかったのに」

どこにでも行ける自由は、帰る場所がなければ、〝いつまでも続く孤独〟でしかない。自分の運転免許証を手にした今、希久夫は、あのとき美奈子が言った言葉の意味が少し分かるような気がした。

しかし帰るべき場所には、必ず誰かが待っていてくれるものだ。俺の帰るべき場所にはもう誰もいない。旅に出なくとも〝いつまでも続く孤独〟と闘い続けなければならない。

次の日曜日は運よく晴れてくれた。

免許取りたての初ドライブが雨だという最悪のシナリオが避けられて、希久夫は胸を撫で下ろした。

教習所でも雨の日の運転は嫌だった。水滴の付いたサイドミラーは見にくくて、なんとなく勘で車庫入れや幅寄せをしている自分が空怖ろしい。

最初のドライブの目的地は決めていた。美奈子の骨が納められた蓮見家の墓は世田谷の豪徳寺にある。そこに墓参したあと、目黒にある美奈子の実家に顔を出すというルートだ。

玄関横の駐車場で薄く埃を被った『グレース』のドアを開け、運転席に座った。車内の空気が古本屋のようにきな臭い。考えてみれば、もう二ヶ月近くガレージの置物になっている。

キーをイグニッションに差して回した。セルモーターが乾いた音を立てるばかりでエンジンに火が入らない。

二度三度とキーを回すが、やはりエンジンはかからなかった。希久夫は不安になってきた。インパネの警告灯は何も点いていない。

はたと気づき、チョークレバーを引いて、もう一度イグニッションを回した。

軽く咳き込むような声を上げてエンジンが目覚め、小さな赤い車体を揺すった。

怖々アクセルを踏むと、タコメーターの針が小気味よく振れ、ひんやりとした感触のハンドルを通して、グレースの鼓動が希久夫の手に伝わってくる。希久夫は訳もなく鳥肌が立った。

（美奈子が生き返った）

一瞬、そんな錯覚にとらわれた。

そう思ったとき、ポーンと澄んだ電子音が響き、ラジオの上に無理やり取り付けられた小さな画面に地図が浮かび上がった。

（そうか、こいつも一緒か）

こいつ、とはカーナビのことなのだが（さすがに美奈子もカーナビにまでは名前をつけなかった）、極端な方向音痴だった美奈子には必要不可欠な相棒だったといっていい。こいつが美奈子の愛車に装備されたおかげで、助手席の希久夫はナビゲーターをお役御免になれたのだ。走る車の中で地図を見るというあの気持ち悪さから解放してくれた恩もある。

使ってみよう、と希久夫は思った。道を知らないわけではないが、一方通行の多い世田谷あたりの路地は免許取りたての自分には荷が重い。

「豪徳寺、豪徳寺……」

希久夫は『目的地設定』から『公共施設』、さらに『神社仏閣』を選び、東京、世田谷とエリアを狭め、豪徳寺を目的地に設定した。地図上にルートと移動距離、推定所要時間が即座に表示される。

「なるほど」

便利だった。美奈子がこいつを手放せなかったはずだ。希久夫は豪徳寺を第一目的地にセットし、次に碑文谷《ひもんや》にある美奈子の実家の住所を入力しようとして、はたと指を止めた。正確な番地を思い出せない。

もう一度、目的地設定画面を呼び出した。電話番号もうろ覚えだった希久夫は、画面をスクロールさせ、『メモリー』というアイコンを見つけてタッチした。頻繁に実家に顔を出していた美奈子が登録しているに違いない。

「あった」

阿佐ヶ谷の自宅や勤め先、取引相手らしき会社に交じって、碑文谷にある実家の住所が登録されている。

「使えるな、お前」

美奈子の実家を第二目的地に設定し終えた希久夫は、さっきから設定画面の隅にある一つのアイコンが気になっている。

『目的地履歴』だ。

希久夫の頭の中で、新鮮な思い付きがムクムクと頭をもたげ始めている。

美奈子が遺した車を運転するために、この歳になって免許を取った。その記念すべき初めてのドライブで、美奈子が行った場所を訪ねてみるのも悪くない。悪くないのだが……希久夫はアイコンにタッチするのを躊躇《ためら》っている。どこか携帯電話の着信履歴を盗み見るような罪悪感がある。

(美奈子を供養するドライブだと思えばいい)

希久夫は好奇心に負けそうな自分をそう正当化した。

『目的地履歴』のアイコンに触れると、ピッと音を立て、美奈子が人生の最後の日々に訪れた場所の履歴が、成田空港の長期パーキングを先頭にズラリとディスプレイされた。

成田エアポート・パーク
千葉県成田市　取香五五七番地
到着時刻　六月四日　八時二七分
とある。希久夫が通夜の前日にこの車を見つけた駐車場で、名前にも覚えがあった。

違和感を感じたのは、その日付だった。

もう二ヶ月も前のことだが、そうそう簡単に忘れるものではない。美奈子がフランスで事故に遭って死んだのは六月八日だ。その十日以上前にフランス行きの飛行機に乗っている美奈子が、六月四日に成田にいるはずがない。

(時計かカレンダー機能の設定のミスだろう)

希久夫はそう解釈し、画面の端に表示されているカーナビの現在時刻と、自分の腕時計を見比べたが、両方とも八月一日午前一一時一八分でピタリと符合している。

しかし、日付よりもっと納得いかないのは、その前の目的地履歴だった。

静岡県御殿場市　東田中一一一九

到着時刻　六月三日　二三時五四分

よしんばカーナビの日付が間違ったものだとしても、美奈子はこの家から海外旅行に出発していなければおかしい。旅立つ日、玄関先で美奈子の車を見送ったのは動かしがたい事実なのだ。その前日の深夜、御殿場にいるなどありえない。

希久夫はその御殿場の履歴にタッチし、地図を呼び出した。東名高速のインターを降りてすぐの場所にあるホテルだった。地図を拡大していくと、ホテル名が表示された。

『ホテル・アルファ・イン』とある。

よくある高速道路沿いのラブホテル……というのが、最も無理のない想像だろう。希久夫の頭の中に、重く黒い不信感が重油のようにゆっくり流れ始めている。美奈子に対して初めて感じた不快な疑念だった。指が震えている。その震える指でさらにそれ以前の履歴をなぞり、スクロールさせた。

愛媛県松山市　歩行町二―一四―二

到着時刻　六月二日　一三時〇八分

広島県尾道市　十四日元町三―二七
到着時刻　六月一日　一六時二一分
滋賀県高島市　新旭町針江五八九
到着時刻　五月三一日　九時四六分
滋賀県近江八幡市　仲屋町中一九
到着時刻　五月三〇日　一六時一七分
長野県松本市　大手五―三―二四
到着時刻　五月二九日　一五時三三分
神奈川県藤沢市　辻堂元町三―一八―五
到着時刻　五月二八日　一一時三八分

四国の松山、広島の尾道、滋賀の近江八幡、信州の松本……希久夫が知る限り、美奈子とは無縁の町ばかりだ。連想できるのは温泉や観光地を巡るドライブ旅行でしかなかった。ただし五月二十八日の藤沢は腑に落ちない。履歴から想像するに一泊していた。あの海辺のベッドタウンにどんな観光地があるというのだろう。

五月二十八日。希久夫ははっきりと思い出した。その日美奈子は最後の一人旅をすると言ってこの車に荷物を積み、家を出ていった。

「ごめんね、二週間も家を空けるなんて。本当はキクちゃんと行ければよかったんだけど」

あのとき、美奈子は少し後ろめたい目でそう言った。

「節目の一人旅だろう？　俺が一緒だと意味ないんじゃないか？」

希久夫は、なんの邪推もなく笑ってみせたことを覚えている。

美奈子が人生の節目節目で一人旅をしたがることは希久夫や家族が周知の性癖で、いまさら不審がることでもない。

大学に進学するとき、社会人になる前、きつい失恋をしたとき、独身時代最後の休暇……それまでの自分と納得いくまで名残を惜しみ、新しい環境に踏み込んでいく覚悟をしっかりとつけるために必要な儀式なんだ、と美奈子は言っていた。

「人間というのは、悩みとか不安を誰かに打ち明けることで、心の負担が軽くなったと錯覚する動物なんだと思う」

いつだったか、美奈子はそんなことも言っていた。

「相談したって何の解決にもならないって分かってるのにね。相談されたほうの心の負担なんて考えもしないで」

他人の心の秘密や不安を共有させられることは、場合によっては本人以上に辛くなる。その人を愛していればいるほど。

「だから、一人で自分のことを考え抜くほうが、よっぽど気が楽」

節目の一人旅は、そういう孤独な時間をたっぷりと与えてくれる——美奈子が言いたかったのはそういうことなのだろう。

美奈子が結婚して初めて一人旅に出たいと口にしたのは今年の三月、十二年間働いた職場を辞める決心をした頃のことだ。二週間ほど一人で海外を旅してみたいと言った。あのとき、仕事を辞める理由を美奈子ははっきりと口にしなかった。

「キリがないから。どこかで区切りをつけないとね」

そう言っただけだ。ショールームに戻されたことがよほど応えたに違いない、希久夫はそう思っていた。もちろんそれだけが理由ではないだろう。子供を作ること、夫婦関係の軌道修正……思い当たることはいろいろある。

「帰ってきたら、次は二人で小さな旅行に行こうよ。話さなきゃいけないこともたくさんあるし」

それが、希久夫が聞いた美奈子の最後の言葉になった。家の前の道を、バス通りに向かって走り去るグレースを見送りながら、希久夫はその言葉を額面どおりに理解した。そこに別の意味が込められているなど考えもしなかった。

『離婚』という二文字が、不意に希久夫の頭をよぎった。自分の中にはまったくなかったその二文字が、美奈子の心の中にもなかったと言い切る自信はなかった。美奈子には、最終的に自分には理解できないブラックボックスのような心の暗部があるのではないか……かすかだが、そんな不安が以前からある。

たまらなく不快なものが胸の奥から込み上げてきて、希久夫はグレースから降りた。その不快さは美奈子に対するものではない。

一瞬、誰か他の男に抱かれている美奈子の顔を想像してしまった自分への不快さだった。

美奈子の部屋に入ったのは葬儀の日以来だった。美奈子が生きていたときと何一つ変わってはいない。

仕事机の上にはページが開いたままの読みかけの雑誌や、クリップでまとめられたレシートの束が置かれている。友達と行く予定だった芝居のチケットもマグネットボードに留められたままだ。突然いなくなっただけに、今でも部屋の主の気配が濃厚に残っている。

希久夫は、クローゼットに放り込んだままの段ボール箱を引っぱり出した。中にはフランスの病院で引き渡された美奈子の遺品が入っている。

箱を開けたのは初めてだった。損傷の激しくなかった美奈子の遺品が、ビニール袋で丁寧に小分けされて納められている。身につけていたアクセサリーや時計、ジャケットのポケットの中で割れていた携帯電話とサングラス、銀のバックルのベルト、ショルダーバッグ……箱を開けたとき、仄かにプロヴァンスのあの街の香りがしたのは、ラベンダーのドライフラワーが詰められた小さな匂い袋が箱の片隅に入っていたせいだった。おそらくあの病院の看護師の誰かが厚意で入れたものだろう。

希久夫はビニール袋の一つから、美奈子が愛用していたショルダーバッグを取り出した。たしかベトナムに出張したときに買ってきたものだ。飴色の水牛のなめし革で作られたハンドメイドのバッグで、旅行のときなどに好んで持ち歩いていた。

希久夫は、パリ経由で東京に戻る飛行機に乗るため、マルセイユ・プロヴァンス空港に向かう途中に、少し回り道をして事故現場に行って献花をした。四十メートル下の谷底に横たわるバスの残骸が、事故の激しさを生々しく物語っていた。

美奈子はこのショルダーバッグをしっかりと胸の中に抱え込んでいたと、同じバスに乗っていた添乗員の柏木から聞かされた。手になじんで少し色の濃くなった肩掛けベルトのあたりも、ボールペンを差したままのサイドポケットも、美奈子が使っていたままの状態で、今希久夫の手の中にある。型押しの蓮の花の模様のあたり、転々と小さな染みがついている。それは美奈子の血液かもしれないし、涙かもしれなかった。

希久夫は美奈子の仕事机に向かって座り、ショルダーバッグから青い革表紙のダイヤリーを取り出し、開いてみた。カーナビの履歴を見たときのような、盗み見るという罪悪感も躊躇もなかった。頭の中を騒がしく駆け回る疑念を晴らしたくて、気が急いている。

もどかしく五月二十八日のページを開いた。

ちょっと癖のある懐かしい美奈子の筆跡で『旅行』とだけあり、ページを捲ると六月十一日の欄に『帰国』と素っ気なく書かれているだけだ。

ダイヤリーの背表紙の内側にあるポケットの中に、プリントアウトしたEチケットの控えを見つけた。予約された飛行機の便名とスケジュールが正確に記されている。

TOKYO/NARITA　04　JUN　09　11：55　NH209

もう疑う余地はなかった。美奈子は六月四日に日本を出国し、同日の夕刻パリに到着、そのままトランジットしてニースに向かっている。

その前の一週間、あのカーナビの目的地履歴に残された場所をいったい誰と巡ったのか? いや、フランスにも一人で行ったとは言い切れない。

美奈子は嘘をついていた。

これがたった一つの嘘なのか、数えきれない嘘のうちの一つなのか、それはどうでもよかった。美奈子の「神話」が崩れたことに変わりはない。この世の中で唯一、無条件に信じられる者、という神話だ。

希久夫はパンドラの箱を開けてしまった。開けておいて後悔している。開けてみようと思った時点で「絶対的な信頼」などという自分勝手な妄想など崩壊していたのに。

ダイヤリーの最初のほうのページに、ラミネートでパウチされた写真が数枚綴じ込まれている。もしやと思ったが、見知らぬ男の横で笑っている美奈子の写真はなかった。昔実家で飼っていた愛犬の写真、かつて乗っていた車の写真、それに、どこかの漁港の桟橋を写した風景写真だった。ややくたびれたラミネートの感じからして、ここ何年も美奈子のダイヤリーに綴じ込まれていた写真であろうことは容易に想像がついた。よく見ると桟橋の写真には人が写っていた。一人の男が背を向けて桟橋の先端に座り、濃い青の海に向かって釣り糸を垂れている。

それは旅先で偶然出くわした風景のようでもあるが、写真の構図からして、美奈子がこの男を被写体にしていることは明白だった。麦藁帽子からはみ出した長めの髪、日に焼けた腕、白いポロシャツを着たその背中の感じからして、まだ二十代の若い男だと思われた。もちろん希久夫に思い当たる節はない。見知らぬ男の背中だった。

日盛りの庭の椎の木で、油蟬がけたたましく鳴き始めた。

希久夫は、すっかりドライブに出かける気が失せてしまった。

Ⅷ

私は、自分と同じ性格の人間とは組まないという信念を持っていた

美奈子　二〇〇九年五月二八日

この日の朝から夏は始まった。

まだ梅雨入りもしていないのに、そう感じさせる藍色の空が電信柱のシルエットを濃くしている。

「帰ってきたら、次は二人で小さな旅行に行こうよ。話さなきゃいけないこともたくさんあるし」

美奈子はそう言い、わざわざ出勤時間をずらして自分を見送ってくれる夫の顔をグレースの運転席から見上げた。

「そうだな。久しぶりにね」

相変わらずこの夫の笑顔には安堵させられる。自分にはコンプレックスやら隠し事やら抱え込むことが多過ぎて、もうこんな笑顔を見せる自信がなくなってきている。

「温泉にでも行こうか」と希久夫は言った。

そのときこそすべてを包み隠すことなく話さなければならないだろう。病気のこと、不妊治療のこと、自分と希久夫のこれからの人生に関わる大事な話を。隠し事を知って希久夫は怒るだろう。あるいは呆れて黙り込むかもしれない。一番最悪なのは責めも詰りもせず、ひたすら悲しい目で見つめられることだ。希久夫のあの目を見るのは辛い。軽蔑の目ではない。「こうなったのは俺のせいだ」と言わんばかりの自戒に満ちた悲しい眼差し。あの目を見ると、そうさせてしまった自分がたまらなく嫌いになる。

「じゃあ、行くね」

そう言いつつ、美奈子はなんだか名残惜しくてギアを一速に入れかねている。結婚して六年も経つのに、付き合い始めたばかりの頃のように別れ難かった。

「俺のことは心配しなくていいから。旅先で無理するなよ」

美奈子ははっとした。ひょっとするとこの人は、わたしのやろうとしていることなんか全部お見通しで、やりたいようにやらせてくれているだけなのかもしれない。そう思った。

車を出した。バックミラーの中で、見送る希久夫の姿がどんどん小さくなる。いつものようにバス通りを右に曲がるまで見送ってくれるのだろう。いつものことなのに、美奈子はなんだか泣けてきた。涙で、遠ざかる希久夫の姿が頼りなく滲んだ。慌てて指先で涙を拭ったが、バックミラーの中の希久夫はもう小さすぎて、表情さえ分からない。

『一キロ先、左方向。第三京浜国道、世田谷入口です』

カーナビに導かれ、美奈子の運転するグレースは環状八号線を南に向かって走っている。

向かう先は成田空港ではない。走り出してしまえば、希久夫に嘘をついているという罪悪感は消えた。むしろ今は焦燥感と使命感が美奈子を動かしている。自分に残された時間がどれだけあるのかを考えると心もとない。「運」などという都合のいい希望は捨てた。だから、気を緩めるとあっという間にくじけてしまいそうで怖かった。「死ぬ準備」というものが、こんなに孤独な作業だとは思ってもみなかった。

ほんとうは高井戸から中央高速に乗って西に向かえばよかった。本来の目的地に真っ直ぐ行くにはそうすべきだったが、さすがに心の準備が必要な気がしている。

(そういうところが弱いな)

神様や仏様よりも人間臭い男の言葉を聞きたかった。自分のやろうとしている無茶なことに承認を与えてくれるだろう、無茶な男の声を無性に聞きたくて南に向かっている。

『五キロ以上、道なりです』

第三京浜に乗った。多摩川を渡る橋の上の空はいつ見ても広い。南に延びる真っ直ぐな直線の向こうに入道雲が湧いていた。やっぱり今日から夏が始まる、と美奈子は思った。もし死ぬなら——頭の隅をふとそんな想いがよぎる。

(夏の間に死にたいな)

夏に生まれた美奈子はそんなことを甘酸っぱく考えてクスッと笑った。

(死ぬ気なんかないくせに)

今日まで生き抜くためのあらゆる努力をしてきた。海辺の町に向かって車を走らせながら、そう簡単に死ねるか、と不敵に思っている。

第三京浜から横浜新道に抜けて終点で降りるのが藤沢に向かう最短コースだ。しかし高速を降りたあとの国道一号線の混雑や、畑の中に連なるパチンコ屋やホームセンターのけばけばしい看板を見ながら走ることを思うと気が滅入った。とにかく早く海が見たかった。結局遠回りして横浜横須賀道路に入り、逗子インターで降りて葉山に抜ける道を走っている。湘南に来るときはいつもそうするように。

渚橋の交差点を過ぎると左手に海が広がる。

江の島の向こう、水蒸気に霞んだ富士山のシルエットが見え、逗子海岸を回り込むにしたがって、鐙摺《あぶずり》の浜に建つパステルブルーのレストランが見えてくる。美奈子の大好きな景色の一つだ。逆輸入車のグレースは左ハンドルで、その海越しの葉山の景色がよく見えた。

あのレストランには少女の頃よく行った。仕事に追われていた父が、罪滅ぼしのように家族をドライブに連れ出すときのお決まりの目的地だった。最後に食べる表面がパリパリのクレームブリュレが、子供心に夢のような美味しさだったことを覚えている。

希久夫とも結婚前に一度あのレストランに行ったことがある。まだカーナビを付けていない頃で、助手席に座る希久夫の膝の上には、いつも地図が広げられていた。

たしかあのときはデュークに乗っていた。

デューク、というのはフォルクスワーゲンが一九六〇年代に造った『スイング』という車に、美奈子がつけた愛称だ。鉄板のおもちゃみたいな武骨な四駆だった。スイング→スイング・ジャズ→デューク・エリントン→デュークという単純な連想からつけた愛称だった。希久夫はデュークが正式な車名だと思っていたようだが、気の利いた命名理由でもないので説明もしなかった。その後に乗った『ムツゴロー』も、フィアット600だから語呂合わせで〃ムツゴロー〃と命名したに過ぎない。

でも、このホンダS800につけた『グレース』という名前は買う前から決めていた。それ以外にふさわしい名前などなかった。エスハチは人間に譬《たと》えるならやんちゃな少年のような車だろうが、彼女が乗っているうちにどこか女性的な匂いをまとってしまっている。車にも、どういう人間を乗せてきたかで「育ち」の違いが出るものだ。平日の午前中で、海沿いの国道一三四号線は想像どおり空いていた。軽快に走れるのは楽しいけど、小さな逗子の海岸はあっという間に終わってしまう。夏が終わる前にもう一度希久夫とこの海に来て、あのパステルブルーのレストランで食事をしよう。そして最後にクレームブリュレを食べよう——そう美奈子は思った。

鎌倉に抜ける小坪トンネルに入った。トンネルの中は緩い下りになっていて、馬蹄形をした出口のアーチいっぱいに材木座の海が広がり、ストライプのように規則正しい波を立てている。その縞模様の間に、ボードの上で波待ちするたくさんのサーファーたちの姿が見え隠れしていた。

（四十過ぎてもまだサーフィンやってるんだろうな）

美奈子は、俊彦の真っ黒な顔やそばかすのできた広い背中、抑揚のある大きな声を懐かしく思い出した。日なたに干したTシャツのような肌の匂いも、かすかに。


藤木俊彦と知り合ったのは、もう十四年も前の夏のことになる。まだ美奈子は大学を卒業して二年目で、大手の住宅メーカーでOLをしていた頃のことだ。女子高時代から仲の良かった湘南の先輩がいて、俊彦はそのサーフィン仲間だった。

七月のある週末、茅ヶ崎にあるその先輩の実家に泊まりがけで遊びに行ったとき、ドヤドヤと酒を飲みに集まった地元連中の中でも、やけに目立つ男がいた。ちょっと無用なほどの存在感があった。よく陽に焼けた大柄の男で、長い手脚を器用に折りたたんで座敷の隅で酒を飲んでいた。それが俊彦だった。

漁師言葉めいた湘南弁が板に付いた俊彦は、藤沢や茅ヶ崎あたりにいる大味で能天気なローカル・サーファーという感じだった。正直、美奈子の好みの男の範疇には含まれない。しかしまずいことに笑顔が素晴らしかった。歯並みの良い白い歯を見せてよく食べ、かつ飲み、少し眩しそうに目を細めて屈託なく笑う。

（こいつ。自分で女にモテるって分かってる）

美奈子は、あやうくその笑顔に惹かれそうになった自分に腹が立ち、そんなふうに心の中で反発したことを覚えている。きっとロクな男じゃない、と早々に烙印を押した。

実際、俊彦はモテる男だった。しかし、こと恋愛に関しては猫のように秘密主義だ——と美奈子の先輩が耳打ちしてくれた。〝群れの外〟で恋をするのだという。

「地元の女と寝ないのよ」

そう言った先輩の声は湿り気を帯びていた。たぶん彼女も俊彦に選んでもらえなかった〝地元の女〟の一人なのだろう。気をつけなさいよ、と言わずもがなのことを彼女が言ったのは、〝群れの外〟の女である自分への軽い牽制《けんせい》だったに違いない。

(危ない危ない)

女の友情というのはこういうことで簡単に崩れ去るものだということを、中学、高校と女子校だった美奈子は身に沁みて分かっている。

「へえ、そんなふうには見えませんけどね」

当たり障りのないことを言って、美奈子は魅力的な珍獣に対する好奇心に蓋をした。

その閉じた蓋をこじ開けたのは俊彦のほうだった。翌週、美奈子の会社に電話がかかってきた。

「辻さん、三菱商事の藤木さんって方からお電話」

古株のデスクの女性が、ごく普通に電話を回してくれた。

「はあ……三菱商事の」

あのときピンと来なかったのも無理はない。週末に出会ったばかりのTシャツ短パン姿のがさつな色黒男と、一流商社マンが重なるほうがおかしい。

「突然すみません。これしか方法がなかったので」

藤木俊彦の声はまったく悪びれていなかった。会話の中で出た美奈子の会社や部署を覚えていたのだと言う。あのとき、美奈子は動揺しつつも心の警戒レベルを最大にした。

「私に何のご用でしょう?」

必要以上に冷たい口調になった。

「何の、と言われても……」

俊彦も何と答えていいか困っただろう。わざわざ会社にまで電話をかけてくるというのがどういうことかくらい美奈子にも分かっている。端《はな》から会話にならなかった。

「もう一度会いたいと思ったからです」

俊彦には何のけれん味も手練《てれん》手管《てくだ》もなかった。あの言葉から五年間の交際が始まった。

ギャップというのは人を魅力的に見せる効果がある。藤木俊彦という五歳年上の男には、そのギャップが売るほどあった。まず最初のデートのときのスーツ姿に違和感があった。またそれが板についているのが癪に障った。俊彦は一流商社の渉外担当らしく、上品で細身のスーツがよく似合っていた。

「笑われてもなぁ。一応、毎日してる恰好だから」

そう言って美奈子のグラスの中身の減り具合に自然に目を配り、手慣れた仕草で白ワインを注いだ。大きな手で先の細い箸を器用に使って見事に骨付きの魚を食べるし、地元ではバカバカ吸っていた煙草にもいっさい手を伸ばさない。

俊彦は話を聞くのが上手かった。美奈子の話し終わった間をすっととらえて率直な感想を言う。こちらから話を向けると、友人や家族、上司や同僚の人間臭いエピソードで美奈子を笑わせた。決して悪口を言うことなく、彼らの目尻の皺まで想像できるほど活き活きと描写してみせた。自分自身のことはあまり話さなかったが、そういう人々に囲まれて生きる俊彦の人柄がありありと想像できた。

あっという間に三時間が過ぎた。俊彦はいつの間にか勘定を済ませていて、店を出たときにはまだ夜の九時半だった。

「美奈子さん、東横の学大でしたよね？」

「はい」

「じゃあ、今日はここで」

「え?」

渋谷駅前の人混みの中で、美奈子は迂闊にも声を出してしまった。なぜなら、もう一軒くらいつきあってもいいと思っていたから。

「俺、藤沢でしょ? これくらいの時間に乗らないと、家に着いた頃てっぺん回っちゃうんですよ」

もっと強引な男だと思っていたのに。肩透かしを食った感じだった。

「えーっと」

別れ際、地下鉄の入口で俊彦が振り返った。

「楽しかったですか?」

「はい。とっても」

美奈子が正直にそう答えると、俊彦はあの眩しそうな笑顔をみせた。

「また、今度」

そう言って、照れくさいのか自分の足元を見た。ビーチサンダルを履いていた大きな足で、綺麗なストラップ付きのプレーントゥーを履きこなしている。その堅くて小気味よい靴音を響かせ、地下鉄の階段に消えていった。もっと他の顔も見てみたい気がした。

（今度ドライブに誘ってみよう）

と、そのとき美奈子は思った。

自分は理系の男が好きらしい――ということに、その頃の美奈子はもう気づいていた。

論理的で冷静な想像力。「こうあるべきだ」などと感情的にならず、「こうなったのはなぜだろう」と結果を真摯に受け止める態度。自分には欠けているそういう資質を持った男に惹かれてしまう。大学時代に付き合っていた医学生もそうだし、俊彦と別れたあと交際した高校の数学教師もそういう男だった。

その点、俊彦はまったくもって〝理系的〟ではない。実家が町の電器店だという以外、俊彦に理系の男らしき匂いは見当たらない。大学は経済学部だし、就職した商社で担当している商品も半導体とかレアメタルではなく、韓国産の海苔やタイ産の海老などアジア圏の海産物というユルいものだった。

物の考え方も理詰めではない。自分の感覚とか勘を信じている類の人間で、単刀直入、即断即決、あまり悩むということがなかった。失敗したときの責任は一人で取ればいいとたかをくくっていて、デスクワークより現場が好き、群れることが苦手……

という、およそサラリーマンとしては出世できないタイプの人間だった。だからこそ、秘かに抱いているプライドも高い。彼が〝群れの外〟の女と恋愛をするのも、生身の自分の弱さを仲間に知られたくないのだろう。

（やれやれ……）

自分と同じ種類の男を好きになってしまったことに美奈子は気づいた。こういうことは初めてだった。同じツボで喜んだり腹を立てたりする男と女というのは、果たして上手くいくものなのかどうか、あのときは見当もつかなかった。

結果として美奈子と俊彦は、足かけ五年も付き合ってしまった。長いと言えば長い気がするし、ああ、そんなものか、と思えるほど短かった気もする。二人のバイオリズムが合うときと反発するときの落差が激しく、何度か別れてはまたヨリを戻したりしていたから、五年間も付き合いながらそういう曖昧な感想になるのだろう。結婚を考えたことも何度かあった。しかし、上手くいくはずがないというのはお互いに分かっていた。夫婦関係は恋人ほど無責任ではいられない。

（昼ごはん、どうしようかな）

美奈子は由比ヶ浜に入ったあたりからそう思案している。もちろん俊彦が打った蕎麦を食べてみたいのだが、夫婦二人で切り盛りしている小さな店、というのが気にかかる。昔の恋人の奥さんにジロジロ観察されながら蕎麦をすするのは避けたい。

俊彦の店に行くのは今回が初めてだ。五年前に脱サラし、実家近くの民家を改装して造ったという蕎麦屋は、最近ではグルメ雑誌でチラホラ見受けるほど評判になっている。

どうせ俊彦のことだ、店に顔を出したなら、美奈子とのことを妻にあっけらかんと話してしまうに違いない。

「こちら、大学時代の親友のかみさん」

みたいな罪のない嘘をつくのが性格的に嫌いな男だから、たまに連絡を取り合っていることも悪びれずに口にするかもしれない。あの男と結婚したくらいだからよほど腰の据わった女だろうが、決して愉快ではないだろう。

いい歳をした「昔の女」が、のこのこと何の用?

そういう目で見られる自分を想像するだけで気が滅入った。やはり俊彦に電話を入れて、店の外で会おうと思った。

俊彦と最終的に別れたのは、ちょうど世紀の変わり目の頃だった。

「いい節目かもな。二十世紀と一緒に終われるなんてさ。一生忘れないだろうし」

そう俊彦は言っていた。何度も大喧嘩をして別れては、懲りずにヨリを戻していたから、別れる理由を挙げれば数え切れないほどあるし、離れがたい理由も同じくらいあった。俊彦の言うとおり、何かきっかけでもないと本当に別れられなくなってしまいそうで怖かった。このままズルズルと別れてはくっつき、どんどん歳をとっていくという恐怖だ。

「俺とお前は恐ろしいくらい似てる。だから嫉妬するんだ。お互いに頑張れば頑張るほど妬ましくなってくる。これはまずいよな」

最後に俊彦はそう言った。美奈子が老舗の輸入家具店に転職して三年になろうとしていた頃で、バイヤーを目指して世界中の室内装飾を体系的に勉強しつつ、英語も徹底的に学び直していた。とにかくあの頃は毎日が充実していた。

俊彦にも転機が訪れていた。このまま会社に残って管理職になるか、脱サラして自分の生きたいように生きるか。

「雑誌に書いてあったけどさ、男の三十五って社会的に潰しがきくギリギリの転換点なんだと」

他人事のようにそう言ってはいたが、オーストラリアのブリスベンにある駐在員事務所に所長で異動しないかという話があったことが、あまり悩まないこの男を悩ませていた。

「俺についてこないか、とか言わないいんだね」

美奈子が半分真剣にそう訊いたら、

「そんなみっともないこと、頼めるか」

と怒ったように言った。

「お前の理想の人生を棒に振らしてどうする？　そんなの俺のプライドが許さない」


俊彦とは二十世紀最後の月に別れた。

そして二十一世紀最初の月に、俊彦は慌ただしく真夏のオーストラリアに旅立った。

（結局、わたしたちはきっかけを探していたんだろうな）

美奈子は今でもそう思う。別れるきっかけ。抜き差しならない男と女の関係から、なんでも相談し合える双子の兄妹のような関係に変わるきっかけ。

その後、俊彦と美奈子は、人生の節目節目で胸の内の不安やストレスをぶちまけ、お前ならどうする？　あなたならどう腹を括る？　というアドバイスを互いに求めてきた。返ってくる答えは分かり切っているけど、自分は間違っていないという勇気を与えてほしいとき、必要不可欠な存在になった。

俊彦は美奈子に何でも打ち明けてきた。商社を辞めようと思ったとき。子連れのシングルマザーと結婚すること。地元で商売を始めるために大きな借金をするとき……。

美奈子も俊彦になら何でも相談できた。希久夫と結婚しようと思ったとき。不妊症のこと。病気のこと。仕事を辞めようと思ったとき……。そして今、懸命に考え抜いたはずのこの計画を実行していいものやら悪いものやら、まだ心が揺れている自分の背中を、俊彦に押してもらおうと思っている。

美奈子は稲村ヶ崎の駐車場に車を停めた。

さて、俊彦に電話をかけなくてはならない。流れの速い雲が、海の色を青から銀、銀から碧に忙《せわ》しなく変えていた。

IX

「チャレンジ」して失敗を恐れるよりも
「何もしない」ことを恐れろ
どだい失敗を恐れて何もしない人間は最低なのである

希久夫　二〇〇九年八月六日

（昼飯、どうするかな）

希久夫はさっきからそう考えていた。腹が減ったと思える余裕が出てきただけ大きな進歩だろう。ちらりと見たダッシュボードのアナログ時計は午後二時十分前を差している。腰越岬の向こう、けばけばしいほど緑に輝く江の島が見える。

『五キロ以上、道なりです』

出発前、カーナビが予測した目的地までの所要時間は一時間四十五分だった。鎌倉あたりで昼食をとろうと思っていた希久夫は、時間を逆算し、さらに余裕をみて朝九時半に阿佐ヶ谷を出発したのだが、運転にもたつくやら渋滞に巻き込まれるやらで、ここまでたどり着くのに四時間以上かかってしまっている。やはり国道一号線を使う推奨ルートにしておけばよかったと後悔していた。美奈子がカーナビに残した履歴どおりのルートをたどるのも楽ではない。この夏休みのど真ん中に、逗子、鎌倉、江の島という海水浴の黄金地帯を走ればどうなるかくらいは、免許取りたての人間でも容易に想像がついていたのに。

七里ヶ浜沿いの国道一三四号線は、見渡す限りゆるゆると渋滞している。スピードが出ないぶんだけエンストの危険も伴う。一瞬たりとも気が抜けなかった。クラッチ・ペダルを踏む右足はつりそうなほど疲れていたし、エアコンがないというのが何より厳しい。

このまま目的地まで走りきると、昼食を食べるタイミングを逸しそうな気がする。逗子海岸か材木座海岸沿いのファミレスにでも入っておくべきだったが、海に面したレストランはもれなく反対車線の向こう側にあり、隙間なく走る対向車をかわして駐車場に進入しなければならない。ついさっきも有名なカレー専門店を見つけたが、運悪く土砂を積んで逗子方面に向かう大型トラックの隊列に出くわし、泣く泣く通り過ぎてしまった。

（またトラックかよ）

希久夫は本当に泣きたかった。被害妄想かもしれないが、なんで今日に限って、しかも自分が走る道路に限ってこんなにもトラックが走っているのだろう。手順どおりセンターラインに車を寄せてウインカーを出し、機を見て素早く右折して対向車線を横切ればいい……とは思うのだが、初めて一人で一般道を走るという希久夫の個人的事情など、他のドライバーは知らない。

（環八に出たときがよくなかった）

希久夫の頭の中に、今朝のおぞましい記憶が鮮明に蘇る。あの恐怖感が後々までトラウマになりそうだった。

阿佐ヶ谷の自宅を出て、狭い五日市街道から片側三車線の広い環状八号線に出て左折し、南に向かって走りながら本線に合流する……という、希久夫にしてみれば超高難度の技術が要求される局面が出発早々に訪れた。

側道から本線に合流する手前で車の流れが止まり、減速したのが悪かった。交通量の多い本線に一速で入り、すかさず二速——というところでエンストした。

希久夫の乗るグレースは、本線の左車線を斜めに塞ぐ形で止まった。

血圧と心拍数が一気に上がり、腰のあたりの毛穴がプップッと粟立った。

右側の本線からやってきた大型トラックがどんどん迫ってくる。慌てているせいかエンジンがなかなかかからない。トラックは身が竦《すく》むような大音量のクラクションを矢継ぎ早に浴びせかけて哀れな初心者を威嚇した。

死ぬ、と思った。

「なにやってんだボケ！」

運転席から顔を出した若いトラックの運転手に罵倒された。

エンジンがかかった。一速に入れ、気忙しくクラッチを切ろうとして、再びガクガクとストールする。

「あーあ、この下手くそが」

トラック野郎の罵声に憐れみがこもってきた。後続車を運転する若い女が、希久夫の車を追い越しながら失笑するのが見えた。

『一キロ先、浜見山交番前を右方向です』

江の島を通過したあたりからようやく車の流れがよくなってきた。カーナビには目的地まであと三キロと表示されている。

神奈川県藤沢市　辻堂元町三―一八―五

フランス旅行に出かけると言って家を出た美奈子が最初に訪れた場所。そこにいったい何があり、誰がいるのか？　その答えがもうすぐ分かる。知らなくてもいいものを知ろうとしているのかもしれない。

（やめるなら今しかない）

実はこの瞬間も、そう逡巡《しゅんじゅん》している。

間際に申請した休暇届けがあっさり受理されてしまったことが、車の旅に出ようかどうか迷っていた希久夫に踏ん切りをつけさせた。死んだ妻の隠し事を暴くようなことはしたくはない。しかし疑念を抱いたまま見て見ぬふりをすることも難しい。美奈子に対する不信感を抱えたまま、そこここに彼女の記憶が残る自宅で悶々と過ごすことなどできそうになかった。里帰りする田舎もなければ、遊びに行く親戚もない。以前のように気安く美奈子の実家に顔を出す気分にもなれない。かといって、独りで海外旅行に行く気にはなおさらなれなかった。

ドイツの製薬メーカーと合併して以来、希久夫たち研究職の職員も、夏に欧米並みの長期休暇を取ることが普通になった。皆申し合わせたように七月中に実験に区切りをつけ、研究室からいなくなる。

希久夫の助手の杉本も先週ドイツに旅立った。バイエルン地方にある兄弟会社所有のロッジで過ごすのだという。

「彼女と一緒か?」

希久夫がそう尋ねると、杉本は鬱陶しそうに顔の前で手を振った。

「あり得ないっす。せっかくの巡礼の旅なんすから」

昆虫採集マニアの杉本は、ドイツの文豪ヘルマン・ヘッセを作家としてではなく、蝶の標本コレクターとして尊敬しているらしい。かつてヘッセが標本採集した南ドイツの森や山を、虫網一本持って巡るのだそうだ。

「お前、ロマンティストなのか子供っぽいのか、よく分からないな」

希久夫はそう揶揄《やゆ》しつつも、旅の目的がある杉本が羨ましかった。

「旅に出る理由なんて、子供っぽいほうがいいんですよ」

そういうものか。

なんだか、それでいいような気もしてきた。

いつもよりさらに人の少ないラボ棟五階の食堂で杉本と定食を食べたあと、希久夫はデスクのパソコンで総務部に二週間の休暇申請のメールを送った。いきなり来週からというのは急すぎるかなとも思ったが、その日の夕方には受理したという返信があった。どうせ急ぎの作業も実験もない。人のいない八月のラボ棟は、夏休みの理科教室みたいで寂しかった。

旅に出る前の三日間、希久夫は狂ったように家の大掃除を始めた。すべての窓と畳と床、それにタイルの目地を磨き上げ、布団とクッションを虫干しし、伸び放題だった草を丹念にむしった。さしたる理由はなかった。出かける前にそうしておきたかった。頭のどこかに、打ちひしがれて家に帰ってくる自分の姿があったのかもしれない。これくらい綺麗にしておけば、何週間か放心状態でも大丈夫だろう。

『間もなく左方向です』

藤沢に来たのは初めてだった。カーナビが、角に自動車整備工場のある信号を左に曲がれと言っている。

広い湘南新道から住宅街に入ると急にローカル色が強くなった。東京へも十分通勤圏だというのに地方都市の匂いがする。通りを行きかう地元住民たちは皆半ズボンとビーチサンダルが板についている。

『三百メートル先、斜め右方向です』

昭和の時代からあるような米屋と八百屋の前を過ぎると、公民館のある五差路になっている。そこを斜め右に入れということらしい。

一方通行の道に入ると右手に小さな神社があり、小学校の裏手にある茄子畑の前に出た。

『目的地周辺です。音声案内を終了します』

「え？」

ここかよ？　と希久夫は思った。男と女が密会するにはふさわしくない場所だった。プールで泳ぐ小学生たちの甲高い声が響いている。

茄子畑に面して建つ小さな木造二階建ての家がある。カーナビの地図を拡大すると、ゴールのマークが付いているのは明らかにその家だった。昔ながらの黒板を張った瓦屋根の日本家屋だ。

ゆるゆると車で近づくと、格子戸の玄関に丈の短い生麻《きあさ》の暖簾がかかっていて、『生蕎麦　波瑠庵』という筆書きの文字が見えた。玄関の横の小さな石の蹲《つくばい》に水が張られ、格子戸の前の敷石には涼しげに水が打たれている。

（蕎麦屋か）

腹が減っているせいか、さっきまでの緊張感が緩んでしまった。作務衣《さむえ》を着て、ごつい手で蕎麦を打つ頑固そうな亭主を自然と想像した。とりあえず蕎麦を食おう、と思った。

店の向かい側、茄子畑の横に車三台ぶんほどの空き地があり、そこが店の駐車場になっている。車庫入れしようと、希久夫がギアをバックに入れたとき、ガラガラと表の格子戸が開いて、紺色の前掛けをつけた女が出てきた。この店の店員だろうか？

細身で背の高い三十代半ばくらいの女で、長い髪を後ろで一本に束ねている。『商い中』の札を裏返し、背伸びをして麻の暖簾を外した。

「あっ」

慌てる希久夫をよそに、女は暖簾を持ってさっさと店の中に消えた。時計は午後二時半を回っている。どうも今日は、昼飯を食いそびれる運命らしい。

「ごめんください」

車を駐車場に停めた希久夫は、格子戸を遠慮がちに開け、中に顔を突っ込んで声を掛けてみた。反応はない。

十二、三坪ほどだろうか。さして広い店ではなかった。四人がけの席が四つ。六畳ほどの小上がりにもテーブルが二つある。藁を練り込んだ土壁に黒い腰板。床には黒瓦のような焼き物のタイルが張られている。

暗い感じがしないのは、小さな裏庭に面した壁を大きな一枚ガラスにしているせいだろう。目隠しにしつらえられた竹矢来《たけやらい》が清々しい。

人の気配はある。厨房のほうから洗い物をする水音が聞こえてくる。

蕎麦屋と美奈子の接点は見えてこないが、さっき暖簾をしまった女が美奈子の友達、ということも考えられる。希久夫は覚悟を決めて店の中に入り、格子戸を閉めた。

「あの、すいません」と、大きめの声でもう一度奥に声を掛けると、

「今日はもう仕舞いでーす」

と、よく通る男の声が返ってきた。作務衣を来た頑固おやじではなさそうだ。声が若い。

「ええ、仕舞いなのは分かってるんですが」

希久夫がそう言うと、洗い物をする水道の音が止まった。

ペタペタという足音が聞こえ、厨房の暖簾を掻き分けて、背の高い男がヒョイと顔を出した。頭に波柄の日本手拭いを巻いている。

「すみませんね。打った蕎麦が全部はけちゃったんですよ」

色黒のうえに声が大きく、威圧感があった。白い歯を見せて笑っていなければ、尻込みしたくなるような存在感がある。おそらく年齢は自分とそう変わらないだろう。

希久夫はちょっと嫌な気分になった。ピンと来た、といっていい。いきなりの遭遇だが、もうあとには引けない。

「実は、ですね……」

「あっ！」

男の上げた声の大きさに、希久夫は思わず腰が引けた。

「あんた、ひょっとして」

男はペタペタとビーチサンダルを鳴らして大股に希久夫に近づいた。上半身こそ紺の作務衣を着ているが、下は膝に穴のあいたジーパン姿だ。背の高い男は杉本で見慣れているが、こいつには妙な圧力があった。

「御主人ですよね？　美奈子の」

こいつ、美奈子を呼び捨てにした。

殴られる前に殴ろう、と希久夫は心の中で身構えた。

「どうも。藤木です」

男は真っ黒に日焼けした大きな手を差し出した。間合いを外された感じだ。

「あ……蓮見、と申します」

希久夫は、要領を得ないまま藤木の手を握った。大きくて固い手だった。

「はじめまして……じゃないですよね？　美奈子の葬式のときに、一度」

ま、覚えてねえか。と藤木は頭に巻いている日本手拭いを取った。ところどころ白髪交じりの長髪が肩まで垂れた。

（あの写真の男も髪の毛が長かったな）

希久夫は、美奈子がダイヤリーに綴じ込んでいた写真の、桟橋で釣りをする男の背中を思い出した。

「あの、死んだ家内とは、どういう……」

「どうもこうもありませんよ」

藤木はあっさりと口を割った。

「五年も付き合ってました」

嬲《なぶ》られているのかも知れない。腹が立ってきた。

「お客様?」

厨房から、さっき暖簾を外していた女がモップを持って現れた。

「申し訳ありません。今日はいつもより早くお蕎麦がなくなっちゃって」

細面で、切れ長の美しい目を持っている。

「女房の紗江です」

藤木にそう紹介され、紗江は慌ててエプロンで手を拭って希久夫に会釈し、どちら様? という目で藤木を見た。

「東京の蓮見さん。俺の元カノの旦那」

藤木の打った蕎麦は、なんというか、最高に美味かった。

藤木が希久夫のためにわざわざ打ってくれたのは、蕎麦殻も一緒に挽き込んだ、太くてコシの強い田舎蕎麦だった。一見野趣に溢れているが、食感も香りも洗練されている。鰹出汁の利いた関東風の辛めのしょうゆだれもいい。

「美味かったです。とっても」

(二枚も食っといて、もっとましなことを言えないのかよ)

希久夫は自分のボキャブラリーの貧しさが情けない。

藤木は希久夫の向かい側に座り、満足気に手酌でビールを注いでいる。

「おい、グラスもう一つ」

藤木は厨房にいる紗江に声を掛けた。

「飲めるんですよね？　もちろん」

「申し訳ないんですが、車なので」

車かぁ……と、心底がっかりした顔をするこの男を見ていると、疑う気がどんどん失せてくる。「せっかくなのになぁ」と自分のグラスを手の中で撫《ぶ》している。

「お茶、お持ちしましょうか」

グラスを持ってきた紗江がそう言った。

「そうだ、代行運転頼めばいいじゃないですか」

藤木の言葉に希久夫は笑ってしまった。なるほど、そっちのほうが楽かもしれない。

「さもなければ泊まっていくとか」

「ちょっと」

紗江が呆れてたしなめた。

「いい歳して子供みたいなこと言わないでよ」

「こんな機会滅多にないんだぞ。断然飲みたいね、俺は」

「まあ、たしかに」

希久夫もそう思う。死んだ女の亭主と昔の恋人が酒を飲む機会なんて滅多にないだろう。自分がなぜここにたどり着いたか、その顚末も理由も藤木には話していないが、この男は気にもならない様子で、「美奈子の引き合わせだよ」とテンションが高い。美奈子はこの男に会うために、この男と酒を飲むためにここに来た……と言えなくもない。考えようによっては、この男に会うために、嘘をついてまでここに来た。何のためにそうしたか、希久夫は知りたかった。

「ビール、いただきます」

駅前のビジネスホテルにでも泊まればいいと希久夫は思った。藤木は、そうこなきゃね、と言いながら希久夫のグラスにビールを満たした。

「こういうことを訊くのは、正直、気が進まないんですけど」

希久夫は、厨房に引っ込む紗江の背中を見送りながら、やや声を落とした。

「連絡を取り合ってたんですか？　美奈子と」

「ええ、たまに」

藤木は悪びれるふうもなくそう答え、グラスを顔の前にかざした。希久夫もそれに倣《なら》い、乾杯の仕草をする。

「美奈子の冥福を祈って」

藤木は真面目な顔でそう言い、喉を鳴らしてビールを飲み干し、不思議なもんだな、とつぶやいた。

「俺とおたくの縁を考えていた」

「縁、ですか」

「まあ、言ってみれば〝兄弟〟だから」

(嫌な言い方をする)

目の前にいるこの男が、美奈子の体を知っていることは分かっているが、なるべくならそれを想像したくない。

「大目に見てやっていただけますか」

厨房から、酒の肴に焼き味噌を持ってきた紗江が申し訳なさそうに言った。

「デリカシーがなくてサラリーマン辞めた人なので」

そう言われてもリアクションに困る。この藤木の妻は、どれくらい自分の夫と美奈子の関係を知っているのだろう。

「ご結婚されて長いんですか?」

私たちですか?　紗江は水を向けられ、指を折って数え始めた。

「えーっと、四年半……五年かしら。ね?」

紗江が藤木に同意を求めると、まあ、そんなところだな、とつぶやいて二杯目のビールを飲み干した。

「まだそんなもんですよ。はたから見れば年季の入った蕎麦屋の中年夫婦に見えるらしいけどね。ちなみに俺は初婚ですけど、こいつは二回目なんで」

「それ以上余計なこと言わないでよ」

紗江は藤木に釘を刺して再び厨房に消えた。

「九年です」

藤木は小声でそう言った。

「正確に言うと八年と八ヶ月前かな？　美奈子と別れたのは。それ以来ありませんよ」

「なにが？」

「肉体関係」

この男、言い方が露骨すぎる。

「それが知りたかったんでしょう？」

本当に、このデリカシーのなさはリアクションに困る。

「おたくと美奈子が結婚してたしか六年。明らかにダブってません」

「正確に言うと五年と十一ヶ月半です。美奈子の誕生日に結婚したので」

ああ、そうか。と藤木は柱に掛けた日捲りカレンダーを振り返った。

「あいつ、今月の二十日で三十八だ」

もし生きてれば……とは、藤木は言わなかった。

「子供の頃、夏休みが終わる憂鬱な時期に誕生日が来るのが嫌でしょうがなかった、ってよく言ってたな」

藤木は、希久夫と自分のグラスにビールを満たすと、もう一度乾杯の仕草をした。

「いい女でしたね」

「はい」

二人がグラスを合わせたとき、格子戸が乱暴に開いて十歳くらいの少年が三人、水着袋を振り回しながら騒がしく入ってきた。ただいま、と一番大柄な男の子が藤木に言った。

「おう。プールか」

「お父さん、皆でプレステやっていい？」

「そんなことするより海で遊んでこい」

「もう泳ぐの嫌だよ。一時間だけ。ね？」

「母さんにＯＫもらえ」

少年たちは歓声をあげて店の奥に突進し、ドカドカと床を鳴らして二階に上がっていった。

「息子さんですか？」

「ええ。十歳になります」

結婚五年目という夫婦の子供だとしたら勘定が合わない。十年前なら美奈子と付き合っている頃だ。

「似てるでしょう？」

藤木にそう言われ、希久夫はドキッとした。まさかと思ったが、そういうことがあっても不思議ではない。

「女房の連れ子です。声がでかいのは俺に似たんですけどね」

紗江の怒鳴る声と子供の喚声で二階が騒がしい。

「場所、変えましょうか」

うんざりした顔で藤木が言った。

住宅街の飲み屋は早開け早仕舞いというが、さすがにまだ陽の高い四時から開けている店はない。藤木が希久夫を連れていったのは、波瑠庵から三分ほど歩いた、バス通りにあるサーフ・ショップだった。メンテナンス中のボードがゴチャゴチャと立て掛けられた店内を通り抜けると、小さなパティオに面したバーがあった。

「ビール二つな」

カウンターに希久夫と並んで座った藤木は、ぞんざいな口調でそう言った。アルバイトの女の子も特段気に掛ける様子もなく、「はーい」とゆるく返事をして、ミラー・ライトを瓶のまま二人の前に置いた。

藤木は作務衣を脱いでカーキ色のTシャツに着替えていた。よく見るとその背中にあるロゴが、サーフ・ショップのロゴと一緒だった。

「高校の後輩がやってるんですよ、ここ」

サーフ・ショップの奥に地元のサーファーたちが安く飲み食いできる小さなバーを作るよう提案したのは藤木だという。自ら出資もしているらしい。

「自分もローン抱えてるっていうのにね。でも外で飲みたくなったとき、駅前まで行くのも面倒だし。ここなら酔っぱらっても歩いて家に帰れる」

それに駅前の飲み屋は仕事帰りに一杯やるサラリーマンが多く、連中の愚痴を聞いてるとこっちまで気が滅入る――と藤木は言った。

「俺も六年前までサラリーマンだったから、身につまされるっていうか、ね」

「どちらにお勤めだったんですか?」

「商社ですよ。丸の内の」

「藤沢から通ってたんですか?」

「ええ、十五年間」

通勤に片道一時間半はかかるだろう。藤木は頑丈そうな歯でボリボリとミックスナッツを噛んだ。

「実家はこの近くにあるんだけど、うちの親父はしがない町の電器屋でね。息子を丸の内にあるような名の通った会社の勤め人にすることが夢だったんですよ。そのために愚痴一つこぼさず真面目に働いて、三人いる倅《せがれ》を全員大学までやった。厄介なことに俺は長男なんでね。まあ、生きてる間は孝行息子を演じてました」

「じゃあ、お父さんは」

「もう七年になるかな。ポックリ逝ってくれたおかげで、やっと自分の好きな商売ができるようになったわけです。下の弟二人が手堅くサラリーマンやってくれてるし」

希久夫は、藤木の口の悪さが照れ隠しであることがだんだん分かってきた。

「蕎麦屋が夢だったんですか?」

「蕎麦はその日打ったぶんだけの商売でしょう? 堂々と早仕舞いできるから、海にいる時間がたくさん作れる」

「サーフィン、ですか」

「そういうことです」

藤木は「煙草、いいですか?」と希久夫に確認して、ラッキーストライクに火を点けた。

「釣りなんかも、されるんでしょうね」

そう訊いた希久夫の頭の中には、あの桟橋で釣りをする男の写真がある。

「いや、そっちのほうは、まったく」

藤木はあっさり否定した。

「ガキの頃、何度か親父に連れられて海釣りをしたけど、ありゃ修行でしたね。寺で座禅組んでるのと変わらない。ひょっとして蓮見さん、釣り愛好家？」

「そんなんじゃありません。ごくたまに、気分転換に近所の釣り堀に行くくらいです」

「あんなの気分転換になりますか？　ストレス溜まるだけでしょう？」

「釣り堀の魚は承知の上で引っ掛かってくれますからね。そのうち、なんだか魚に申し訳なくなってやめるんですけど」

藤木が人懐っこい笑顔でこっちを見ている。希久夫は心の中を見透かされている気がして、ビールを一口飲んだ。

「私は特に趣味とかない、つまらない人間なんですよ」

「女房が趣味、っていうのも立派な趣味でしょう？」

「私に趣味がないぶん、美奈子が色んなことを教えてくれましたから。女房が唯一の趣味と言われれば、たしかにそうです」

そう言っているうちに虚しくなった。

「結局、また元の無趣味に戻ってしまいましたけど」

希久夫もピーナッツを一つ口に入れた。

「美奈子が死んでからこっち、あいつのことがよく分からなくなってきたんです」

もう一つアーモンドを噛んだ。

「藤木さん、美奈子はどんな女でしたか？」

「それを俺に訊きますか？」

藤木もカシューナッツを口に放り込んだ。二人でナッツを噛むポリポリという音が、静かな店内に響いている。

「カコちゃん。ＢＧＭくらいかけろよ」

気まずくなったのか、藤木がアルバイトの女の子にそう言った。はーい、というゆるい声が返って来て、涼しげな男のボーカルが聞こえてきた。

しばらく黙ってその曲を聴いた。

「何て曲ですか、これ」

「リトルリバーバンドの『Reminiscing』」

中年の男二人、豆を食いながら芸のなさ過ぎる会話だ。

「誇り高い女……だと俺は思う」

ややあって、藤木はぼそりと言った。

「ナルシズムとか、自尊心とか、そういう自己愛の類のプライドじゃない。見栄っ張り、って言っちまうと身も蓋もないんだけど、自分の果たすべき責任についての基準が高い、って言うかさ」

なるほど、と希久夫は思った。思い当たる節はいくつもある。

「あいつの面白いところは、同じ責任を相手には求めないことかな。自分に厳しい人間はついつい他人にも厳しくなるもんだけど、美奈子はそこんところがケチケチしてない。見返りを期待しない愛情のほうが楽しいんだってさ。よく言えば母性愛が強いと言えるし、悪く言えばマゾ」

「美奈子がマゾ？」

希久夫は笑ってしまった。

「いやいや、ああいうのを隠れMって言うんだよ。でなきゃ、あんな手のかかる車になんか乗らないでしょう」

あの車——と言って藤木は煙草を消した。

「美奈子があの車に乗って俺を訪ねてきたのは五月の末だった。びっくりしましたよ。別れてからも電話やメールでは何度か連絡取り合ってたんです。お互い相談したり、されたりね。でも会いにきたのは初めてだったから」

そう言う藤木の目に嘘偽りはなさそうだったが、希久夫には苦い敗北感がある。

美奈子は相談相手として、夫ではなく昔の恋人を選んだ。

「何だかなぁ、その顔」

藤木は長いくせ髪を両手で掻き上げた。

「第三者じゃないと相談できないことってあるでしょう？　女子高生にだって分かる理屈ですよ」

「あなたに言えて私には言えないことが何なのか……さっぱり見当がつきません」

情けない、と自分でも思う。美奈子の昔の男の前で、様もなく弱音を吐いている。

「俺は美奈子の弁護士でも、掛かりつけの医者でもねえけど、こういうことには守秘義務ってもんがあるでしょう？」

藤木はそっぽを向いてそう言った。

「子供が欲しいって言ってましたよ、あいつ」

「え？」

「どうしても、あんたの子供を産みたいって」

目が覚めたとき、見知らぬ天井があった。

六畳間に敷かれた布団の上で、希久夫は腹にタオルケットを掛けて寝ていた。起き上がったとき、経験したことのない頭通が襲い、ふにゃふにゃと布団の上に突っ伏せた。体が重い。

腕時計をしたまま寝ていた。見ると七時を少し過ぎている。たぶん朝の七時なのだろう。窓のロールカーテンの端から強い夏の日差しが漏れている。這うようにして窓の下に行き、カーテンを捲って外を見た。ここは二階らしく、すぐ下に小さな茄子畑があり、その向こうに小学校のグラウンドが見えた。

（あーあ、やっちまった）

この部屋はあの蕎麦屋の二階に間違いない。

（最悪だぁ）

希久夫は布団の上をゴロゴロと転がった。

そのとき、カラッと乾いた音をたてて和室の襖が開いた。ハッと見上げると、藤木の息子が不思議そうに希久夫を見下ろしている。

慌てて畳の上に坐り直したが、頭がぐらついて思わず畳の上に手をついてしまった。ちょうど土下座をしているような体勢だ。

「おはようございます」

と藤木の息子が言った。

「はい。おはようございます」

土下座の恰好のまま、希久夫は答えた。

「母さんに様子見てこいって言われたから。お風呂が沸いてますよ、って」

「あの……お父さんは？」

「たぶんマック前だと思う」

「えーっと」

希久夫には何のことやらさっぱり分からない。

「海だよ。今日はわりといい波が来てるんだって」

X

人間にとって「出会い」は大事な条件だ
しかし出会っても、こっちが好きにならなければ相手はついてこない

俊彦　二〇〇九年八月七日

（やっぱり『半チャン前』にするか）

俊彦は、年季の入ったロングボードを積んだピックアップトラックのエンジンをかけた。すでに海浜公園前の駐車場は品川や多摩、横浜ナンバーの車であらかた埋まっていて、人気スポットの『辻堂正面』や『銅像前』（最近のガキは『マック前』などというが）の浜は、ピカピカのボードを抱えた連中で賑わっている。まだ朝の五時だ。

気象庁の予報どおりオンショアの南風が吹いている。空は晴れているが、外海のうねりがいいようだ。こういう日は相模湾内で綺麗にうねりが整い、質の高い波が湘南の浜に押し寄せる。この人出もしかたないだろう。

「怪我すんなよ」

ビジターたちの背中に向かって俊彦はつぶやき、トラックを引地川の西に走らせた。

俊彦は、地元の浜が他所者《よそもの》のサーファーで賑わっている風景が嫌いではない。いつのまにかローカルサーファーの顔役になりつつある中年の自分が、ビジターの連中と地元の若手との喧嘩を仲裁するのは当たり前だと思うが、「俺らの海で好き勝手やってんじゃねえぞ」などという若いローカルの連中の悪態が情けない。

「海に所有権なんかあるか。漁師でもねえくせに生意気なこと言うな」

ついこの前も地元の若い奴をそう怒鳴りつけた。奴らの論理でいくと、海のない埼玉や群馬の人間はサーフィンをしてはいけないことになる。都会から大挙して湘南にやって来る玉石混淆《ぎょくせきこんこう》のサーファーたちが落とす金で地元が潤っている。若い奴らはその事実を客観的に見ることができないのだろう。

俊彦はロングボードを抱え、通称『半チャン前』と呼ばれる海に入った。パドリングして沖に向かう途中、明け方の漁から帰ってきた漁船とすれ違った。

「トシちゃん、沖はうねりがあるよ」

馴染みの漁師からそう声をかけられた。

「ああ、波がまとまってるね」

と答えて俊彦はパドリングを続ける。引地川河口の西側の浜は、小舟で沿岸漁をする地元の漁師も多く、夏場の週末は地引網もやる。そのぶんローカル色が強くビジターも少ないが、夏休みの最中ともなればそうもいかない。もう数十人がボードの上でいい波を待っていた。

もう少し早く来るべきだった。やっぱり夜中のあのドライブは余分だった、と思った。


昨日の夜はさほど飲んでいない。希久夫が酒に弱いせいで、夜の八時には早々と切り上げた。まあ、夕方の四時から飲んでいたことを考えれば無理もないだろう。

それにしても——と俊彦は可笑しかった。希久夫という男をすっかり好きになってしまっている。あれだけの善人には滅多にお目にかかれないだろう。なんというか、人間の品がいい。しかも絵に描いたような理系の頭を持っている。美奈子が惚れるはずだ。

筋道だった考え方をするくせに、文系頭の俊彦にはない突飛な想像力を持っている。

人の心の中にある説明がつかないXやY、そういう謎の解を導き出す妙な術を持っている。だからといって理系人間すべてができた人間とは限らないのが面白いところだけど。

結局人は、時間を費やすことでしか〝理想の自分〟には近づけない、と俊彦は思っている。その点、希久夫より七歳年上の俊彦にコンプレックスはなかった。今までやってきた無駄なことの数では負けていない。

(それに、見た目でも俺の勝ちだな)

と俊彦は子供じみた優越感を感じていた。これは一人の女を巡るオス同士としては重要なことだ。

希久夫はとりたてて美男子でもなく、肉体的魅力があるというわけでもない。中肉中背の体に無難なつくりの顔が乗っている。男にしては長い睫毛を持った切れ長の目が美点と言えば美点だが、女に騒がれるほどではないだろう。鎌倉の長谷寺に大きな観音像があるが、あの十一個ある顔の中のどれかに似ている気がした。

美奈子に打ち明けられたことは、ほとんど希久夫には話していない。希久夫も必要以上に知りたがらなかった。酒を飲みながら語り合ったのは、美奈子の思い出話ばかりだった。

希久夫の知らない美奈子の話。俊彦の知らない美奈子の話。まるで美奈子に関する百八《ひゃくやっ》つの物語をして供養するかのようだった。

ビール三本とハイボール二杯で酔い潰れた希久夫をおぶって家まで帰り、紗江に布団を敷かせて寝かせた。そのとき、希久夫のズボンのポケットに入っていた車のキーが畳の上に転がり落ちた。キーホルダーの代わりだろう、ラベンダーのドライフラワーが入った匂い袋が付いている。それを見て、ちょっとした悪戯《いたずら》心が俊彦の中に芽生えた。

夜中の三時に起きてシャワーを浴び、希久夫から借りた（無断で！）車のキーで、美奈子のエスハチのエンジンを掛け、幌を開けた。

カーナビが起動し、自分の蕎麦屋に目的地を表す〝G〟のマークがついた地図が浮かび上がった。

「こいつか。例のやつは」

俊彦は美奈子の方向音痴を懐かしく思い出した。希久夫が寝ている間に短い夜のドライブを楽しむつもりだ。

一三四号線に出て海沿いに西に走る。夏の真夜中の風を受けて走るのは気持ちが良かった。美奈子が乗っていただけあってエンジンの回りもサスペンションの切れも申し分ない。まだ空は暗く、防砂林の黒い影が流れていく。俊彦は少しスピードを上げた。茅ヶ崎を抜け、相模川を渡って平塚、さらにその先の大磯に向かって車を走らせた。

美奈子の「計画」は衝撃的なものだった。無謀だといえる。しかし、そんなことを相談に来た美奈子の決意を思うと、もっともらしい常識論など言う気になれなかった。その悲壮な覚悟に胸が張り裂けそうになった。それは美奈子の夫、あの希久夫という男に対する、掛け値なしの愛の証明だといえる。

俊彦は、包み隠さず言うなら、美奈子がこの世からいなくなった今でも愛している。誤解を恐れず言うなら、この世で再び巡り合うことの困難な、同じ価値観を共有できた唯一無二の女だと思っている。妻の紗江に対する愛情や想いとはまったく別種類のものだ。同じ土俵で優劣をつけられるものではない。そのよく知っているはずの特別な女から、とんでもないことを打ち明けられた。

「お前、そんな過激な女だったか？」

二ヶ月前、美奈子にそう言ったことを覚えている。

「これはわたしの義務なの。執着心、っていったほうが正しいかもしれないけど」

「執着心？　何に対する執着だ」

「あの人に対する執着心。あの人を幸せにするっていう、わたしの執念」

阿呆くせえ。

俊彦は、空になった缶コーヒーをゴミ箱に向かって投げた。缶はゴミ箱のふちに当たり、アスファルトの上を転がった。誰もいない大磯漁港の駐車場に空き缶の転がる音が響き、俊彦は舌打ちしてそれを拾った。

嫉妬というか、敗北感というか、とにかく希久夫という男が羨ましい。ふと、紗江が同じ立場に置かれたらどうするかな？　と考えた。

もう空は明け始めている。家に帰って何か腹に入れ、とっとと海に入ろうと思った。さっきから、良い南風が吹き始めていた。

（あいつ、もう起きたかな）

俊彦は、波を待つボードの上で希久夫のことを考えた。今頃は風呂にでも入っていることだろう。もう一回良い波に乗ったら帰るとしよう。希久夫と一緒に朝飯を食うのもいいと思った。きっと紗江はアオサの味噌汁を作っているに違いない。あれは二日酔いに抜群に効く。

計画どおりなら、希久夫は信州に行くはずだ。あの辺にはうまい蕎麦屋が山ほどあるが、とっておきの店を教えてやろうと思った。

俊彦は、希久夫が旅の先々で出合う「試練」を思うと同情を禁じ得ない。それは美奈子が遺していった「問い」でもある。

(あいつ、どんな答えを出すんだろう?)

良い波が来た。

俊彦はどのサーファーよりも早くその波を見つけ、ボードを陸《おか》に向けて水を掻き始めた。

XI

人間、生を受けた以上どうせ死ぬのだから
やりたいことをやってざっくばらんに生き
しかるのち諸々の欲に執着せずに枯れ　そして死んでいくべき
そう私は考えている

美奈子　二〇〇九年五月二九日

『五百メートル先を左方向、松本インターチェンジ、出口です』

カーナビはそう急かすが、もう少し北アルプスの山並みを見ていたい気がした。大学時代は志賀高原や白馬にも何度かスキーに行ったが、松本で降りるのは初めてだ。

この町で特に何かを探すとか、誰かと会うという約束があるわけではない。ただ自分の目で「確認」しておきたかった。

　高速を降りて野麦街道を東に走り、松本市街に入った。

『間もなく、中央一丁目交差点を左方向です』

　目抜き通りもどことなく落ち着いている。町を歩く人々の物腰も穏やかな感じがした。

『三百メートル先、右方向です』

　女鳥羽川という小さな川を渡って右に曲がるとかつての城下町で、目的地までは一キロを切っている。

（ここか……キクちゃんの生まれた町）

　好きな町だ、と美奈子は思った。希久夫の生まれた町という贔屓目なしで気に入った。

　千歳橋という大きな交差点に出るあたりで、ナビの画面に松本城の内堀が見えてきた。左に曲がればお城に向かう大手道で、有名な黒い天守閣はすぐそこにある。

『五百メートル先、目的地周辺です』

　ナビは真っ直ぐ進めと言っている。

（どうしようかな）

美奈子は悩んでいる。時刻は午後三時前だった。予定より一時間ほど遅れている。藤沢のビジネスホテルを朝早く出たが、途中、塩尻で立ち寄った蕎麦屋で思わぬ道草を食ってしまった。俊彦の紹介だと言ったのがいけなかった。その蕎麦屋の主人は俊彦の蕎麦打ちの師匠で、悪いことに人懐っこかった。

「ああ、あの波乗り兄ちゃんの知り合いかい」

と盛り上がり、あれも食えこれも食えで、前菜の蕎麦がきから、デザートの蕎麦饅頭までのフルコースをご馳走になってしまった。

(泊まろうかな、この町に)

松本が気に入ったせいもあるが、このあと中央道を走り切って小牧あたりのビジネスホテルに泊まるのも味気ない。明日の朝出ても中央、名神と高速道路ばかりだし、よほどのことがない限り夕方前には琵琶湖にたどり着くはずだ。旅慣れた美奈子は以上のことを瞬時に判断して、松本に一泊することに決めた。

(よし、お城見物しよう)

美奈子の乗ったグレースは交差点を左に曲がり、松本城の大手門へ真っ直ぐ伸びた道を走っていった。

美奈子は内堀沿いをゆっくりと一周して、天守閣が一番美しく見える松本神社前のお堀端に車を停めた。入場券を買って天守閣に登ってみようとは思わなかった。少年時代の希久夫が眺めた風景を追体験したかっただけだ。

城の北側から望むと、青々と水を湛えた堀を挟んで本丸がある。正面に三層の小天守が見え、その背後に黒壁五層の天守閣が聳《そび》えている。

美奈子は細身でカッチリしたシルエットの天守閣を見ていて、三年前に死んだ義父の敬一郎を思い出した。戦中生まれにしてはスッと立ち姿がよく、瘦せて日に焼け、背筋のピンと伸びた古格《こかく》のある人だった。敬一郎に似た黒い天守閣の手前にある三層の小さな天守は、さしずめ少年時代の希久夫だろう。親子仲良く寄り添い、どこか寂しげに遠い山並みを見つめている。

(キクちゃんは、きっとここから城を眺めたに違いない)

美奈子は何の根拠もなくそう思った。このアングルが一番好きに違いない、という子供っぽい自信がある。バッグからデジカメを取り出し、車を降りて堀際に立つとシャッターを押した。いつか時期が来たら、本人にこの写真を見せて確認してみようと思った。

いつか。病気を克服して、今やっているこの秘密の旅が笑い話になるときが来たら。できたら希久夫と一緒に、ゆっくりとこの町を歩いてみたいが、連れ出すのに苦労するだろうと思った。松本は希久夫にとって、いや蓮見家にとってあまり好ましくない記憶が残る町だった。

あれは、義父の余命があと半年あまりだと、希久夫から打ち明けられたあとのことだった。医師からは、家族が希望すれば退院して通院治療にすることも可能だと言われた。いわゆる終末治療の示唆だった。

「暖かくなったら、三人で旅行に行こうよ」

美奈子はそう提案した。うん、と希久夫は気のない返事をした。

お義父さんが疲れないように、車で行けるところがいい——美奈子は旅の計画を考えた。

「そうだ、信州の松本に行こうよ」

我ながらいいアイデアだと美奈子は思った。休憩を入れつつゆったりと走っても、自宅から三時間もあれば到着する。

「一度行ってみたかったんだ、キクちゃんの生まれた町。お義父さんも懐かしいだろうしね。近くにいい温泉とか」

「ないよ」

希久夫は珍しく不機嫌な声を出した。

「ないんだよ、いい思い出なんて。あの町には」

そう言ったままそっぽを向いて押し黙った。

美奈子はお堀端を車でもう一周走った。

よく見ると天守閣の東側にもう一つ、二層の小さな隅櫓《すみやぐら》が付属している。北側にある三層の小天守とちょうど天守閣を挟むように寄り添っている。まるで小天守が兄で、隅櫓が弟のようでもある。遠目に見ると、父親が二人の息子の手を引いて佇んでいるという風情があった。城がそのように見えてしまうなど、感傷的になり過ぎている証拠だろう。

美奈子は会ったことはないが、希久夫には、二十三年前に生き別れた弟がいる。

長野県松本市　大手五—三—二四

それが希久夫の生まれ育った家があった場所だ。義父が亡くなって古い書類の整理をしていたとき、土地の登記書やら戸籍謄本の写しやらが出てきて、そこに蓮見の家が松本にあった頃の住所が載っていた。インターネットで調べると現存しない住所だった。

その後、この一人旅を思いついたときに改めて調べてみたが、場所を特定するのに苦労した。松本の古い住宅地図を探してみたり、市役所の観光課の人とやりとりをしたりして、なんとか「大手五―三―二四」という現在の住所にたどり着いた。そこは女鳥羽川の北岸にある、かつて武士と商人が混住した一角だという。「昔は活気のある町でした」と親切な観光課職員が電話で教えてくれた。

美奈子の運転するグレースは女鳥羽川の北側の堤通りを走っている。大きな橋のたもとを右折して、町家の建ち並ぶ風情のある通りに入った。

（いい町なのになぁ）

希久夫の気持ちを考えれば、この町のことを思い出したくないことも理解できる。しかし、こういう素敵な故郷を〝消去〟してしまうのはもったいないと思った。

美奈子には「蓮見の家の人間」という意識が強くある。昔気質な嫁ぎ先への義理立てではなく、ごく自然な感情として蓮見家の人間でいたいと思っている。あまりにも淡白な父子のもとに嫁いできたせいだろう。

結婚した当初、長い間男二人で暮らしているとこうなるのかと思うほど、蓮見の家には余分なものがなかった。来客用の湯呑みの他はほぼ二人ぶんしかない食器。必要最低限の服と靴。昔イタリア旅行に行ったときに見た、フランチェスコ会の修道僧の暮らしにどこか似ていた。美奈子の実家に氾濫している目新しい家電や、取るに足らない置物、下駄箱に収まりきらない家族の靴……そういうものがないだけでこれほど寂しく感じるものか、と思ったものだ。

義父の敬一郎は太平洋戦争が始まった年に名古屋で生まれた。彼の両親、つまり希久夫の祖父母はもう鬼籍に入って久しい。父はフィリピンに出征して戦死し、母も敬一郎が社会人になってすぐに亡くなっているから、希久夫は祖父母の顔を写真でしか知らない。

戦争未亡人になった敬一郎の母は、実家に籍を戻すことなく名古屋で看護婦として働きながら二人の娘を嫁がせ、一人息子を東京の大学にやった。敬一郎の就職が決まったことを見届けて、安心するように死んだという。その時点で住む人間のいなくなった名古屋の母の家は処分したと、生前の敬一郎から聞かされていた。

敬一郎には二人の姉がいる。仙台の商家に嫁いだ長女は十年以上前に病死し、熊本の医師に嫁いだ次女も、今は介護を受ける身だと聞いている。この熊本の伯母は、希久夫と美奈子の結婚式にも出席してくれた。上品でにこやかな婦人だったが、遠い昔に遠方の他家に嫁いだ人であり、甥を「希久夫さん」と丁寧に呼ぶような他人行儀なところがあった。敬一郎の葬儀で再会したときは見た目にも衰えていた。熊本から付き添ってきた希久夫の従妹にあたる娘が、希久夫に向かって「蓮見さん」と名字で呼んでいたのが印象的だった。悪気なく、形ばかりの親戚にすぎない人たちだった。

東京オリンピックがあった年、敬一郎は大手のゼネコンに入社し、中央高速道路の建設チームに配属されて長野県の諏訪市に居を構えた。

「実際には建設現場のプレハブに住んでいたようなもんさ」

と笑い話のように美奈子に話してくれた。

「俺は暗いところがあまり好きじゃないんだけどね、いつの間にかトンネルの専門家ってことにされちまったんだ」

敬一郎は「専門家」と謙遜気味に言ったが、晩年は建設業界で「トンネル工事の巨匠」と呼ばれていたらしいことを、実家の父から聞かされた。実業誌にインタビューが載っていたのを偶然見たらしい。

「バレたか。内緒にしてたのに」

敬一郎という義父は、死ぬまで照れ屋で、自分誇りをしない人だった。

「だから山また山の信州が自然と仕事場になっていったわけさ。本当は東京で暮らしたかったんだけどねぇ」

新たに諏訪と長野市を結ぶ長野自動車道の建設に携わることになった敬一郎は、思い切って松本市内に中古の家を買った。上司の紹介で金沢の小さな建設資材会社の娘と結婚し、家庭を持つことになったからだ。希久夫を産んだ母で、千江という名前の、敬一郎より五歳年下の女性だ。

夫婦は希久夫を授かり、三年後に由紀夫という名の次男が生まれたが、希久夫が中学に上がった年に、結婚十五年目にして離婚した。長男の希久夫は父親のもとに残り、次男の由紀夫は母親とともに彼女の金沢の実家に引き取られた。

その後敬一郎は、担当していた工事の終了に伴い、東京の本社に管理職として復帰した。

「阿佐ヶ谷のこの家に引っ越したのはそのときさ。希久夫には言ってないが、自分から異動を希望したんだよ。松本って町は狭いからね」

と敬一郎は言っていた。思春期の希久夫に、人の目のうるさい田舎町で肩身の狭い思いをさせたくなかったのだろう。

それが美奈子が知っている蓮見家の過去に関するすべてだった。

離婚の理由も、母と弟のその後の消息も義父は話してくれなかった。美奈子のほうからそれ以上のことを敬一郎に尋ねるのは憚《はばか》られた。希久夫にはなおのこと訊けない。

グレースは、希久夫の生まれた家を目指している。

『目的地周辺です。音声案内を終了します』

古い民家の続く一方通行は、百メートルほど先で大きな寺のある辻にぶつかってい
た。希久夫の住んでいた家はその三軒手前の右側にあるはずだった。

美奈子はナビ画面の『G』のマークがついた家の前で車を停めた。

XII

人には「失敗」する権利がある
だがしかし　それには「反省」という義務がついてくる

希久夫　二〇〇九年八月七日

北アルプスの上にある夕日が山並みのシルエットを濃くし、広々とした松本平をまばゆい斜光が黄金色に染めている。

希久夫は国道一九号線を南に向かって車を走らせている。今夜は下諏訪温泉にでも泊まろうと思っていた。世間はそろそろお盆休みに入るが、諏訪大社秋宮の奥にあるローカルで地味な温泉だから、飛び込みでも泊まれるだろうとたかをくくっている。

（日が暮れるまでに着くかな？）

自分なりに想定していた時間より二、三時間遅れていた。

今朝八時半に辻堂の藤木の家を辞して、厚木インターで東名高速に乗ってからは快適そのものだった。御殿場で東名を降り、美奈子の残した走行履歴をなぞるように東富士五湖道路、富士パノラマライン、精進ブルーラインと、富士山麓の有料道路を走り抜け、甲府南インターで中央自動車道に合流した。

最高のドライブだった。オープンカーで風を感じながら走るということが、これほど爽快だとは思わなかった。制限速度で走るグレースを様々な車がどんどん追い抜いていったが、むしろ優越感すら感じた。追い越していく車に乗る人間のほとんどが、追い抜きざまにグレースの姿を羨望の眼差しで眺めていく。これは悪い気分ではない。

「いくら速く走れたって、オーラがない車はただの機械だと思うの」

美奈子が昔言っていた言葉の意味が、実感として理解できた。

（コーヒーが飲みたいな）

そう思ったときにはもう八ヶ岳が見えていた。気がつけば休憩なしに三時間半も走っていた。昨日の東京から藤沢までの悪夢のようなドライブデビューから比べれば、奇跡のような進歩だった。

八ヶ岳パーキングエリアの駐車場には気持ちのいい風が吹いている。自動販売機で買ったドリップコーヒーを飲みながら、希久夫は藤木がくれたメモを広げて考えた。どこの蕎麦屋にするかな。

信州の松本まで行くと言ったら、「あの辺には美味い蕎麦屋がいくつかあるから」と、藤木がお薦めの店の住所と電話番号を三軒ぶんほど書いてくれた。あの男が美味いというのなら本当に美味いに違いない。

不思議な男だった。藤木俊彦という男。

結局美奈子が何を相談したのかは喋らず終《じま》いだったが、とにかく美奈子の不倫相手が藤木ではないことだけは分かった。しかし、フランス旅行に行く前の空白の一週間に美奈子が何をしたのか、依然として謎のままだ。

国道一九号線沿いの集落から、ドボルザークの『遠き山に日は落ちて』のメロディが聞こえてくる。このあたりの公民館が夕方に流す、住民に午後六時を告げる懐かしいメロディだった。ついつい思い出したくないことも思い出してしまう。

(もう六時か)

希久夫が子供だった頃から、夕方の時報代わりに流れるのはこの曲だった。タイムスリップでもした気持ちにさせられる。このまま下の道を走り続ければ、下諏訪温泉に着く頃にはとっぷり日が暮れているだろう。

長野自動車道　塩尻北ＩＣ　10㎞

という標識が見えてきた。短い区間でもったいないが高速に乗ろう。

塩尻……そう、よくよく考えれば、昼間に塩尻のあの蕎麦屋にいったのが失敗だった。藤木の推薦した店だけあって蕎麦は最高に美味かったのだが、思わぬ道草を食わされてしまった。藤木の紹介だと言ったのがいけなかったのかもしれない。その蕎麦屋の主人はどうやら藤木の蕎麦打ちの師匠らしく、必要以上に人懐っこかった。

「ああ、あの波乗り兄ちゃんの知り合いかい」

と手を叩いて喜び、あれも食えこれも食えで、蕎麦尽くしのフルコースを二時間かけてご馳走になってしまった。そのぶん、一日の予定が狂った。

いずれにしても早く宿に落ち着いて温泉に浸かりたかった。朝から距離にして二百五十キロ近くを走っていたし、「あの場所」に行ったせいで気が滅入っていた。

松本市　大手五―三―二四

という美奈子が五月二十九日に訪れている住所に覚えはなかった。おそらく城の大手門の南側、内堀と女鳥羽川に挟まれた一角だろうと想像できたが、カーナビに導かれて、まさかあんな場所に連れていかれるとは想像もしていなかった。

『目的地周辺です。音声案内を終了します』

カーナビはそう言って沈黙したが、案内されるまでもなかった。このあたりの小さな路地の一つひとつまで希久夫は熟知していた。今その記憶が、冷凍スープがゆっくりと解凍されるように、脳の奥のほうから滲み出てきている。

希久夫の運転するグレースは、かつて餌差筋《えさしすじ》と呼ばれた通りをゆっくり西に向いて走っていた。右手にある煙草屋の角から自転車に乗った少年が二人、突然飛び出してきて、希久夫は急ブレーキを踏んで止まった。

「ごめんなさい」

少年たちはそう恥ずかしげに謝り、そそくさと走り去った。

そこは小さな月極駐車場の前だった。古い家並みの間に、家二軒ぶんほどのポッカリと空いた空間があり、アスファルトで舗装されている。敷地の奥はもう一本北の筋に面している民家の裏側で、物干し台の洗濯物が西日を浴びているのが見えた。

その駐車場はかつて希久夫の生まれ育った家があった場所だった。

クラクションの音で希久夫は我に返った。配達中の宅配便の車がグレースに道を塞がれた恰好で立ち往生している。一方通行の道にはやり過ごす路肩などなく、希久夫は仕方なく月極駐車場の中にグレースを回避させた。

駐車場は八十坪ほどの広さがあったが、軽自動車が二台停まっているだけでガランとして見える。

希久夫はエンジンを切り、車を降りた。アスファルトの黒さからしてここ数年のうちに舗装されたものに違いない。希久夫たちの家の隣も似たような造りの一軒家だったから、二軒まとめて取り壊し、とりあえず駐車場にでもしているのだろう。

（案外、狭かったんだな）

手元にチョークがあれば玄関から裏庭までの家の間取りを、アスファルトの地面に正確に描く自信があった。解凍された希久夫の記憶は、もう頭の中いっぱいに流れ始めている。

希久夫が住んでいた頃、このあたりの町名は『餌差町』といった。希久夫は木造二階建ての、小さな裏庭がある家で生まれた。病院ではなく自宅一階の六畳間で生まれたと、物心ついた頃に母親から教えられた。予定日より早く産気づき、近所の助産婦さんの手を借りて自宅で出産したらしい。

希久夫は、自分のもとから去っていった母を恨んではいない。むしろ罪悪感があった。

あの頃の記憶……母や弟の記憶、家族四人で過ごした記憶を心の中で凍結させ、頑丈な蓋をしていたのは後ろめたさのせいだった。

母の千江は金沢の人で、細面で色が白く、黒く豊かな髪を持った人だった。幼稚園でも小学校でも、同級生の母親と比べて明らかに光り輝いて見えた。今思えばそれは子供の錯覚だったのかもしれないが、希久夫の中に「うちの母さんは特別なんだ」という揺るぎない信仰のようなものがあった。

母は、形のいい額の中ほど、ちょうど眉の間の上あたりに黒子《ほくろ》があった。さほど大きな黒子ではないが、肌が雪のように白かったからよく目立った。まるで仏像の額にある『白毫《びゃくごう》』のようだった。金沢の祖父が、母が子供の頃は弥勒菩薩にそっくりの顔をしていた、とよく話していた。だから希久夫は小学校に上がる頃まで、母が弥勒菩薩の生まれ変わりだと本気で信じていた。それほど母は優しく、無私で、献身的な愛を注いでくれる人だった。声を荒らげたことなど一度もない。希久夫や弟を叱るときも、薄く形のいい唇の口角を少し上げて微笑み、穏やかな声で諭すように叱った。

テストで七十五点しか取れなくても、マラソン大会で十一位という中途半端な成績でも、切れ長の細い眼をいっぱいに見開いて喜んでくれた。そのときは、いつも長い睫毛に隠れて見えない母の黒い瞳がよく見えた。極言すれば少年時代の自分は、あの嬉しさに輝く母の黒い瞳が見たくて頑張っていた気がする。

その弥勒菩薩のような母が、感情的で刺々《とげとげ》しく声を荒らげているところを、一度だけ垣間見たことがある。

母は父を罵っていた。希久夫が中学に上がって最初の夏休みのことだった。

その頃父は四十五歳の働き盛りで、長野新幹線の群馬と北信地方を結ぶトンネル工事の責任者だった。月のうちの大半は上田の建設拠点事務所と東京の本社を往復するという日々で、松本の家に帰ってくるのは毎週末の二日間だけだった。それがある時を境に隔週の週末になり、やがて月に一回になった。

母の様子が変わったのはその頃からだった。あのアルカイック・スマイルのような微笑みが消え、無口になった。父が書斎の引き出しにしまっていた手紙を読んで、声を殺して泣いていたこともある。

中学一年の夏休みが始まって間もなくの頃。希久夫はいつものように野球の練習を終え、バットとグローブと空になった弁当箱をぶら下げて帰宅した。午後からクラスメイトたちと市民プールに泳ぎに行く約束をしていた希久夫は、裏の物置にバットケースをしまおうと、隣の家との間にある狭い路地を通って裏庭に回った。

「あの人とそんなことになるなんて、汚らわしい！」

生まれて初めて聞いた母の怒った声に、庭に出ようとしていた希久夫の足はビクッと止まった。「汚らわしい」という母の言葉が、希久夫の胸をザワザワと波立たせた。

「もう、終わったことだ」

呻《うめ》くような父の声が聞こえてきた。二人は裏庭に面した一番奥の八畳間で話しているらしい。

「何も終わってない！」

母のヒステリックな叫びが聞こえた。

「このまま終わらせません。あの女を呼んで謝罪してもらいます」

「責任は全部俺にある！」

父も声を荒らげたが、すぐ感情を抑えこむように声を落とした。

「表沙汰になるようなまねはやめてほしい。死んだ山下の名誉のためにも」

「別れてください」

そう言った母の声は、もう嘘のように冷静だった。感情の起伏が激しい。しばらく沈黙が続いた。希久夫は細い路地で金縛りにあったように動けないでいる。

「どうしても、許せんか？」

父がそう言った。息をひそめる希久夫の顔の横、家の板塀に油蟬が飛んできて止まり、胴体を揺すって鳴き始めた。

「子供たちは連れていきます」

母はそう言った気がするが、蟬の声がうるさくてよく聞き取れなかった。

「それは、できん。あの子らに……」

その後の父の言葉はまったく聞こえなかった。

そのとき表で自転車の音がして、希久夫はハッと振り返った。顔の横に止まっていた油蟬が、ジッ、と鳴いて飛び去った。弟の由紀夫が帰ってきたのだ。

希久夫は慌てて路地を玄関のほうに駆け戻り、家に入ろうとする弟の腕を摑んだ。

「どうしたん？　兄ちゃん」

「由紀夫、河原に行ってキャッチボールしよか」

希久夫は有無を言わせぬ勢いで弟を河原に引っぱっていった。由紀夫に、あんな母の姿を見せてはいけないと思った。


「兄ちゃん、もう腕が上がらん。もうやめよ。家に帰ろ」

あの日、由紀夫が泣きべそをかくほど長いキャッチボールをした。そのあと弟の手を引っぱってお城まで歩き、日が傾くまでお堀端をトボトボ歩いて回ったことを覚えている。やがて由紀夫が足が疲れたと言ってしゃがみこんだのでおぶって歩いた。そのうち弟は希久夫の背中で寝てしまった。由紀夫を背負ったまま内堀沿いに一周歩いたが、ついに希久夫の足も動かなくなり、松本神社の前の芝生に弟を下ろし、自分も大の字になって寝転がった。

赤く染まった入道雲の空を、雀の群れが胡麻を撒いたように飛んで二の丸の森に帰っていく。

希久夫は理由もなく、この町にはもういられなくなるかもしれないと思った。そう思ったら無性に悲しくなって涙がこぼれた。

「希久夫」

父の呼ぶ声がした。振り返ると、自転車にまたがった父がこちらを見て微笑んでいる。

きっと心配になって捜しにきたのだろう。「帰るぞ」と父は言って、寝ている由紀夫を背負った。希久夫は父の自転車を押して、少し後ろを黙って家まで歩いた。

希久夫とグレースは渋滞の中にいる。

ＪＲの南松本駅に近い場所で国道一九号線の南行きが渋滞していた。道路情報を伝える電子掲示板には『二キロ先　事故渋滞』の文字が点滅していた。高速の入口まではあと六キロほどはある。

（迂回するか）

カーナビで抜け道を検索すると、おあつらえ向きのルートが出てきた。百メートルほど先の信号を右の県道に入ってしばらく行くと、田んぼの中を真っ直ぐ塩尻インターに南下する広域農道がある。土地の車と思しき何台かが県道方向に曲がっていく。希久夫もウインカーを出して右折ラインに入った。

県道を一キロほど西に走ると、水田や果樹園の中を真っ直ぐ南に延びる道があった。

(この道だ)

希久夫は左折し、広域農道に入っていった。車線の幅が広い片側一車線ずつの真新しい農道で、走る車もなく見渡すかぎり信号もない。

希久夫はスピードを上げ、久しく使わなかった四速にギアを入れた。茜色に染まった沿道の桃の木、林檎の木、黒い瓦屋根の集落が後ろに流れていく。

(今さら、どうしようもないんだよ)

希久夫は、わざわざ松本まで来た美奈子の意図が分からない。あそこには何も残っていない。たとえ残っていたとしても何も変えられないし、取り戻せない。死んだ父と希久夫が家族離散の辛い記憶を時間をかけて忘れ、寂しさを慎重に飼い慣らしてきたことを、幸福な家庭に育った美奈子には実感として分かりにくいのかもしれない。

父と母の離婚の理由をはっきりと知ったのは、希久夫が成人した大学二年生の時だった。希久夫自身が父に訊いた。

離婚の原因が父の浮気であることは、それ以前から子供心に察しがついていた。希久夫がその詳しい経緯を知ったところで、中学生の自分に何もできないことは明らかだった。母の変わり様は、子供の力ではどうにもできないという絶望感を希久夫に与えた。あんなに理性的だった母が感情むき出しの女に変わった。あの母にそれほど嫉妬深い一面があったのかと驚く思いだった。もちろん非は父にあるが、直情的にふるまう母の態度が、調停にあたった家裁の心証を悪くしたのも仕方ないことだったと、歳をとった今では思える。

父が話してくれたことの顚末はこうである。

父の不倫相手は同僚の未亡人だった女性だ。

彼女の夫だった山下という人は、父と同じプロジェクトで仕事をしたこともある優秀な設計技師で、父の最もかわいがった後輩だった。何度か松本の家にも遊びにきたことがあり、母も希久夫も面識があった。明るくて礼儀正しい人だった。彼が結婚するときも父は世話人として何かと面倒をみた。

その山下さんが、東北新幹線のトンネル工事現場で落盤事故に遭って死んだ。その頃父は長野新幹線の工事を監督していたが、一晩中車を飛ばして山形の事故現場に駆け付けたという。犠牲になったのは山下さん一人で、作業員たちの命に別状はなかった。父は会社に掛け合って山下さんの葬儀を社葬にし、中心になって取り仕切った。

父はその後も残された若い未亡人の生活が成り立つよう熱心に面倒をみた。就職口を探してやったり、アパート入居の保証人になったりした。長年そういう交流を続ける中で、魔が差したように一線を越えてしまった。

「恥ずかしいが、そういうことだ」

父は弁解がましいことは一切言わず、事実を淡々と語った。ただ、最後に、

「男と女のことというのは、説明しにくい。説明しても仕方ない。だから勘弁してくれ」

そう言って、二十歳の息子に頭を下げた。

最終的には父が希久夫の、母がまだ十歳の由紀夫の親権者となることで家裁の離婚調停を受け入れることになった。

父にしてみれば、親の離婚で兄弟が引き裂かれるような愚かなことをしたくはなかった。

できれば自分が二人とも引き取りたかったが、離婚の直接的原因が自分にある以上、それは望み難いことだったと説明してくれた。

これは父には死ぬまで秘密にしておいたことだが、実は母から「一緒に金沢に来ないか」と、父のいないところで説得されたことがある。初めての子であり、情熱を傾けて育てた長男の希久夫には格別な愛情を持っている——と、泣きながらかき口説くように説得された。

あのとき、希久夫は最後まで首を縦に振らなかった。

あのときの気持ちをどう説明すればいいのだろう？　いい大人になった今でも適切な言葉が見つからない。母が泣けば泣くほど、十三歳の希久夫はどうしようもなく醒めていった。「可哀そうな人だ」と他人事のように思った。剝き出しになった母の「女」の部分に嫌悪感を感じたのかもしれないし、粘着質な母性にうんざりしたのかもしれない。父だけが独りになるのは不公平だと思ったのもあるだろう。

父が悪い、という気持ちはあった。

しかし一方的に事を運んで離婚に突き進もうとする母の感情的な姿に無責任さを感じていた気がする。この人は何の努力もしないで全部放り投げようとしている、と。

今思うことは、あのとき自分がもう少し大人だったら、母の立場に立ってものを考えつつ「離婚なんかしないでくれ」と説得できたのに……ということだ。しかしそれは、十三歳の希久夫には望むべくもない話だった。「自分について来てくれ」という母の懇願に「うん」と言わないことでしか、家族をバラバラにしようとしている母に抗議できなかった。

二学期が終わって間もないある週末、母は唐突に消えた。弟の由紀夫を連れて。

そのとき父は上田の現場に泊まり込みで、希久夫が少年野球リーグの遠征試合から帰ってきたら家の中はもぬけの殻だった。希久夫宛ての手紙が勉強机の上にポツンと置いてあった。とても簡潔な手紙だった。

今日からの食事や洗濯、掃除は、希久夫をよく知る隣家のおばさんが面倒をみてくれること。それはちゃんとお礼をする約束になっているので、遠慮をする必要はないこと。冬物の服の置いてある場所。食器や調味料のしまってある場所。最後に、希久夫に向けた言葉があった。

「あなたは自分でお父さんと生きることを選んだのだから、何でも一人でできる人間にならなくてはいけません。お母さんは、もうあなたを助けることはできないのです」

母さんを傷つけてしまった。

希久夫は、手紙を読んで激しく後悔した。自分が突き放したせいで、母は弟を連れてこの家から消えてしまったんだ、と思った。

捨てられた、とは思わなかった。むしろ、自分が母と弟を捨ててしまったという罪悪感が強く残った。それは、二十三年経った今でも変わらない。

思い出したくないことを鮮明に思い出してしまった。

田んぼの中の一本道を南に向かって車を走らせている希久夫の気分はすこぶる悪い。夕焼けが馬鹿馬鹿しいほど赤かった。

(余計なことをして)

希久夫はこの不愉快な気持ちを美奈子のせいにした。八つ当たりだとは思うが、当たる相手が美奈子しかいない。いや、その美奈子さえもうこの世にはいない。

本物の独りぼっちになってしまった。

希久夫はやり場のない気持ちをグレースにぶつけた。三速で回転数を上げて四速にシフトアップし、乱暴にアクセルを踏むと、エンジンがポンと一つ咳き込んでから、初めて聞くような野蛮な唸り声を上げて、真っ直ぐに延びる農道を疾走し始めた。

(は、速い)

希久夫は緊張で背筋のあたりがもぞもぞと痒くなった。スピードメーターはあっという間に時速百キロに達した。一般道で出す百キロがこれほど速いとは思わなかった。道はひたすら真っ直ぐで、対向車はいない。

どれくらいスピードが出るんだろう？　希久夫はつい、らしくない冒険心を起こした。アクセルを床いっぱいまで踏み込んだ。

メーターが時速百二十を指そうとしたとき、バックミラーの中で何かが光った。見ると大型バイクのヘッドライトが追いかけてくる。

(白バイだ)

希久夫はひやりとした。捕まった経験がないので分からないが、これが『ネズミ捕り』というやつかもしれない。

バックミラーに映る大型バイクは、鞭を入れるように加速するとグングン近づいてきた。

希久夫は気圧されたようにアクセルを戻した。バイクは走りながらグレースの横に、すっ、と滑らかに並んだ。

白バイではなかった。白い車体に派手な赤のカラーリングが施されたスポーツバイクで、むしろ白バイより大きく感じた。タンクに『CB1300』とペイントされている。『HONDA』のロゴも入っていた。

バイクのライダーは、希久夫の車と並走しながら運転席を覗きこんだ。フルフェイスのヘルメット、ジーンズにライダーブーツ、『HRC』というロゴの入ったライダースジャケットを着ている。その長い腕を伸ばし、グローブをつけた指で何やら指差している。

「えっ、何？　何ですか」

ライダーの指差す先、グレースのボンネットのあたりに目をやると、エンジンルームから白い煙が出ている。

「あああぁ」

出したことのないような妙な声が出た。

希久夫は急ブレーキを踏み、グレースを路肩に寄せた。クラッチを切らなかったのでガクガクとエンストして止まり、危うく農道脇の側溝に脱輪するところだった。

件《くだん》のライダーは五十メートルほど先で大型バイクを機敏にターンさせ、グレースの脇にバイクを停めた。

希久夫は気が動転している。車から降りるなり、素手で白い煙を出すボンネットを開けようとした。

「熱っつ！」

「素手で触るな、素手で」

「え？」

ヘルメットの中から聞こえてきたのは女の声だった。ライダーは希久夫を押しのけ、グローブをした手でボンネットを開けた。きな臭い白煙があたりを包む。

ライダーはサンバイザーを上げ、落ち着いた仕草でエンジンルームを覗きこんだ。ラジエーター・キャップが沸騰した薬缶のように水蒸気を吐いている。

「やっぱりね。オーバーヒートだ」

ライダーはヘルメットを脱いだ。一瞬外国人かと思える派手な顔が出てきた。

「おたく、スピード出しすぎだって」

「すみません」

女にしては目が鋭い。ショートカットの髪のせいもあるが、宝塚の男役みたいだった。

「百二十キロは出てたでしょう? この農道の制限速度は時速四十キロだから、一発で免停ですよ」

やはり警察官なのかもしれない。白バイにも「覆面」があるのだろうか。

「あたしが警官じゃなくてよかったですね」

(ほんと、よかった)

希久夫は緊張が一気にほぐれた。

「あの、どこが壊れたんでしょう?」

不安げな希久夫の顔を見て、女は拍子抜けしたように、「このエスハチ、あなたのでしょう?」と訊いた。

「エスハチっていうんですか? この車」

女は希久夫の無知を早々と見切ったように話題を変えた。

「ヒューズボックス見せてもらえますか?」

「あ、はい。えっと」

希久夫はヒューズボックスがどこにあるのやら分からない。

「失礼しますよ」

女はさっさと運転席のドアを開け、ステアリング下のカバーを慣れた手つきで外した。

「申し訳ありません。車に疎いもので」

希久夫は、ヒューズの束を確認する女のうなじに向かって頭を下げた。

「これだ」

女は希久夫を振り返って笑った。笑った顔は少年のようである。

「ほら、ラジエーターのヒューズが飛んでる」

「交換すれば大丈夫ですかね」

女は立ち上がって希久夫と向かい合った。改めて見ると背が高い。

「エンジンがちょっと嫌な音させてましたね。ミスファイヤー起こしてる気がする」

「すぐ直るような故障でしょうか」

「キャブレターを見てもらったほうがいいですね。できればこの車に詳しい修理工場で」

「そうですか……」

希久夫は一面の田んぼを見渡して途方に暮れた。そんな気の利いた修理工場などありそうにもない。

第一、キャブレターがいったいどんな部品なのか見当もつかなかった。

「旅行ですか？」

女はグレースの練馬ナンバーを見てそう訊いた。

「ええ」

「今夜はどちらにお泊まりです？」

「下諏訪温泉に泊まろうかと思っていたんですが」

だったらちょうどいい、と女は言った。

「岡谷の街に腕のいい修理工が一人いますけど、紹介しましょうか？」

「ぜひ。助かります」

その前に——と女は言った。

「写真撮らせてもらっていいですか？　あなたのエスハチ」

XIII

ホンダだけがターボ禁止なのか?
なんだ違うのか。馬鹿な奴らだ
ホンダだけに規制をするのなら賢いが
皆同じ条件ならホンダが一番速く、一番いいエンジンを作るのになぁ
で、なんだ、話ってのは?

一九八九年、F1で勝ち続けるホンダの力を弱めるため、
ターボエンジンが禁止になったときの本田宗一郎の反応

征二郎　二〇〇九年八月七日

「赤か。珍しいな」

仁科征二郎はオイルで汚れた左手の中指と親指で器用に受話器をつまんで耳に当てつつ、孫娘の話に眼を細めた。

「しかも左ハンドルなのよ」

「逆輸入車だな」

そいつは本当に珍しい。おそらく六〇年代の終わり頃アメリカに輸出されたものだろう。

「遠目に見たからあたしも最初はMGだと思ったの。けど、どう聞いたってエンジン音が直四ツインカムなのよ」

晴香は良い耳を持っている、と征二郎は思った。数いる孫の中では一番レースメカニック向きだ。

「排気音は？」

「間違いなくAS800Eのエキゾーストマニホールドの音ね」

ますますこの娘を女子高の英語教師にしておくのはもったいないと思った。

「じゃあね。見失っちゃうから」

「あとをつけるのか？」

この好奇心の強さは誰の遺伝なんだろう？　父親も母親も羊のように大人しいのに。

征二郎は完全に自分のことを棚に上げている。

「だって〝幸福のエスハチ〟でしょ？　写真撮ったら見せてあげる」

電話が切れた。

（面倒なことを吹き込んじまったな）

この機械好きな孫娘が小さい頃からあの車に異様な関心を示したので、ついつい罪のない作り話をしてしまった。あの車、というのはホンダＳ８００を指している。

「エスハチを街で見かけたらいいことがあるぞ。見つけたらお祖父ちゃんに教えな」

「作り話」というのは、そういう他愛もない話だった。昭和の時代に世間で広く流布されていた「黄色いフォルクスワーゲンのビートルを見かけたらいいことがある」という根拠のない都市伝説のパクリに過ぎない。

晴香は幼稚園くらいの頃から、この〝エスハチ探し〟というゲームに夢中になった。なにしろ半世紀近くも前の車で、現役で走っている数が少ない車種である。なかなかお目にはかかれないのだが、それがまた子供心に「ご利益」を感じさせたのだろう。家族で旅行に行くときでも、車の窓から他の車ばかりを眺めているような少女だった。

まず晴香は、エスハチと外見のよく似た小型オープンカーを見分けるようになった。小学校の入学祝いに征二郎が買い与えた『世界のスポーツカー』という写真集を熱心に見て覚え、『ヨタハチ』ことトヨタスポーツ８００、ＭＧミジェット、トライアンフのスピットファイアなどのライバル車と、遠目からでも的確に見分けるようになった。

実物のエスハチにも乗せたことがある。

「本物に乗りたい」とあまりにもせがむので、晴香が小学校四年の夏休みに、埼玉にあるホンダの技術研究所に連れていった。

当時征二郎はレースの現場を引退して『ＨＲＣ』（ホンダ・レーシング）の社長をやらされていたのだが、技術研究所の四輪研究センターの片隅に、社内コレクション用のエスハチとエスロク（Ｓ６００。エスハチの前型機）があったことを思い出したのだ。あれに乗せてやろう、と思い付いた。

（動かなくてもシートに座るだけで満足するに違いない）

と征二郎はかつての部下に頭を下げて、恥ずかしながら孫同伴で古巣に顔を出した。

「あっ、黄色だ」

十歳の晴香は、研究所のガレージに保管されていた黄色いボディのエスハチを見て黄色い歓声を上げた。そのうち何やら外が騒々しくなってきた。

「仁科のオヤジが孫娘連れてエスハチに乗りに来たんだと」

と、研究所の二輪や四輪のエンジニア連中が面白がってガヤガヤと集まってきたのだ。こういう堅苦しくないところがホンダという会社の良いところでもあり、暑苦しいところでもある。面倒なことになったと思った。エスハチを走らせないわけにはいかない状況になってきた。

ガレージの片隅で埃を被っていたエスハチを仕方なく調整し始めた征二郎を、見物の若手のエンジニアたちが取り囲んだ。開発当事者の話を聞こうと様々な質問が飛び、ちょっとした講義のようになってしまった。晴香は自分のジイさんが案外偉い様子を見てまんざらでもなさそうだったが、征二郎にしてみれば照れくさいやら鬱陶しいやらである。

調整が終わると、所内の小さなテストコースで、晴香を乗せてエスハチを走らせた。シフトチェンジする度に小気味よく音程を変えるエンジン音を聞いて、

「おじいちゃん、あたしこの音、好き」

と晴香が言った。自分が開発に携わったエンジンに対する最高の褒め言葉だ。

技術者はアーティストではない。だが実際のところ、このエスハチに積まれている水冷直列四気筒ＤＯＨＣの『ＡＳ８００Ｅ型』エンジンは高性能かつコンパクト。美しいその造形と音色は、芸術作品の名に値するだろう。晴香がエスハチの音を体に刻みこんだのは、おそらくあのときのことだと思う。

（それにしても、赤とはね）

晴香の奴、ほんとうに今日はついているのかもしれない——と征二郎は思った。それほど赤いエスハチは珍しい。一番多く出回っているボディカラーは、一九六六年の発売当時最も人気のあった黄色で、これに白、青が続く。おそらく件の赤いやつは欧米のマニアが所有していた逆輸入ものだろう。

(そうか、赤か)

征二郎までどことなくウキウキしてきた。仁科家のジンクスによると、最も縁起がいいのが希少性の高い赤のエスハチ、ということになっている。おみくじで言えば〝大吉〟だ。悪い気分じゃない。

(美味いエスプレッソでも飲むか)

時計は午後五時を少し回っていた。征二郎はオイルで汚れた手をウエスで拭った。

征二郎は諏訪湖に面した岡谷の街中で『仁科オートサイクル』というバイク専門の小さな修理工場を営んでいる。もともと昭和の初め頃からここで自転車屋を営んでいた実家を改装し、四十七年間世話になったホンダ技研を円満退社した五年前から始めた。残り少ない第二の人生を、生まれた町のバイク屋のオヤジとして送るのが、征二郎のかねてからの願いでもあった。

征二郎の妻は十年前に癌で先立った。今はこの家で長男の娘である晴香と二人暮らしをしている。長男は岡谷に本社工場のあるカメラメーカーで光学技術の研究をしていたが、何やら出世したらしく、三年前からイギリスで工場長をしている。一人娘の晴香はすでに松本の私立女子高で教鞭をとっていたから、両親について行かずに征二郎の下に残った。祖父の面倒をみろと両親に言われたわけではない。むしろ晴香のほうが大好きな征二郎と一緒に暮らすことを望んだ。これほど気が合う祖父と孫も滅多にいないだろう。

征二郎は整備工場の隅に置いてあるエスプレッソマシンの電源を入れた。一昨年、七十歳の古希祝いに孫一同から贈られたものだが、選んだのは晴香だった。

（あいつは俺の好みをよく理解している）

イタリアの老舗メーカー、サエコ社のロイヤル・プロフェッショナルという業務用エスプレッソマシンで、田舎のバイク修理工場に置いておくのはもったいない代物だ。征二郎が二十一のとき、オヤジに抜擢されて二輪の世界GPのメカニックになり、イタリアGPで初めて口にしたエスプレッソの味と香りに感動した（ちなみに、征二郎たちの世代が〝オヤジ〟という場合、ホンダの創始者である本田宗一郎のことを指す）。

そのエスプレッソをご馳走になったドゥカティ・チームのパドックに置かれていたのもサエコ社のエスプレッソマシンで、いわば憧れのコーヒーマシンだった。征二郎から聞いたそんな昔話を晴香は覚えていたのだろう。

ノズルから吐き出される圧縮された熱湯が小気味いい音を立て、こぢんまりとした修理工場に深煎りコーヒーの目の覚めるような香りが満ちた。

ガレージと言ったほうがいい征二郎の仕事場には修理中のバイクがきちんと並べられている。数はそう多くない。仁科オートサイクルは、地元の人間が乗っているバイクなら原付きでも修理する町のバイク屋だが、征二郎にいじってもらいたくて持ち込まれるマニアたちのバイクに関しては完全予約制をとっている。そうしないと年寄り一人ではさばききれないからだ。飯を食うためにやっているわけではないから、その程度で十分だった。

一九七〇年代末から八〇年代にかけての二輪世界GPの檜舞台で、ワークスチームの監督としてホンダの黄金時代を担った仁科征二郎の名前は、バイク・ファンなら知らない者はいない。レースの第一線から引退したあとも、エンジニアとして魅力的なスポーツバイクを作り続けてきた実績は、もはや伝説となりつつある。その「伝説の技術者」が町のバイク屋を開いたわけで、日本中のバイクフリークが放っておくはずがなかった。松本や長野、甲府はもちろん東京や名古屋からもメンテナンスの予約が殺到し、半年待ちという状況が続いている。他にもプライベートでレースに参加している連中にチューンを頼まれたり、骨董品のようなクラシックバイクのリストアを頼まれたりと、征二郎の第二の人生は忙しい。

作業場の奥の角に古い二人掛けの革のソファーがある。征二郎は一日三回、このソファーに座ってエスプレッソを飲む。今日の四杯めはミルクを一滴垂らしたマッキャートにして、どっかとソファーに腰を下ろした。

ソファーの左横の漆喰の壁一面に、額装された古い写真がアトランダムに飾られている。ざっと百点ほどもあるだろうか。ちょっとしたギャラリーというか、中にはこれだけを見学しに立ち寄るライダーもいるほどだ。どれも征二郎が自分のライカで撮り溜めてきたバイクレースの写真で、二輪で世界を制してきたホンダの貴重な記録だ。

各国のサーキットを疾走するホンダのワークスマシンの写真。

パドックで働くメカニックたちの写真。

歴代のトップライダーたちのポートレイト。

そして壁一面のオートバイの写真の中に四輪自動車の写真が三点だけある。S500、S600、そしてS800という小型スポーツタイプのオープンカー三台で、どの写真にも作業着姿の若い征二郎が写っている。この三台は、二輪メーカーだったホンダが初めて作った市販の四輪自動車で、いずれも征二郎が開発に加わった。ホンダの技術者は「専門家」というセクト主義で守られていない。才能があれば二輪のエンジニアが四輪やジェット機、歩行ロボットなど畑違いの開発現場にどんどん放り込まれる。それが自身も生涯一技術者だった本田宗一郎の作った伝統だ。

征二郎が地元の工業高専を卒業して、当時の本田技研工業に就職したのは一九五八年の春だった。当時ホンダは、後に世界的な大衆バイクとなる原動機付自転車『スーパーカブC100』を発売し、国内ナンバーワンの二輪メーカーに躍り出たばかりの、活気に溢れる会社だった。

もともとオートバイが大好きで、学生時代から地元の峠道を走り回っていた征二郎は、念願叶ってホンダの主力スポーツバイク『ドリーム号』の改良を担当するチームに配属された。配属されてすぐ、作業場に汚れたナッパ服を着た小柄の中年男が現れて「仁科征二郎って奴はどいつだ」と、顔をしかめたくなるほどのでかい声で言った。作業をしていた先輩たちが「オヤジが来た」と手を止めて立ち上がった。征二郎は、どこかの部品メーカーのハゲ社長だと思った。

「はい。私です」

「お前、バイク乗るの上手いんだってな」

「はあ……田舎の山道で遊び半分に乗ってただけですが」

「人手が足りねえんだ。明日から俺の所に来てくれ」

失礼な話だぜ、と征二郎は腹が立った。初対面の町工場のハゲオヤジにいきなりそんなことを言われ「はい喜んで」と素直に行く馬鹿はいない。

「そう言われても困ります。私には私の仕事がありますんで」

征二郎は一笑に付して、再び作業に取り掛かった。先輩たちが顔を真っ赤にして笑いを堪えている。

「バカ野郎っ！　お前のやる仕事は俺が決める！」

その小さなオヤジの口から大音量の罵声が飛び出した。

「つべこべ言わずに明日からTTのチームに来い！　分かったなっ！」

TT？　征二郎は自分の耳を疑った。イギリスのマン島で行われる世界最高の公道バイクレース『ツーリスト・トロフィー』のことだ。世界の二輪市場に打って出ようとするホンダが参加するのでは？　と噂されていた。

征二郎は、肩を怒らせガニ股で作業場を立ち去る小男の後ろ姿を見た。男は出口で腰を振り、ブッ！　と大きな放屁をして出ていった。

それが征二郎と本田宗一郎の出会いだった。

翌日から征二郎は、社長である本田宗一郎直属のレースマシン開発チームに配属された。辞令もなにもない。自分の工具箱一つ持って、工場の一番奥まった一角にある、『開発室』という名の作業場に移っただけである。当時のホンダは、そのように小さくて身軽な会社だった。オヤジがど新人の征二郎をスタッフに加えたのは、とりたてて優秀だったからでもなんでもない。試作と改良を頻繁に繰り返すにあたり、テストライダーの頭数が絶対的に不足していた。プロのレーサーを雇う金もなかった。今年入った新入社員の中に、長野のカミナリ族上がりがいると聞いたオヤジは、そいつはいい、と手を打って、自ら声をかけに行った……ということだ。テストライダーの他に整備の手伝いができるなら一石二鳥だろう。

翌一九五九年。オヤジ自らが率いるTTプロジェクトはプロトタイプのレーシングバイク『RC141』を完成させ、六月のマン島TTレースの一二五cc部門に初挑戦した。

マン島の大会は、四輪のF1におけるモナコGPのような、世界的檜舞台だった。そのレースクルーの末端に、ひょんなことから征二郎も名を連ねることになった。

このホンダの〝世界デビュー戦〟にはさまざまな伝説が残っているが、一番有名なのはレース直前の土壇場に、現地でエンジンを改造したことだろう。のちにホンダの社長になるTTチーム監督の河島喜好は、マン島に入ってから初めて自分たちが井の中の蛙であることを知った。イギリスやドイツのレースマシンのとんでもない速さに驚き、同等のエンジン出力を出すためには、RC141の二バルブのエンジンを四バルブに改造しなければ無理だと判断した。根本から違うエンジンだった。

「二バルブじゃこっちのバイクに追いつきません。奴らは一周十七・三六キロを八分台で走るんです」

河島はマン島のホテルから国際電話で本社工場にいたオヤジに直訴してきた。

「ほぇ～、あのアップダウンのきつい公道コースを八分台かい」

開発室の作業場で電話をとったオヤジは、子供みたいに感心している。征二郎はそれをすぐ横で聞いていた。

「こっちでエンジンを改造しますから四バルブのシリンダーヘッドを送ってください」

河島の要求は無茶な注文だった。レースまでは一週間もない。

「そうか……いつまでに造ればいい？」

無理だとオヤジも思っただろう。しかし「不可能を可能にしろ」といつも社員に要求している手前、そうは言えない。あのときのオヤジは歯切れが悪かった。

「オヤジさん！　なに呑気なこと言ってるんですか！」

受話器から漏れ聞こえるほど、イギリスにいる河島が声を荒らげた。

「今すぐに決まってるでしょう！」

「……切りやがった」

オヤジは渋い顔で受話器を置いて征二郎を見た。

「おい仁科。お前、イギリスに行け」

「はぁ？」

「パスポート持ってるか？」

持っているはずがない。半世紀前の日本で海外に行く人間など一握りの特別な人種だった。

「持っていません」

「じゃあ、役所に掛けあってなんとかする。写真と戸籍抄本を用意しろ」

「いつまでに用意すればいいですか？」

「今すぐに決まってるだろう！」

オヤジは河島に噛みつかれた腹いせに征二郎を怒鳴った。

「今すぐ四バルブ用のシリンダーヘッドの製作に取り掛かるぞ！　全員、当分家に帰れると思うな」

オヤジは、髪の毛のない頭頂部を掻きむしった。

征二郎が四台分のシリンダーヘッドを持って、ロンドンのヒースロー空港に降り立ったのはそれから三日後のことだった。

「おう、征二郎。ご苦労」

監督の河島自ら空港に車で迎えにきていた。そこからひたすら北に十時間走り、さらにフェリーに五時間乗って、マン島のホンダのパドックにたどり着くまで丸々一日かかった。

「待ってたぞ！　征二郎」

真夜中にもかかわらず、先輩エンジニアやライダーまでもが、征二郎の運んでくるシリンダーヘッドを待ちわびていた。レースまではあと二日しかないが、皆勝負を捨てていなかった。やる気だった。

（侍だ。侍たちが、ここにいる）

征二郎は体の芯が痺れるような感動を受けた。今日から自分も侍の端くれなのだ、と思った。

ＲＣ１４１の心臓はたった二昼夜で二バルブから四バルブに劇的に改造され、ぶっつけ本番で世界最高峰の公道レースに『ＨＯＮＤＡ』のロゴをつけた五台のバイクがデビューした。

結果は四台が完走し、一台がリタイヤ。出走三十四台中、六位、七位、八位、十一位だった。合計百七十三・六キロを走って、優勝したイタリアのメーカーＭＶアグスタとのタイム差は六分四十三秒あった。

世界との差はたった六分四十三秒だ、と皆が知った瞬間だった。

英国紙は、日本から来た垢抜けない新参者の健闘を、『ジャップにしては悪くない』

(Not so bad for Japs）とコメントしていた。自国のバイクが日本の無名バイクメーカーに敗れた〝紳士的〟腹いせだろう。

こうして、ホンダにおける征二郎のレース人生がスタートした。河島監督の強い推薦を受けて、正式に二輪ワールド・グランプリのメカニックとして世界中を転戦することになった。ホンダチームは早くも二年後の一九六一年に、一二五ccと二五〇ccで総合チャンピオンに輝く偉業を達成し、世界のモータースポーツ界をあっと言わせた。翌六二年も上々の滑り出しで、三五〇ccも加えて三冠を制する勢いだった。

オヤジから直々に電話をもらったのは、その六二年のイタリアGPが終わった頃だった。

モンツァ・サーキットのパドックに、例のせかせかした口調で電話がかかってきた。

「仁科か？　すぐに帰ってこい」

これからヴァカンスシーズンに入ってレースも一休み、という時期だった。征二郎は取るものもとりあえず飛行機に飛び乗って、アンカレッジ経由で東京に戻り、羽田空港に着いたその足で、オヤジが待つ埼玉の技術研究所に向かった。

「いいもの見せてやる。ついてこい」

オヤジは研究所内のとある建物に征二郎を連れていった。入口には『四輪走行実験室』という地味な看板がかかっている。

中に入ると、ガレージの真ん中に赤いボディの小型オープンカーが置かれ、数人の技術者がエンジンやサスペンションを調整していた。

「綺麗な車ですね。ミジェットの新型ですか」

イギリスで去年発売された人気のロードスターの名をつい征二郎は口にした。そう感じるほどの洗練とインパクトがあった。

「バカ野郎。ボンネット見てみろ」

オヤジの言うとおり、ボンネットでは『H』のエンブレムが銀色に輝いている。

「やあ仁科君、帰ってきてたのか」

「中村さん」

征二郎は少し背筋を伸ばした。にこやかに手を上げて近づいてきたのは、東京帝大工学部出身の秀才で、戦争中は戦闘機やロケットのエンジンを開発していた中村良夫だった。社内の噂で、オヤジから四輪の開発を秘かに任されているということは聞いていた。

「気に入ったかい？　S360っていうんだ。〝S〟はスポーツのS。オヤジさんが名前をつけた。まだ一台しかないプロトタイプだけどね」

「じゃあ……」

本気だったんですね？　という目で、征二郎はオヤジを見た。

「バイク屋が四輪作って何が悪い」

オヤジはつい最近、マスコミに四輪生産への本格参入をぶち上げていた。

「おかげでてんてこ舞いだよ」

中村は温厚そうな笑みを浮かべてそう言った。

「四輪の専門家も何人か中途採用したけど、いかんせん人手不足でね。で、君が欲しいってオヤジさんに頼んだのさ」

「私が、四輪ですか？」

征二郎は二輪のノウハウしか持っていない。

「だからどうした」とオヤジが口を挟んだ。

「ホンダがトヨタや日産の真似をしてどうする？　うちでしか造れない車を作るんだ」

中村は征二郎を手招きして、ボンネットの中に収まったエンジンを見せた。

「エンジンの方向性は見えてきたんだ」

「でかいエンジンですね」

小さな車体には不釣り合いな大きい心臓が、エンジンルームいっぱいに詰まっている。

「水冷直列四気筒のDOHCエンジンだ」

「DOHCですか」

征二郎は中村の思い切った発想に舌を巻いた。国産の四輪車でDOHC（ダブル・オーバーヘッド・カムシャフト）という吸排気システムのエンジンを搭載している車はまだなかった。高回転・高出力を可能にする一方、部品の数が多くて複雑な機構になることから、海外の高級スポーツカー用のシステム——という先入観が征二郎にもあった。

「だからこそバイクのエンジンみたいな精密さが必要なんだよ。それにもっと小さくしたい。じゃないと車のバランスが悪くなるからね」

バイクの世界GPでコンパクトな高性能エンジンを作り上げてきたホンダの技術力ならできるかもしれない、と中村は考えているようだ。

「それに、バイクと同じチェーン駆動にしようと思っている」

征二郎は絶句した。想像したこともないアイデアだった。

「これはオヤジさんのアイデアなんだけどさ」

エリートの中村が、叩き上げのオヤジを立てた。

「ということで仁科」

オヤジは忙しなく煙草をふかしながら、背の高い征二郎の肩を分厚い手で叩いた。

「当分このSシリーズの開発に参加してもらうぞ。最終的には八〇〇ccまで排気量を上げていきたいと思ってる」

「でも社長、まだグランプリはシーズン途中です」

今年はこのまま順調に行くとホンダが五〇〇ccと五〇cc以外の三冠を制するかもしれない。征二郎としては苦楽をともにした仲間とそれを見届けたかった。世界GPに心残りがある。

「自惚《うぬぼ》れるな！　お前の代わりなんてうちの会社に掃いて捨てるほどいる」

オヤジの言うとおりだった。ホンダの技術者の層は厚い。

「ただ、この四輪プロジェクトに関してはお前の代わりはいない。そういうことだ」


「うちに来るのか？　その赤いやつが」

帰宅した晴香から話を聞くにつけ、その赤い左ハンドルのエスハチとは縁がありそうな気がする、と征二郎は思った。

「オーバーヒートしてたからエンジン冷やすのに時間かかってるかもね。たぶん今頃は二〇号線をトロトロ走ってる最中だと思うけど」

グローブを外しブーツを脱ぎながら晴香が言った。ＨＲＣのライダースジャケットを脱ぐと、下は下着まがいの布切れをつけているだけだ。

「なんだその恰好は。いくら暑いからって、シミーズ姿で職場に行くバカがあるか」

「キャミソールっていうの、これ。下着じゃないからね」

まあ、胸が大きくないぶん卑猥《ひわい》な感じはしないが、ともすれば臍《へそ》が見えそうになる丈の短さは感心しない。

「おまえ女学校の教師だろう？　そんな恰好で生徒たちに示しがつくのか」

「いま夏休みよ？　今日はバスケ部の練習試合の立ち会いだけだったの」

ビーチサンダルに履き替えた晴香は冷蔵庫からミネラルウォーターのペットボトルを取り出し、喉を鳴らして飲んだ。

「持ち主はどんな奴だ」

「車音痴の男」

「なんだそりゃ」

エスハチはビンテージカーとはいえ、歴《れっき》としたスポーツカーである。車や運転技術に疎い人間には少々手に余る代物だ。晴香は松本市内でエスハチを見つけてからずっとつけていたが、頻繁にブレーキを踏むわ、シフトチェンジは下手だわ、見ていてイライラしたという。

「でも悪い人間じゃないと思う。たぶん」

晴香はジャケットのポケットからデジカメを取り出し、先ほど撮った赤いエスハチの映像を征二郎に見せた。

「たしかに〝スカーレット〟だな」

最近ではあまり言わなくなったが、かつてホンダ車の赤は「スカーレット・レッド」と呼ばれた。その懐かしい赤い車体の向こうで、三十代の男が途方に暮れた顔で立っていた。

XIV

修理に来られるお客さんは
車だけではなく　どこか心も傷ついている
車だけではなく　その人の心の傷も直してさしあげる思いで修理をしましょう

希久夫　二〇〇九年八月八日

目が覚めたとき、見知らぬ天井があった。

初めて見る六畳間の真ん中に敷かれた布団の上で、腹にタオルケットを掛けて寝ていた。

俺、どこにいるんだっけ？　と希久夫は一瞬戸惑った。まるでデジャブーだ。昨日の朝、藤木家で目覚めたときとまったく同じである。突然、枕元で携帯電話のアラームが鳴った。希久夫はビクッと反応して布団の上に起き上がった。着ている浴衣の前がはだけている。

（そうか。下諏訪温泉の旅館だ）

希久夫はアラームを止めた。携帯電話は午前四時ちょうどを表示している。よく寝たな――と希久夫は指を折った。宿に着いたのが昨夜の九時頃。温泉に浸かり、猛烈な睡魔に襲われたのが十時前だから、たっぷり六時間は寝ている。久方振りの熟睡という気がする。頭の中が濁りなく澄みきっていた。

枕元に置かれた水差しの水を、切子のコップに注いで喉を鳴らして飲み干した。布団から出て襖を開けると八畳ほどの次の間がある。もう明け始めた外の光が明かり障子を通して畳を照らしていた。床の間に活けてある一輪挿しの白い花が、薄暗い座敷にボウッと浮かび上がって見えた。

（オカトラノオか）

希久夫は職業柄、生薬に使われているような植物に詳しい。漢字では『丘虎の尾』と書く。サクラソウ科の多年草で、白い小さな花を茎の先に葡萄《ぶどう》の房のようにつけ、花穂の先端が虎の尾のように垂れ下がる。関東では七月に開花するが、涼しい信州ではお盆前のこの時期に一斉に咲く。地味で可憐な野草花だが、日当たりのいい草原に群生する光景は息を呑むほど美しい。昔、両親と弟の四人で戸隠にハイキングに行ったときのことを思い出した。尾根道の脇にこの花が群れ咲いていて、母が花の名前を教えてくれた。

「『虎の尾』っていうの。お母さんの好きな花なんよ」

そう言って微笑む母の白い顔……またそんなことを思い出してしまった。

希久夫は、コップにもう半分ほどの水を注いで飲んだ。

希久夫の投宿した旅館は『まるや』という旧中山道に面した温泉宿で、仁科老人が口を利いてくれて、素泊まりで泊めてもらうことになった。

昨日はあのバイク工場に飛び込みでグレースを持ち込み、修理をしてもらった上に、あろうことか晩飯までご馳走になってしまった。なんというか……オーバーヒートしたおかげでいい人たちに巡り会えたと思う。かつてホンダの技術者だったという老人のエスハチに対する思い入れは相当なものだと思えたし、ああいう気の利いた交換条件ならお安いご用だった。

その征二郎は朝五時に迎えにくると言っていた。ひと風呂浴びる時間がありそうだ。希久夫は干していたタオルを首に掛け、一階にある大浴場に降りていった。

希久夫は晴香に言われたとおり、三十分ほどボンネットを開けたままでエンジンを冷やした。

北アルプスの麓の田んぼ道で、一人漫然と過ごす夕暮れは寂しかった。知らない土地の夕暮れというのは、訳もなく他所者を不安にし、寂しくさせる。民家の明かりがぽつぽつと灯り、村人たちは三々五々温かい食事が待っている我が家へ戻っていく。他所者は定まったねぐらを持たない寂しさや不安に耐えなければならない。それは土地に縛られない旅人が「自由」と引き換えに与えられた「孤独」なんだ。そう美奈子は言っていた。

「どこにでも行ける自由は、帰る場所がなければ、〝いつまでも続く孤独〟でしかないの」

今、あの言葉が身に沁みて分かる。いったい俺はどこまでこんな旅をするつもりなんだろう？ どんな答えを求めて旅をしているんだろう？ 旅に出てまだ二日目だというのに、もうそんなことを考えてしまっている。

しかしまあ、あの濃い顔をした女ライダーに出会って、本当に助かった。

「ナビ付きなんですね、このエスハチ」

不釣り合いだ、という顔で苦笑し、電話番号を手帳も見ないでカーナビに入力した。

画面に『仁科オートサイクル』と出てきて、彼女はそれを目的地に設定した。

「これでOK。ここから十九キロ先です」

「どうも、ご親切に」

やっぱり似合いませんね——晴香はカーナビの縁を爪でトントンと叩いた。

「あたしだったら携帯電話のGPSにするけどな。見映えが悪いから」

「そんなにこの車にカーナビは似合わないですか？」

「こういう車に乗る人間は、そういう見栄を張るんじゃないかしら？　昔の車に乗る雰囲気を楽しむっていうか」

カーマニアというのも、いろいろ大変だと希久夫は思う。

「この車の持ち主が極度の方向音痴だったものですから」

「あなたの車じゃないんですか？」

「ええ。死んだ家内の車です」

晴香は、ちょっと驚いた顔で希久夫を見た。死んだ家内が……というには若すぎるだろう？　とその顔に書いてある。

「なかなか運転が難しくて、手こずってます」

ところで、と希久夫は話題を変えた。

「この車の名前エスハチっていうんですか？」

「ええ。愛称ですけど」

「グレースじゃなくて？」

「いや、家内がそう呼んでいたので、てっきりそういう名前の車かと」

「グレース？」

「まったく無関係、ってわけでもないけど」

晴香はフルフェイスのヘルメットを被ってバイクにまたがり、重量感のある排気音を残して南に消えていった。


エンジンが手で触れられるほど冷えると、ハザードを点滅させながら二速でゆっくり走って岡谷の街に入った。市街を東西に横切る国道は旧中山道の風情を残した民家が軒を並べているが、まだ宵の口だというのに人通りも少なく、早々とシャッターを下ろしている店が多い。『仁科オートサイクル』という彼女が紹介してくれた修理工場も、この街道沿いにあるはずだった。

『目的地周辺です』

カーナビがそう告げてすぐ、希久夫は五十メートルほど前方に、青地に白文字で書かれた『NISHINA AUTO - CYCLE』の看板を発見した。

案の定、シャッターが下りていた。

「ここか……」

自動車修理工場を想像していた希久夫は拍子抜けした。外観を見る限り普通の民家を兼ねた商店で、町の自転車屋というほうがしっくりくる。よく見るとシャッターの上の壁に、消えかかった文字で『仁科輪業』と書かれていた。昔は自転車屋だったに違いない。

オートバイを扱う店であることは、シャッター全体に描かれたバイクレースの絵で嫌でも分かった。古呆けた外観には不釣り合いなほど素晴らしいペイントで、写実的でありながらどこかポップアートの雰囲気も感じさせる。そこらへんの素人が描いたものとはとても思えなかった。絵はレースのゴールの瞬間を描いたもので、黒い革のジャンプスーツにお椀形のヘルメット、ゴーグルというクラシックな姿のライダーたちが、これまたクラシックな形のオートバイの上で体を伏せ、集団でチェッカーフラッグの前を走り抜けている。わずかの差で先頭を行くバイクの車体には日の丸があった。

希久夫はそのシャッターの前にグレースを停め、車を降りた。軒下には『ホンダ二輪車特約店』というブリキの看板も出ている。

四輪の自動車を直せるのか？　という不安が頭をもたげたが、ここまで来たらこのバイク屋を頼るしかない。希久夫はシャッターの横にある通用口の呼び鈴を押した。

押した瞬間である。シャッターの覗き窓が開いて中の明かりが暗い路上に洩れた。

希久夫は慌てて覗き窓の前に移動して中を覗きこむように腰を屈めた。覗き窓の向こうからギョロリとした大きな目がこちらを見ている。

「夜分すみません。実は車の調子……」

希久夫の言葉が終わらないうちにシャッターが派手な音を立てて上がった。

目の前にブルーのつなぎの作業着を着た背の高い老人が立っていた。少し天然パーマ気味の髪の毛こそ真っ白だが、色黒で眉が濃く、鼻梁《びりょう》も高い。一瞬外国人かと思った。

「こ、こんばんは」

希久夫は初手から気圧されている。

「あの、車がオーバーヒートしまして」

「話は聞いてるよ」

たぶんあの女ライダーが電話を入れてくれたのだろう。老人は希久夫の肩越しにグレースを見て、ふん、と鼻から息を出した。

「たしかに左ハンドルのスカーレットだな」

車のキーは？ と手を出したくせに希久夫の顔を見ていない。目はグレースに釘付けのままだ。

「鍵はついています」

「そうかね」

老人は大股に歩いて路肩に停めてあるグレースのドアを開け、運転席に座った。ライトブラウンのアルカンタラレザーで包まれたハンドルを、分厚い手を滑らせるように触れた。

「いいステアリングだ。ヨーロッパ仕様だな」

老人はゆっくりイグニッションを回し、静かにエンジンをかけた。グレースはいつもと違っておっとりと目覚め、上品な声でアイドリングを始めた。

ポン、と電子音が響いてカーナビの画面が暗がりの中で浮かび上がり、老人はギクリとして目を剝いた。

「なんだこれは」

「カーナビです」

「そんなことは言われなくても分かってる」

呆れてものが言えないという顔だ。

「この車には似合わんね」

静かに回っていたエンジンが少し咳き込むような音をさせ、老人は、ふむ……と表情を曇らせ用心深く耳を澄ませた。

「すまないが」

「はい」

「そこをどいてくれんかね？」

とギアを素早くバックに入れた。入口の前に突っ立っていた希久夫が慌ててどくと、そのまま修理工場の中の、ちょうど車一台ぶんほど空いたスペースに一度も切り返すことなくピタリと駐車した。

（上手い）

その見事さに希久夫は舌を巻いた。

老人はギッと小気味良い音をさせてサイドブレーキを引き、表にいる希久夫に声をかけた。

「そんなところに突っ立ってないで、入ったらどうかね？」

「はい。失礼します」

希久夫は、遠慮がちに修理工場の中に足を踏み入れた。

「バイク屋に四輪が直せるのか、って顔だな」

「いえ、そんな」

仁科です、と老人は右手を差し出して握手を求めた。

「蓮見と申します。こんな時間に無理なお願いを聞いていただいて、感謝します」

握手に応じた希久夫の手を、仁科老人は顔をしかめたくなるような力でグイグイと握り返した。見たところ七十過ぎという感じだが、かなりの握力だ。近くで見るとますます濃い顔をしている。アメリカ人の俳優に似た顔の人間がいた気がした。

『仁科オートサイクル』は表の風情から想像するよりもずっと奥行きがあり、広く感じた。「修理工場」というよりは「工房」とか「アトリエ」と言ったほうがふさわしい気がする。

天井は取り払われ、梁を生かした二階ぶち抜きの吹き抜けになっていて、その梁に暖色系のダウンライトが設置され、漆喰で丁寧に塗り上げられた白い壁を照らしている。

入って右手の壁一面に、大小様々な額に入れられたバイクレースの写真が一見ランダムにレイアウトされている。ちょっとしたバイクミュージアムだった。

左手には修理中と思しき時代物のバイクが二台と、レース用のカウルを付けた真っ赤なレーシングバイクが一台置かれている。その奥の壁にはステンレス製の大きな網のようなパネルがあり、使い込んだバールやレンチ、電動ドライバーなどの工具が、これまたアート作品のように整然と収納されていた。

征二郎が壁のボタンを押すと、ちょうどグレースを駐車したスペースの真上に設置されたＬＥＤのパネルライトが点灯し、赤い車体を柔らかく浮かび上がらせた。

さて……と征二郎はなめし革の作業手袋を着けながら、「オーバーヒートかね」と、問診する医者のような口調で尋ねた。

「はあ、そのようです。助けてくれた人は、ラジエーターのヒューズが飛んでいたと」

希久夫はさっきから考えているが、征二郎が似ているアメリカ人の名前がもう少しのところで思い出せない。たしかオーシャンズなんとかという映画に出ていた。

「あと、キャブレターの具合も見てもらったほうがいいと……」

「でかいバイクに乗った、でかい女だろ？」

「ええ。お知り合いなんですか？」

「今、奥で晩飯作ってるよ」

「え？」

「おーい、晴香。大吉が来たぞ」

征二郎がそう奥に声をかけると、バタバタと廊下を走る音がして奥のドアが開き、あの女ライダーがひょこっと顔を出した。

「あっ！」

「来た来た。早かったですね」

エプロンを取りながら素足にビーチサンダルを引っ掛け、トマトソースの匂いを漂わせながら希久夫の側に駆け寄った。夕方の精悍な感じとはあまりにギャップがあり過ぎる。タンクトップにデニムのショートパンツという恰好で、長い手脚が無造作に伸びている。

「こちらのお嬢さんだったんですか？」

「仁科晴香といいます」

「蓮見です」

「うちの祖父です」

と老人を見た。なるほど、隔世遺伝としてはこれほど分かりやすい見本はないだろう。

（あ！）

希久夫は晴香と老人の顔を見て、アメリカ人俳優の名前を思い出した。

（ジョージ・クルーニーだよ）

二人ともやや目が鋭い気もするが、物すごく似ていた。

「こいつは、一番最初に輸出されたエスハチの中の一台だな。たぶん一九六六年製だ」

和製ジョージ・クルーニーはボンネットを開けて、エンジンルームに顔を突っ込みながらそう言った。

「そんなこと分かるの？」

「このシリアルプレートを見てみろ」

晴香は祖父の横に並んで、エンジンルームの隅に取り付けられたプレートを見た。

CHASSIS　AES800―1000272
ENGINE　AS800E―1000301
と書かれている。

「S800という車は一九六六年から七〇年までの四年半に全部埼玉のホンダ工場で作られた。総生産台数は……たしか一万四千台ちょっとだ。こいつは二百七十二個目の車体に三百一個目のエンジンを積んだエスハチってことになる」

「意外と少ないんですね」

希久夫はもっと走っていると思っていた。

「あの頃、中流階級が車を乗り回していたのは戦争で独り勝ちしたアメリカくらいのもんだった。日本でもヨーロッパでも車が庶民の夢だった時代だ。ましてやこういう遊び心のある二人乗りスポーツカーは贅沢品だった。そういう時代に一万四千台売れたっていうのは、ヒット作と言っていいだろうね」

「当時いくらだったんですか?」

「六十五万円。サラリーマンでも頑張れば手が届く画期的な日本製のスポーツカーだった。ホンダが最初に造る車はそうじゃなきゃいけないっていうのが、オヤジの理念だった」

「〝オヤジ〟っていうのは本田宗一郎さんのことね。ホンダの創始者の」

晴香の通訳が入った。希久夫はやっと話が見えてきた。

「仁科さんはホンダにお勤めだったんですね」

「四十七年間飯を食わせてもらった。蓮見さん、といったな」

あんたも見てみるといい、と手招きした。希久夫は言われるまま、彼らの横に並んでエンジンルームを覗き込んだ。

「あの頃の日本で、こんなに凝ったエンジンを積んだ車は他になかった」

征二郎は太い指でエンジンの上部、四つ並んでついている丸いキャップのようなものに触れた。

「四連のキャブレター。それに四本の等長エキゾーストマニホールド。手前味噌でなんだが、まるで芸術品だ」

小さなエンジンルームいっぱいに、鈍い光を放つ銀色の鋳物《いもの》製のエンジンが収まっている。微妙な襞《ひだ》を持つその塊に、数多くの金属パイプやビニールコーティングされた管が血管のように伸びている。たしかに工芸品のように精緻《せいち》で美しい。

「この水冷四気筒ＤＯＨＣエンジンは、たった七九一ccの排気量で七十馬力をひねり出す。それも八千回転でね」

車に疎い希久夫には分からなかったが、晴香は「へぇー」と感心している。

「バイクみたいな高回転エンジンね」

「二輪メーカーのホンダが作った初期の四輪車だからな。お家芸で勝負したのさ」

「あの、一つお訊きしていいですか」

希久夫は、さっきから右手の壁に飾られたたくさんの写真の中の一枚が気になっていた。

「あの真ん中の一番大きな写真の車って、これと同じエスハチですよね？」

希久夫が言う写真は大きく引き伸ばされたモノクロのもので、エスハチと思しきオープンカーを囲んで八人の男が満面の笑みを見せている。運転席には頭が禿げ、度の強い眼鏡をかけた初老の男が座り、その傍らで若き仁科征二郎が笑っている。若い頃からジョージ・クルーニー顔をしていたのがよく分かった。

「一九六五年の春だな。エスハチの試作車が完成したときの写真だ」

「それじゃあ……」

「祖父はエスハチの開発メンバーなんです」

晴香が誇らしげに口を挟んだ。希久夫は改めて征二郎に頭を下げた。

「失礼しました。そんなこととは露知らず」

「こんな田舎のバイク屋のジジイに車が直せるのか？　そう思ってたろう」

「滅相もないです」

まあいい、と征二郎は笑った。

「あの、修理にどれくらいかかりますか？」

「まあ、オーバーホールするなら一週間」

「一週間、ですか……」

いくらなんでもそれは厳しいと希久夫は思った。

「蓮見さん、こいつはあんたの奥さんの車だって聞いたが」

「はい」

「その奥さんに会ってみたいもんだね。メンテナンスも行き届いているし、いい乗り方をしている。車の走らせ方をよく知っている人だ。今度、ぜひに……」

「おじいちゃん」

晴香が征二郎の袖を引いた。

「この車は死んだ家内の形見みたいなものでして」

希久夫は自分からそう言った。

「おっしゃるとおり、車の運転が好きな女でした」

征二郎は眼をしばしばと瞬いた。

「そうかね。知らんこととはいえ、デリカシーのないことを言った。すまんね」

「いいえ」

「キャブの中を見てみないと分からんが、明日中にはなんとかなるだろう。あんたにはこの近くで一泊してもらうことになるが」

明日一日潰れてしまうのは痛いが、車が直らないことには埒《らち》が明かない。

「大丈夫です。最初から下諏訪温泉に泊まるつもりでしたから」

そうかね、と征二郎は言い、せっかくだからエスプレッソでも飲まんか、と希久夫に勧め、もう一度エンジンをかけてエンジン音に耳を傾けた。

晴香はもうエスプレッソマシンのスイッチを入れ、カートリッジにコーヒーの粉を詰めている。

「すみません。それではご馳走になります」

希久夫はコーヒーを待つ間、壁に飾られたバイクレースの写真を見て回った。ずいぶんと世界の大会で優勝した写真が多い。ホンダというとF1のイメージが強いが、バイクの世界では昔からトップメーカーだったことが希久夫にも分かった。

やがて部屋の中に深煎りコーヒーの香ばしい香りが満ちてきた。

「こいつだな」

征二郎は調子の悪いキャブレターを耳で特定したようだ。エンジンを切り、四つある丸いキャップの中の一つを、電動ドライバーで外しにかかった。

「お砂糖は？」

コーヒーマシンの前の晴香が言った。

「いいえ、ブラックでいただきます」

「いま蓮見さんが見てる写真は、一九八五年の世界GPで、ホンダが五〇〇ccと二五〇ccのダブル総合優勝したときの写真」

「はい」

「祖父と握手しているのが、そのときのチャンピオンのフレディ・スペンサー」

「有名な人なんですか？」

「二輪のレース史上不滅の天才ライダー。フレディも、彼が乗ったNSR500ってバイクも、祖父が手掛けた最高傑作なんです」

どうもこれは、すごい大物の所にのこのこやって来てしまったらしい。

「ひょっとして、レースのメカニックをされていたとか？」

希久夫がそう訊くと晴香は笑った。

「ホンダチームの監督でした」

どうぞ、と真っ白な磁器のデミタスカップを揃いの皿に載せて希久夫に手渡した。

「ああ見えても、バイクファンの間では有名人なんですよ」

その有名人は、さっきからムッツリと押し黙って、キャブレターを見つめている。

「蓮見さん」

エスプレッソに口をつけようとしていた希久夫に征二郎が声をかけた。

「あんたの奥さんは、この車をどういうルートで手に入れた？」

手の中には、外したばかりの丸い金属製のキャップを持っている。

「ルート、ですか？」

正直、希久夫は何も知らない。美奈子の歴代の愛車は、美奈子が探し出して美奈子の金で買ったものであり、希久夫はただ助手席に座らせてもらっていたにすぎない。

「たしか、家内が懇意にしていた外車の中古車ディーラーだったと思いますが」

「飯は食ったかね？」

「は？」

征二郎の言うことには脈絡がなさすぎる。

「まだなら食べていくといい。うちの孫娘は、見た目は大味だが、料理の腕は悪くない」

「もっとましな褒め方ないの？」

晴香はあまり嬉しくなさそうだ。

「しかしそれは……」

いくらなんでもそこまで厚かましくはなれない。希久夫は婉曲《えんきょく》に断る言葉を探した。

「ちょっと訊きたいことがあってね。それと車の修理は明日の朝までになんとかしよう」

「……大丈夫なんですか?」

助かるが、どういう風の吹き回しだろう。

「その代わり、と言ってはなんだが、一つ頼みを聞いてほしい」

征二郎の太い眉毛が意味ありげに動いた。

XV

木登り以外に取り柄のない猿が　木から落ちてはいけないのである
しかし猿が新しい登り方を学ぶために「ある試み」をして落ちるなら
これは尊い経験として大いに推奨したい

征二郎　二〇〇九年八月八日

まだ寝静まっている旧中山道沿いの街並みに小気味良いエンジン音が響いている。午前四時半の冷涼な空気の中を走ってくるのは、征二郎の運転する赤いエスハチだ。

征二郎は白いシアサッカー地のストライプパンツにネイビーブルーのポロシャツ、同じ色のハンチング帽といういでたちである。鮮やかなスカーレット・レッドの車体に似合う色を選んだつもりだった。

「まるでデートね」

晴香にそう言われたが、征二郎は本気でデートのつもりだった。ま、相手は車だが。

もちろんただのデートではない。靴は足に馴染んだクラークスのドライビンググローファー、手にはデンツの革手袋という走る気満々の準備もしている。

「車の修理は明日の朝までになんとかしよう。その代わり、と言ってはなんだが……」

昨夜、征二郎が希久夫に持ちかけた交換条件は早朝のドライブだった。本当は一人で心ゆくまで楽しみたかったのだが、あの車音痴のオーナーにエスハチの乗り方を教えてやるのも悪くないと思った。

当のエスハチの調子だが、征二郎が見るところアクセルのレスポンス、エンジンの吹き上がりともに申しぶんなかった。チェーンによる後輪駆動という奇抜な駆動方式のため、アクセルを踏むとやや尻を持ち上げながらダッシュするという独特の癖も健在だった。

（足回りはどうだろう？）

征二郎は前方に近づいてきた下諏訪大社秋宮の大鳥居を見て、ちょっと限界性能を探ってみる気になった。旧中山道は鳥居の前で突きあたり、鋭角に左に折れる二段の複合カーブになっている。

早朝で道路上に他の車の影はなく、信号もすべて黄色点滅になっていた。

征二郎は四速に上げてアクセル全開にした。ぐんぐんとスピードが上がり、秋宮の森が迫ってくる。

T字路の直前でフルブレーキを踏みつつギアをニュートラルにし、ダブルクラッチで回転数をキープしたまま二速に入れると、大胆にステアリングを左に切って再びアクセルを踏んだ。

ギョッ！　というタイヤのグリップ音をさせ、エスハチは尻を右に振りつつ猛然とダッシュした。

征二郎が横Gに耐えながらカウンター気味にステアリングを戻すと、エスハチは派手なドリフトを起こすことなく機敏に旋回した。

「よし！」

征二郎はそのままブレーキを踏まずに三速に入れ、二つ目の左カーブをスピードに乗ったまま駆け抜けた。

いかん！　と思ったのは、勢い余って希久夫が泊まっている旅館の前を通り過ぎてしまったからだ。

征二郎は五十メートルほど先にある表具屋前の広い三叉路でスピンターンを決めて

車の方向を変えた。

（相変わらず楽しい車だ）

タイヤを替えておいて正解だったと思う。もともと履いていたミシュランはまだ十分使える状態だったが、「畳とタイヤは新しいほうがいい」というのが征二郎の哲学だ。甲府にある馴染みのタイヤ屋を叩き起こして同じ十三インチのダンロップを持ってこさせた。185／60という幅と扁平率は、ノーマルのエスハチにはややスポーティ過ぎるかとも思うが、限界能力が高くなるぶんにはいいだろう。

征二郎は車をまるや旅館の車寄せにつけた。摩擦熱を発生したブレーキやサスペンションが、キンキンと音をさせて熱を放射している。

約束の時間より少し早く着いてしまった。

征二郎はサングラスを外し、真鍮のシガーケースからお気に入りの葉巻『ロミオYジュリエッタ』を取り出した。葉巻好きの征二郎は毎日夕食のあとに『キャピタル』や『キンテロ』といったミニシガーを一本だけ楽しむのだが、この『ロミオYジュリエッタ』というロマンティック過ぎる名前のハバナ産の銘品は、特別なときにだけ吸う。もう少し先の話になるだろうが、あの世に行く前に吸う最後の葉巻はこれだと思っている。手際よくカッターで葉巻の吸い口を切って口に咥え、軸の長いシガーマッチでゆっくりと火を付けた。

朝から葉巻を吸うことなど滅多にないが、今朝は無性に吸いたかった。こんなに愉快なことはここ十数年ない。

（こういう縁もあるんだな）

征二郎は感傷的になっている。遠い昔の忘れかけた縁を、このスカーレット・レッドのエスハチが思い出させてくれた。さしずめあの蓮見という男は、その思い出を運んできた天使というところだろうか。

その天使は今頃朝風呂に浸かっているのかもしれない。この葉巻を吸い終わる頃には出てくるだろう。

昨日の夜、希久夫と夕食をともにしたあと、征二郎は古巣のホンダ技術研究所に電話をかけた。お盆前だからといって一斉に人がいなくなるような会社ではない。

まあ、誰かいるだろう——と征二郎は思い、埼玉の和光にある研究所の夜間交換に電話をかけて名前を告げ、四輪研究センターで残業をしている桜井という若い技術者を捉まえた。

「仕事中に迷惑をかけますが、ひとつこの年寄りを助けると思って手配してはもらえませんか？」

桜井は、噂に聞く仁科征二郎から辞《じ》を低くしてそう頼まれ、緊張で声が強張っていた。

「探してみますが、なにぶんあのガレージには滅多に行きませんので、お役に立てるかどうか……」

「デッドストックの部品を保管しているロッカールームに、エスハチ用のパーツがあるはずです。エンジンの型番はAS800Eです。整理されているのですぐ分かると思いますよ」

電話の向こう、桜井が型番を復唱しつつペンを走らせる音が聞こえた。

「欲しいのは、四連キャブレターに付いているバキュームシリンダーの丸型カバーです」

「では四つ必要ですね」

「いや、一つでけっこう。もちろんあとでちゃんと代金は払いますよ」

「はあ……そのために埼玉から長野までバイク便を飛ばすんですか?」

「年寄りの道楽でね。着払いでお願いします」

住所と電話番号を教えて受話器を置いた。

「さてと……」

征二郎は作業に取りかかった。時刻は夜の九時を回っている。

この時間帯だとバイク便なら和光から二時間半か三時間で着くだろう。かぶり気味のキャブのクリーニングと調整をして、エンジンオイルの交換を済ませた頃に、ちょうどシリンダーカバーが届くはずだ。

このエスハチはメンテナンスが行き届いていて、さしあたり手を加える必要もない。あの蓮見という男の女房は、なかなか大した女だと征二郎は思った。あえてチューン・アップなどせず、どノーマルのままで乗っているところが逆にエレガントだ。おそらく彼女はこの車の〝出自〟を知っていたからこそ、何も手を加えなかったのだろう。

先ほどまで一緒に飯を食いながら探りを入れたのだが、「フランスのヴィンテージ車オークションで見つけたらしい」という希久夫の話は本当だろう。一九六六年当時、北米向けに輸出されたエスハチをアメリカで買い、さらにそれを船でフランスまで運んだと思われる。あの人は、車のためならそこまでするカー・マニアだった。

野太い四ストロークのエンジン音がした。希久夫を温泉宿まで送っていった晴香が戻ってきた。

「張り切ってるね」

「エスプレッソをダブルで淹れてくれないか」

「時間かかりそうなの？」

晴香が心配そうな顔をした。征二郎は安眠するために夜エスプレッソを飲まない。

ろう。この時間にダブルを飲みたいということは徹夜を覚悟している……とでも思ったのだろう。

「シビアなトラブルなの？」

晴香は征二郎の背後から、分解されていくキャブレターを覗きこんだ。

「晴香、お前はくじ運がいいほうか？」

「くじ運？　どうかなぁ……」

晴香は、おそらく自分の男運のことを考えているのだろう。この孫娘はしっかりしているが、どういうわけかダメ男に惚れてしまう癖があり、交際があまり長続きしない。別れる度に「またハズレ引いた」と嘆いていた。

「どっちかっていうと悪いかもね。貧乏くじ引くほうだから。宝くじだって三百円しか当たったことないし」

「そりゃめでたい」

「なによそれ」

「小出しにくじ運を使うより、一発ドカーンと来るほうがいいだろう？」

「そういえばさ、赤いエスハチを見つけたご利益って何かな？　けっこう期待してるんだけど」

どうせ、いい男と出会いますように、とでも心の中で祈っているのだろう。征二郎の知る限り、晴香はここ一年ほど空き家だった。

「ねえおじいちゃん、蓮見さんのこと、どう思う?」

征二郎は驚いて晴香を見た。ああいう男も好みの範疇に入るのか?

「まあ、悪くない男だ」

東京の人間だとばかり思っていたが、松本出身だと知って少なからず親近感が湧いた。製薬会社で新薬の研究をしていると言っていたが、なるほどと思った。

「研究者向きの男だ。慎重で、表面的なことに惑わされない感じがする」

ホンダの研究室にもあの手の技術者は何人かいた。「軸がぶれない」代わりに「要領が悪い」という欠点もあるが……そういう男を征二郎は嫌いではない。

「亡くなった奥さんて、どんな人だったのかな?」

女の心理というのは面白い。本人よりそっちのほうが気になるらしい。

「俺はむしろ、その女房のほうに会ってみたかったけどな。えー、何て名前だったか」

「美奈子さん」

希久夫はあまり多くを語らなかったが、美奈子という彼の女房が面白い女だったことは十分分かった。

「くじ運の話に戻るけどな」

征二郎はキャブレターのピストンバルブを慎重に引き抜いた。

「お前のくじ運はまんざらでもないぞ。そのうちきっといいことがある」

征二郎の運転するエスハチは、諏訪湖の南岸沿いに走っている。朝五時過ぎの湖岸道路はジョギングの人影もまだまばらで、風の凪《な》いだ湖面が鏡のように周囲の山々を映していた。助手席の希久夫は、さっきから不思議そうに首をひねっている。

「なんだか走りが滑らかで力強くなったような気がします」

「タイヤを替えたせいじゃないかな」

「タイヤ一つでそんなにも変わるもんなんですか？　何か特別な部品でも付いてるような」

「ターボとか？」

「極端に言えば、そういうことです」

「一晩でターボエンジンに替えちまうのはさすがに無理だな」

「要するに、ドライバーの運転技術の違いで、これだけ違うということですね」

希久夫はがっかりした顔でそう言った。

「まあ、それはある」

征二郎のきつい物言いに希久夫は笑った。

（この男、笑うとなかなかいい）

「気持ちいいですね」

希久夫は真っ青に晴れ上がった夏空と、それを映す湖面を眺めている。

「やっぱりオープンカーは、こうしてゆったり風を感じて走るのが一番ですね」

「念のために言っておくが」

征二郎は希久夫の言い草が気に入らない。

「この車はあくまでもスポーツカーだ。アグレッシブな走りで力を発揮するように設計されている」

笑っていられるのも今のうちだろう。征二郎は同情気味にそう思った。

「ということは、高速に乗るんですか？」

「そんな勿体ないことしてどうする」

征二郎は有賀峠に向かう対向一車線の坂を登り始めた。

「ここから有賀峠を登って尾根道の県道を南に走る。途中で谷に下って渓流沿いに走っていくと、もみじ湖という山の中の湖に出る。全長約十五キロのとっておきのコースだ」

「なるほど。眺めが良さそうですね」

「景色を楽しむ余裕があればいいんだがね」

道の勾配が次第にきつくなる。そろそろ峠越えの入口である。諏訪湖周辺は〝走り屋〟の闘志をかき立てる峠道に事欠かないが、ここは征二郎も若い頃オートバイでよく攻めたとっておきのワインディング・ロードだ。

「蓮見さん。朝飯は食ったかね？」

「いいえ。この時間なので旅館の朝飯は食えませんでした」

「それはなによりだ」

征二郎はニヤッと笑ってギアを四速から三速に落とし、スピードを上げて中央高速のガードをくぐると、目の前に迫ってくる最初のカーブにそのままノーブレーキで突っ込んでいった。

「ええっ！」

という希久夫の声が風の中に消えた。

征二郎は三速で右百二十度のコーナーを矢のような速さで曲がった。

「ううう」

希久夫は助手席のドアの取っ手を摑んで横Gに耐えながら唸り声を上げた。息つく暇なく崖下の鋭いヘアピンカーブが迫ってくる。

「あ、ああ」

希久夫は恐怖感で足を突っ張っている。

征二郎はギリギリのところでフルブレーキを踏み、一気に一速に落としながら素早くステアリングを左に切った。

「おおお」

シートベルトに固定された希久夫の胸から上が前、左と激しく揺れる。

征二郎はヘアピンのクリッピングポイントで思いきりアクセルを踏み込んだ。タコメーターが瞬時に七千回転に跳ね上がる。

「い、いいい」

強烈な加速で希久夫の体がシートに押しつけられる。征二郎はわずか二百メートルほどの直線の坂を、矢継ぎ早に二速、三速とシフトアップして加速した。次のヘアピンカーブがあっという間に迫り、白いガードレールがグングン近づいてくる。

「ふんっ！」

と征二郎は鼻から息を吐き、二速に落として大胆に右にステアリングを切りつつアクセルを開けた。エスハチは派手にタイヤを鳴らしてドリフトし、一発で方向を変える。

「がぁぁ」

希久夫は必死の形相でドアの取っ手を摑み、遠心力と闘っている。

征二郎は、三速で左の九十度カーブ、続けて一速に落として左のヘアピン、二速に上げて登りのS字カーブに飛び込んでいく。

「ぐぅぐっ」

希久夫の呻き声が「あ行」から「か行」になってきた。

（もう黄色信号か）

「か行」の声も出なくなって黙り込んだら赤信号である。昨日の夜、仁科家で食った野沢菜のパスタや豚肉のトマトソース煮はさすがにもう胃の中にはないだろうが、胃液で車と征二郎の服が汚される危険があった。せめて有賀峠を越えるまではもってくれ、と征二郎は祈った。まだまだ〝デート〟は始まったばかりだ。

地元の走り屋から『もみじ街道』と呼ばれている県道四四二号線の峠道には、途中で二ヶ所ほど車が停められる休憩ポイントがある。

有賀峠を越えて山の尾根をクネクネと走ると、道は一旦下りになって小さな沢に向かって降りていく。名前もないような小さな渓流で、土地では単に沢川と呼ばれている。坂を下りきったところに小さな集落があり、沢川に面して車が十台ほど停められる空き地があった。征二郎は希久夫が胃液をリバースする危険を回避するため、一息入れることにした。

車を停めた空き地から川の土手にかけて、野草が赤紫の小さな花を盛んにつけている。征二郎は車を降り、ミネラルウォーターを一口飲んだ。

土手を埋める赤紫の花の中で、しゃがみ込んだ希久夫の背中が波打っている。征二郎の前で吐くのはプライドが許さないのか、ふらつく足で沢に下り、川の畔で派手に嘔吐《おうと》の呻きを上げている。

「大丈夫かね？」

「……はい。朝飯食ってなくてよかったです。……もう、何も出てきません」

希久夫は立ち上がり、ヨタヨタと土手を登ってきた。

「ヤナギランがたくさん咲いてますね。綺麗だ」

負け惜しみなのか、力のない声で花を愛でている。

「口をゆすぐといい」

征二郎は新しいミネラルウォーターのペットボトルを希久夫に手渡した。

「ご迷惑をおかけします」

「こういう運転に慣れていない人間には、ちょっと酷だったな。すまんことをした」

希久夫はペットボトルの水で口をゆすぐと、足元に生えた、その『ヤナギラン』とやらいう赤紫の花をつけた野草の葉を一枚ちぎって口に咥え、ガジガジと前歯で嚙み始めた。

「おい、何をしてる?」

征二郎は少し心配になった。脳が左右にシェイクされておかしくなったのかもしれない。

「この葉っぱ、香りがいいので昔は乾かしてお茶の代用品にしてたらしいですよ。漢方では胃腸薬の材料にもなりますし」

征二郎は、昔家で飼っていた犬が、腹を壊すと庭に生える特定の雑草をガジガジと噛んでいた姿を思い出した。しかし薬のプロであるこの男が言うのだから嘘ではあるまい。征二郎も足元に生えているヤナギランの葉をちぎり、口に咥えた。青臭いがたしかに香りは悪くない。甘苦い味がした。

「柳に蘭と書くのかね？」

「アブラ菜の仲間なんですけどね。細長い葉の形が柳に似ているからでしょう」

さて、と征二郎は助手席に座った。

「大丈夫そうなら、ぼちぼち」

「私が運転するんですか？」

「あんたの車だからね」

征二郎は噛んでいたヤナギランの葉をペッと吐き出した。

「仁科さんを横に乗せて運転する自信はないなぁ」

「そう暗い顔をしなさんな。運転している限り車酔いはしない」

「はあ……」

「この際、あんたにこの車の運転の仕方を覚えてもらおうと思う」

希久夫の顔色が白くなった。

「無理です！　絶対！　私にはとてもあんな運転は……」

征二郎は弾けるように笑った。

「あれは、あんたには無理だ」

絶対にお勧めしないね、と言って運転席のシートをポンポンと叩いてみせた。希久夫は渋々ステアリングの前に腰を下ろした。

「覚えてほしいのは、エスハチという車の能力と個性をよく理解して、それを正しく引き出す運転技術だ。この車を一年でも長く、この車らしく走らせてほしい。それが俺のささやかな願いだ」

希久夫は納得したようにうなずき、そうですね、とつぶやいた。

「できればこの車を手放さないで、蓮見さん、あんたに一生乗ってほしい」

征二郎は本気でそう言った。この男だったら、死ぬまでこの車を大切にするだろう。

「家内の遺言にも同じことが書いてありました」

そうかね、と征二郎は希久夫の肩を叩いた。

「じゃあ、あんたの細君に代わって、エスハチの乗りこなし方を教えよう」

征二郎は車を停めたままエンジンの特性、挙動の癖、効率的なシフトチェンジの仕方、ブレーキの使い方などを、具体的な例をとり分かりやすく説明した。

「次は実技だ。ここからもみじ湖まで約八キロ。沢川沿いの道を走るぞ」

「なんだか教習所を思い出しますよ」

希久夫は緊張した顔でエンジンをかけ、サイドブレーキを下ろした。

「いいかね、クラッチは真っ直ぐスッ、と押し込む。シフトは軽くポン、だ。力を入れずにスムーズに動かせるポイントを、手と足の感覚で覚えることだ」

希久夫はゆっくり車を出した。県道に出てアクセルを開ける。

「下のトルクが弱いから、一速はしっかり踏んで切れ目なく二速にシフトアップする。タコメーターを見ながら、エンジンの音で回転数を覚えるんだ」

希久夫は丁寧にシフトアップして加速する。

赤いエスハチは、風の吹きわたる緑の棚田の中を走っていった。

もみじ湖は山の中にできた小さなダム湖だが、周囲の山の標高が高く、雪解けの伏流水が流れ込むせいか水が澄んで美しい。

希久夫は意外と呑み込みが早く、八キロ走る間に、ロスのないギアチェンジやハンドルさばきなどを無難にこなすようになった。

「コツを摑めそうです」

希久夫は嬉しそうに言った。もう少し走ってもいいですか？　と言うので、征二郎はあのルートを走ってみようと思った。

「ダムを越えてすぐの角を左に曲がって、川の方向に下りていってくれ」

ダムの麓に樽尾沢《たるおざわ》という渓流が流れ込んでいる。鮎釣りで有名な清流で、川沿いを不動ヶ峰のほうに登っていく林道があり、登りきると見晴らしのいい高原に出る。

「周りの地形や道路の変化を見ながら的確な判断を下しつつ走るんだ。それがドライブの本当の楽しさなんだ。そうすれば雨の日だろうが霧の日だろうが、運転が楽しくなる」

征二郎はそんなことをレクチャーしながら、カーナビの画面を見ている。

（これは意外と使えるな）

縮尺を拡大して表示すると、道幅やカーブの回転半径がほぼリアルに再現されていて、進入速度や適正なギアを予測しやすい。

「次のカーブは出口の回りがきつい複合カーブだからね。入るときは三速、カーブの中心で二速に落として抜けていくぞ」

「了解」

希久夫の動作も機敏になってきた。

白樺の木々の隙間から朝の陽が差し込む渓流沿いの道を源流まで遡ると、不動ヶ峰の九十九折《つづら》りを登る峠道になる。

「楽しいもんですね。山道も」

希久夫は、さっきからずっと笑顔だ。

（この男の笑顔は、いい）

と征二郎は思った。こんな山奥まで来た甲斐がある。

萱野《かやの》高原を訪れるのはほとんど地元の人間たちで、山上に隠された小天地の趣がある。小さな国民宿舎とロッジホテルがあり、眺望が開けた芝生のキャンプ場からは伊那谷や中央アルプスの山々、今朝のように晴れた日は遠く富士山も望める。

尾根の一番高い場所に『夫婦神社』という小さな社がある。その石段下の鳥居の前に車を停めて、征二郎の講義は続いていた。

征二郎はボンネットを開け、エンジンや駆動の基本構造を分かりやすく解説した。コンピューター制御されている今の車は別だが、この手の古い車のメカニズムはシンプルだ。ちょっとした不具合は自分で直せるくらいになってほしいものだと征二郎は思う。

希久夫は理系の頭を持っているだけに、内燃機関の構造や、動力伝達の仕組みへの理解が早かった。返ってくる質問も的を射ている。

やがて静かな高原に、遠くを走る澄んだ四ストロークエンジンの音が聞こえてきた。征二郎の腕の大振りなクロノグラフは午前七時ちょうどを指している。オンタイムだ。

「腹が減ったろう？　朝飯にするか」

「そうですね……」

希久夫はまだ閉まっているロッジの食堂に目をやった。

「天気がいいから、三人で弁当でも広げよう」

「三人？」

四ストロークのエンジン音はどんどん近付き、やがて坂道の向こうから白いCB1300が現れた。リュックサックを背負った晴香がこちらを見て手を振っている。

三人は大きな椋《むく》の木の下にシートを敷き、晴香が作った弁当を広げた。出汁巻き卵にアスパラのベーコン巻きといった定番おかずの他にも、エスニック風の揚げ肉団子やエビのチリソース煮まであった。

「気合いが入ってるな」

「おかずは豪華にしろっていったのはおじいちゃんじゃない」

たしかに今朝そう言ったが、フキやゼンマイ、ワラビといった山菜の炊き合わせが小さなタッパーいっぱいあるのが愛嬌だった。

昨日の夜、一人暮らしの希久夫の夕食が素麺とお茶漬けのローテーションだと聞いた晴香は呆れ、「何が好物ですか?」と尋ねたのだが、希久夫は「山菜ですかねぇ」とぼんやり答えていた。好きな食い物まで地味なのが征二郎には可笑しかった。

「山菜があるな」

征二郎がそう言うと、晴香は目を逸らせた。耳たぶが赤くなっている。希久夫は晴香の様子に気づかぬ態で「何だか申し訳ないです」とフキを口に入れ、シャキシャキと音を立てて噛んでいる。

「昨日の夜から仁科家にたかりっぱなしです」

「いやいや、あんたは福の神だからね」

「〝幸福のエスハチ伝説〟ですか?」

希久夫は昨晩聞かされた仁科家のジンクスをそう呼んだ。

「実際、何十年かぶりにエスハチを走らせることができたし、感無量だよ」

征二郎は、木陰に停めた赤いエスハチを目を細めて眺めた。

「俺が入社した頃は、ホンダって言えばスーパーカブが代名詞の地味なバイクメーカーだった。会社に金がないから直営の販売網もろくになくてね。日本全国の自転車屋に直接手紙書いて販売代理店になってもらってスーパーカブを置いてもらったりしてた。俺の父親もそういう自転車屋の一人だった」

「昔からホンダと縁があったんですね」

「その原付バイク作ってる会社の社長がさ、四輪のスポーツカーを造るって言い出したときは腰抜かしそうになったよ」

征二郎は麦茶を一口飲んだ。

「四輪車造ったはいいけど、どこで売るんだって問題もあった。まさか自転車屋に置いてもらうわけにもいかんしね」

当時、庶民の夢の三種の神器は白黒テレビ、冷蔵庫、洗濯機だった時代で、車は夢のまた夢の高価な買い物だった。だからアフターサービスが顧客を摑む絶対条件だった。いくらすごい車を造ろうが、販売店も修理工場もないホンダは、外国メーカーや国内大手のトヨタ、日産にとても太刀打ちできない。

「どうやったんですか？　ホンダは」

「人海戦術」

征二郎は肉団子を一つ頰張った。

「全社員がかり出されて、どんな小さな部品も無料で出張交換した」

晴香も希久夫も呆れている。

「無茶よね」

「日本全国、どこでもですか？」

「いいや。世界中どこでもだ」

征二郎はニヤリと笑った。

「アメリカやヨーロッパに小さな販売拠点がポツポツとできたばっかりだったが、故障があれば千キロ離れてようが出張した」

「嘘みたいな話ね」

「あれをやったおかげで、ちっぽけな日本のメーカーが世界から信用されたんだ」

征二郎は出汁巻き卵を口に入れた。

「俺はその後、またバイクのレースに復帰したんだがね、世界GPで転戦している合間に、よく部品交換に行かされたもんだ。おい、ミュンヘン行ってこいとか、ミラノ行ってこい、とかな」

木陰に停めたエスハチのフロントグラスの端に、赤啄木鳥《あかげら》が止まって毛繕いをしている。

「もう一つ嘘みたいな本当の話をしようか」

自分が妙に饒舌になっていることを征二郎は分かっている。久しぶりに峠を攻めて、年甲斐もなくアドレナリンを出した余韻だろう。

「赤いエスハチっていうのは珍しいんだよ。この車が発売された当時、日本の車は赤い塗装を許されてなかったんだ」

「スポーツカーっていうと、ふつう赤のイメージが強いけどね」

と晴香が言った。

「もちろん欧米ではそうだ。ところが日本の運輸省は頭が固い。赤い車体は消防車とかの緊急車両専用の指定色だから、一般の乗用車に使うことはまかりならん、ってね。例によってうちのオヤジはこれに嚙みついた」

晴香が通訳しようとした。

「〝オヤジ〟っていうのはね――」

「本田宗一郎さんのことですよね」

希久夫も分かってきたらしい。

「オヤジは運輸省に乗り込んでこう啖呵《たんか》を切った。『赤はデザインの基本となる色である。それを法律で禁止するとは言語道断である。世界の一流国の中で、国家が赤色を独占している例など聞いたことがない。共産党じゃあるまいし』」

希久夫は声を出して笑った。その笑顔を、晴香の湿度を含んだ目が見つめている。

「結局、運輸省はオヤジの迫力に負けて赤い車体を認可することになったんだが、お役所仕事だから手続きに時間がかかる。だから生産初期のエスハチで赤いボディのものは、しかたなく輸出用に回されたんだ。あのエスハチはそのうちの貴重な一台ってわけだ」

この里芋の煮物、美味いぞ、と征二郎は希久夫に勧めた。晴香が甲斐甲斐しく希久夫の皿に取り分けた。

「エスハチが生産されたのは一九七〇年の五月までだったが、欧米ではなかなか人気が衰えなかったから、輸出ぶんだけは七月くらいまでラインが動いてた」

「車マニアの外国人に受けたのよね？　有名なところだとスティーブ・マックイーンとか、グレース・ケリーとか」

里芋で頰を膨らませた希久夫が、晴香の言葉に反応した。

「グレース・ケリー……ですか」

なにやら合点がいったように一人でうなずいている。

「やっと長年の謎が解けました」

「何のことだ？」

「あのエスハチ、『グレース』っていうんですよ。家内がつけた愛称ですけど」

フロントグラスの端にとまっていた赤啄木鳥が、キッと短く鳴いて飛び立った。

「僕はまったく車に興味がなかったから、てっきり『グレース』が正式名称だと思ってたんですけど……グレース・ケリーが好きだった車、という意味だったのか」

「いや、そうじゃないだろう」

征二郎は感極まった顔をしている。

「どうしたの？　おじいちゃん」

「実は、一度モナコまでエスハチの部品交換に行ったことがある」

XVI

創業当時、私が
「世界的視野に立ってものを考えていこう」
と言ったら、噴き出しやがった奴がいた

征二郎　一九六七年九月六日

（降ってきやがった）

天候が崩れるという予報は前日から出ていたので、宿泊したジェノバの町を朝早く出発したのだが、国境まではまだ三十キロほど走らなければならない。征二郎はフロントグラス越しにブルーグレイの曇り空を見上げた。

本当は雨が降り出す前に国境を越えたかった。カジノで潤っているモナコは道がいいという話は、サーキットのパドックでよく聞く。根拠のない噂話かもしれないが、少なくともイタリアの道よりは数段走りやすいに違いない。イタリアのアスファルトはスリッピーな上に、工事自体が雑だからギャップやひび割れも多い。滑るわガタガタだわ、酷いもんだ。雨が降るとなおのこと走りにくくなる。

普段からこういう道をバカみたいなスピードでかっ飛ばしている連中がレーサーになっているわけだから、イタリア人ライダーの層が厚いのは当たり前だ。特にジャコモ・アゴスティーニには今シーズン何度も煮え湯を飲まされている。一番上の五〇〇ccクラスでトップを走るMVアグスタのエースライダーだ。

しかし三日前のイタリアGPでは、やっこさんの地元でまんまと一矢報いてやった。ホンダのエースライダーであるマイク・ヘイルウッドが逆転優勝し、あのイタリア野郎の連覇に待ったをかけて溜飲を下げた。今シーズンはあと一戦を残すだけになったが、年間を通して苦しい戦いを強いられていただけに、久々に気持ちのいい勝利だった。レース後は皆でサーキットのあるモンツァの町に繰り出し、垢抜けないトラットリアを貸し切ってさんざん飲んで騒いだ。

日本にいるオヤジから、ホテルの部屋に国際電話がかかってきたのは翌朝のことだ。

二日酔いでボケた頭に、あの甲高い声が響いた。『よくやった！』と大げさに褒めたあと、カナダの最終戦に発つ前に一仕事してこいときた。

『そっちに住んでるエスハチのオーナーからメンテナンスしてくれっていうオーダーが来たらしい。一番近いお前が行け』

正直言って勘弁してほしかった。これで三回目だ。西ドイツGPのあとにはミュンヘンに行かされ、ベルギーGPのあとはブリュッセルからはるばるアムステルダムにまで行かされた。三十歳の征二郎は年齢の割にレース経験が豊富だが、メカニックの中では一番年下ということもあって、しばしばこういう割りを食わされる。しかも悪いことに、ホンダ初の四輪車『Sシリーズ』の開発メンバーだった。

「またですか？」

つい愚痴が出た。シーズン中くらいはレースに集中したい。

『馬鹿野郎っ！』

殺人的音量の罵声だった。側にいたら確実にスパナで殴られていただろう。

『お前が産み落とした車だろうが！　親が子供の面倒見ないでどうするっ』

Sシリーズの最終モデルであるS800が、アメリカやヨーロッパのカーマニアの間で売れているらしいことは聞いている。

当時、やっと二輪で世界に名前を知られ始めたばかりのホンダは、まだヨーロッパに拠点らしい拠点を持っていなかった。西ドイツとイギリスに小さな支社が一つずつ、あとはベルギーの片田舎にバイクの組み立て工場があるだけだった。無理して作った四輪車の面倒など見られるわけもない。アフターケアもクソもなかった。聞くところによると、日本国内では研究所のエンジニアたちまで駆り出され、無料で出張修理をしているらしい。

「どこに行けばいいんですか？」

「えー、ミラノとトリノ。それにモナコ」

「モナコ？」

外国じゃねえか！　ここから軽く三百キロは離れている。それに三ヶ所も行かせるのかよと思った。全然〝一仕事〟じゃない。

「必要なパーツは西ドイツ経由でもう送ってある。今日にはパドックに着くだろう」

「……ありがとうございます」

「じゃあ二週間後、カナダのサーキットで会おう」

「いらっしゃるんですか？」

「最終戦だからな。邪魔か？」

「いいえ、大歓迎です」

それは本音だ。オヤジが来るとなるとライダーもメカニックも目の色が変わる。

「もし逆転優勝したらトロントの町で浴びるほど酒飲ましてやる。その前にまずエスハチの修理だな」

丁寧な仕事をしろよとオヤジは言って、一方的に電話を切った。

征二郎はイタリアとモナコ公国の国境を越えた。まるで天気にも国境があるかのように雨が止み、雲間から射し始めた太陽が、地中海の色を見る間に濃い青に変えていく。

征二郎が運転しているのは、最近発売したばかりのN３６０というホンダ初の量産小型車だ。ヨーロッパでのお披露目と宣伝も兼ねて、世界ＧＰチームの足にと本社から五台送られてきた。アドリア・ブルーという独特の鮮やかな青いボディカラーは、派手な車が多いサーキットでもよく目立った。

その名のとおり排気量は三六〇ccだが、空冷二気筒のＯＨＣエンジンはびっくりするくらいパワフルで、しかも値段は三十一万円という安さらしい。オヤジはまた他社に真似のできない車を造った。運転してみると面白い。ＦＦ車というのもキビキビ走って悪くない。

国境の検問所で持ち込む部品の通関手続きをしているとき、イタリア税関の役人が、

N360を見て口笛を吹いた。

「Che bella macchina! Nuova di FIAT, no?」

たぶん「綺麗だな。フィアットの新車か?」とイタリア語で言ったと思う。

「マッキナ　ジャポネーゼ(日本の車だ)」

征二郎もそこは譲れない。

「クエスト　ホンダ(これはホンダだ)」

と念を押した。通じたのか通じないのか、税関役人は両手を広げて首をすくめている。

ゲートをくぐって国境線をまたぎ、フランス側に入った。

「Bonjour, monsieur」

入国管理官の男が愛想よく声をかけてきた。征二郎はフランス語が苦手だ。「ボンジュール」と返したが、Rの発音が上手くできない。ヨーロッパはこれがしんどい。地続きでコロコロと言語が変わるが、征二郎が必死の思いで勉強した英語が通じにくい。特にフランス人とイタリア人には通じない。というか喋ろうとしない。

「C'est bonne voiture. C'est nouvelle RENAULT?」

たぶん「良い車に乗ってるな。新しいルノーか?」とでも尋ねたんだろう。こいつらは自分の国の車が世界最高だと思っている。フィアットもルノーも国営企業じゃねえか？　こちとら民間でこれだけのもん造ってるんだ、と征二郎は言いたい。

「セ　ジャポネーズ（日本製だ）」

と不自由な発音で言った。

「Japonaise?（日本製？）」

「セ　オンダ（ホンダの車だ）」

フランス人はHを発音しない。本田（ホンダ）ではなく恩田（オンダ）と言え、と先輩から聞いた。

「Comment?（なんだって？）」

「オンダ！」

通じたのか通じないのか、入国管理官は笑って、早く行け、というふうに手を振った。

マントンの町を抜け、海岸線に沿って西に走るうちに、いつの間にか標識がモナコ公国になっていた。モンテカルロの街並みが右前方の山肌にぎっしりと貼り付いて見える。

この町に来るのは二度目だ。一九六一年、二輪の世界GPのメカニックとして初めてヨーロッパ大陸を転戦した際に通過したのだが、せっかくここまで来たんだから、と立ち寄ることになった。『モナコ』という名前には、そういうキラキラした吸引力があった。けばけばしさとスノッブさが、箱庭のような街にギュッと詰まっている。

そのとき、話の種にとF1の市街地コースをホンダの市販バイク『ドリーム号』で走ったことがある。クルーの中で一周のタイムが一番早かったのは征二郎で、皆のおごりでビストロの安ワインをたらふく飲んだ。

征二郎の運転するN360は、トンネルを抜けて豪華なヨットが停泊するハーバーへ出てきた。

征二郎は車を止め、依頼者の住所が書かれたメモを確認した。

Le Grand Appartement
Monaco - Ville
att: M. Didier

要するに、モナコ区の『グランド・アパートメント』に住んでいる、ディディエという男を訪ねろ、ということだろう。

(通りの名前くらい書いといてくれよな)

どんな高級アパートか知らないが、通りの名前も番地もないのは、いくらモナコが狭いとはいえ不親切だ。征二郎は地図を広げた。

モナコの町は四つの区に分かれている。今征二郎がいる場所、カジノやオテル・ド・パリがあるのはモンテカルロ区。目指すモナコ区は、ハーバーの向こうにある高台の上にあった。やけに立派なお屋敷が並んでいる。

征二郎は道を訊こうと思った。土地の人間ならグランド・アパートメントがどの建物かくらい分かるだろう。少し先にタバックがあることを思い出した。F1グランプリのときの名物コーナーで『タバコ屋コーナー』という左回りのカーブがあるが、その名前の由来になったタバコ屋があるはずだ。

（あれだな）

意外と地味なタバックだった。小さなカフェもついていて、地元の人間らしき男が数人、カウンターでエスプレッソを飲んでいる。

征二郎はタバックの前に車を停めてカフェに入り、薄暗いカウンターの中で新聞を読んでいる店の親爺に声をかけた。

「ジタン、シルブプレ」

征二郎は両切りのジタンを一箱買ってから、おもむろに英語で「道をお訊きしたいのですが」と尋ねた。親爺は小首を傾げ、困った顔をしている。

「Vous êtes japonais?（日本人かい？）」

「ウイ」と征二郎は答え、

「ブ　パレ　アングレ？（英語話せますか？）」

と知っている数少ないフランス語を使ったが、親爺は「残念だね」というように唇を尖らせ、両手を広げた。

「ここに行きたいんです」

征二郎はお構いなしに英語で言い、住所の書かれたメモを見せた。親爺はそれを見て、不思議そうに征二郎の顔を見た。

「Quelle affaire est-ce que vous avez là?（あんた、そこに何の用があるんだね？）」

親爺のフランス語が早口で理解できない。

「あそこの丘の上あたりですよね？　グランド・アパートメントはどの建物ですか」

征二郎はカフェから見える港に面した丘の上を指差し、ジェスチャー入りの英語で質問した。

親爺は仕方なく、周囲を高い壁で囲まれた、一番大きな建物を指差して恭しく言った。

「Il y a Le Grand Appartement（あそこがル・グラン・アパルトマンだ）」

「メルシー」

征二郎はハンチング帽を取って礼儀正しく挨拶し、カフェを出ていった。

「Est-ce que c'est livraison? Entrez à dos!（配達なら、裏口から入れよ）」

親爺は征二郎の背中にそう声をかけ、何がそんなに可笑しいのかゲラゲラと笑っている。

（すげえな……）

どういう金持ちなんだよ。征二郎は呆れ顔でガレージにズラリと並ぶ車を眺めている。

ロールスロイス、ベントレー、メルセデス、ジャガー、キャデラックという高級車の他にも、ポルシェ911やアルファロメオのジュリエッタといったスポーツカー、さらにはラリー仕様のミニ・クーパー、バンデンプラスといった通好みの小型車まであった。よほどのカーマニアだといえる。

そういう錚々《そうそう》たる世界の名車の中に、ちょこんと赤いエスハチがいた。

（頑張れよ）

征二郎はエスハチが不憫に思えてきた。まるでハリウッドの大作映画に出演する日本の若い女優という風情だ。肩身の狭い思いをしているんじゃないかと心配になる。

征二郎はそのエスハチの前でもう十五分ほども待たされていた。

やがて規則正しい靴音がして、きちっとした仕立ての黒いスリーピースにグレーのネクタイという恰好の中年の男がやって来た。油断のなさそうな目と口元、大きく高い鼻が尊大な印象を与える。黒い髪をポマードでオールバックに撫でつけていた。男は征二郎の前に立つと、無駄のない仕草でチョッキのポケットから懐中時計を取り出し時間を確認した。

「失礼。待たせてすまなかった」

と、フランス訛りの英語で言ったので、征二郎は内心ほっとした。なんとか会話できそうだ。

「ディディエさんですね」

征二郎は帽子を取り、ホンダの仁科と申します、と自己紹介して握手を交わした。

「さっそくだが、修理にどのくらい時間がかかるかね?」

ディディエは忙しいようだった。

「まず、この車の調子をお聞かせください」

征二郎は鞄から鉛筆とノートを取り出した。

「いや、私が運転しているわけではないので」

ディディエはちょっと困った顔をした。

(そりゃそうだ)

これほどの金持ちだ、お抱えの運転手がいて当たり前である。

「では、運転されている方とお話しできますか？」

ディディエはさらに困った顔をした。

「あいにく、それはできないのだよ」

「運転される方から直接車の調子をお聞きするのが、当社のモットーなので」

征二郎はオヤジから言われているとおり、できるだけにこやかに言った。

「単なるキャブレターの調整だと聞いているが、違うのか？」

ディディエは少しイライラし始めた。

「できるだけきめ細かく対応したいと思っていますので、ぜひ」

ディディエは征二郎のジャンパーに目を留めた。胸に『HONDA　RACING　TEAM』と書いてある。

「君は、F1チームのスタッフかね？」

「これは二輪ロードレースのチーム・ジャンパーです。私は今こちらのほうにいまして」

「失礼だが、IDを拝見できるかね？」

隠すようなものでもないので、征二郎は顔写真付きのFIM（国際モーターサイクリズム連盟）のIDをディディエに見せた。

「ワールド・グランプリのメカニックねぇ」

ディディエは念入りにＩＤを確認して安心したようだった。

「ホンダという会社は変わっているね。エンジニアが二輪と四輪、二足のわらじを履いているのか」

「ええ、ごく稀に」

と征二郎は笑い、エスハチのボディに触れた。

「実は、この車の開発にも携わりました」

ほう、とディディエは感心している。征二郎の顔を見てしばし思案する様子だったが、

「ちょっと待っててくれたまえ。ドライバーの都合を聞いてみる」

と、征二郎に車のキーを手渡し、気忙しく靴音を鳴らして大きな扉の向こうに消えていった。征二郎の手の中にあるキーには紋章を象《かたど》ったキーホルダーが付いている。王冠の下に剣を抜いた二人の修道士が描かれ、赤と白の菱形チェックの旗を守っているデザインだ。

（貴族かよ、あのおっさん）

物腰はソフトなのだが、苦手なタイプだった。杓子定規で権威主義。ヨーロッパの上流階級にはあの手の保守的な人間がけっこういる。

（さっさと済ませて帰ろう）

できれば晩飯までにミラノに帰りたかった。

征二郎はN360から工具ボックスを下ろすと、赤いエスハチのボンネットを開けてエンジンルームをチェックした。

(いじってるわけじゃないか……)

エンジンはまったくノーマルで、余分な改造はしていない。征二郎は少しほっとした。ヨーロッパのパーツを使って改造をされていると、調整が厄介だ。

エンジンをかけてみた。アイドリングの音には濁りはなく、リズムにも乱れはない。

征二郎は、ふむ、と考え込んだ。エンジンを回したときの問題かもしれない。運転席に座ってアクセルを軽く吹かしてみる。吹き上がりにストレスはなく、レスポンスも悪くない。

(運転してみないと分からないな、これは)

結局、ドライバーさんの話を聞くしかあるまいと思ったとき、助手席のフロアマットの上に女物の靴を発見した。

「あのおっさん……」

征二郎はニヤついて、少し親近感を覚えた。助手席に乗せた女の忘れ物だろう。

あれ？　と征二郎が思ったのは、一見ローヒールのパンプスに見えるその細身の靴の底に、大きく溝が切られたラバーが付いていることだった。征二郎は靴を手に取ってみた。上質なベージュのシープスキン製で、嘘みたいに軽かった。中敷きに『Ferragamo』と刻印されている。

「ドライビングシューズじゃねえか」

とつぶやいたとき、コンコンとエスハチのボディをノックする音がして、征二郎は反射的に持っていた靴を放した。

顔を上げると、大振りなサングラスをかけたブロンドの女が、開いたボンネット越しにこちらを見下ろしている。軽く手を上げ、「ハーイ」という風に指を動かした。

征二郎は慌ててエンジンを切ると、車を降りて女に会釈をした。

「どうかしら？　エンジンの具合は」

女は流暢な英語を使った。白いシルクのブラウスに薄いブルーのタイトスカートというカジュアルな恰好で、スカートと同じ色のショールを肩に羽織っている。長い金髪はカチューシャで束ねていた。

「取り立てて問題はなさそうですが……」

(背の高い女だな)

征二郎は身長百八十センチある。女はヒールのある靴を履いているとはいえ、目線の高さがほぼ一緒だった。

マダム、失礼ですが……と征二郎が水を向けると、

「この車の運転手ですけど」

と言って黒いサングラスを外した。

「あ……」

征二郎は間抜けなことに（その後、何十年も繰り返し夢に出てくるほど悔やむことになるのだが）ポカンと口を開けたまま、女の、もとい、大公妃の顔を見つめてしまった。

征二郎の目の前、二メートルと離れていない至近距離にグレース・ケリーが立っている。かつて世界を虜にした『クール・ビューティ』と謳われる微笑みを口元に浮かべて。

「し、失礼しました」

次に征二郎が取った行動は輪をかけて間抜けだった。咄嗟に一歩下がり、片膝をついてこうべを垂れてしまった。グレース大公妃はグッと喉を鳴らし、弾けるように笑った。

「まるで騎士ね。日本の男は礼儀正しいわ」

征二郎は弾かれるように立ち上がり、直立不動の姿勢になった。首から上が熱い。

「最近、四速でフルスロットルにしたときの吹けが悪いの。トルクもついてこないし」

「……そうですか」

車の話になって、征二郎はなんとか平静を取り戻した。

「何千回転くらいでその現象は起きますか?」

「六千から六千五百回転かしら」

(この人はエスハチの乗り方を知っている)

「高回転域で、混合気の流速が下がっているのかもしれませんね」

征二郎は思案した。エンジンのポテンシャルを引き出すような走りをする乗り手には、それなりの調整が必要だ。

「この車を購入されたのはいつ頃ですか?」

「去年よ。アメリカから船便で送ってもらったから、手元に来たのは今年の六月だけど」

(なるほど、読めてきた)

征二郎はピンときた。

「今年は涼しくなるのが早くありませんでしたか?」

と征二郎は尋ねた。今年の南仏はまだ九月の初めだというのに、空気が乾いて過ごしやすい。

たしかにそうね……と大公妃は形のいい顎に長い指を当てて考えている。たったそれだけの仕草で征二郎の胸は高鳴った。

たしか自分より八歳か九歳上だったと思うが、『裏窓』や『喝采』でヒロインを演じていた頃と比べても美貌に翳りはない。むしろスクリーンの中より実物のほうが美しいとさえ思った。

「夏はとても暑かったのに、急に涼しくなったわね」

「おそらく夏の間はキャブレターのジェッティングが気候にマッチしていたのでしょう。秋冬とスポーティにお乗りになれるよう調整しておきます」

そう、お願いするわ、と大公妃は言い、

「えっと、ミスター……」

「あ、ニシナと申します」

「ミスター・ニシナは、ホンダのレースメカニックなんですってね？」

「はい。二輪のほうの」

「それに、このS800のエンジニアだったとも、執事から聞きました」

なんだ、と征二郎は思った。あのディディエという男はただの執事だったのか。

「F1のほうは残念だったわね。今年のモナコは大荒れのレースで、ホンダは惜しいことをしました。せっかく予選で三位だったのに」

グレース大公妃の言うとおり、今年のF1モナコ・グランプリは、出走車二十三台中、完走わずか六台という大荒れのレースで、ホンダチームは三十二周目でリタイヤしたと聞いている。

「モナコ大公家は主催者だから依怙贔屓してはいけないのだけれど、私はホンダユーザーですから、ついつい肩入れしてしまうの」

征二郎は感激で足が震えた。オヤジがここにいたら涙を流して喜ぶだろう。

規則正しい靴音がして、執事のディディエが戻ってきた。例の懐中時計を取り出してチラリと見、

「妃殿下、そろそろお支度を」と、几帳面な口調でそう言った。

「そうね。ではミスター・ニシナ」

グレース大公妃は右手を差し出した。征二郎は一瞬気が動転したが、革の手袋を外し、手にオイルが付いていないことを確認してから、震える手で大公妃と握手した。柔らかい感触の白い手が、ざっくばらんに征二郎の手を握り返し、アメリカ風にブンブンと振った。

「Au revoir（さよなら）」

大公妃はフランス語も板についていた。

征二郎は背筋をピンと伸ばし、オヤジ直伝の言葉を英語で告げた。

「Please call us any time, anywhere. Honda runs soon.（いつでもどこでもお電話くだ

さい。ホンダはすぐに駆けつけます）」

グレース大公妃は、美しい歯並みを見せて愉快そうに笑い、建物の中に消えていった。

「参考になったかね？」

ディディエは大公妃の背中を見送りながら、征二郎に横目で小さくウインクをした。この男、杓子定規な仏頂面は仕事用なのだろう。

「大変参考になりました。大公妃はこの車のことをよくご存じです。感激しました」

「やっかいなトラブルかね？」

「いいえ。ですがキャブレターを分解して調整します。四、五時間いただくことになりそうですが」

ディディエは例の仕草で懐中時計を見た。

「それなら軽い昼食をここに用意させよう」

「いえ、そんなお気遣いは」

「その他必要なものがあれば遠慮なく言ってくれ給え。あそこにいる守衛に話しておく」

ディディエはさっさと歩きだし、守衛に何事か告げて建物の中に消えていった。

メンテナンスは予定より早く終わった。常にレースの最前線で時間と闘いながら、研ぎ澄まされた勘でエンジンの調整をする征二郎の手際は的確で速い。

宮殿のガレージは天井も高く、静かで作業がはかどった。中庭に面した大扉を開け放しているせいで、気持ちのいい風も通る。

ちなみに『グラン・アパルトマン』というのは、モナコ大公一家が暮らす宮殿の古くからの愛称らしい。昼食を持ってきてくれた給仕が、下手な英語でそう教えてくれた。

征二郎はキャブレターを分解して丁寧に洗浄し、パッキンやドレンコックなどの消耗品を交換してから、エンジンに送り込むガソリンと空気の混合比率を決定するジェットニードルやメインジェットの調整をした。

頭の中にはモナコ周辺の風景がある。海に面したワインディング・ロードを走らせるグレース大公妃のイメージを描きながら、微妙なニュアンスでジェッティングを調整していく。

再びキャブレターを組み上げるまで三時間半ほどで終了した。エンジンをかけて再度チェックしてみる。アクセルの細かい踏み込みに機敏にエンジンが反応する。強く踏み込むと、若いテノール歌手のように張りのある声を上げた。

（いい感じだ）

登りのS字カーブを二速↓一速↓二速で抜け、続く直線の立ち上がりで三速、六千回転に上げて四速……エスハチをダッシュさせる大公妃のイメージが、征二郎の脳裏にありありと浮かび上がった。

さて……征二郎はディディエが用意してくれたサンドイッチとオレンジジュースに手をつけた。午後二時を少し回っている。

（どうしようかな）

さっきから頭をもたげている子供っぽい悪戯心が、また疼き始めた。

いくらなんでも不謹慎だろう？　とも思うのだが、この赤いエスハチの愛嬌ある丸目のヘッドライトが、「罪のないジョークだよ。一生の記念だから」とこちらを見つめている。

（やるなら、エンジンがいい）

エスハチのエンジンを上から見ると、中央にキャブレターの丸いシリンダーが四つ並んでいる。この四連キャブがエスハチのトレードマークでもあった。四つのキャブレターの中には、それぞれ混合気を吸い上げるピストンバルブがあり、それがバキュームシリンダーという筒の中に収まっている。征二郎が選んだのは、そのバキュームシリンダーのキャップである。

征二郎は食べかけのサンドイッチを口に押し込むと、N360の荷台に積んだキャビネットを開けた。交換用パーツの中から湯呑み茶碗のような形をした直径十センチほどのシリンダーキャップを取り出した。次に電動工具の中から金属を研磨するハンディ・ルーターを引っぱり出し、一番細い刃をつけて、シリンダーキャップの表面を削り始めた。

征二郎は手先が器用である。流麗なブラッシュ体のアルファベットで、自分のイニシャル『S. N』と、『6. SEP. 1967』という日付を彫り込んだ。

「できた……」

早い話が、落書きだ。

「できたかね？」

ディディエの声に、征二郎は危うくシリンダーキャップを落としそうになった。見れば、銀の盆にエスプレッソを載せた若い給仕を従え、こちらに歩いてくる。征二郎はキャップをズボンのポケットにねじ込んで愛想笑いを作った。

「まあ、カフェでも飲み給え」

「ありがとうございます。作業は終わりました」

「ずいぶんと早いじゃないか」

「これで実際車を走らせていらっしゃるところを拝見できれば安心できるんですが」

「悲しくなるくらい真面目だな。日本人は」

「それしか取り柄がありませんので」

ディディエは初めて笑った。その笑顔を見て、意外と若いのかもしれないと思った。

「最近モナコ警察から控えめな苦情が寄せられていてね」

ディディエは意味ありげに言った。

「朝早くから街中をビュンビュン飛ばす赤いスポーツカーがいて困っているらしい」

征二郎は噴き出しそうになった。

「F1の市街地コースを何周かして海岸線を東に走り、サン＝マルタン岬まで行って折り返して来る……というのが、その〝お尋ね者〟が好んで走るコースらしい」

征二郎はディディエの謎かけに乗った。

「ディディエさんなら、そのお尋ね者をどこで見物しますか？」

「私だったら？　そうさなぁ……」


朝五時半きっかりに目が覚めた。

昨日の夜はN360の中で寝た。征二郎は車を降りて大きく伸びをしてから、昨日タバックで買ったジタンの両切りを咥えて火をつけた。強烈なニコチンのおかげで目が覚める。まだ薄暗いポール・エルキュルの波止場にガラガラとシャッターの開く音が響いて、タバコ屋前コーナーの路上が明るくなった。開店の準備を始めたらしい。昨日のあの親爺が店先の吸い殻を箒でせっせと掃き集めている。コーヒーでも飲むかと征二郎が思ったとき、遠く海沿いのトンネルの向こうから小気味のいいエンジン音が聞こえてきた。

（来た来た）

征二郎はN360の屋根に上り、あぐらをかいて耳を澄ませた。四速でフルスロットルにした四気筒DOHCエンジンの甲高い音が、トンネルの中で反響している。いい音だ。まだ回せる。七千回転……七千五百……征二郎は眼を閉じ、頭の中でグレース大公妃と一緒にエスハチを運転していた。

ウヮン！　とトンネルから音の塊が飛び出してきた。

ブォッ、という低い唸り声は、フルブレーキングで一気に一速まで落とした証拠だ。エスハチは今、狭いシケインのクランクカーブを左、右と軽快に抜けているところだろう。

立ち上がって十一コーナーで二速。

征二郎はカッ、と眼を開けた。

ヘッドライトをつけたまま三速全開で十一コーナーを飛び出してきた真っ赤な車体が、タバコ屋前で待ち受ける征二郎に向かって猛然と突っ込んできた。

ブロンドの髪を束ねた運転席のグレース大公妃の口元には余裕の笑みすらある。

（なんて女《ひと》だ）

大公妃は瞬きもせずにタバコ屋コーナーに飛び込んだ。征二郎の目の前で素早くシフトダウンし、無造作にステアリングを左に切った。遠心力でエスハチの尻が振られ、右後輪が煙を上げて鳴き叫んだが、大公妃はお構いなしにアクセルを踏んだ。

エスハチは軽々と姿勢を立て直し、サバンナのトムソンガゼルのように後ろ足を跳ね上げ、赤い車体をダッシュさせた。

「よしっ！」

征二郎は思わず車の上で立ち上がり、矢のようにタバコ屋コーナーを抜けた車の行方を追う。エスハチは赤いテールランプを左右に揺らして、港に面したプールの物陰に消えていった。間違いなく、世界最高のライトウェイト・スポーツカーの姿がそこにあった。

（オヤジさんに見せてやりたかったなぁ）

ラスカスと呼ばれるヘアピンカーブに消えていくエスハチを眺めながら、征二郎はしみじみそう思った。

征二郎は車の屋根から飛び降りると、タバックの前の階段を駆け上がり、三十メートルほど走って店の裏手に回った。そこがちょうど『サン＝デヴォーテ』と呼ばれるコーナーの内側になっている。

ディディエ執事の判断はさすがに的を射ていた。モンテカルロの街を周回するF1のコースは、このタバコ屋コーナーとサン＝デヴォーテのところで一番くびれている。名物コーナー二つを〝はしご〟できる絶好の見物ポイントだ。

サン＝デヴォーテは、F1グランプリの第一コーナーになっているカーブで、メインスタンド前の直線をトップスピードで走り抜けた直後、右にほぼ直角に曲がるコーナーが口を開けている。どんな一流レーサーも「悪魔が棲む」と言われるこのカーブの入口で足がすくむ。しかし怖さに負けてブレーキを踏み過ぎてはいけない。コーナーを曲がってすぐ、丘の上のカジノに向かって伸びる長い直線の登り『ボー・リヴァージュ』の坂が待っているからだ。この世界で最も有名な公道コースを速く走りたいなら、この坂を一瞬のパワーロスもなく駆け抜けなければならない。

緩く弧を描くホームストレートの奥から、四速で全開にしたエンジンの音が聞こえてくる。澄んだカウンターテノールで、無邪気なほどよく歌っている。キャブの調整はズバリ的中だった。

征二郎は歩道脇の大理石の欄干の上に登った。大公妃の運転するエスハチが大きくアウトに膨らみつつコーナーに突っ込んでくる。

（さあ、どうする？）

お手並み拝見、と高みから見下ろす征二郎の眼の前で、大公妃はF1レーサー並みの技を披露した。左足を横にして踵でクラッチを切りつつ、同時に爪先でブレーキを踏む。

その瞬間ギアをニュートラルに入れ、右足でアクセルを踏みながらステアリングを鋭く右に切る。以上の動作に掛かった時間は〇・五秒ほどだろう。

グワォ！　とエンジンが鋭く叫び、エスハチは小さくドリフトして鼻先をボー・リヴァージュの坂に向けた。その瞬間、グレース大公妃は素早くギアを二速に繋いで強烈なパワーを後輪に与え、「悪魔の棲むコーナー」を風のような速さですり抜けた。

「ブラボー！」

征二郎はボー・リヴァージュの坂を駆け上がって行くエスハチの後ろ姿に向かってそう叫んだ。

美しいブロンドの人は、その声に応えるように、運転席で高々と左手の拳を突き上げた。

XVII

私の両手は左右がまったく違う
右手のほうが一回り大きくて太い
左手は傷だらけだ
右手は道具を振り回していろんなことをやるでしょう?
左手はそれを受けるから、いつもやられる「被害者」なんです
私は人一倍怪我に強いタチなんでしょうね。左手の傷跡は、私にとって宝物なんです

希久夫　二〇〇九年八月八日

エスハチのカーステレオから流れる、トレーシー・チャップマンという女性歌手の声はとても理性的で優しい。逃避行を男にもちかける主婦の心情を歌った曲だとはとても思えなかった。

少しくぐもったような穏やかな声で、小心な男と女の閉塞感、逃避願望を淡々と歌っている。センチメンタルな別れの歌などよりむしろ切なかった。

希久夫は、美奈子がどんな音楽が好きなのか、知っているようで知らない。

希久夫には家で音楽を聴くという習慣がない。そういう夫に美奈子は自分の好きな音楽を押しつけがましく聴かせるということをしなかった。自分の仕事部屋で調べ物をしているときなどは、たまにヘッドフォンで好きな音楽を聴いていた。

ただ、二人でドライブをするときには決まって音楽をかけた。都内なら美奈子の好きなFM局にいつもチューニングされていたし、遠出をするときは美奈子が選んだCDを何枚も車に積んで旅に出た。そういうときの美奈子の選曲には一貫性というものがなかった。そのときよく聴いていた流行りのアーティストのアルバムだったり、七〇年代のアメリカンポップスだったり、まちまちだ。持ってきたCDが全部ジャズボーカルだったり、クラシックやオペラのアリアばかりというときもあった。

「この旅にはこういう音楽が合うと思ったの」

とよく言っていた。季節や目的地に合わせ、その時々で一番気持ちのいいドライブミュージックを美奈子なりのセンスで選んでくれた。

「キクちゃん、こういう曲好きでしょ？」

ともよく言った。助手席に座る希久夫は「ゲスト」で、もてなすのは自分だという意識が美奈子にあったからに違いない。だから美奈子が本当に好きなアーティストが誰で、どんなジャンルのどういう曲なのか、六年も夫婦をやっていたわりには知らないのだ。

（一人でドライブするとき、どんな曲聴いてたんだろう？）

単純にそういう興味があった。


希久夫がグレースに乗ってカーナビの履歴巡りの旅に出たとき、美奈子の遺品のバッグの中から、念のために持ってきたものが二つある。システム手帳とｉＰｏｄクラシックで、今聴いているトレーシー・チャップマンの『Fast Car』という曲も、そのｉＰｏｄの中に入っていた。

空は相変わらず晴れている。希久夫はトレーシー・チャップマンを聴きながら中央高速の伊那谷付近を名古屋方面に向かって走っている。美奈子のことを考えながら。

美奈子は楽観主義者ではないが、悲観的、消極的になることを本能的に嫌う女だった。常に目標があり、そのための努力を明るく続けていける強さがあった。だから自分を鼓舞してくれるような音楽を好んで聴くものだと思っていた。こんなに陰影のある寂しさを歌う曲は、美奈子には一見似合わない。

俺はあいつのことをひたすら好きなだけで、本当はどんな人間なのか知ろうとしていなかったのかもしれない。

美奈子が死んではじめて美奈子を疑った。疑うことで美奈子のことを知ろうとし、今まで気づかなかった顔も見えてきた。皮肉といえばこれほど皮肉な話もない。

急性前骨髄球性白血病という、唐突で深刻な自分の病気と向き合っていた美奈子の苦しみを想った。

希久夫は、その異変に気づいてやれなかった自分に臍《ほぞ》を噬《か》む思いがする一方で、自分勝手に孤独に解決しようとした美奈子に対する不満もあった。しかしそれもこれも、美奈子の心の奥底まで積極的に入っていこうとしなかった自分の責任だと言える。

こうして美奈子の車を運転して見知らぬ土地を走っている今も、美奈子が嘘をついてまで旅に出たことの真意はまったく謎のままだ。藤沢や松本はまだしも、縁もゆかりもない滋賀や広島の尾道、四国の松山という場所に何の用があって出かけていったのか？　ますます見当がつかない。見当がつかないだけに恐ろしい。そこに何が待っているのか……だからこそ行くことを躊躇《ためら》ってはいけない、とも希久夫は思う。今度こそ、美奈子の隠された顔をちゃんと見つめなければならない。たとえ辛い真実を見せられるとしても、美奈子の心の底を覗き込まなくてはならない。それが自分の果たさなければならない義務のような気がした。

時速八十キロで左車線を走る希久夫の横を、大型バイクでツーリングする初老のライダーたちの一団が追い越していく。彼らは希久夫の運転するエスハチを見て一様に懐かしげに微笑み、敬礼するように左手を挙げて走り去っていった。

（あの二人、もう家に着いたかな？）

希久夫は、三十分ほど前に萱野高原で別れた征二郎と晴香のことを思った。あんなに素敵な老人や若い娘が、小さな信州の田舎町でごく普通に暮らしているのだから、世間というものは懐が深い。

『できればこの車を手放さないで、蓮見さん、あんたに一生乗ってほしい』

征二郎はそう言った。もちろん手放すつもりなどない。あんな話を聞いてしまったらなおさらのことだ。美奈子が愛し、グレース・ケリーが愛したこの車を誰にも渡したくない。

「これが一九六七年の九月、俺がモナコで体験した嘘みたいな本当の話だ」

すべてを話し終えた征二郎は、照れ隠しのつもりか、残った出汁巻き卵を頰張り、子供のように頰を膨らませて咀嚼《そしやく》した。

「信じられるか、って顔だな」

「初耳だよ」

晴香がやっと口を開いた。

「そんな夢みたいな話、急に信じられるわけないでしょう?」

だいたいねぇ、と晴香はなぜか怒っている。

「そんな武勇伝、なんで今まで黙ってたのさ」

言葉遣いまで乱暴になってきた。

「安売りするような話じゃない。俺だけの思い出だ」

征二郎は真鍮のシガーケースから長い葉巻を取り出し、一本やらせてもらうよ、と希久夫に断って吸い口を鋏《はさみ》でカットし、プカプカと吹かすように火を付けた。

「蓮見さん、お願いがあるんですけど」

晴香はもはや興奮状態にある。

「何でしょう?」

「エスハチのキー、貸してもらえます?」

「かまいませんけど」

「やめとけやめとけ」

キーを渡そうとする希久夫の腕を征二郎が押さえた。葉巻の良い香りがあたりにたゆたう。

「なんでよ。そんな話聞かせといてさ。運転してみたくなるのが人情ってもんでしょう？」

「上ずった気持ちで峠道を走るとロクなことがない。ダメだ」

征二郎は孫にピシャリと言った。

「なによ……自分たちばっかり」

晴香は不満タラタラだ。

「俺と蓮見さんには、あのエスハチを運転するだけの理由と権利がある」

征二郎は芝生の上に敷いたシートから腰を上げ、白樺の木陰に停めたグレースの側へ歩いていった。希久夫と晴香もそのあとに続く。

「座るだけならいいぞ」

征二郎は悪戯っぽく笑って、晴香のために運転席のドアを開けてやった。晴香は、いいですか？　というふうに希久夫の目を見た。

「どうぞ」

と希久夫は恭しく掌を差し出して、お座りください、というポーズをした。

「こういうときは手を取ってエスコートするもんだ」

征二郎はスマートに孫娘の手を取り、運転席に座らせた。

晴香は黒い革のシートに背筋を伸ばして座ると、一つ深呼吸してからそっとステアリングに手を置き、とても大切なものに触れるように縁をなぞって、静かに握った。

「エンジンをかけてみるといい」

征二郎が言うと、「うん」と晴香はしおらしくうなずき、希久夫からキーを受け取ってゆっくりとイグニッションを回した。

ルルル、とエンジンは静かに目覚めた。

晴香がアクセルを少し開けると、音に驚いた蟬の声が止んで、晴れ上がった萱野高原にグレースの歌声だけが響いた。

晴香は眼を閉じてその音を聞いている。


「安全運転でな。大切にしてやってくれ」

自分はあんなに過激に峠を攻めていたくせに、征二郎は別れ際になって、娘を送り出す父親のような気持ちになったのだろう。

「もちろん、大切にします」

まるで結婚式の新郎と舅《しゅうと》の会話だった。

「当分は問題ないと思うが、この暑さだ。できるだけ渋滞した道は避けたほうがいい。何かあったらいつでも電話をくれ」

「はい。では……」

と、希久夫が取り出したボールペンと手帳を、晴香が横合いから受け取った。

「あたしが書いとく」

征二郎はボールペンを走らせる晴香と希久夫を見比べて言った。

「蓮見さん、あんた歳はいくつだったかね？」

「今年で三十六になりますけど」

征二郎は「丑年か」といって指を折り、天然パーマの白髪頭を掻いた。

「はい、これ……」

晴香は手帳を希久夫に返した。仁科オートサイクルの電話番号ではなく、携帯電話の番号とメールアドレスが書いてある。

「これでいいんですか？」

希久夫が念のためそう訊くと、晴香は「ええ、それで」と言ってそっぽを向いた。怒ったような顔で耳たぶを赤くしている。

「うちらとあんたの縁は、この車のおかげでこれっきりじゃなさそうだな」

「日本一この車を知っている仁科さんにそう言っていただいて、心強いです」

「あんたの奥さんが懇意にしていた修理工場には申し訳ないが、この車のメンテだけは譲れないんでね。俺がくたばらない限り、面倒みさせてもらうよ」

「ありがとうございます。で、うっかりしていたんですが、修理代をまだお支払いしてません」

ああ、そのことか、と征二郎は笑っている。

希久夫は車の部品や修理の代金がどれくらいのものなのか、まったく見当がつかない。七、八万円なら手持ちの現金で払えるが、十万を超えるとなると、カード払いか銀行振り込みにしてもらうしかない。

「修理代は、いらんよ」

「そんな、とんでもない！」

こういう厚意に甘えるのはよくない。金のことだけはきちんとしておかないと人間関係が長続きしないことくらい希久夫は知っている。

「もちろん次からはちゃんと貰うさ。今回はいらないってことだ」

「そういうわけにはいきません」

「報酬はちゃんと貰ったよ」

征二郎は自分のウエストポーチから、煤けた色の、丸い金属部品を取り出して見せた。キャプのシリンダーキャップだ。

「新しい物に交換したんで、これは俺が貰うことにした。ほら、ここ」

希久夫と晴香が覗きこむと、征二郎の指差すあたり、金属を削って彫り込んだ『S. N』というイニシャルと、『6. SEP. 1967』の日付が彫り込んであった。

「あっ！」

希久夫と晴香は声を揃えて叫んでしまった。

「こいつは長い長い旅をして、四十二年ぶりに俺のところに戻ってきてくれた」

征二郎は愛おしげに、煤けたシリンダーキャップを掌で撫している。

「蓮見さん、あんたと、あんたのかみさんに感謝しているよ」

一三〇〇ccも排気量があるという晴香の大型バイクが、重厚なアイドリング音を高原に響かせている。晴香は小さく手を振ってヘルメットのバイザーを下ろし、バイクにまたがった。征二郎は後ろのシートにまたがり、悠然と手を上げて笑っている。いい風景だと希久夫は思った。別れ難い人たちだった。

「お世話になりました！」

大きな声でそう叫んだ希久夫に、征二郎は英語で返事をした。

「Please call us any time, anywhere. Honda runs soon.（いつでもどこでもお電話ください。ホンダはすぐに駆けつけます）」

二人を乗せたバイクが峠道のカーブに消えていく。エンジンの音が遠ざかり、聞こえなくなるまで希久夫は見送った。

（また、独りになったな）

今朝は五時から濃密すぎる時間を過ごしたせいかまだ朝の九時前だとは思えない。希久夫には嫌というほど一日が残っている。

希久夫は名神高速の上、関ヶ原の山あいを西に走っている。カーステレオからはレディオヘッドの『Creep』という曲が流れている。ロックバンドが歌う、こんな憂鬱なラブソングを一人で聴いている美奈子も、希久夫の知らない美奈子だった。

滋賀県近江八幡市　仲屋町中一九というのが希久夫の次に行くべき場所だった。約二ヶ月前の五月三十日の夕方、美奈子はグレースを運転してその場所に現れている。

希久夫は、近江八幡という町がどんなところかもろくに理解していない。ガイドブックの一つも読めばよさそうなものだが、あえて先入観を持たず、無心で美奈子の行った場所にポンと立ってみたいという願望があった。

関ヶ原から続く伊吹山系の谷あいを抜けると空の表情が変わった。水蒸気を多量に含んだ水色の空に大振りな積乱雲が重なり合うようにひしめいている。

午後二時、彦根の町に出たところで右手に巨大な湖面が見えてきた。積乱雲の切れ目から幾筋もの陽が琵琶湖に差し込み、光と影の強烈な斑《まだら》模様を作っていた。

『七キロ先、八日市インター出口です』

ナビ画面には次のインターチェンジを下りて湖を目指して北上するルートが表示されている。近江八幡の町は琵琶湖の南岸にあった。

国道四二一号線は地元で八風街道と呼ばれる古くからの街道で、広々とした湖南平野の田園の中を走っている。

水田の上を渡る風が緑の絨毯を薙《な》ぎ、グレースの運転席を抜けていく。東海道新幹線のガード下をくぐり、さらに東海道本線の踏切りも越えて琵琶湖を目指して走る。JR近江八幡駅周辺のビル街を抜けると、黒瓦に白壁の家が軒を並べる落ち着いた雰囲気の旧市街に入った。

魚屋町、鍛冶屋町、薬師町、大工町……昔ながらの屋号を持つ大小の商家や町家は、端正に軒の高さが揃い、すっきりと延びる碁盤の目の通りに甍《いらか》を連ねている。袋小路の多い城下町とは違う開放感があった。

いない。

心が落ち着く。雨の日の風情も見てみたいと思った。黒瓦が雨に濡れて美しいに違いない。

(綺麗な町だな)

『三百メートル先、玉木交差点を右方向です』

割烹料理屋の角を右に曲がると、大きな八幡宮のある広い通りに出た。神域を囲むように掘割りが走っていて、竹の笠を被った舟人が、ゆっくりと竿を操っているのが見える。希久夫はますますこの町が気に入った。

(こういう町が故郷だったら、いいな)

気の向いたときにフラッと帰省して、小さな居酒屋で幼馴染みと酒を酌み交わす……そんな埒もない想像をしてみた。生まれた町を消去してしまった希久夫には、望むべくもない夢だった。

『間もなく右方向です』

日牟禮《ひむれ》八幡宮の鳥居の前を過ぎ、町家の角を右に入った。

『目的地周辺です。音声案内を終了します』

何を商っているか分からない『奥井忠三郎商店』という店、『初雪食堂』という古い大衆食堂、角の小さな煙草屋……そういう一方通行の筋に目的地はあった。

(ここだ)

希久夫はナビ画面のゴールマークがついた大きな町家の前でピタリとグレースを止めた。軒先から杉の葉で作られた大きな玉が吊り下げられている。

（酒蔵か……）

よく見ると軒屋根の上に、風雪に晒されて塗りの剝げ落ちた木彫りの看板が掛かっている。『万楽泉』と書いてある。屋号か商品名かよく分からなかった。

「酒蔵ねぇ」

たしかに美奈子は酒が好きだ。強くもある。しかし酒蔵巡りをするほど日本酒が好きというほどではない。一番好きなのはビール。次にワイン。焼酎なら麦をロックで少し、中華のときは紹興酒を常温で……というのがお決まりのパターンだった。

いつまでも狭い一方通行の路地に車を止めておくわけにはいかない。首を伸ばして道の先を見ると、板塀沿いに駐車場の入口があった。『天保酒造駐車場入口』という年季の入ったブリキの看板が出ている。希久夫はグレースをその高い黒塀の中へ入れた。

「奥さんが？」

「ええ、家内が」

「はいはい、五月のぉ」

「三十日です」

「ふんふん、三十日やね」

初老の女事務員が老眼鏡をかけ、下唇を突き出して分厚い芳名帳《ほうめいちょう》を捲っている。

「あ、そこは、四月です」

ちょっと失礼、と希久夫は事務員に代わってページを捲り、五月三十日の訪問者のページを開いた。

天保酒造の母屋や帳場は立派な造作で、建てられてから少なくとも百数十年は経っていると思われる。高い天井の梁組みの堅牢さ、磨き上げられて黒光りする床などは、明治の頃の一流の大工仕事だった。古い日本建築が好きだった父親の影響でいろんな古民家を見てきた希久夫には、それくらいのことは容易に分かる。御影石《みかげいし》が敷き詰められた三和土《たたき》に丁寧に水が打たれ、帳台の後ろの土壁に『和醸良酒』と見事な行書の書が掛かっている。

「えーと、橋井さんでした？」

「蓮見です」

「ハスミさん、ハスミさん……」

「蓮の花の蓮に、見る、で蓮見です」

「はい、はい。蓮見さんやね……あっ」

事務員は老眼鏡をはずして希久夫の顔をマジマジと見て、納得したように笑った。

「はぁー、なるほど、そう言うたらそうやわ」

「何でしょう?」

希久夫もつられて笑ってしまった。

「たしかに来てはりますねぇ。よう覚えてますわ。別嬪《べっぴん》さんやったから」

事務員は芳名帳を閉じ、「事務をやってる篠田いいます」と丁寧に会釈をして、帳台から立ち上がった。

「蔵のほうにご案内しますさけ、どうぞ」

篠田は三和土に降りてサンダルを引っかけ、先に立ってパタパタと歩き出した。

帳場のある母屋の裏に出ると屋根付きの渡り廊下があり、大きな井戸のある中庭を突っ切って四つの切妻が並ぶ酒蔵に続いている。蔵の入口は重厚な鉄の引き戸になっていて、引き戸の前の下駄箱で靴を脱いで内履きのサンダルに履き替えるようになっていた。

「堪忍です、面倒なことさせて」

「いえいえ、こういうの慣れてますから」

希久夫の職場でも発酵の実験室には靴や衣服を着替え、防塵《ぼうじん》ダクトを通って中に入る。

「やっぱり違う黴《かび》や酵母が蔵に入るのを嫌うんですね」

「仕込みをしてる冬場ならそうやけどねぇ。杜氏《とうじ》はそこまでせんでええ言わはるんですけど、うちの頭《かしら》が、天保の蔵の麹《こうじ》は他所よりデリケートや、言うてね」

「カシラ……」

「はい。うちの頭は若いのに、えらい癇性《かんしょ》病みやから」

「カンショヤミ?」

「潔癖症いう意味ですわ。さ、中へどうぞ」

篠田に導かれ、鉄の引き戸を開けて蔵の中に入った。醸《かも》された麹の甘酸っぱい香りが薄暗い蔵の壁や天井に染みついている。蔵は奥行きが深く、五十メートルはある長い石畳の廊下が真っ直ぐ奥まで延びていた。希久夫は篠田のあとについて廊下を進んだ。

「静かですね」

「お盆前やからねぇ。もともと造り酒屋いうんは秋に蔵入りして春が来るまでの仕事やさけ、夏場は蔵人《くらびと》もおらんと寂しいもんですわ。頭だけは〝呑み切り〟があるんでちょいちょい来てますけど。あ、おったおった」

篠田事務員が『貯蔵室』と書かれた部屋の硝子《ガラス》戸を覗き込んでそう言った。

中には大きな金属製のタンクが通路を挟んで向かい合うように二十基ほど並んでいる。その一番奥まったタンクの前で、計器を確認してノートに何やら書き込んでいる人影が見える。篠田はゴロゴロと硝子戸を開けて声をかけた。

「富樫さーん」

富樫さんと呼ばれたベージュの作業着を着た男がこちらを振り向いた。

「お客さんですぇ」

富樫はボールペンを胸ポケットに差し、黙ってこちらに歩いてくる。

「ほなら、うちはこれで」

篠田は腰を折って会釈し、蔵を出ていった。富樫という名前だけで、希久夫の胸の中はザワザワと波立っていた。直感だった。美奈子の顔、松本の町がフラッシュのように頭を過《よぎ》る。唐突にやってきた事態に何の心の準備もできていない。

背筋がピンと伸びて痩せたシルエットが、腰の据わった歩き方で近づいてくる。富樫は貯蔵室の暗がりから進み出て、廊下の窓から差し込む陽の中に立った。短く刈り上げた髪、日に焼け、引き締まった顎を持つ顔、一重で切れ長の眼……どれも死んだ父の敬一郎にそっくりだった。

「富樫ですが」

痩身に似合わぬ低い声で心持ち頭を下げて会釈し、希久夫の顔を見つめている。

希久夫は動揺している。俄かに言葉が出てこなかった。

希久夫を見ていた富樫の目が大きく見開かれ、固く結ばれた唇が震えながら開いた。

「兄さん……」

「由紀夫、だよな」

やっとの思いで、希久夫はそうつぶやいた。


南の母屋と北側の蔵の間にある中庭を囲むように、東に米を置くための納屋が並び、西側に蔵人たちが寝泊まりする長屋と炊事場、共同浴場などがある。

由紀夫は、その蔵人長屋の奥まった一角にある自室に希久夫を通した。ガラスの引き戸を開けて中に入ると、廊下と同じコンクリートの土間になっている六畳ほどの仕事部屋があり、使い込まれた木の机と椅子が置かれている。机の上にはノートパソコンとポータブルラジオ、小さな本棚には醸造学や発酵学の専門書があった。部屋の隅には水屋と洗面台が造り付けてあり、髭剃りとシェイビングフォーム、歯ブラシがきちんと並んでいる。

上がり框《がまち》で内履きを脱いで障子を開けると、坪庭に面した八畳間になっていた。床の間も付いている。

由紀夫は押入れからいぐさの座布団を出して希久夫を上座に座らせた。押入れの中には、几帳面に折りたたまれたタオルケットと夏布団が見えた。由紀夫は坪庭側のサッシを開けて風を入れ、縁側に置いてある蚊取り線香に慣れた手つきで火を付けた。

「いい部屋だな」

「そうか？」

と由紀夫は尻の上がった関西弁で無愛想に答えた。二十三年ぶりに再会した弟に関西訛りがあるというのは、どうにも妙な感じがする。

由紀夫は土間に降り、小さな冷蔵庫を開けて麦茶をガラス茶碗に注いでいる。きちんと片付いた八畳間には小さな液晶テレビや茶簞笥もある。座卓の上には、たくさんの付箋が付いた『酒造技能検定一級試験』という分厚い参考書が置いてあった。

「一年の半分はここで寝起きしてるんや」

由紀夫は麦茶と一口羊羹《ようかん》を盆に載せて座敷に戻ってきた。立つ座るという動作に無駄がなく、折り目正しかった。由紀夫は六月生まれだからもう三十三のはずだが、物腰が二十代の若者のように軽々としている。

「まだ独身なのか？」

希久夫が尋ねると、「そう見えるか」と由紀夫は初めて白い歯を見せた。瞬間、子供の頃の笑顔が希久夫の脳裏に蘇る。

「息子が二人いてる。上が小学校四年で、下が幼稚園の年長や」

まったく驚かされる。弟が二児の父親ということにではなく、それを今の今まで知らなかった自分の白々しさに。

「ここから車で一時間半ほど行った、琵琶湖の反対側の高島いう町に住んでる」

「そうか」

それで会話が途切れた。縁側の軒先にぶら下がった風鈴が、小さくチリリと鳴った。

「お袋も、一緒に住んでる。元気や」

希久夫の一番知りたかったことを、由紀夫がボソリと口にした。

「そうか」

さっきから「そうか」しか言っていない。さぞかし由紀夫は気塞《きぶっせ》いだろう。

「金沢にいるとばかり思ってたよ」

「俺が中学のとき、お袋がこっちの人と再婚したんや」

「そうか」

さすがに由紀夫が笑った。

「さっきから、そうかばっかりだな。すまん」

「金沢の大町酒店のおじさん、憶えてるやろ」

大町酒店というのは、母の実家の隣にある老舗の酒屋で、夏休みを金沢の祖父母のもとで過ごした希久夫と由紀夫は、よく兄弟してジュースをご馳走になったものだ。

「大町のおじさんが仲人になって、滋賀で杜氏やってた親父のところに縁付いたんや。どっちも再婚同士やけどな」

「でも、お前……」

「なんで富樫の姓名乗ってるか、いうことやろ？」

由紀夫は腕を組み、どう説明したものか……という風情で小首を傾げて微笑んでいる。その仕草がまた、死んだ父の敬一郎に生き写しだった。

「金沢の伯父さんとこは娘ばっかりやろ。三人とも嫁に行ってしもたから、そのうち富樫の姓を名乗る人間がおらんようになる、いうこともあった」

母の千江と金沢の伯父は二人兄妹で、長男の伯父は家業の建築資材会社を継いでいたが、娘の誰かに婿養子を取る、ということをしなかったようだ。

「伯父さんとこの養子になったのか？」

由紀夫は首を横に振った。

「お袋と離れて暮らす気ぃにはならんかった。それに俺は出来が悪かったさけ、伯父さんには嫌われてたからな。そういう話にはならんやろ」

あの温厚な金沢の伯父と由紀夫にそういう諍《いさか》いがあるなど意外なことだった。

「新しい父親の籍に入らんいうのは、自分で決めたんや。これ以上名前が変わってしもたら、自分が誰か分からんようになる気がしたんやろな」

希久夫は、そんなことを考えていた中学生の弟を想像してちょっと胸が痛んだ。由紀夫は由紀夫で、そういう希久夫の表情に敏感に反応した。

「余計なこと、言うてしもた」

憂鬱げにそう言った。

「由紀夫は強いな。俺なんか……」

「兄さん」

由紀夫は表情を消してうつむいた。

「お袋と俺が、この二十三年間どう過ごしたかをあんたは知らん。知ってほしいとも思わん。話しても無駄なことやと思うてる。せやから憐れむのはやめてくれ。俺らは被害者やないし、犠牲者でもない」

「俺は、そんな……」

希久夫は、突然弟が見せた他人行儀な顔にショックを受けた。「被害者でも犠牲者でもない」と言うのは、そう思っているからに違いなかった。

昔、兄と弟だった二人の男は、八畳間の座卓を挟んで重苦しく押し黙った。せめて風鈴くらい鳴ってくれればと希久夫は思ったが、そんなに都合よく風は吹いてくれない。遠くを飛ぶヘリコプターの音が聞こえる。それが消えてなくなるまで二人は黙っていた。

「すまん」とつぶやいて、沈黙を破ったのは弟のほうだった。

「つい、自分らのことばかり言うてしもた。そっちも男の片親で苦労したやろうに」

「俺は、苦労したなんて自覚ないよ」

「死んだんやてな、父さん。義姉さんから聞いた」

そうだ、美奈子。今自分がここで由紀夫と向かい合っているのは、すべて美奈子に導かれてのことだ。

「三年前にね。肺癌だった」

希久夫は由紀夫の目が見られなかった。父の死に関しては、由紀夫に対し一抹の後ろめたさがある。自分から離婚を望んだ母は別として、この弟にとってはこの世でただ一人の父親だ。断られると分かっていても生きているうちに会わせるべきだった。死に顔くらいは見せてやるべきだった。母が感じるであろう精神的苦痛、それを慮《おもんぱか》るであろう弟の姿、それればかり想像して、襟首摑んでも父の前に連れてくるような強引さが自分にはなかった。その意気地なさが今さらながらに悔やまれる。

「葬式のとき、電報くれたんやてな」

由紀夫は意外なことを言った。

「美奈子が、そう言ったのか？」

「金沢に送ったらしいけど、うちらが知らんいうことは、伯父さんが握り潰したんやろ」

（あいつ……）

希久夫は、美奈子の意図がようやく見えてきた。

「おもろい人やな、義姉さん。美奈子さん……やったっけ？」

元気にしてはる？　と由紀夫は笑顔で尋ねた。

「今度来るときは兄さんと一緒に、言うてはったけど」

（由紀夫はまだ知らないのか）

希久夫は辛すぎて目をそむけた。坪庭の石燈籠《いしどうろう》を小さな虫がゆっくりと這っている。

「ニュースで見なかったかい？」

「何を？」

「死んだんだ。二ヶ月前、交通事故に遭って」

由紀夫が息をつめて黙り込んでいる。風もないのに風鈴が鳴った。

XVIII

人間、逆境をくぐり抜けないで
幸福になろうなんてのは無理ですよ

由紀夫　二〇〇九年五月三〇日

午前八時五十九分の米原発、金沢行きエル特急しらさぎ一号。由紀夫はそのグリーン車に中牟田老人を座らせ、ボストンバッグを網棚に載せた。

「頭の言葉に甘えて、一足先に養生させてもらいますわ」

天保酒造の杜氏である中牟田良蔵は、素人の由紀夫に一から酒造りを教育してくれた厳しい師匠であり、恩人でもある。一昨年、由紀夫を杜氏の片腕として蔵人を統率する「頭」に昇格させてからは、孫ほども歳が違う由紀夫に丁寧な言葉遣いをするようになった。

「頭は、それくらい尊敬される立場や」と中牟田は言った。しっかり自覚を持てということなのだろう。

「秋の蔵入りまで、ゆっくり休んでください」

由紀夫はめっきり体力のなくなった師匠が心配でならない。

酒造りというのは例年米の収穫が終わった十月に蔵入りし、冬の間に仕込んで春にかけて新酒を搾り、最後に火入れをして貯蔵する。常雇《じょうやと》いの人間を除く蔵人の大半は、『上槽《じょうそう》』と呼ばれる搾りの作業が終わる早春には蔵を去って帰郷する。能登杜氏の中牟田が差配《さはい》する天保酒造では、蔵人も農閑期に働きに来る福井や石川の人間が多く、今でもそういう昔ながらの暦で人の出入りがあった。むろん、新酒を搾れば蔵の仕事が終わるというわけではない。その後も杜氏や頭という幹部は蔵に残り、夏にかけて『呑み切り』と呼ばれる貯蔵中の新酒のチェックをしなければならない。

杜氏である中牟田がこの時期に蔵を去るのは、体調が思わしくないからだった。七十九歳の高齢に加え、ここ数年高血圧に悩まされ、心臓に不安を抱えていた。五年前の春に心臓発作で入院して以来、まだ蔵人の中では若手に属する由紀夫に目をかけ、後継者として育ててくれたのは、自分の死期を予感したからに違いない。由紀夫もその期待に応えようと必死で精進した。責任感の強い昔堅気《むかしかたぎ》の中牟田が大切な呑み切りを頭の由紀夫に任せ、遠く能登半島の珠洲《すず》にある実家に帰るというのは、よほど信頼されている証拠と言っていい。それだけに由紀夫は重圧を感じていた。多くのファンがいる近江の銘醸酒『万楽長』の最後の仕上げが自分の肩にかかっている。

列車の出発間際、中牟田が思い出したように言った。

「最後に仕込んだ純米やけどな」

「はい。十六号タンクの」

「あれはちぃとばかし乳酸が勝っとる。〝火落《ひお》ち〟が心配や」

火落ちとは、タンクで熟成中の酒が、好アルコール性乳酸菌の増進によって香りや味が劣化することをいう。火落ちを見落とすと致命的な品質低下に繋がりかねない。

「少し早いですけど、今日か明日に十六号だけは初呑み切りをしようと思っていました」

「ほうかぃ。頭もそう思っとったかぃ」

中牟田は満足気に頷いた。

「今年の技能検定はどうするんかぇ？」

「はい。自信はないんですが、受験するつもりです」

中牟田は「ほっほっ」と特徴のある笑い声を立て、愛弟子の腕のあたりを叩いた。

「農学部出の学士様が何を言う？　こんだけ勉強しとる頭が合格せんかったら、誰も受からんわィな」

由紀夫は高卒ですぐ天保の蔵に入ったが、日本酒の醸造に不可欠な発酵学、分子生物学を学ぶため、蔵人をしながら京都府立大学農学部の通信教育を受け、八年かかって卒業証書を手にしていた。

やがて発車のベルが鳴り、しらさぎ一号は米原駅のホームから出ていった。由紀夫は痩せ枯れた古木のような中牟田杜氏の体が心配だった。

元気な姿で、秋には帰ってきてください。

帰ってきてくれるだけでいい——走り去る電車に向かって祈るような気持ちでそう思った。酒蔵では、秋から春までの酒造りのシーズンを『造り』という。中牟田良蔵は、杜氏として今年で五十造りの節目を迎えた日本酒造界の長老である。今年の造りを見ている限り、中牟田の体力はもう酒造りに耐えられない。側で仕えてきた由紀夫にはそれが痛いほど分かっていた。杜氏になるための酒造技能一級の検定試験をこの夏に受験しようと思ったのも、オーナーに強く勧められたからだ。

「私はね、中牟田良蔵の作る品格がある酒が好きなんや。そやからオヤジさんに何かあっても、どこか他所からそれなりの杜氏を連れてこようとは思うとらん」

滋賀の名酒『万楽長』を守る五代目の天保社長は、初搾りが終わった晩に由紀夫を行きつけの寿司屋に誘い、そんな話をした。
「せやから富樫君、君に頑張ってもらわなあかんねん。三年で誰にも後ろ指差されんくらいの杜氏になってくれ」
「俺にはまだまだ荷が重すぎます」
「これはオヤジさんと話して決めたことや。次の『万楽長』の杜氏は、中牟田良蔵最後の弟子がやらんで、誰がやる」

由紀夫は天保酒造の屋号が入ったバンで、湖岸道路を西に走っている。まだ中牟田のことを考えていた。中牟田良蔵という人は、由紀夫にとって師匠という以前に父親のような存在だった。継父の間宮庄司郎が病死してからは、父親同然に接している。

由紀夫は小学校四年のとき、両親の離婚によって実の父親と生き別れた。もう生涯会うことは叶わないだろうと思っている。

中学三年のとき、母の千江が一回りも年上の男と再婚し、新しい父親ができた。間宮庄司郎という名の通った能登杜氏で、西近江の高島にある椛島《かばしま》酒造の杜氏を務めていた。

庄司郎は前妻と小さな娘を一度に交通事故で失った不幸な人で、二十年も独り身で通していただけに、千江と由紀夫を大切にしてくれた。庄司郎は一年の三分の二を蔵で過ごす生活の中で家族を失い、大きな悔いを残したのだろう。再婚後は能登の実家を引き払って滋賀の酒蔵の近くに家を構え、千江と由紀夫を迎えて同居した。しかし家族として過ごしたのはわずか十二年ほどでしかない。

庄司郎は五年前に脳溢血で呆気なく逝った。由紀夫は、二人目の父もそのようにして失った。庄司郎は絵に描いたような能登の杜氏で、寡黙で剛毅、酒豪で、決して他人に弱音や繰り言《くりごと》を吐かない男だった。『一尻二声』が座右の銘だった。言葉を発するより先に尻を上げて動けという意味で、蔵人たるもの気遣いと機敏さがないと務まらない、という哲学の持ち主だった。

庄司郎は仕事を離れると優しい男だったが、出来の悪い息子に対してはやはり「一尻二声」で、怒鳴るより先に拳が飛んできた。中学、高校とグレていた由紀夫は、庄司郎と一緒に暮らし始めて間もない頃にこの鉄拳制裁を受けた。転校した滋賀の高校でさっそく喧嘩をやらかし、警察を呼ぶ騒ぎになったときのことだった。

保護者として由紀夫を引き取りに来たのは母の千江ではなく、蔵の半纏《はんてん》に長靴姿の庄司郎だった。ドカドカと校長室に入ってくると、警官や居並ぶ教師たちの目の前で義理の息子をいきなり殴り飛ばした。酒蔵で働く男というのは例外なく力が強い。由紀夫は軽く三メートルは吹っ飛んだ。庄司郎は呆気にとられる一同に「ご迷惑をおかけして、すまんことです」と深々と頭を下げてから、由紀夫が一生忘れられないことを言った。

「しかし教師が学校に警察を呼ぶなんちゅうのは、職務放棄もええとこですな。生徒の諍いも裁けんとは、情けない話や」

そう言って、由紀夫の襟首を摑んで立たせた。

「先生方はたった三年かもしれませんが、私はこいつと一生付き合っていかにゃあなりません。責任を持って一人前の人間にするつもりですさけ、安心してつかぁさい」

あのとき由紀夫は、殴られた頬が痛いのか、庄司郎の言葉に感動したのかよく分からなかったが、あとからあとから涙が出て仕方なかった。

由紀夫が酒造りを仕事に選んだのは、もちろん庄司郎の影響が大きい。高校一年の冬休みに、家からもほど近い、庄司郎が杜氏を務める造り酒屋で泊まり込みのアルバイトをしたことがきっかけだった。いわゆる『追《お》い廻《まわ》し』と呼ばれる末端の蔵人の役回りで、その中でも一番下の『まま屋』という飯炊き班の手伝いだった。

朝五時に起きて十五人ほどいる蔵人たちの朝食を作ることから始まり、九時のお茶、十二時の昼食、午後三時の間食、五時の風呂焚き、七時の夕食と切れ目なく作業を続ける。夕食が終わると、蔵人たちが風呂に入っている間に夜食を作る。手が空いていれば常に蔵の中を掃除し、水を撒く。蔵人たちの下着を洗濯し、仕込みに使う水を汲んで運ぶ。道具類を使った端から水洗いする。蔵で夜の作業が始まると今度は風呂掃除をする……まったくめまぐるしく立ち働かなければならない。

母親の千江は、由紀夫が早々に音を上げ、尻尾を巻いて逃げ帰ってくるものと思っていたらしい。

中学に上がった頃から由紀夫は堪え性のない子供になった。投げやりで気が短く、ちょっとしたことでキレた。さすがに母に暴力をふるうようなことはしなかったが、もっともらしい説教ばかりをする伯父に悪態をついて母の肩身を狭くさせた。髪を金髪に染め、煙草を吸い、酒を飲み、気に入らない奴がいるとすぐ難癖をつけて喧嘩をするという札付きの乱暴者になっていた。そんな息子が、アルバイトとはいえ封建的で厳しい蔵の仕事に耐えられるはずもない——千江がそう考えたのも無理からぬことだろう。

当の由紀夫本人も、どうして嫌気がささなかったのか分からなかった。大人になった今思うのは、あのように甘えがなく、掟と責任感で成り立っている世界が、逆に肌に合ったとしか言いようがない。

酒蔵は杜氏を頂点にした厳格な父性社会で、落伍者に救いの手など伸ばさない。「役立たずは去るべし」という世界である。良い酒を造るという至上の目的のために、あらゆる個人的事情や欲望は封殺される。由紀夫はその環境に自然と適応できた。十歳で大好きだった父と別れ、母や親戚の気遣いの中で次第に鬱屈していった由紀夫は、心のどこかで強烈に父性的なものを求めていたのかもしれない。

　クタクタになるまで労働すると、それまで自分が悩んでいた瑣末《さまつ》なことを忘れられた。しかも達成感があった。飯が上手く炊き上がると、無愛想な蔵人たちが「美味い」と喜んでくれ、風呂を良い加減に焚くと「ええ湯だ」と声が飛んだ。強烈な二週間の体験だった。三学期が始まって由紀夫が蔵を去る朝、蔵人たちが「また来年も来いや」と声を掛けてくれたときの喜びを、今でも鮮明に覚えている。


「蔵人になりたいです。親方の蔵で使ってもらえませんか」

　継父の前で正座して頭を下げ、そう他人行儀に頼んだのは高校三年の秋のことだった。

「母さんの許可がないと、その頼みは聞けん」

　庄司郎は渋い顔で言った。

「もう許しは貰いました」

「したが、うちの蔵に置くことはでけん」

　それは能登杜氏として郷里の蔵人集団を率いる庄司郎の節度だった。血縁の者を一人蔵人に加えると、郷里の男が一人職を失うことになる。

「由紀夫。わしゃぁ、お前が可愛い」

庄司郎は、らしくない本音を義理の息子に漏らした。

「せやから、お前に気ぃを取られて仕事が疎かになるんが嫌なんや」

庄司郎は茶簞笥の引き出しから毛筆で宛名を書いた封書を二通取り出し、由紀夫の膝先に置いた。明らかに以前から用意していた形跡がある手紙だった。

「紹介状や。これを持って近江八幡の天保酒造に行け」

天保酒造は由紀夫でも知っている県内有数の造り酒屋で、金看板の『万楽長』は何度も全国新酒鑑評会で金賞を受賞した名酒だ。

「そこに中牟田良蔵いう偉い杜氏がおる。わしが一番尊敬する能登杜氏の先輩や」

まずその中牟田に会って手紙を渡し、あとは直談判して蔵人にしてもらえ、と庄司郎は言った。

「頼む以上は絶対に弟子にしてもらえ。断られても土下座して頼め。足蹴にされても蹴られた足に縋《すが》りついて頼め」

そして、中牟田杜氏が首を縦に振ったらもう一通の手紙を彼から蔵主の天保尚彦に渡してもらい、常雇いの蔵人に雇ってもらえるよう推薦してもらえ、と言った。

一緒に暮らしていて、庄司郎が気の利いた小細工などしない男だということは由紀夫にも分かっていた。先方には本当に何も話していないのだろう。由紀夫はちょっと途方に暮れた。

各地の酒造場が相次いで蔵入りを始めた十月下旬の日曜日、由紀夫は近江八幡の天保酒造を訪ね、中牟田良蔵に会った。さぞかし恐ろしい人物だろうと思いきや、通された和室に現れたのは、白髪痩身の小柄な老人だった。

「ほうほう、君が庄司郎さんの息子さんかぃ」

と目を糸のように細めて笑み崩れている。

「手紙は読ませてもろうたよ」と言って由紀夫の前で胡坐《あぐら》をかいた。顔じゅう皺だらけの老人で、近所の蕎麦屋の壁に飾られている『翁《おきな》』の能面に似ていた。

（人は見かけによらない）

由紀夫は心中、この老人に足蹴にされる覚悟はできていた。母親に教えられたとおりの作法で丁寧に頭を下げて辞儀をし、慣れない手つきで風呂敷を解いて、父から言付かった古酒と、母から言付かった和菓子を差し出した。

そして畳に手をつき、必死で覚えた弟子入り嘆願の言葉を言おうと、大きく息を吸い込んだ矢先だった。

「そしたら、いつから来てもらおうかぃ？」

「はい？」

「学校はちゃんと卒業したほうがええさけのぉ。やっぱり春から、いうことになるか」

完全に間合いを外された。

「君は孫ほども歳が違うけんど、今日からは自分の息子や思うて小うるさく教えさせてもらいます」

庄司郎は手紙に「もう息子はいないものだと思って、一人前の蔵人になるまで預けます」と書いていたらしい。

「わしと庄司郎さんは若い頃、加賀の蔵元で同じ杜氏に仕込まれた相弟子やさけな。君もわしを親父や思うてくれてかまわん」

顔に微笑みを湛えたまま、細い眼の奥にある中牟田の瞳が厳しくなった。

「したが、この世界に入る以上、親の死に目に会えんかもしれん覚悟だけはしておきないィ」

あれからもう十五年が経つ。中牟田の言うとおり、由紀夫は親の死に目に会えなかった。

庄司郎は五年前の三月、その冬仕込んだ最後の酒を搾り終わった夜に、椛島酒造の蔵で倒れ、救急車で大津の病院に運ばれる途中で息を引き取った。脳溢血だった。せめてもの救いは、救急車に同乗した千江に手を握られたまま逝ったことだろう。季節外れの寒波が到来した晩で、琵琶湖の西にも東にも大ぶりな牡丹雪が降りしきっていた。

二人目の父を失ったその同じ時刻、由紀夫は凍えそうな天保の蔵の洗い場で、他の蔵人たちと一緒に丹念に道具を洗っていた。

「蔵の仕事は、洗い仕事や」

という庄司郎の口癖を思い出した。

「由紀夫。わしゃぁ、お前が可愛い……」

雪が舞い落ちてくる空の闇から、昔聞いた庄司郎のつぶやきが一緒に降ってきた気がした。

最後の仕込みが終わる『甑倒《こしきたお》し』が済んだら、一度高島の実家に顔を出そう。由紀夫がそう思った瞬間、作業服の胸ポケットに入れた携帯電話が鳴って、女房の亜矢子から庄司郎の死を伝えられた。


中牟田を見送った由紀夫が米原駅から天保酒造に戻ると、ちょうど入れ替わりに社長の天保が商談で東京に出かけるところだった。

天保は背広の上着を脱いで肩に掛け、扇子を広げてパタパタと扇いでいる。空は五月晴れに晴れ上がっていた。

「えらい暑いなぁ。今年は夏が早いんとちゃうか？」

「問屋回り、ご苦労様です」

「ああ、せいぜいジタバタしてきますわ」

天保社長は脳天気な口調でそう言うが、造り酒屋の置かれている環境はどこも甘くない。日本酒業界の凋落《ちょうらく》傾向には相変わらず歯止めがかからない。生き残る体力がなくて、地方の良質な造り酒屋がどんどん廃業し、中には食うために米焼酎を作り始めたところもある。

（うちはまだましなほうや）

由紀夫は、天保という五代目の地道な経営努力に敬意を抱いていた。看板銘柄の『万楽長』は京都や大阪の粋筋《いきすじ》に固定客がいて、吟醸酒や純米酒という高い酒が売れる。問題は販売価格と生産コストの釣り合いが取れていないことだ。大吟醸や純米吟醸という特別な酒は高値で売れるが手間もかかるし金も食う。コストパフォーマンスはむしろ悪い。一番量産できる本醸造酒が売れるかどうかに造り酒屋の浮沈《ふちん》がかかっていた。天保は県内や近隣県の小さな飲食店をこまめに歩いて回り、この本醸造酒を置いてもらう努力をしてきた。

「今年は鑑評会で賞を取れんかったさけ、東京の問屋は食い付きが悪いやろうな。富樫君に仕込んでもろうた梅酒でも売ってきますわ」

天保は陽気に手を上げてタクシーに乗り込んだ。由紀夫は黒塀の外にタクシーが消えるまで見送った。

十六号タンクの特別純米酒は、毎年ラベルに『杜氏　中牟田良蔵　謹製』の文字を入れる、中牟田の醸造美学の代名詞のような繊細な酒だ。中牟田が火落ちをしていないか心配するのも無理はない。

貯蔵タンク内で熟成中の新酒を利き酒して味や香りを官能検査し、かつ成分検査する『呑み切り』は、通常六月に入ってから行うが、一週間ほど早めてもいいと由紀夫は考えていた。まだ新酒の荒々しい角が取れていないかもしれないが、乳酸菌の増進を抑えるための判断は早ければ早いほどいい。由紀夫は性格的に先手先手と積極的に手を打っていくタイプの蔵人だった。無駄な苦労を嫌って心配の種を抱えるよりずっといいと思っている。

「積極性と用心深さは、小心者の一番の武器やな」

師匠の中牟田に、そう妙な褒められ方をされたことがある。自分が小心者かどうかは分からないが、できることは全部やっておきたいという性分は小さい頃から身についたもので、今さらどうにも変えようがない。

誰に似たんだろう？　生き別れた父に似たんだろうか？　たぶん口数の少ないとこ

ろは似ているとは思うが、それ以上のこととなると、家に居ることの少なかった実父敬一郎の記憶は曖昧で、二十三年の間に顔の輪郭までぼんやりとしてしまった。母に似ていないことも確かだろう。諸事中庸と穏健を好み、冒険を極端に嫌う気質は、由紀夫の体のどこを叩いても出てこない。

（兄貴は、どんな性格やったかな？）

ふとそんなことを考えた。松本に住んでいた頃、三歳年上の希久夫はずいぶんと頼もしい兄貴だった。どんなときも沈着冷静、困ったときには必ず現れて助けてくれたヒーローが、意外と弱点の多い中年男になっている姿を想像すると可笑しかった。

兄の希久夫のことはたまに考える。嫌いになれなかった。

一時は母の感情に引き摺られ、蓮見の父と十把一絡《じっぱひとから》げで悪者にしてみようと思ったが、どうにも嫌いになれない。生まれてからの十年間、友達よりも、母よりも一番濃厚に接したのが兄だった。「お前のことが心配でならない」という顔で、いつも自分を見守ってくれた。嫌いになれるわけがなかった。

もっとも、この気持ちは由紀夫一人だけのものであり、母にも話したことはない。

十六号タンクの初呑み切りの結果は「白」だった。例年よりも米の糖度が高かったせいで乳酸菌の分解スピードが速く、暴れているように見えたのだろう。こういう酒は熟成させると素晴らしい酒に化ける可能性がある。

腕時計を見ると午後四時十七分だった。中牟田は一時間ほど前に能登半島の先端にある珠洲の実家に着いているはずだ。

（とりあえず電話して安心させてあげよう）

由紀夫が携帯電話を手にしたちょうどそのとき、貯蔵室のインターフォンが鳴った。事務所の篠田さんだった。

「頭、東京からお客さんが来てはりまっせ」

そう言ってから声をひそめ、「えらい別嬪さんやけど」と好奇心満々で付け加えた。

「俺に？」

「蓮見さんいわはる方です。名前言うてもろたら分かるて」


蓮見美奈子と名乗る女は、何の前触れもなくやって来た。「蓮見」と名乗るからには実父方の親戚だろうが、そういう従姉がいたという記憶はない。さもなければ……さもなければ兄の妻、ということになる。

蓮見美奈子は母屋の応接間に通され、革のソファーに座って中庭の紫陽花を眺めていた。

由紀夫が部屋に入ると、軽い身ごなしでスッと立ち上がり、会釈した。

「突然お邪魔してすみません」

明るい中庭を背負っているため、シルエットになって表情はよく見えない。背はやや高く、姿勢のいい女だった。

「富樫ですが」

「はじめまして。希久夫の家内の美奈子です」

ついさっき希久夫のことを考えていただけに、由紀夫は嫌な予感がした。

「兄に、何かありましたか」

つい、そう口走ってしまった。

「いやだ」と美奈子は声を出して笑い、「ピンピンしてますよ」と言って、由紀夫の顔を興味深げに見つめている。

「……どうぞ、お座りください」

由紀夫は美奈子を座らせ、自分も向かい側のソファーに腰を下ろした。

(威勢の良い顔をした人やな)

と美奈子の顔を見て思った。歳は自分と同じくらいだろう。肩までありそうな長い髪の毛を後ろでまとめて縛っているので、小ぶりで形の良い頭や顔の輪郭がよく分かった。若干エラが張っているのが難だが、かえってそれが意思の強さを感じさせる。

「想像したとおりの人で安心しました」

美奈子は大きな目で由紀夫を見つめ、口をニッと横に広げて笑った。笑うと丈夫そうな白い前歯がのぞき、少しエキゾチックな顔になる。

「お父様によく似てらっしゃるわ。小さい頃の写真を見てて、ずっとそう思ってたんです」

「はぁ……そうですか」

由紀夫は所在なげに顎を手でしごき、困ったように目をシバつかせた。

「それ。その顔なんか瓜二つです」

どうものっけから相手のペースになっている。あの……と由紀夫は真顔を作り、気になっていることを一つ確認した。

「ひょっとして、兄も一緒ですか」

いいえ、と美奈子は首を振った。

「一人で来ました。夫は私がここに来ていることも知りません」

どういうことだろう。この兄嫁（今となってはそういう呼び方もおかしいが）の意図が読めない。

「一度、会ってみたかったんです。あなたとお義母様に」

そう正直に言われても困った。

「兄から聞いていませんか？　我々の事情」

「もちろん知っています。最低限のことしか知りませんけど……だから、よけい知りたくなるのが人情ですよね。会って、話してみたいって」

だって家族なんですから、美奈子はことさらそう付け加えた。

「残念ですけど、それはできない相談ですね。私はともかく、母には到底受け入れがたいことです。二十年以上かかって少しずつ忘れてきたことですから」

大げさに言っているのではなく、事実だ。母の場合、離婚と家族離散というトラウマとの闘いは、今なお続いている。

「こんな遠方まで来ていただいたのに、申し訳ない。母に会うことは諦めてください」

由紀夫はきっぱりと言って口を噤《つぐ》んだ。

「うーん……」

美奈子は腕を組んで考え込んでしまった。

「困ったなぁ。まあ予想どおりの返事だけど」

(変な女が来たもんだ)

由紀夫はうつむいて考え込んでいる美奈子の、額の生え際が美しいと思った。

「仕方ないな。旅の思い出でも作るか」

「は?」

「ここって造り酒屋ですよね？」

「ご覧のとおり」

「酒蔵見学とかできます？」

「ええ、まあ」

「由紀夫さんって、棟梁なんですってね」

どうせ篠田さんから聞いて勘違いしているのだろう。

「棟梁じゃありません。頭です」

「じゃあ酒蔵で一番偉い人だ？」

「一番偉いのは杜氏です」

「どう違うんです？」

素人にどう説明すればいいだろう？　由紀夫はちょっと考えて、

「野球でいうと監督が杜氏で、選手が蔵人です。頭はキャプテン、ってところですかね」

「野球、お好きなんですよね？」

美奈子は変なところに食い付いた。

「中日ファンで、落合が好きだったんですってね。夫からよく聞いています」

そういう攻め方に変えたか、と由紀夫は思った。

「昔はね。今は阪神ファンです」

「あの、ご迷惑かもしれませんけど、キャプテンに酒蔵の案内をお願いすることはできますか？　わたし、初めてなんです」

（この女……）

由紀夫は心の中で舌打ちした。腹が立ったのではない、「上手く懐に入られた」という忌々しさがある。

「あなたの気ぃがそれで済むんやったら、喜んで」

由紀夫は多少恩着せがましくそう言って腰を上げた。

「それと、兄貴の情報は一つ間違ってる。俺が好きやったんは落合博満やない。宇野勝や。六番ショート、宇野」

（兄貴はいい女と結婚したな）

蔵の中を案内する三十分ほどの間に、由紀夫は美奈子という人間が徐々に分かってきた。分かるに従って秘かに感心し、舌を巻き、しまいにはこういう女を独占している希久夫に軽く嫉妬した。

まずは頭の回転が速い。しかも頭の良さが鼻につかなかった。

美奈子は聴き上手だった。相手の話の腰を折らず、相槌を打ってほしいところで小気味良い相槌を打つ。気が付けば無愛想な自分がいいように喋らされている。

美奈子はいい顔で笑う。こっちの頬も緩むような吸引力のある笑顔だった。話をしていて分かったのだが、希久夫より二つ年上の姉さん女房だと知って驚いた。ということは由紀夫より五つ上の三十八ということになる。三十そこそこに見えるのは、この笑顔のせいかもしれない。

「まだ三十七ですってば。残り三ヶ月だけど」

希久夫と結婚して今年で六年。出会ったのも三十過ぎてからだから、老ける「幅」が少ないぶん、あまり希久夫をがっかりさせないで済んでいる——と言って笑った。

美奈子は酒も強い。蔵を見学したあとに利き酒をしてもらったのだが、美奈子は天保酒造が販売する全種類の酒を制覇した。大吟醸、吟醸、純米吟醸、荒走り、無濾過の生酒、濁り、本醸造、山廃……一とおり利き酒すると、気になった酒を平気な顔でもう一回試したりしていた。

「一番美味しいと思うのは、これかな？」

と、中牟田の一番の自信作である特別純米酒を選んだ。いいセンスをしている。

「それは去年仕込んだ古酒やけど、今年のも飛び切りの出来栄えです。まだタンクで熟成中やけど」

「あー、飲みたいな、それ」

美奈子は切実な顔でそう言い、特別純米酒の一升瓶にカメラを向けてシャッターを切った。

「写真マニアなんですか？」

蔵の中を案内しているときも、気になるものを見つけてはせっせと撮影していた。

「単なる記録魔ですよ。自分の人生の記録」

小さな一眼レフのレンズを交換し、もう一枚パシャリとやった。

「今から一升瓶一本、あ、二本注文しておきます。できたらクール便の着払いで送ってください」

美奈子はバッグからメモ帳を取り出し、自宅の住所と電話番号を書いて由紀夫に渡した。宛名は蓮見希久夫となっている。由紀夫がその紙片を手に複雑な顔をしていると、「別に変な魂胆はありませんから」と笑った。

「俺がここで働いていること、どないして調べたんですか？」

由紀夫は気になっていたことを尋ねた。

「わたしがまだ仕事をしていた頃、金沢に買い付けの出張をしたことがあるんです。そのとき、誘惑に勝てずにお母様のご実家をコソコソ偵察に行っちゃったんです」

もちろん夫にも内緒で、と美奈子は言った。表札に千江と由紀夫の名前が出ていなかったのでがっかりしたらしい。

「それで仕方なくお隣の酒屋で、何食わぬ顔で聞き込みをやったわけ。千江さんお引っ越しされたんですか？　って」

（大町酒店だ。あのおっさん……）

由紀夫は、人は良いが口の軽い隣家の親爺の顔を思い出した。

「義父が危篤状態になったときと、お葬式のときの二回、あなたとお母様宛てに電報打ったんですけど、返事がなかったから気になってて」

「ちょっと待ってください」

由紀夫は凍りついた。

「あの人……蓮見の父は死んだんですか」

「はい。三年前の冬に」

由紀夫は縁台の上に座り込んだ。

「秋に肺炎をこじらせて入院したときに検査をしたら、肺癌がかなり進行していることが分かったんです」

由紀夫は座り込んだまま茫然としている。美奈子は器に残っていた酒を飲み干した。

「お酒飲んだ勢いで言っちゃいますけど」

言いながら、傍らの特別純米酒の一升瓶を掴み、勝手に注ぎ足した。

「わたし、こういう手足を縛られたような不自由な状態、おかしいと思うんです」

美奈子が言うと妙に説得力があった。

「自分を産んでくれた父親や母親に会いたくても会えないなんて、悲しすぎる」

（そのとおりや。理屈では……）

理屈ではどうにもならない感情の澱《おり》が、二十三年の間に積もりに積もって身動きができなくなってしまっている。その如何《いかん》ともしがたい沈殿物を掻き出す努力を誰もしなかった。父も母も、自分も、兄も。血の繋がりもない美奈子だけがそれをやろうとしていた。

「ところで由紀夫さん」

美奈子は部屋の柱時計をチラリと見た。五時半を少し回っている。

「この町に泊まりたいんですけど、どこか良い宿はありますか？」

「近江八幡に？」

近江八幡は観光地ではあるが、半日で隅から隅まで見て回れるほど小さい。旅行者は京都か大津の町に滞在して日帰りで訪れることが多いから、気の利いたホテルなどない。

「京都まで行って泊まらはったらどうです？　電車で三十分やし」

「それが……あいにく車なんですよ」

面目なさそうに美奈子は言ったが、車で来ているのに利き酒とはどういうことだろう？

「小さい旅館でよければ何軒かありますけど」

「もしよければ、晩ご飯ご一緒しませんか？　わたし、一人で食事するの苦手なので」

（確信犯やな）

この女は単なる理想家ではない。決して諦めないタフな交渉人だった。


由紀夫は夜に美奈子と再び待ち合わせ、少し町はずれの湖岸の葦原に面して建つ『鮒こう』という割烹に連れていった。「ゆっくり飲みたい」という美奈子の希望を考慮して、タクシーに乗ってわざわざ行くようなこの店を選んだ。

『鮒こう』は七席のカウンターと数寄屋の四畳半が一つという小さな店だが、琵琶湖で獲れるモロコやイサザ、ビワマスといった淡水魚を昔ながらの料理法で食べさせる食通の店だ。特に貴重なニゴロブナのメスを三年米麹で漬け込んだ鮒寿司は、味も香りも熟成したチーズのように円やかで、大阪や京都の美食家たちが予約を入れてわざわざ食べに来る。ここは琵琶湖の魚料理とよく合う近江の酒を数多く取り揃える酒客のための料理屋で、飯物や麺類のメニューが一切ない。天保社長や中牟田杜氏が筋目の客と静かに一献傾ける秘蔵の店で、由紀夫も頭になってから初めて暖簾をくぐった。

下手な人間を連れていくと職人肌の大将に気がねをさせて、こちらが恥をかくことになる。しかし美奈子なら大丈夫だろうという安心感があった。

美奈子は一度シャワーを浴びたらしく、Tシャツにジャケット、ジーンズという昼間の恰好から、肌触りの良さそうな紺色のコットンのワンピースに着替え、素足にヒールのあるサンダルを履いている。肩まである真っ直ぐな髪を掻き上げたとき、琥珀玉の付いたピアスが耳で揺れているのが見えた。

「素敵なお店ですね。お酒もいっぱいあるし」

たぶん人にあまり聞かれたくない話になる。由紀夫は数寄屋の座敷を予約しておいた。

「何が食いたいですか?」

「由紀夫さんに任せますよ。万楽長のお酒と合うものなら、何でも」

由紀夫は手始めに万楽長の生酒を注文し、ビワマスの造り、ハエジャコをすり身にして椀仕立てにしたものを頼んだ。次に山廃純米でホンモロコの甘露煮、朽木で獲れた天然鮎の塩焼きには大吟醸を、そして最後の鮒寿司には一番辛口の本醸造を合わせた。美奈子は酒も強い上に健啖家《けんたんか》だった。小気味良いくらい旨そうに食べる。

「美味しい。もう死んでもいい」

「大げさな人やな。義姉さんも」

義姉さんという呼び方が、酒を酌み交わす小一時間の中ですっかり違和感がなくなってしまった。

「わたしね、昔からいつ死んでもいいくらい素直に、正直に人生を楽しもうって思ってきたの。それが信条だった。真剣に遊んで、真剣にお酒飲んで、食べて、旅して……そうするとさ、刹那的じゃなくて一生記憶に残る喜びになるの」

「何事も念を入れてやる、いうことやね」

「そう。えっと、誰だったたっけ？　ほら『鬼平犯科帳』書いた人」

「池波正太郎？」

「そうそう。たしか池波さんが同じこと言ってた。〝人間は、生まれたときから一歩ずつ死に向かって歩いている。物を食うのも、死ぬために食っていると言えなくもない。だから、一食たりとも投げやりに食べてはいけない。念を入れて食うべきだ〟って」

「おもろいこと言う人や」

「でしょ？」

池波正太郎が、ではない。美奈子の明るさは一見楽天家に見えるが、本質は用意周到な人間なのかもしれない。

「でもね、最近考え方が変わったの。死ぬためじゃなくて、生きるために食べたい、って思うようになった」

美奈子は数寄屋の土壁に掛かった竹筒のカキツバタの一輪挿しを眺めながらそう言った。

「急に欲が深くなったの。まだまだやりたいことがいっぱいあるから。歳のせいかな？」

と美奈子は笑った。

「兄貴は、酒飲める人？」

「キクちゃんはねぇ……」

美奈子は希久夫のことを「キクちゃん」と呼ぶ。二つ年上の美奈子との夫婦関係が仄見える気がした。尻に敷かれてはいないのだろうが、掌で転がされている感じだ。

「もともと飲めなかったのを、七年かけて少しずつわたしが鍛えてきたんだけど、お酒を楽しむってレベルにはまだ達してないかな？　一生懸命取っ組みあってる感じ」

兄貴と酒を飲む。今日まで想像もしていなかったことを、由紀夫は思い描いてみた。

「そのうち、近い将来だけど、キクちゃんと一緒にここに来たいと思ってます」

由紀夫は心の中を見透かされた気がして、黙って盃を口に運んだ。

「ひょっとしたら、キクちゃんが一人でフラッと現れるかもしれないけど、そのときは兄弟水入らずで、わたしを肴にして二人で盛り上がっていいから」

（兄貴とサシで飲む、か）

今までそんなことは一度たりとも考えたことがなかった。本当にそんな日が来るのだろうか？　美奈子の出現で由紀夫の閉ざされていた小さい世界が音を立てて動き始めた気がする。頭の隅を一瞬母の顔が過った。

「そうだ、忘れないうちに」

美奈子はショルダーバッグを開けて、長さが二十五センチ、幅と高さが十センチくらいのブリキの缶を取り出した。色褪せてはいるが、見覚えがある懐かしい青色の缶だ。松本にある『マサムラ』という古い洋菓子店のサブレが入っていたものだった。振るとガラガラと音がする。

「どうして、これを？」

「結婚して、蓮見の家に来て間もない頃だったと思うけど、納戸を片づけたときに出てきたの。キクちゃんに訊いたら、ああ、それは弟のもんだって」

「いや、これは兄貴のもんや。よう覚えてます」

由紀夫は菓子缶の蓋を開けた。中には子供が集めた他愛もないがらくたが入っている。

星のマークがついた酒瓶の王冠、大粒のビー玉、中日ドラゴンズのベースボールカード、新幹線0系のミニチュア模型、鳥笛、野球のサインボール……

「昔、これをあなたにあげようと思って金沢に送ったんですって。でも、すぐに送り返されてきたって言ってたけど」

「そうですか……」

たぶん母が送り返したのだろう。あの頃、離婚して金沢に戻ったばかりの頃の母は、神経質で狭量《きょうりょう》な人だった。由紀夫は缶の中から黄ばんだサインボールを取り出した。

「誰のサインボール？」

「六番ショート、宇野」

由紀夫はボールを掌でポンポンとジャッグルして感触を確かめた。

「小学校三年のときやったかな……兄貴と二人、父親に連れられてナゴヤ球場に中日―巨人戦観に行ったんやけど、そのときに兄貴が宇野選手に貰うたサインボールです。兄貴はリトルリーグのチームでショート守ってたから、守備の下手くそな宇野はどうでもよかったんやろうけどね。俺が好きやったから代わりに貰うてくれた」

そう、これこれ——と由紀夫は一枚の色落ちしたカラー写真を缶の中から取り出した。ナイター照明に照らされたナゴヤ球場のグラウンドを背に、十二歳の希久夫と九歳の由紀夫が肩を組んで笑っている。

「そのとき、親父が撮ってくれた写真です」

由紀夫は写真を美奈子に渡した。

「どういう遺伝のし方か分からんけど、十歳になるうちの長男がこの頃の兄貴にそっくりなんですわ」

「会いたい」

「え？」

「会ってみたい。キクちゃんにそっくりな由紀夫さんの息子さんに」

美奈子にそう言われて、由紀夫は曖昧に微笑んだ。由紀夫の家には母の千江もいる。今の母に美奈子を会わせるのは、少し刺激が強すぎる気がした。

「実は俺、子供の頃に家出したことがあるんです」

由紀夫は話題を変えようと思い、昔話を始めた。

「両親が離婚して、母と一緒に金沢に引っ越した最初の冬やったと思う」

当時小学四年生だった由紀夫には、父と母が諍いを起こした結果、家族が離ればなれになってしまった……ということは感覚的に分かっていた。もう一緒に住めないんだということも何となく覚悟をしていた。とにかく母が毎日泣いていて、それ以上母を悲しませるのが怖くて、そう自分に言い聞かせて我慢するしかなかった。

でも、一つだけ我慢できないことがあった。大好きな兄に会えないことが、どうしようもなく我慢できなかった。由紀夫にとって一番身近な教師であり、必死に守ってくれる保護者であり、野球の上手いヒーローだった。

転校した金沢の小学校に馴染めなかった由紀夫は、ますます希久夫への思慕を募らせた。

ついにそれが我慢できないほど膨らみきったある日、ランドセルを背負って家を出たまま、その足で家出をした。シンシンと雪の降る寒い日で、母から預かった給食費と、わずかばかりの貯金を手に金沢駅に行き、松本までの片道切符を買った。

北陸本線の各駅停車で新潟の糸魚川まで行き、松本方面に行く大糸線に乗り換えるために電車を降りた。折から北陸地方は低気圧の通過中で、昼過ぎから吹雪になり、除雪作業のために二時間ほど待たされた。

夕方になり、目まいがするほど腹が減った。手元に残っていた百円玉であんパンを一つ買って、貪《むさぼ》るように食べた。喉が渇いたのでトイレの洗面所で水を飲もうと思ったが、水道が凍っていて水が出ず、やけに悲しくなったことを鮮明に覚えている。

ストーブのある待合室で電車を待っていると、駅員に先導された母と伯父が駆け込んできた。松本行きの列車が出る五分前だった。

由紀夫は、いきなり伯父に平手で頰を殴られた。人に殴られたのは初めてだった。伯父は何事かを激しい口調で叫んでいたが、何を言われたのか憶えていない。

母は伯父を突き飛ばして由紀夫を抱きしめ、泣きながら頰擦りをして「堪忍して。堪忍して」と耳元で繰り返しつぶやいていた。

あのときの母の頰の冷たさ。涙の温かさ。

あのとき、由紀夫は大好きな兄のことを「忘れなければいけない」と切実に思った。


「いいなぁ、男の兄弟って」

由紀夫の話を聞いた美奈子は、芯から羨ましそうに言った。

「わたしには妹がいるけど、あいつだったらそんな冒険するかなぁ。しないな、きっと」

兄弟というのはよくできていて、同じ性格には生まれてこない。兄が凹なら弟が凸で、姉が陽なら妹は陰。お互いに補完し合って生きていくように、神がそういうメカニズムを造った──そう何かの本で読んだことがあると美奈子は言った。

「わたしと由紀夫さんは同じ役回りね。受け身の人間は悪気なく受け身のままだから、それをなんとかしてやるのがわたしたちの役割」

美奈子はそう言って、改まった顔で猪口《ちょこ》を差し上げた。ほら、という目で由紀夫を促している。

「姉弟《きょうだい》固めの杯」

由紀夫は「あほくさ」と笑いつつも杯を上げた。

「由紀夫さんちの息子さん、お名前は？」

「上が岳志で、下が洋志」

「もし、あなたや奥さんに何かあったら、岳志君と洋志君は、キクちゃんとわたしが責任を持って守る」

「ありがたいことや」

由紀夫は照れ隠しに茶化したが、美奈子の目は真剣だった。

「だから、もしわたしに何かあったら、キクちゃんをよろしくお願いします」

XIX

悲しみも、喜びも、感動も、落胆も、常に素直に味わうことが大事だ
そこに次への行動の足掛かりもできれば、エネルギッシュな意欲も生まれてくる
からである

希久夫　二〇〇九年八月九日

希久夫は弟に勧められたとおり、湖岸道路を走って琵琶湖大橋を渡り、西岸に抜けるルートをグレースに乗って走っている。

『およそ一キロ先、琵琶湖大橋有料道路入口です』

滋賀県高島市　新旭町針江五八九

そこが希久夫の新しい目的地だ。橋を渡って湖岸沿いに三十キロほど北上すれば由紀夫の家があり、そこに母が住んでいる。

「一緒に行こうか?」

と由紀夫は言ってくれたが、母を見て様もなく泣き崩れるかもしれない自分を(十中八九そうなるに違いない)弟には見られたくなかった。

母に会わない、という選択肢もあった。会うことで二十三年間止まっていた歯車が動き出し、自分の人生に予想もできない変化が起こる気がした。

(いいことばかりじゃないぞ)

もう一人の、臆病で事なかれ主義の自分が、しきりに頭の中で警鐘を鳴らす。

しかし美奈子は、希久夫の人生に変化を起こそうとしてここまで来たのだ。

「美奈子の行った所には全部行ってみようと思う。それが俺の義務のような気がする」

由紀夫にはそう恰好をつけて言い訳した。

昨日の夜は天保酒造の由紀夫の部屋に泊めてもらった。松本の家では同じ六畳間で寝ていたから、実に二十三年ぶりに枕を並べて寝たことになるが、二人ともかなり酔っぱらって布団に入ったおかげで、照れを感じる間もなく寝入ってしまった。

「義姉さんの供養をやろう」

由紀夫は酒蔵の向かい側にある馴染みの大衆食堂に一升瓶を持ち込み、店主のおばちゃんから表の鍵を預かって、残った惣菜を肴に一升の酒がなくなるまで飲んだ。希久夫が飲んだのはせいぜい一合半で、由紀夫が一人で残りを痛飲したと言っていい。

酒は由紀夫の師匠の名前が入った特別純米酒だった。

「この酒は、義姉さんに送るつもりで二本手元に置いてあった酒や。一本を二人で飲み切ろう。もう一本は義姉さんの墓に一滴残らずかけてくれ」

由紀夫は、二ヶ月前に突然自分を訪ねてきた美奈子のことをすべて話した。希久夫は、出会ってから八年余りの美奈子の思い出を話せる限り話した。もちろん病気のことも、遺言のことも、美奈子のカーナビの履歴をたどってここまで来たことも。

由紀夫はその一つひとつに耳を傾けながら、やり切れない表情で湯呑み茶碗の酒を干した。

「もう一度あの人と酒を飲みたかった」

時折そんなことを言っては、目に涙を溜めていた。

「お袋に会ってみる気はあるか？」

由紀夫は覚悟を決めたように言った。

「……いいのか？」

「兄さんに会う勇気があるかどうかや」

「そりゃあ、会いたいさ」

希久夫は、少し怒ったように由紀夫の顔を見た。酔いが回っていたのだろう。

「会いたいに、決まってる」

「それなら会いに行くべきや。義姉さんみたいに」

「あいつ、母さんに会ったのか？」

まったく美奈子には驚かされる。

「会いに行っても、お袋が拒否する場合もある。それに耐えられるか？」

「父さんや俺のこと、まだ許していないんだな？」

由紀夫は複雑な顔をした。言葉を選んでいる様子だった。

「忘れたいけど、忘れられへん。それがお袋が苦しんでる一番の原因や」

「苦しんでいる？　どういう意味だ」

由紀夫は湯呑み茶碗を置いた。

「認知症が進行してるんや」

そう言って顔をそむけた。

「もう、兄さんのことも思い出せへんかもしれん。そやから今のうちに……兄さんの記憶の欠片《かけら》が残っているうちに、お袋に会ってやってほしい」

今朝は十時過ぎまで寝た。多少胸やけはするが、熟睡したせいかそれほど頭は痛くない。

「風呂焚いといたから、入っていきや」

由紀夫は一升をほとんど一人で飲んだにもかかわらず、ケロッとした顔で朝早くから機敏に立ち働いている。

「風呂から上がったら、素麺茹がいたるさかい、声かけてくれ」

蔵で働く男というのは、このようにタフで、何でもできるものなのだろうか。我が弟ながら頭が下がる思いだった。

素麺を食べたあと、由紀夫は押入れから野球のグラブを二つ引っ張り出し、美奈子が持ってきた例の宇野のサインボールで、二十三年ぶりに兄弟でキャッチボールをした。

母屋の車寄せ前の駐車場で十五分ほど、ゆったりと心ゆくまでボールを投げ合った。きっと由紀夫は、母に会いにいく兄をそんな方法で励まそうとしたのだろう。時折、力のこもった球が希久夫のグラブを派手に鳴らした。

キャッチボールをしながら、希久夫は二十三年前の母の顔を思い出してみた。眉間に黒子のある、雪のように白い顔。少し口角を上げて微笑む弥勒菩薩のようなあの顔は、もう自分を見ても微笑まないかもしれない。

母の千江は六十三歳。認知症になるには少し早い気がした。医者の見立てではアルツハイマー型の認知症で、進行速度は今のところ緩やかだが、すでに五年ほど前から軽度の認知障害の兆しが見られていたらしい。その段階で発見できなかったことが、進行を止めて治癒させる可能性を限りなく少なくさせた。そう医者から言われたという。そのことに由紀夫も妻の亜矢子も強い責任を感じていた。

希久夫の会社でも老年性認知症に有効とされる薬をいくつか研究開発している。そういう情報はすべてラボの中で共有されているから、希久夫も認知障害の種類や要因、対処法など一とおりの医学的知識を持っている。

ある時点を境にはっきりと症状が悪化する脳血管性認知症とは違い、アルツハイマー型に代表される老年性認知障害は、本人でさえ気づかない微弱さで発症し、目に見えないほど緩慢に進行する。専門医でさえ見極めることが困難なこの病気を、その初期段階で家族に発見しろというのは酷な話だろう。

症状は記憶障害、自分がいる場所を認識できなくなる見当識障害、学習能力や注意力の低下、問題解決の意欲低下などがあって、数年から十数年かけて進行する。激しい物忘れ、過食や拒食などの摂食障害、ボタンの掛け外しや靴紐が結びにくくなるなど具体的な症状が出てから周囲が気づくことが多い。そのときにはもう進行を止めることができない段階になっている。やがて重度の記憶喪失、徘徊、幻覚、失語症などが現れ、最終的には運動機能障害をも伴って寝たきり状態になる。アルツハイマー型認知症には根本的な治療法がない。慢性的に深刻化する症状と闘いながら、少しでも進行を遅らせることしかできないのが、今の医学の悲しい現実だった。

千江は医学的に言うアルツハイマー症の第一期にあたるらしい。記憶力が低下し、特に人の名前や地名を覚えられなくなった。そのため地元の婦人会や園芸サークルなど大勢の他人と長時間過ごすことが苦痛になり、家に引きこもることが多くなったという。

今のところ一緒に生活する家族はちゃんと識別できるらしい。しかし時として名前を間違えることがあった。由紀夫のことを庄司郎さんと言ったり、嫁の亜矢子のことを金沢の従妹の名で呼ぶ……といった感じなのだが、翌日には元に戻っていたりという進行の過渡期にあった。

また、自分の居場所や地理感覚が曖昧になった。滋賀の高島と、金沢、松本というかつて暮らしたことのある町が記憶の中で混在し、入れ替わることがしばしばあるという。三年ほど前のことらしいが、電車に乗って大津に買い物に出たまま行方不明になったことがあったそうだ。松本の町にいるつもりで大津を歩いていたのだという。

幸い自分で交番に駆け込んで事なきを得たのだが、以後、外出には必ず嫁の亜矢子が付き添うようになった。

千江の場合、まだ「人格」は保たれているという。昔のように声を出して笑うようなことはなくなったが、表情は穏和で人当たりも良い。しかし時折感情の振幅が激しくなり、ちょっとのことに動揺して不機嫌になったり、泣いたりすることがあるらしい。

「間宮の父に死なれた頃から、少しずつお袋が変わっていった気がするんや」

そう由紀夫は言っていた。千江の再婚相手の間宮という人は、脳溢血で倒れて病院に救急車で運ばれる途中、付き添った千江の目の前で息を引き取ったのだそうだ。間宮と千江が夫婦として暮らしたのは十二年間あまりだったが、一回り近く歳の離れた間宮とは仲睦まじかったという。家族を事故で失った経験がある間宮とは、互いに心の隙間を埋め合うことができたのだろう。間宮の急死で、やっとみつけた幸せを唐突に奪われた気がしたに違いない。

今から思えば、母はそれほど心の強い人ではなかったと希久夫は思う。繊細で感じやすく、生真面目で変化を好まない。そのくせストレスに限界まで耐えようとする我慢強さがあった。

父との離婚は、溜まりに溜まったストレスを抱えきれなくなり、一気に噴出させた結果だろう。原因は父にあるが、感情をコントロールできずに、ひたすら好ましくない現実から逃げ出そうとした。

母の中年期は苦悩の連続だったという。四十一歳で離婚して家族の分裂を経験し、金沢の実家に戻ってからは兄嫁に気を遣い、由紀夫の非行で心労を重ねた。冒険を好まない母が四十六歳で再婚する気になったのは、そういう負の連鎖から自分を救い出してくれるものに縋りたい気持ちがあったからに違いない。間宮庄司郎という人は、そういう母の期待を裏切らない包容力の持ち主だったようだ。

その間宮が自分の目の前で逝った。

救急車の中でずっと間宮の手を握っていた母は、夫が事切れる瞬間を敏感に見分けたという。間宮の心臓が停止し、停滞した血液が次第に冷えていくのを自分の皮膚で感じた。

その夜から、母の脳の中で小さな異変が始まったのではないかという由紀夫の推測には、十分な説得力があった。

右手に琵琶湖、左手に比良山系とその斜面が作る美しい棚田。そんな風景の中をもう三十分ほどもドライブしていた。その間、希久夫はずっと母のことを考えている。

あと十キロ、あと七キロ……もう会うことはできないと諦めていた母の住む家が近づいてくる。期待と恐れが希久夫の中で交互に膨らんでは萎《しぼ》んだ。目的地に近付くに従ってその収縮のスピードが早くなっていく。

北小松の集落を抜けてしばらく行くと、湖の中に立つ朱色の鳥居が見えてきた。由紀夫に教えてもらった白鬚《しらひげ》神社というのはあれのことだろう。この神社を過ぎて湖岸を左に回り込むと高島の町に入る。

『三キロ先、新旭交差点を左方向です』

由紀夫の家がある針江という地区は、比良山系の伏流水が地上に湧き出して、集落の中を縦横に細い清流が走っている。

「集落の中は道と水路が入り組んでるさけ、カーナビがあっても迷うと思う。分かりやすい場所まで家の者を迎えに行かせるわ」

希久夫は弟に言われたとおり、正傳寺という寺の角を曲がり、道なりに進んで椛島酒造という大きな造り酒屋の前でグレースを停めた。由紀夫の継父の間宮庄司郎はここで杜氏をしていた。椛島の蔵は天保酒造と並ぶ滋賀を代表する造り酒屋で、ここで三十八年間酒を醸した間宮は、豪快で切れ味のある酒造りで全国にその名を知られていたという。

(ちょっと覗いてみるか)

希久夫が車から降りようとしたとき、長い暖簾をパッと翻して、造り酒屋の中から少年が飛び出してきた。グレースの赤い車体をジロジロ見ながら車の前に回り、フロントグラス越しに希久夫の顔を探るように見つめている。

一瞬、希久夫はタイムスリップしたような錯覚を覚えた。少年が白いランニングシャツに半ズボンという恰好だったこともあるが、手脚の長さや髪形までそっくりだった。こちらを見つめる顔が、小学生の頃の自分に生き写しである。

「岳志君かい？」

希久夫が声をかけると、少年はぶっきら棒にうなずいた。恥ずかしいのだろう。

希久夫はフロントグラスの横から顔を覗かせて由紀夫の長男に微笑みかけた。実の甥……ということになるが、これだけ昔の自分に似ていると妙にこそばゆい。

「お母さんから聞いてるだろう？　おじさんは……」

「希久夫やろ？　知っとるよ」

(呼び捨てかよ)

希久夫は苦笑いした。

「乗りなよ。家まで案内してくれ」

岳志は首を横に振り、やにわに背中を向けて駆け出した。森の小動物のようにすばしっこい。

希久夫は慌ててエンジンをかけて車を出した。岳志は二十メートルほど先の四つ角に立ち、右に入る道を大きな動作で指差している。

「あっ、おーい」

「乗りなってば、岳志君」

という希久夫の言葉を無視して、指差した道に靴音を鳴らして消えた。

「しょうがないな……」

ウインカーを出して右折すると小さな寺があり、澄んだ水の流れる水路沿いに道が延びている。岳志はすでに五十メートルほど先に移動し、大きく手を回して合図をしている。左の路地に入れということらしい。

(入っていけるかな?)

車が一台通れるほどの一方通行で、しかも道の両側に溝が切られていて清水が流れている。下手をすればタイヤを溝に落としかねない。

希久夫は慎重に二度切り返した。ドア越しに溝を覗くと、透明な水の中で長い緑の藻が立ち上がるように揺れている。群生する緑の藻は、梅に似た五弁の白い花をつけていた。

(梅花藻《ばいかも》だな)

希久夫は実物を初めて見た。キンポウゲ科の多年草で、水の綺麗な場所にしか自生しない。夏になると長い柄を伸ばして水面上に白い花をつける。湧き水に揺れる白い小さな花が、記憶の中の母の顔を連想させた。

「早う、こっちや」

岳志が鍵の辻の入口で叫んでいる。今度は左に曲がるらしい。

岳志に導かれてたどり着いたのは、小さな古い社の隣にある家だった。開放的な椿の生垣で囲われた、趣味の良い普請の田舎家だ。白壁に黒瓦の二階建ての母屋、その右手に農家の納屋を模したガレージがあり、四駆の軽自動車と子供たちの自転車が置いてあった。

希久夫は溝に架かった石橋を渡って生垣の中に車を入れ、砂利を敷きつめた玄関の前にグレースを停めた。『富樫』『間宮』という二つの表札がかかっている。

コンクリートの土間を小走りに駆けてくる足音が聞こえ、母屋の奥から岳志に手を引っぱられた女が出てきて、丁寧に頭を下げた。

「初めてお目にかかります。富樫の家内の亜矢子です」

ノースリーブの紺のTシャツに、丈の短い白のコットンパンツを穿いている。小柄だが物腰が機敏で、色白の丸い顔に大きな二重の目が似合っていた。

「蓮見です。突然お邪魔して恐縮です」

家の中からもう一人の少年が走り出てきて岳志の背中に隠れ、物珍しそうに希久夫の顔を見ている。

こっちは由紀夫にそっくりだった。

「そっちは洋志君ですね？」

弟の洋志は顔を引っ込めて兄の背中に隠れた。

「伯父さんにちゃんとご挨拶しなさい」

亜矢子が、長男の背中に貼りついている次男坊を引っ張り出し、「シャキッとして」と尻を叩いた。兄弟は照れ臭そうに体をくねらせながら「初めまして」とお辞儀をした。

「主人から電話で聞きました」

亜矢子は面持ちを改めて目を伏せた。

「美奈子さんにお会いしたのは、たった二ヶ月前でしたのに」

「結局、私も来てしまいました」

そう、来てしまった。というか、美奈子に連れてこられたようなものだ。もう後戻りはできない。

「なあ、車に乗ってもええ？」

と洋志が母親のシャツの端を引っぱった。

「アホなこと言わんといて」

「でも、東京のおばちゃんは乗せてくれたやんか」

「乗ってもいいよ」

希久夫は念のためにキーを抜き、ドアを開けてやった。兄弟は目を輝かせて車に乗り込み、興味津々でステアリングやシフトレバーを触り始めた。亜矢子は気が気ではない様子だ。

「余計なもん触って壊さんといてよ」

「由紀夫の言ったとおりですね。怖いくらい子供の頃の私に似ています」

希久夫は、運転席で遊ぶ岳志を見てそう言った。

「義母はあの子のことを、希久夫って呼ぶんです」

亜矢子は意外なことを言った。

「岳志がお義兄さんの小さい頃に瓜二つやいうことは主人から聞いてましたから、最初の頃は、勘違いしてはるんやて思うてたんです。そのときにはもう義母が初期の認知障害やって分かってましたから」

希久夫は、母に会う前からもう胸が苦しくなってきた。

「そんなに症状は進行しているんですか？」

亜矢子の言うところでは、千江には岳志が由紀夫の息子で、自分の孫だという認識はあるという。

「主治医の先生が言わはるには、昔の記憶と現実が混ざり合って、〝こうあってほしい〟というふうに自分の頭の中で組み換えをしてるいうことです。それが徐々に正当化されて、だんだん虚構が現実になっていくんやって……」

亜矢子は少し声を詰まらせた。

「他の家族の名前は時々忘れるくらいで、まだちゃんと覚えてはるんです。でも、岳志の名前だけは……」

「岳志君が、可哀相だな」

希久夫は自分を「希久夫」と呼び捨てにした岳志に合点がいった。あの年頃の男の子にとって、名前を間違われるのはたまらなく嫌なことに違いない。

「最初のうちは嫌がって反発してましたけど、最近は大人しく〝希久夫〟と呼ばせてます」

希久夫は、自分に似た十歳の甥が気の毒で、その子に生き別れた息子を重ねてしまった母が不憫でならなかった。

「美奈子さんが持ってきはったお義兄さんの昔の写真を見せてもらいました。義母が間違うのも仕方ないほど岳志と似てはりますね」

その写真は今、希久夫のジャケットの内ポケットに入っていた。お袋が思い出せへんようやったら、これを見せたらええ――と天保酒造を出るときに由紀夫が手渡してくれた。

「中へどうぞ」

と亜矢子は希久夫を促した。

「義母は今、裏の『かばた』にいてます」

玄関を入ると畳六畳ほどの石の土間になっている。亜矢子は客間に通そうとしたが、希久夫は遠慮した。母がすぐそこにいるというのに、落ち着いて茶など飲める心境ではない。

母屋を縦に貫く長い三和土を通り抜けると、裏手の庭に面した台所がある。

「素晴らしい家ですね」

「亡くなった間宮の義父が普請道楽やったもんですから」

希久夫は屋根裏まで吹き抜けになっている台所の梁を見上げて感心した。壁は丁寧に鏝《こて》で塗り上げられた京漆喰で、『おくどさん』と呼ばれる三連の竈《かまど》までついていた。

「義母と主人を金沢から呼んで一緒に暮らすために、能登の古民家の建材をわざわざ運んで、こういう田舎家を造らはったって聞いてます」

間宮という人は、本当に母と弟を愛してくれたのだろう。この家を見ているとそれが理解できた。

勝手口から裏手の庭に出た。庭は意外と広く、五間四方はあった。庭を囲むように左手が母屋と縁側廊下で繋がった千江の居住部分で、右手に水路から湧水を引き込んだ水小屋がある。

母屋から外廊下を通ってその水小屋に入っていくと、手前に漬物を置いたり野菜を干しておく部屋があり、奥の突き当たりに『かばた』と呼ばれる四畳半ほどのスペースがある。かばたの中には地下水が湧き出る『元池』と呼ばれる井戸があり、その井戸の縁から溢れ出た水が、元池の周りに造られた『坪池』に溜まり、坪池で溢れた水が一番下の『平池』に落ちる。平池は集落を流れる水路と繋がっており、水路を伝ってかばたに入ってきた鯉などの淡水魚が、平池で洗う食器や鍋についた米粒や野菜屑を食べてくれる仕組みになっていた。

希久夫は亜矢子に先導され、そのかばたに入った。

千江は坪池の傍にしゃがんで野菜を洗っていた。こちらに背中を向けている。

母の背中は、希久夫の記憶の中のそれより一回り小さい感じがした。頭に被った麦藁帽子の縁から、六十三歳にしては白すぎる髪の毛がはみ出し、細い背中に垂れていた。

「お義母さん、お客さんですよ」

亜矢子がゆっくりとした口調で千江の背中に声をかけた。

「うちに？」

声は記憶の中のままだった。

千江はしゃがんだまま振り返り、亜矢子の隣に立つ希久夫の顔を見て、ぼんやりと笑った。皺の増えた額に、あの弥勒菩薩のような黒子がある。

「こんにちは」

千江は金沢訛りの入った抑揚のある喋り方で挨拶し、薄く形の良い唇の口角を少し上げて微笑んだ。

希久夫は大きく深呼吸をした。そうしないと、感情を抑えることができず、声がかすれてしまいそうだった。

「お久しぶりです」

希久夫にそう言われ、千江は助けを求めるように亜矢子を見た。

「どちらさん……でしたやろか？」

千江は困惑した目でそう言った。亜矢子は耐えきれず、横を向いて口元を押さえた。

「蓮見と申します」

希久夫はそう言ったが、千江の目に反応はなかった。

「蓮見、希久夫です」

もう一度ゆっくりと言った。

千江は切れ長の細い眼をいっぱいに見開いて驚いている。

「うちの孫と一緒の名前やね」

いつもは長い睫毛に隠れて見えない瞳がよく見えた。

「由紀夫のお知り合いの方ですか？」

希久夫は何と言っていいか分からず、「はい」と答えた。亜矢子はもう、二人に背を向けて肩を震わせている。

「今あの子は蔵のほうに行ってるんですわ。せっかく遊びに来てもろうたのに残念やねぇ」

千江はそう言うと、再び背中を向けて野菜を洗い始めた。

「いい茄子ですね」

希久夫は笊《ざる》の上に載った大振りで艶のある茄子を見つけてそう言った。会話が途切れるのが怖かった。

「今朝採れた茄子やからね」

「畑仕事をされてるんですか？」

「はい。庭の畑で家族が食べるぶんだけね。茄子やら胡瓜《きゅうり》やら枝豆やら。ああ、糠漬《ぬかづ》けにしたのを食べはりますか？」

「はい。ご馳走になります」

理由は何でもよかった。母と一秒でも長く一緒にいられるのなら、息子だと分かってくれなくてもよかった。


希久夫は、千江が寝起きする裏庭に面した八畳間の縁先に腰を下ろした。

亜矢子が、茄子と胡瓜の糠漬けを皿に盛って運んできた。

「どうぞお上がりになってください」

と亜矢子は言ったが、「いや、ここで」と希久夫は笑ってみせた。明るく笑ったつもりだが、亜矢子にはどう見えただろう。座敷で千江と向かい合うよりこのほうが気が楽だった。

「母屋のほうにいますから、何かありましたら声をかけてくださいね」

亜矢子は冷たい番茶の入ったガラスの急須と湯呑みを置いて立ち上がった。泣いたばかりの目が赤い。

希久夫は縁側から庭を眺めた。

富樫家の裏庭には背の高い木が一本もなく、広々としてよく風が通る。一番日当たりの良い庭の真ん中に千江が育てている野菜の畑があり、それを囲むようにして飾り気のない夏の草花が花を咲かせている。

芙蓉、朝顔、禊萩《みそはぎ》、紫露草、百日紅《さるすべり》……

母が好きだった虎の尾も薄紅色の小さな花をつけていた。まだ夕暮れには早かったが、隣の社の森からは蜩《ひぐらし》の声が降るように聞こえてくる。

洗った野菜を台所に置いてきた千江が、襖を開けて部屋に入ってきた。縁側に出て膝を折って座り、糠漬けの皿を希久夫のほうに押しやって「どうぞ、おあがり」と微笑んだ。

「ご馳走になります」

希久夫は爪楊枝で胡瓜を口に運び、奥歯を鳴らして食べた。懐かしい母の味だった。

「美味しいです」

続けて茄子を食べ、茗荷《みょうが》を口に入れた。

「美味しいです。本当に……」

口を動かしていないと涙が溢れそうで怖かった。

「慌てんと、ゆっくりお食べ」

千江はごく自然な仕草で傍らの団扇を手に取り、思いつめた顔で漬物を食べる希久夫を緩々《ゆるゆる》と扇いだ。

希久夫は、母が金沢に去ったあとに残された松本の家の糠床を思い出した。掻き回す人間がいなくなった糠床は、あっという間に緑の黴が生えて腐敗した。父と二人、どうしていいやら分からず、糠を大きなゴミ袋に移して捨てた。あのときのやり切れない寂しさが罪悪感とともに蘇る。

「どちらからおいでになったん？」

「東京です」

「酒蔵のお人？」

「いえ、薬屋です。製薬会社に勤めてます」

団扇を扇ぐ千江の手がゆっくりと止まった。希久夫の横顔を見つめている。

「顔が……似てはりますね」

希久夫ははっと千江の目を見た。

「うちの孫に似てます。目元とか口元とか」

「さっき会いました」

「今年で十歳になるんですわ。小さい頃は熱ばっかり出してる子やったけど、野球をやり出してから丈夫になってね。中日ドラゴンズが好きなんです」

千江が話しているのは自分のことに違いなかった。希久夫は意を決して、ジャケットの内ポケットから写真を取り出した。

「これ、私の子供の頃の写真です」

十二歳の希久夫と九歳の由紀夫。ナゴヤ球場で写した二人の写真を、そっと千江の手に載せた。

「隣にいるのは弟です」

千江は身じろぎもせず写真に見入っている。

「名古屋に野球を観に行ったとき、父が写してくれました」

千江の皺ばんだ手が震えている。

「これは……あんさんの写真と違うやろ？」

「私の写真です。十二歳のときの」

千江は写真を突き返すように希久夫の膝の上に置いた。少し色の薄くなった瞳が、頼りなく小刻みに動いていた。

「今日はなんや疲れました……堪忍です」

千江は他人行儀に頭を下げて腰を上げ、部屋に入って障子を閉めた。

希久夫はなす術なく唇を嚙んだ。事を急いてしまった自分が情けない。やがて障子の向こうから、押し殺したような啜り泣きが聞こえてきた。蜩の合唱の中、耳を澄まさなければ聞こえないような、密やかな嗚咽だった。

希久夫は縁側から腰を上げ、障子の向こうに声をかけた。

「また来ます」

千江が自分を忘れていることが悲しいのではなかった。二十三年経ってもまだ母を苦しめている自分が、死んでしまいたいほど呪わしかった。

「また来ます……母さん」

つぶやくような声で最後にそう言い、希久夫は母の部屋をあとにした。

後ろを振り向かず中庭を突っ切り、そのまま黙って母屋を通り抜けた。立ち止まると声を放って泣き出してしまいそうだった。大人気ない話だが、亜矢子にはあとで電話をして礼を言えばいいと思った。

玄関を出るとグレースが停まっている。

運転席に岳志が乗っていた。手持ち無沙汰にPSPをいじっている。まるで希久夫を待っていたかのようだった。

「もう帰るん？」

「ああ」

岳志は希久夫に席を譲るように運転席から降りた。泣きそうな顔をしている大人などさぞかし珍しいだろう。希久夫は自分にそっくりの甥っ子と目を合わせないように運転席に座ると、そそくさとキーをイグニッションに差し込んだ。

「お母さんによろしく」

「僕、かまへんよ」

「え？」

「僕、希久夫でもかまへんよ。ばあちゃんがそれで幸せなんやったら、おじさんの代わりでもかまへん」

（こいつ、何てこと言いやがる）

我慢していた涙がボロボロとこぼれた。希久夫は急いでエンジンをかけ、グレースを発進させた。

バックミラーの中、岳志が走って追いかけてくるのが見える。

元来た道を引き返し、造り酒屋の前の広い県道に出てスピードを上げた。

車のあとを追いかけていた岳志は諦めたように立ち止まり、県道の四つ角で大きく手を振っている。

その姿がバックミラーの中で小さくなり、やがて見えなくなるまで走ると、希久夫は棚田の下の路肩にグレースを停めて、恥も外聞もなく声を出して泣いた。


何回も目覚めて、何回も寝た。

今何時だろう？　もう時計を見るのも億劫になった。閉めていたロールカーテンを開けると外は薄暗い。雨が降っていた。分厚い雲が空を覆い、朝なのか昼なのか判然としない。

　ホテルは東山の麓、東大路に向かって長い登り坂を作る七条通の途中にある。窓の外は坂の斜面を利用した庭になっていて、外界から宿泊者を隔離してくれている。窓を開けると紫陽花や山吹が静かに雨に濡れていた。

　部屋の電話が鳴った。フロントからだった。

「チェックアウト時間の十二時を過ぎましたが、いかがなさいますか？」

（もうそんな時間なのか）

　希久夫はスーツケースも開けず、シャワーも浴びないでベッドカバーの上に寝てしまった。服装も前日のままだった。今すぐにでもチェックアウトできるが、こんな気持ちで雨の中に出ていくのは気が滅入る。

「勝手なことを言いますが、この部屋にもう一泊できますか？」

「確認いたします。お待ちくださいませ」

　月曜日とはいえ、八月十日の京都だ。そう都合よくはいかないだろう。

「大丈夫でございます蓮見様、同じお部屋をご利用いただけますが、ご一泊でよろしいですか？」

　希久夫の旅はまだ終わっていない。休暇もあと十日残っている。慌てる必要もないが、何の目的もなく蒸し暑い京都で時間を潰す気にもなれなかった。

「明日の朝チェックアウトします」

希久夫は受話器を置いた。何か食おうかなとも思ったが、まったく食欲というものが湧いてこなかった。とりあえず風呂にでも入れば、多少は気分がすっきりするかもしれない。希久夫はバスルームに行ってバスタブに湯を張り、歯を磨こうと洗面台の鏡の前に立ってうろたえた。

酷い顔だった。

目の下は黒ずみ、青白い額に皮脂が浮いている。瞼《まぶた》が腫れているせいでシリコンの造り物のように表情のない顔になっていた。

(もうやめよう。こんな旅)

心の中がシェイクされたコーラのように泡立ち、その発散するガスが塊になって充満しているような胸苦しさがあった。ガス抜きをして、一つひとつのことを落ち着いて並べ替え、見つめ直す時間が欲しかった。

美奈子のやろうとしたことが次第に見えてきた。希久夫が失ってきたものを、希久夫に代わって拾い集めようとしていたに違いない。嘘をついてまでこんな秘密めいた旅をしていたことも、そう考えれば納得できる。しかし……

(これ以上何があるというんだ)

美奈子の残した足跡はまだまだ残っている。どんな魔物がそこに身を潜めているのか得体が知れない。

希久夫の冒険心はすっかり萎えてしまった。確かめるのが恐ろしかった。

このまま東京に帰ろう。バスタブから聞こえてくる水音を聞きながら、希久夫はそう決心をした。

XX

身の回りにいくらでも転がっている幸福
その中から自分のものを選び出し
最高のものに高めていくことだね

美奈子　二〇〇九年六月二日

（キクちゃんには刺激が強すぎるかもしれないな）

ミネラルウォーターで医者から処方された錠剤を順番に飲み下しながら、美奈子は少しばかり後悔していた。滋賀に住む希久夫の母と弟のことだ。もう戸籍上は赤の他人だが、血を分けた肉親の絆は法律で消せるものではない。美奈子にとっても義理の弟になる由紀夫と会い、率直に語り合えたことは大きな収穫だった。

しかし、義母の千江の病気のことは予想外だった。希久夫と千江の再会は、もしかしたらもっと穏やかな、ちゃんと手順を踏んだやり方で果たすべきものかもしれない……とも思えてくる。いつになく弱気だった。

「大丈夫。いける。いけてる」

美奈子はブツブツと口の中でつぶやいて、後ろ向きになりそうな自分を地味に鼓舞した。躊躇している余裕はなかった。時間などあるようでない。やれるうちにできるだけのことをしておかなければならない。最後の錠剤をピルケースから摘まみ上げ、水で流し込んだ。

さっきからコーヒーが飲みたいと思っているが、カフェインの摂取を極力控えている美奈子は、大好きなコーヒーを一日一杯にするよう心がけている。だからその貴重な一杯は、できるだけ美味しいコーヒーにしたかった。ガソリンスタンドの待合室で、自動販売機の酸化したコーヒーを飲む気にはなれない。四国に渡る前にどこかの喫茶店でまともなコーヒーを飲もうと決めた。

尾道水道に面したガソリンスタンドはなかなかの眺望だった。目の前に海峡を挟んだ向島に渡る連絡船の乗り場があり、ガラス張りの待合室からは、狭い水道をひっきりなしに行き来する貨物船や漁船が間近に見える。

ガソリンを満タンにしたグレースは、スタンドの若い従業員三人に寄ってたかって手洗いで洗車されている。店が暇なこともあるが、ガソリンスタンドで働くような子は例外なく車好きで、雑誌でしか見たことのないエスハチを触ってみたいのだろう。念入りな洗車が終わるまであと十五分はかかりそうだった。

前日に泊まったのが旅館だったので今朝は和食だった。おかずだけで六品もある旅館の朝食は重過ぎる気がした。できればトマトジュースとトーストくらいで済ませたかったのだが、いざ出されるとエボ鯛の干物やあさりの味噌汁の香りに負けてついつい食べてしまった。食欲が健康の重要なバロメーターであるとすれば、まだまだ自分は生きられるに違いない。病気の再発を告げられた三ヶ月前から月二回の検査を続けているが、白血病細胞の数は順調に減少しているし、正常な白血球や赤血球、血小板の量も安定している。

しかし美奈子は、自分の体力や健康に過度の期待を持たないようにしていた。どんなに順調に回復しているとしても、臆病で細心であるに越したことはない。急性前骨髄球性白血病を発症した人間の約九割が病気を克服し、何事もなかったかのように社会復帰している事実が美奈子を勇気づけてくれる。だけど楽観をしてはいけない。一年半の孤独な治療の末に再発したことが、美奈子を徹底したリアリストにした。

（お酒飲み過ぎちゃったなぁ）

希久夫の弟と会えた興奮もあったのだが、何よりも『万楽長』が美味しすぎた。もちろん自分なりに酒量をセーブしたつもりだが、酒は人と人との距離を容易に縮めてくれる有り難い仲介者であり、あの場合、酒抜きで由紀夫との距離を詰めることなどできなかっただろう。美奈子も由紀夫もそれが分かっていたし、ある意味意図的に酒の力に頼った。

もし自分が病気に負け、希久夫より先に逝くようなことがあっても、希久夫が一人で弟に会いにいくときの地ならしだけはできたと思う。酒の強くない希久夫はただ弟と酒を酌み交わし、一合ほどの酒に酔い潰れて寝るだけで、心が通じ合うに違いない。

由紀夫は、美奈子が想像したとおりの男だった。兄の弱点や短所を埋められるだけの決断力や柔軟性のようなものを先天的に持っている。いわば美奈子と同類に属する人間で、希久夫という愛すべき受け身の男を託するに足る存在だった。なにより素晴らしいのは、彼には家族がいるということだ。それはとりも直さず希久夫の家族にもなり得る。あの陽気でたくましい由紀夫の妻も、二人の息子も、希久夫を愛してくれそうだった。

兄弟が再会できさえすればいい。会えば自分が一人ではないことを希久夫は知るだろう。

美奈子は、希久夫によく似た岳志という甥が大人になり、白髪頭の希久夫に仕事や結婚の相談をしている姿を想像するだけで心が温かくなる。もちろんそのとき希久夫の横には、同じだけ歳を重ねた自分もいたいと思っている。場合によっては希久夫抜きで、美奈子がこっそり恋愛の相談を受けるということもあるかもしれない。そんな他愛もない空想でも心が晴れた。

（やっぱり、子供が欲しいな）

改めてそう思いもした。今までよりずっと切実に。

どんなことをしても希久夫の子供が欲しい。由紀夫や彼の家族との邂逅《かいこう》は、美奈子に別の勇気や目標も与えてくれた。

希久夫の母の千江に会えたことも、美奈子にとって重要な出来事だった。

希久夫をこの世に産み落としてくれた人。一方で千江は、希久夫に大きな罪悪感や諦めを植え付けた当事者だとも言える。母の怒りや悲しみを解くことなど永遠にできない――今でも希久夫はそう思っている。その呪縛を解けるのは千江本人しかいなかった。

希久夫はこの二十三年の間、母親がどう生きてきたかを知らない。必要以上の加害者意識を持ち、「苦労の連続だったに違いない」と感傷的な想像をしているだけのことだ。由紀夫から聞かされた千江の二十三年は、決して不幸の連続などではなかった。間宮という得難い伴侶とめぐり会えたおかげで、自分自身も息子も家族離散という悲劇から立ち直っている。再婚もせず息子と二人で生き、独身を通したまま死んだ敬一郎と比べて、千江のほうが不幸だったとは必ずしも言えないだろう。

「むしろ兄貴のほうが苦労したのかもしれん」

美奈子から、父と兄のまったく華やいだところのない暮らしぶりを聞いた由紀夫はそう言っていた。

「蓮見の父は、お袋に対する罪悪感を一人で棺桶の中まで持っていったつもりやろうけど、兄貴は律義にそれを引き継いでしもた」

アホらしいことや。ほんまに——由紀夫は、やりきれないという顔で酒を飲んでいた。

「義姉さんにこんなこと言える筋合いやないけど、できればもっと早うこんな日が来てほしかった。お袋が兄貴のことを忘れんうちに……そやないと、兄貴が救われん」

由紀夫に会った翌日、美奈子は琵琶湖の西岸にある富樫家に千江を訪ねた。由紀夫の妻の亜矢子の友人、という罪のない小さな嘘をついて。

希久夫は母親似だということが千江に会ってすぐに分かった。顔立ちや佇まいもそうだが、人の気持ちを安堵させる柔らかい笑顔や、困ったときの目元の翳《かげ》りなど、美奈子の大好きな希久夫の表情はすべて母親譲りだった。

千江の認知障害がどの程度深刻なものなのか、医学知識のない美奈子には分からないが、縁側で水羊羹を食べながら他愛もない会話を交わした小一時間の中で、ついに自分の名前は覚えてもらえなかった。一緒に暮らす亜矢子の名前も度々「たか子」と呼び間違えていた。たか子というのは、金沢にいる千江の妹らしい。

そして、孫の岳志を「希久夫」と呼ぶ千江を見たとき、あっ、と胸が詰まった。千江の潜在意識の中に、松本に置き去りにしてきた息子がずっと棲み続けているのは明らかだった。罪悪感、というなら、千江の抱えてきた罪悪感こそ深刻なものだろう。

できるだけ早くキクちゃんをここに連れてこなければいけない。

美奈子は焦りを感じた。母と弟のことに関して極端に憶病になってしまった希久夫をどう説得したらいいものか……これは作戦変更もやむを得ない。フランスに行っている一週間の間によくよく考え直さなければならないだろう。

「今年の夏、お盆休みの頃にまた遊びに来ますね。今度は主人と一緒に」

富樫家を辞するとき、美奈子は勝手にそう約束した。約束することで、夢を現実にしていかなければならない。

「洗車お待たせしましたぁ」

威勢のいい声に振り向くと、ガソリンスタンドの若い女子従業員が満面の笑みで美奈子に駆け寄って来た。胸につけた大きなネームプレートに、マジックの手書きで『木村留美子』と書いてある。

「東京からおいでんさったんですか?」

「ええ。あちこち寄りながら」

美奈子は伝票にサインして、窓の外のグレースを見た。

「ピカピカにしてくれてありがとう」

「めっちゃかっこええですね。店長が赤いエスハチ見るんは初めてじゃ言うとりました」

「木村さん、ちょっと道をお尋ねしたいんだけど」

「はい。お安いご用です」

木村留美子の受け答えは小気味良い。

「因島の、除虫菊がいっぱい咲いてる丘の麓にある、小さい漁港なんですけど」

「あー、はいはい。重井いう所ですわ」

「防波堤のたもとに民宿があって」

「はーい。一階が釣具屋の」

「そうそう。で、たしか隣が……」

「大衆食堂じゃろ？　福元屋いう」

「すごーい。ビンゴ」

美奈子は木村の小さな手と思わずハイタッチした。

「あそこの海鮮丼、美味しいんよねぇ」

木村留美子は目尻を下げて遠い目をした。


尾道と四国の今治を結ぶしまなみ海道を四国に向かって走ると、二つ目の島が因島だ。

因島北インターで降りて県道を一キロほど西に向かうと、重井という小さな港町がある。港は馬神山と権現山という二つの小高い山に抱かれるような恰好で西に向かって開けている。二つの山の斜面には、あのときと同じように除虫菊の花が白い絨毯のように咲き乱れていた。

入り江の北側、馬神山の麓に、海に突き出た長い長い防波堤がある。それが福元屋という大衆食堂のテーブル席からよく見えた。福元屋は釣り船客が多いせいか朝早くから営業していて、自家製の大福一個だけ頼んだ美奈子にも親切にお茶を出してくれた。

六年前のちょうど今頃、島に白い除虫菊が咲き乱れる季節に、希久夫と二人でこの港町を気まぐれに訪れたことがある。まだ結婚する前の、交際を始めて一年ほどたった頃で、京都から姫路、倉敷を経由して広島の厳島神社まで行く五泊六日の旅だった。それまで一泊二日の小旅行というのは何度か一緒にしたことはあったが、長い旅に二人で出かけたのはそのときが初めてで、美奈子にとって忘れることのできない思い出になっている。

当時希久夫は二十九歳で美奈子が二つ年上の三十一歳。「この男となら」という確信をじっくり深めてきた美奈子としては、もうそろそろプロポーズしてくれてもいい頃だと思っていた。長く踏ん切りのつかない俊彦との恋愛でさんざん苦い経験をした美奈子の頭の隅に、また「恋愛」が「くされ縁」になり下がるのではないか、という不安が頭をもたげてきた時期でもあった。

しかし、肝心の希久夫が煮え切らなかった。

もともと石橋を叩いて渡るような性格に加え、あの頃の希久夫は恋愛や結婚というものに対する自信をまったく失っていた。美奈子と出会う少し前に壮絶な失恋（義父の敬一郎から聞いたのだが）をしたせいもあるのだろうが、前へ前へと肯定的に生きるのが信条の美奈子から見れば、貧乏揺すりをしたくなるほどまどろっこしい。

一部友人の間では希久夫の地味さを云々する声もあるが（おそらく彼女たちは藤木俊彦と比較しているのだろう。所詮他人の恋愛なんて、面白ければいいのだ）、希久夫ほどの男にはそうそう出会えるものではないと美奈子は思っている。希久夫が切り出さないのであれば、自分から求婚するまでだ。

（この五泊六日の間にケリをつける）

そういう決意を秘かに固めていた。心中、断られた場合のことは考えていない。ひたすら押して押し切るのみだった。どちらが男か分からない。

京都でレンタカーを借りた二人は西へ西へとドライブを重ね、とうとう最終目的地の広島までやって来てしまった。翌日は飛行機に乗って東京に帰らなければならない。その五日目の朝、倉敷を出て鞆《とも》の浦という古い港町に立ち寄り、その後宮島の厳島神社に参拝して広島市内のホテルに泊まる——という予定を変えようと言い出したのは希久夫のほうだった。ちょっと寄り道をしようという提案だった。

「尾道の沖に因島って島があるんだけど、除虫菊の花畑が今綺麗なんだってさ。せっかくだから見に行こう」

「除虫菊って、あの蚊取り線香の原料の？」

「そう。正式にはシロバナムシヨケギクって言うんだけど、五月から六月に真っ白な花を一斉に咲かせるんだ。なかなか見れるもんじゃないよ」

高校の生物教師の資格も持っている希久夫は植物に詳しい。

「花言葉は何？」

「あー……それは専門外だな」

美奈子は、希久夫のそういう気の利いていないところがむしろ好きだった。

因島は想像以上に美しかった。

群生する除虫菊が瀬戸内の穏やかな海に向かって白い花の斜面を作っている。狭い瀬戸を挟んだ向かい側の島の山襞も、見渡す限り白い花の絨毯で覆われていた。ちょっと言葉が出ないほどの光景だった。マーガレットに似た白い花弁から漂う清々しい香りを嗅ぐと、心の中まで新鮮になっていく気がした。

希久夫が突然この島に立ち寄ろうと提案したことには訳があるはずだった。

美奈子は秘かに期待していた。この海を望む真っ白な花畑以上に、プロポーズにふさわしい場所など他にあるだろうか？　美奈子はいつ何を言われてもいいように、狭い花畑の中の小道を、希久夫の少しあとについて、黙って歩いた。

花畑の斜面を十分ほど歩いて山の尾根を回り込むと、眼下に小さな漁港が見えてくる。希久夫はゆっくりと立ち止まった。

「美奈子」

背中を向けたままそう言った。明らかに声に緊張がある。

「はい」

美奈子はしおらしく返事をして、次の言葉を待った。

「……腹、減らないか？　あの町で昼ごはん食べよう」

そう言った希久夫の頭の上で、名前も知らない野鳥が「ジェージェー」としわがれた声で鳴いていた。


六年前のことを思い出して、美奈子は番茶を噴き出しそうになった。今でこそ笑い話だが、あの肩透かしには泣きたくなったものだ。

さっき暇潰しに携帯電話で除虫菊の花言葉を調べたら「忍ぶ恋」と書いてあった。「忍ぶ」の意味の取り方にもよるが、あのとき我慢を強いられていたのは明らかに美奈子のほうだった。今も昔も希久夫の不器用さには世話が焼ける。

あのあと、結局プロポーズの言葉もなく二人は歩いて山を下り、今、美奈子が座っている港の食堂の同じ席で、店のおばちゃんに勧められるまま、サワラや鯛、シャコがふんだんに乗った海鮮丼を食べた。希久夫はよほど気まずかったのだろう。黙ったままどんぶりに顔を突っ込むようにしてひたすら食べ、あっという間に平らげてしまった。食べてしまうと手持ち無沙汰になり、美奈子が食べ終わるまで防波堤の先の海をじっと見つめていた。

美奈子が今座っているのは、六年前希久夫が海を見つめていたその席だった。

「大福、おいしかったです。ご馳走さま」

美奈子は勘定を済ませて福元屋を出ると、隣にある民宿を覗いた。

玄関の脇にちょっとしたお土産を売る売店と、釣り道具のレンタルコーナーがある。

六年前と何一つ変わっていない。

「釣りでもするか」という、希久夫の照れくさそうな声が聞こえてきそうだ。

「釣りでもするか」

満腹になって食堂を出たあと、民宿の「貸し釣り具」の看板に目を留めた希久夫は柄にもないことを言い出した。プロポーズのタイミングはもう完全に失われていた。ここから雰囲気を再び立て直すほどの器用さなど希久夫にはないだろう。美奈子は少し腹が立ってきた。

「厳島神社はどうするの？　そんなことしてたら夕方になっちゃうよ」

「一時間だけ。一時間やって釣れなかったら宮島に移動しよう」

希久夫に釣りの趣味があるわけではない。前に一度釣り堀でデートしたことがあったが、「考え事をするときにいいんだよ。〝雑念の許された座禅〟って感じでさ」みたいなことを確か言っていた。この六日間の旅行が二人にとって特別なものになるという予感は、希久夫も濃厚に感じていたはずだ。この期に及んで求婚するかしないか考えてる場合じゃないだろう？

「お寺で座禅組んだほうがいいんじゃない？」

美奈子は腹立ち紛れに皮肉を言ったが、希久夫は意に介する様子もなく、さっさと釣り道具を一式借りて出てきた。麦藁帽子を被っている。

「今日は日差しが強いから被れって。美奈子のぶんもあるよ」

防波堤は、民宿の前から真っ直ぐに二百メートルほど海に向かって延びている。

麦藁帽子を被った希久夫は、右手に釣り竿と網、左手に餌とバケツを持って、長い長い防波堤の先を目指して歩いている。その後ろを、同じ麦藁帽子を被らされた美奈子がふてくされた顔でついて行く。手には折りたたみ式の小さな携帯椅子を二つ提げていた。

希久夫は防波堤の先端に椅子を広げると、意外と慣れた手つきで釣り針に餌のゴカイをつけ、海に投げ込んだ。美奈子は少し離れた波除けの壁にもたれ、白いポロシャツを着た希久夫の背中を見ていた。

釣りをする希久夫の背中の向こう、小さな漁船が白い波を立てて何隻も海に出ていく。

今年の梅雨入りは遅いとニュースの天気予報が言っていたけど、心地良く乾いた風を肌で感じているとそれが実感できた。

「気持ち良いね」

「ああ」

希久夫は釣りに集中していた。

「釣れそう？」

「分からない」

美奈子はその背中を蹴飛ばして、海に放り込んでやりたいと思った。

「飲み物買ってくるね。何がいい？」

「任せる」

美奈子は民宿の前の自動販売機に向かって防波堤を逆戻りしつつ、バカ、と心の中でつぶやいた。
二、三十メートル離れたところで、「バカ」と声に出して言った。振り返ると、一心に釣り糸を垂れている希久夫の白い後ろ姿が、海の青の中に浮かんでいるように見えた。
美奈子はバッグからデジカメを取り出し、ズームを目一杯望遠にして、そのバカで大好きな男の後ろ姿を撮影した。

一時間経ち、二時間経っても、希久夫の竿にかかってくれるような義侠心のある魚は一匹もいなかった。もうすぐ四時半になろうとしている。

「キクちゃん、そろそろ行かない？」

「いや、もう少し」

このやりとりをもう何回も繰り返している。

こんなに意固地になっている希久夫を見るのは初めてだった。美奈子はすっかり待ちくたびれていたが、海面の浮きを見つめて微動だにしない希久夫の静かな迫力に負けて、それ以上のことが言えなくなっている。

昼間、港から出ていった漁船が次々と帰ってくる。

六時を回り、風の凪いだ瀬戸の海が淡いみかん色に染まり始めた。青が黒に変わってゆく東の空には、濃いみかん色の満月が低く浮かんでいる。

「来たっ！　かかった！」

小さな浮きが上下に動いている。

「本当だ……」

希久夫は「逃げるなよ」と真剣な顔でつぶやきながら、慎重にリールを巻いている。

やがて海中に、暴れる銀色の体が見えてきた。

「何かしら？　アジ？　イワシ？」

いずれにしても希久夫が釣り上げたのは、笑ってしまうほどの小魚だった。

「ほら、釣れただろ？」

希久夫は満面の笑みで、釣り上げた十センチほどの小魚を糸の付いたまま美奈子に見せると、針から外して海に戻した。

「逃がしちゃうの？　せっかく釣ったのに」

「美奈子」

希久夫は真顔だった。珍しく目を逸らさない。

「結婚、したいんだけど」

美奈子はどぎまぎして、「なによ、それ」と唇を尖らせてしまった。

「魚が釣れたら言おうって決めたんだ。俺、優柔不断だから、こうでもしないと……」

希久夫が口を噤んだのは、美奈子が泣いていたからだろう。

美奈子は黙って希久夫に寄り添い、静かに抱きしめた。

「釣れなかったら、どうするつもりだったのよ」

美奈子は涙ぐみながら、ぎゅうぎゅうと希久夫の体を抱きしめた。

「苦しいよ」と希久夫は言い、「ＯＫ、なのかな？」と不安げに念を押した。

「離れないから」

美奈子はそう答えるのが精一杯だった。気の利いた台詞など皆目浮かばなかった。

ずっと一緒にいます。この人を絶対不幸にさせません。命をかけて約束します。

美奈子は心の中でそう誓った。

希久夫に誓ったのではない。海や山、風や空、太陽や月、とにかく今の二人を目撃したすべてのものにそう約束した。約束を守れなければ、それらに宿る神々に命を取られてもかまわないと思った。


美奈子は、あの日と同じ防波堤の上で自分のシステム手帳を開き、シュリンクして綴じ込んだ六年前の写真を見ている。

よく晴れた初夏の海に延びる防波堤の先、プロポーズする数時間前の希久夫が、白いポロシャツの背中を向けて釣りをしている写真。

麦藁帽子からはみ出した希久夫の長い髪が時の流れを感じさせた。

美奈子は手帳をバッグにしまってデジカメを取り出すと、六年前と同じ位置から誰もいない防波堤に向けてシャッターを切った。

(これは、わたしだけの秘かな老後の楽しみ)

こんな旅をしたこともあったなぁ、と一人感傷に浸るための記録。孫にも子供にも教えない。もちろん希久夫にも秘密にしておく。ここに来たカーナビの履歴もあとで消しておこうと思った。

あれからもう六年。思い出の防波堤の上で、美奈子は改めて自問自答している。

(あのときの約束、守れてるかな?)

約束を守ろうとするあまり、間違ったことをしようとしてはいないだろうか? ここで旅をやめたほうがいいのかもしれないという思いが、さっきから美奈子の頭の隅にある。

ここから先、美奈子の書いたシナリオは、演じてみなければ分からないような破綻の危険性を孕《はら》んでいる。その結果、吉凶いずれの目が出ても、美奈子の望むものでないことは確かだった。

(キクちゃんはどっちを選ぶだろう?)

いや、希久夫が海を渡って松山に行く日など、果たしてやって来るのだろうか?

XXI

大体、大人というのは過去を背負っている
過去を頼って、良い悪いを判断する
私はこれが一番危険であるとみた

草織　二〇〇九年八月一三日

天気予報によると今日も快晴で、最高気温は三十度を上回るが、湿度が下がるぶんいくらかはしのぎやすいと言っていた。瀬戸内地方は八月に入って連日の猛暑日が続いているが、今日は北から張り出した高気圧が優勢で、シベリアの乾いた秋風が入り込むらしい。水蒸気を含んだ夏空がいつもより澄んで高く見えるのはそのせいだろう。

見慣れた入道雲の上に、何本か箒《ほうき》で掃いたような筋雲も見えた。

草織《さおり》は松山で暮らすようになってからよく空を見上げるようになった。日差しや風の強さ、雲の形、空の色。花を扱っているせいで季節に敏感になったこともあるが、この町の空が広いので自然と見上げたくなる。

地元の商店会の申し合わせでは今日からあらかたの商店がお盆休みに入るが、花屋がお盆に休むわけにもいかない。生花市場も十四日の金曜まで開いているので、カレンダーどおり週末まで店を開けることにしている。フラワーショップに併設している小さなカフェも普段どおり営業することにした。アルバイトの順子ちゃんと理緒ちゃんは実家に帰省するらしく明日からお休みだけど、一日くらいなら久美と自分で何とか切り回せるだろう。


草織が会社の同僚だった河野久美に誘われて、松山市内に『タント・フィオーリ』という花屋を開店してまる二年経つ。

店は松山城の城山の東側の麓、東雲《しののめ》神社の石段下商店通りにある。元は米屋だった古い商店を改装して花屋にした。その米屋というのは久美の実家で、彼女の父親が亡くなって廃業した店舗を譲り受けて再利用した。

表の間口は三間半ほどだが、昔の職住一体型の町家だけあって奥行きがあった。通りに面して花屋があり、その奥に坪庭を挟んでガーデニングショップとテーブル四つだけの小さなカフェがある。

どんなに小さくてもいいからカフェを作るというのは、草織の絶対的なこだわりだった。いつ飲んでも味にむらのない美味しいコーヒーと、何回食べても飽きのこないシンプルなお菓子、座り心地の良いソファーと椅子……そういう空間が作る安堵感に、草織自身何度も助けられたことがあった。いいカフェというのは、たった一時間で気持ちを立て直すことができる魔法の部屋だと草織は思っている。そんな場所を自分の手でこの町に作ってみたかった。

相棒の久美もカフェのスペースを作ることに賛成してくれた。あんたに任せるよ、と。

「草織はプロだからね。あんたの淹れるコーヒー、最高に美味しいから」

草織はこれで三度目の転職になるが、大学を出てすぐ、四年ほど外資系大手コーヒーチェーンでマーケティングの仕事をしていたことがある。実際に店に立ったことはないが、社員時代にSCAA（米国スペシャリティー・コーヒー協会）公認のバリスタの資格を取得していた。

花や観葉植物に囲まれたカフェの奥が小さなオフィスになっていて、愛媛大学から払い下げてもらった古い長机に、久美と草織のマックが二台仲良く並んでいる。オープン当初は一台のマックを二人で使っていたが、最近ネットでフラワーアレンジメントの注文やオリジナルのガーデニング用品の販売を始めたせいで、急遽もう一台追加した。

店の二階は久美と彼女の母親が暮らす住居スペースになっている。小さな部屋だが草織の専用の部屋もあった。草織はここから自転車で十分ほど南にある石手川沿いのマンションに部屋を借りているが、河野家に泊まりたいときにはいつでも泊まることができた。家族扱いといっていい。

『タント・フィオーリ』の定款《ていかん》上は久美が社長で二つ年下の草織が副社長だが、二人は設立資金を半分ずつ出し合った対等な共同経営者であり、共に代表権を持っている。土地と建物の所有者である久美の母親には申し訳程度の家賃を払ってテナント借りしている、という体裁を取っていた。

二人の役割分担としては、経理や仕入れの後方支援を久美が、店の運営や渉外を草織が担当するということになっているが、できることは何でもやって、互いにカバーしながらここまで漕ぎ着けたというほうが正しい。地元の女子大に通う女の子を二人、アルバイトとして雇っているが、彼女たちは久美を社長、草織を店長と便宜的に呼ぶ。別にそう呼べと強制したわけではないけど、いつの間にかそれで落ち着いてしまった。

草織はこの土地の人間ではない。東京の出身だった。

河野久美とは以前働いていた東京の外資系ＩＴ企業で机を並べた仲だ。二人とも生え抜きの社員ではない。中途採用で入社したエキスパート職で、久美は各種契約文書に詳しく、草織は日本企業との交渉を現場でサポートする有能なアシスタントとして、内と外でアメリカ人の幹部をサポートする名コンビだった。

だが草織と久美がそれによって評価され、昇進することはない。二人は優秀なスタッフではあるが、組織を束ねるマネージャーではない。そういう契約である以上、能力と労働に見合う報酬さえもらえば特別不満を抱く筋合いの話でもなかった。草織や久美のような「外資系の渡世」を生きてきた人間には慣れっこの環境だ。

草織と久美は三年間同じ職場で働いた。草織にとって久美は信頼するに足る仕事のパートナーであり、同じ目標を共有する戦友だった。二人の間にいつしか友情が芽生えたのはごく自然なことだと思っている。

「外資系の渡世」を生きる日本人にもいくつかのタイプがある。世界的なビジネス言語である英語を使いこなせることが「渡世」を送る大前提だが、英語を身につけたプロセスで大まかに色分けできた。

まず、親の恩恵を受け、海外生活で自然と語学や価値観を身につけた帰国子女。これはむしろ、しかたなく日本の社会で生きている外国人と言っていい。

次に、大学や留学で学問的に英語に習熟した人間。つまり「英語が話せる日本人」だ。ところが語学というのは、文化と表裏一体の恐ろしい面を持っている。ある時点で思考法や価値観の選択を求められる。つまり精神的にアメリカ人やイギリス人と同化するか、しないか、ということだ。同化してしまった者はどこか屈折しているし、同化しなかった者は英語を道具としてクールに使いこなしはするが、小うるさいナショナリストになることが多い。久美はどちらかと言えば後者のタイプだと草織は思っている。

三つ目のタイプは外国人と恋愛したり、国際結婚をした日本人。とくに女の場合はやっかいだ。一見男女平等に見える今のアメリカでさえ、いざ結婚するとなると、相手が保守的な環境で育った男だと否応なく従属を求められるのが実情と言っていい。アメリカの白人社会の半分以上は、そういうジョン・ウェイン以来のアメリカ的家族主義の気分が根底にあると草織は思う。ハリウッド映画がことさら自立した女を美化するのも、そういう疚《やま》しさがあるからに違いなかった。アメリカ人女性の全部が、マンハッタンで働くキャリアウーマンではないのだ。そして結婚や恋愛が破綻したとき、日本人の女に残るましな財産は英語だけだった。日本に舞い戻って人生をやり直す際、生きる糧を得るための手段くらいにはなってくれる。草織は自分の人生を振り返ってつくづくそう思う。

久美から一緒に脱サラして起業することを提案されたのは、三年ほど前だった。日本の大手電機メーカーと大口の技術提携がまとまった日に、久美の行きつけの五反田の焼鳥屋で祝杯を上げたときのことだ。

「もう十分かなぁ。これ以上組織にいて何をやるの？　って気がする」

わたし的には潮時だな。もう三十五だし――久美は「飽き飽きした」という顔で独立を口にした。

銀行、食品メーカー、製薬会社、ＩＴ企業。十三年間で様々な外資系を渡り歩いてきた久美にそう言われると、うなずかざるを得ない。

「外資向けのコンサルタントでもやるの？」

久美ほどのキャリアと人脈があれば、東京の外資ソサエティにもずいぶんと顔が利くはずだ。

「それじゃあ何も変わらないでしょう？　濃い髭剃りあとと、きつーい香水の匂いから逃れられない」

久美はそう言って草織を笑わせた。

「松山に帰ろうと思うの。実家の建物を利用して何かやれないかなぁ、ってさ。まだ何をやるってアイデアがあるわけじゃないけどね」

久美がそんなことを考えていると知って草織は驚いた。

「東京を捨てるの？」

これは外資から足を洗うのとは全然話が違う。久美は単身東京の外語大学に入学するために上京し、それ以来ここに踏み留まって頑張り、キャリアを築き上げてきた。東京を去ることはそれを捨てることだった。東京で生まれ育った草織には分からない重みがあるはずだ。

「省エネだよ、人生の省エネ。東京は大好きだけど生きていくにはお金もかかるしエネルギーも食う。磨《す》り減らないようにせいぜい頑張っても現状維持で精一杯。これってどうなの？」

そういう不安感は草織にもあった。

「ってなことを暮夜《ぼや》秘かに考えるわけよ。残ったエネルギー、もっと大事なことに使いたいって」

あんたはどうなの？ と久美は草織を見た。

「草織は、東京を捨てられる？」

結局その次の週末、土日に有休を一つ付けて、久美と二人で松山に行くことになった。

「話の種に物件だけ見てよ。ピンと来なけりゃ道後温泉にでも浸かって帰ればいいじゃん」

と脳天気に久美は言ったが、一緒に脱サラしようと口説いたときの目は真剣だった。

「自分の人生変える最後のチャンスだと思ってる。だから絶対あんたと組みたいの。草織が必要なんだ」

自分をこんなに必要としてくれる人間がまだいた……そのほうが草織には嬉しかった。

今の会社は、草織が辞めると言えば最終的には慰留しないだろう。同じような能力を持つ人材はすぐに見つかるに違いない。つまり優秀であってもスキルには個性がない。悲しいけど交換可能なパーツだった。

家族はどうだろう？　両親の反対を押し切って国際結婚し、三年ももたずに離婚して逃げ帰ってきた。いい歳をした傷心の出戻り娘に父や母は優しくしてくれたが、もはや実家は安住の場所ではなかった。定年退職した父に代わり、兄の家族中心の家になっていた。兄嫁が取り仕切るあの家に、「自分が生まれ育った家」という懐かしさや温もりはもうなかった。今の会社に採用されたのを機に独り暮らしを始めたときも、誰も引き止めてはくれなかった。年老いてすっかり気の弱くなった母だけが「寂しくなるね」と言って涙を流してくれただけだ。三十を過ぎた出戻り娘に「いつでも戻っておいで」とは誰も言わなかった。

男は……もうこりごりだった。男と女の絆ほど危うく頼りないものはない。あのようにあやふやなものに再び依存する気は毛頭なかった。

軽い気持ちで訪れた松山は、想像以上に素敵な町だった。

久美の母は小柄で口数の少ない人だったが、会ったばかりの一人娘の友人に「娘がもう一人できた気分ぞな」と言ってくれた。

「うちの体がもうちぃと強かったらなぁ、草織さんみたいな娘をもう一人授かりたかったわな」とも言ってくれた。

(この町でなら出直せるかもしれない)

そう思ったあのとき、草織は三十二歳。今まで生きた人生よりも長い時間を、この縁もゆかりもない町で過ごしてもいいと思った。

「久美、花屋さんはどう? カフェもあるような、皆が集まる花屋さん」

草織は東京に帰る飛行機の中でそう提案した。

松山のお城の麓、戦前は小さな武家屋敷が並んでいた歩行町の一角に『タント・フィオーリ』という二人の花屋ができたのは、それから一年あまりあとのことだ。

今日はお墓参りの花を買いにくる地元のお客さんが多い。いつも見かける顔の他に、帰省してきた見慣れない若者や子供も交じっている。

このあたりの人は久美のことを「久美ちゃん」と呼び、草織を「伊川さん」とか「店長さん」と呼ぶ。「草織ちゃん」と名前で呼んでくれる人間はまだ一人もいない。松山の人柄が礼儀正しいということもあるが、草織はまだまだ「他所の人間」なのだろう。「米屋の久美ちゃん」と同じようにはいかない。

午後になって少し客足が落ち着いた。今日からほとんどの食堂やお弁当屋が店を閉めているので、お昼は久美のお母さんが茹でたうどんということになった。河野家の夏のうどんは茹で上がりを水洗いし、氷水を張ったガラスのどんぶりに盛る。それをいりこ出汁と薄口醬油、みりんを合わせた少し甘みのある冷たい汁につけて食べる。薬味は青ネギと、すり下ろした生姜に白ゴマ。

アルバイトの二人が食べ終わって二階から降りてきた。

「お先にご馳走になりました。店長のぶんもあと五分くらいで茹で上がります」

「水切りを済ませたら行くね」

草織は今朝仕入れたヒメヒマワリを、水を張ったボウルの中で手際良く水切りしていく。漢字では『姫向日葵』と書く。キク科の一年草で、草織のマンションがある石手川の土手でも自生しているのをたまに見かけた。ちょうど真夏のこの時期に満開になり、盛んに枝分かれして、ヒマワリに似た直径五、六センチの黄色い可憐な花をたくさんつける。花保《も》ちもよく、茎もしっかりしているので切り花に最適の花だ。

ヒメヒマワリ。花言葉は「憧れ」「崇拝」。

学名は『ヘリアンサス・ククメリフォリウス』。『ヘリアンサス』とはギリシャ語のhelios（太陽）とanthos（花）とに由来している。真夏の花にふさわしい名前だ。

「本当の名前は『キクイモモドキ』っていうんだ。漢字だと菊の芋に擬《もど》きって書く」

「『菊芋擬き』？　変な名前ね。綺麗な花なのに」

草織は、遠い昔に交わした会話をふと思い出した。東京にいた頃、小石川の植物園でこの花を見たときの記憶だ。

通称ヒメヒマワリ、正式名称キクイモモドキの株のすぐ近くに、本物の『キクイモ』が植えられていた。同じような黄色の花をつけているが、花弁が「擬き」よりまばらで、「本物」のほうが明らかに見劣りして見えた。

「キクイモは戦中や戦後の食糧難の時期に代用食として日本全国で盛んに栽培されたんだ。土の中の茎が、ちょっと山芋に似て甘い味がする。花弁が疎らなのは茎に養分を持っていかれるせいだろうね」

あの人はそう教えてくれた。

「本物より偽物のほうが綺麗に見えるなんて皮肉なことね」

「キクイモドキは、食用のキクイモを観賞用に品種改良した花だから、綺麗に見えるのは当たり前だよ。その代わり、土の中に芋はできない」

実を取るか、花を取るか。どちらか一つだね——あの人は微笑みながらそう言った。

「腹を減らした旅人が、道端に生えてるキクイモの花を見つけて、喜び勇んで引き抜いてみたら肝心の芋がない。あまりにも腹が立ったから、『キクイモ擬き』なんて酷い名前を付けたんじゃないのかな？　花には罪がないのにね」

あの人は、草花や木をまるで友人のように扱う人だった。

「姫向日葵って別名をつけてあげたのは、きっと日本人の優しさだね。いい名前だと思う」


店長——アルバイトの理緒ちゃんが呼ぶ声がどこかでしている。

「店長。草織さん」

理緒に肩を叩かれて我に返った。

「ごめん、考え事してた」

「おうどん茹で上がりましたって、お母さんが」

「ありがとう」

草織は花鋏を棚に戻そうとして、店の前に停まっている赤いオープンカーが目に入った。見覚えがあった。彼女が乗ってきた車だった。動悸が激しくなっている。車には誰も乗っていなかった。

草織はハッとして店の奥に走った。小さな中庭越しに、カフェに佇む痩せた男の姿が見えた。壁にかかった紫陽花の水彩画を眺めている。草織はその横顔を見たとき、手にした花鋏を床のタイルの上に落としてしまった。

男はその物音に振り向き、草織を見てひどく驚いている。

「草織……」

九年ぶりに聞いた、昔の恋人の声だった。

「高校の同級生？」

「うん……」

本当は大学も同じだったが説明するのが面倒くさかった。

「高校の同級生が、わざわざねぇ」

久美は、さっきからオフィスの鏡で髪形やメイク落ちを気にしている草織を「怪しい」という目で見ている。

「わざわざ東京から？」

「だからびっくりしてるんじゃない」

いきなりすぎる。こんな恰好してるときに限って。草織はジーンズにレモン色のカットソーというパッとしない自分の服装も気に入らない。

「その人ってさ、独身？」

「やだ、誤解しないでよ」

どれどれ、と久美は事務所のドアを少し開けてカフェのほうを覗いた。

「ちょっと、やめてよ。所帯持ちだってば」

「それはそれで問題ありじゃない？」

当の希久夫は、中庭に面したテーブルで手持ち無沙汰にコーヒーを飲んでいる。紺色のポロシャツにオフホワイトのチノパンツ、黒のデッキシューズという恰好だった。

悪くないわね、と久美は言い、メイク直しに余念のない草織を振り返った。

「ごめん、ちょっとだけ抜けていい？　一時間だけ」

「伊川店長」

久美は野暮な女ではない。

「今日はもう上がったら？　順子ちゃんも理緒ちゃんもいるし。それと……」

久美は意味深に目を細めた。

「明日の朝の仕入れ、来なくていいよ」

がっていった。


「なによそれ」

邪推にも程がある。酷い誤解だ。

「いいから早く行きなって」

あんたのうどん、私が食べとくから、と久美は言って、鼻歌を歌いながら二階に上がっていった。

「迷惑じゃなかったかな？」

出かける支度をして店の奥から出てきた草織を見て、希久夫は申し訳なさそうに言った。


「仕事が終わる時間にもう一度来るよ」

「大丈夫。相方がいるから」

希久夫の眉がちょっと動いた。

「このお店は、あの旦那様と？」

他人行儀にそう言った。

「違うの。ＯＬ時代の同僚。女二人で始めた店なの」

訊きたいことが山ほどあるに違いないが、希久夫は好奇心を微笑で慎ましくカムフラージュしている。

「びっくりしたよ。日本にいるなんて思ってもみなかったから」

さっき、希久夫の口から最初に出た言葉はそれだった。

(無理もない)

希久夫の記憶は、十年前アメリカに発つ二十六歳の草織で突然終わっている。

「離婚したの。もう六年になるかな」

草織はつぶやくような小声で言った。フラワーショップにいる順子と理緒が、さっきから興味ありげにこちらをチラチラと見ている。

希久夫も「そうか」と言っただけで目を伏せた。この町で新しく関わりを持った人間は、草織の過去をまったく知らない。唯一事情を知る久美も口を噤んでくれている。人生をリセットするには、詮索をかわす悪意のない嘘も必要だった。

「でも、元気そうで嬉しいよ」

そう希久夫に言われたとき、草織は危うく涙ぐみそうになった。

「ねえ、外に行かない?」

草織は希久夫を促して外に出た。

「いいお店だね」

希久夫は改めてタント・フィオーリの店構えや街並みを眺めている。

廃材の色褪せた無垢板を利用した外壁と、店先に張り出した藍染めの日除けテントがよく似合っていると草織も思う。

「二年目でなんとか様になってきた感じ」

「居心地のいいカフェだね。草織の淹れたコーヒーも相変わらず美味かった」

何気ない希久夫の言葉に、いちいち心が動く。

「まだまだだから。なけなしの貯金はたいた上に、銀行からもたくさんお金借りちゃったし、それに、やりたいことの半分もできてないし……」

（あたし、何を喋ってるんだろう）

浮ついている、と草織は思った。そういう自分を希久夫が微笑んで見ている。あの頃と少しも変わらない、安堵させてくれる微笑みを浮かべて。

「いい店だ。いろんなところに草織の気配がある」

草織は年甲斐もなく自分の顔が赤くなっているのが分かった。店の中からこちらを見ている順子や理緒にもバレているに違いない。

二人と目が合った希久夫が軽く会釈すると、女子高生のように騒いで店の奥に引っ込んだ。

「ヒメヒマワリだね」

店先の大きなバケツに活けられた鮮やかな黄色の花を見て、希久夫は眩しそうに言った。

そう。ヒメヒマワリ。花言葉は「憧れ」「崇拝」。さっきあの花を見てあなたを思い出していたら、本物が現れたの。

「とにかく、どこかに行かない？」

「そうだな……」

希久夫は店の前に停めた赤いオープンカーをチラリと見た。

「じゃあ、乗って」

そう言って運転席に座った。

（あたしが乗っていいのかな？）

草織はそう思ったが、希久夫はもうエンジンをかけている。

グレースは、海沿いの国道を北に走っている。松山から車で三十分ほどの北条という港町に行こうと言ったのは草織だった。あそこなら海水浴場もあるし、カフェや海の家も営業しているに違いない。街中で顔見知りの人間に会うことを心配するよりましだった。

「ごめんね。古い車だからクーラー付いてないいんだ」

「大丈夫。今日は空気がカラッとしてるし」

黒い幌を下ろして窓を全開にしていると、それほどクーラーの必要性を感じない。ただ少し大きめの声で話さなければならなかった。

希久夫は黙って運転している。草織もそういう希久夫の隣にいるだけでよかった。もちろん時折、横顔とかハンドルにかけた手を見てはいたけど。

十年ぶりだった。すぐにでも聞きたいことは山ほどあった。どんな仕事をしているのか？ どんなふうにしてあの人と出会ったのか？ あのことを……九年前のことをどう思っているのか？ でも、風を受けて走る車の中でそんな話をするのは憚られた。たぶん希久夫も同じ思いだろう。だいたい車を運転している希久夫など想像できなかった。いつ免許を取ったのだろう？ 車はバイパスを抜けて海沿いの県道に出た。あとは左手に瀬戸内海を見ながらの一本道だ。

「音楽でもかけようか」

希久夫はｉＰｏｄを再生した。聴き覚えのある女性ヴォーカルが流れ始めた。

シンディ・ローパーの『True Colors』だ。特に好きなアーティストというわけではないけど、中学の頃ヒットした曲だからよく覚えている。シアトルにいた頃にも地元のＦＭでたまに流れていた。

希久夫がこの曲を選んだわけではないだろう。彼女の好きな曲に違いなかった。あのｉＰｏｄはきっと彼女のものだ。希久夫は、妻の好きなたくさんの曲を聴きながら、ここまで旅をして来た。

（あたしは、ずっと孤独だったな）

草織はあの頃の自分を思い出して寂しくなった。あの頃。サンフランシスコの家で孤立していた頃。

離婚をして日本に逃げ帰ってきた頃。本当のあたしを理解してくれる味方などいなかった。

（彼女には希久夫くんがいる）

それだけで彼女の人生には意味がある気がした。ちょっとやっかみ半分だけど。

かつて希久夫に見守られていたのは自分だった。なのに草織は希久夫を捨てた。

一方的に、理不尽に。


草織が希久夫と出会ったのは高校一年生の夏だった。廊下や体育館ですれ違ってはいたのだろうけど、初めて意識して存在を確認したのは、夏休み中の補習授業だった。二人が通っていたのは駒場にある都立高校で、東京都内でも進学校として知られていた。草織の母も、母方の祖母も卒業したという草織には親しみのある学校で、小さいときから「自分もあの高校に進学するんだ」とごく自然に考えていた。戦前は『三女』と呼ばれた女学校だったという。世田谷にある小中高一貫教育のミッション系私立中学に通っていながら、友達と離ればなれになってまで草織が都立を受験してもいいと思ったのはそういう理由からだった。

通学が楽だったから……ということもある。草織の家がある浜田山からは井の頭線一本で最寄り駅の駒場東大前まで行ける。電車とバスを乗り継いで世田谷のはずれに通っていた中学時代とは比べ物にならないほど便利だった。

夏休みの補習は強制ではない。どの科目を選択するかは生徒の自主性に任されていて、むしろ通常の授業より少しレベルの高い内容になっている。草織は得意科目の英語と苦手の数学の二科目の補習を受けたが、そのどちらの授業にも蓮見希久夫という同級生がいた。教室の後ろや窓際の席に座りたがる大部分の男子とは違い、希久夫は空いている席ならどこにでも座った。部活動をやっているらしく、朝練習のあと、授業開始間際に慌てて教室に駆け込んでくることが多いから、否応なく最前列の席になる。そういう理由で、好んで最前列に座る草織の隣に希久夫がいることが多くなった。たぶん大急ぎでシャワーを浴びているのだろう、いつも髪の毛が少し濡れていて、シーブリーズのシャンプーの香りがした。

希久夫と初めて言葉を交わしたのは井の頭線の中だった。

その日は補習が終わったあと、同じ演劇部の友人と渋谷で映画を観て、その後マクドナルドで二時間ほど喋った。井の頭線に乗って家路に就いたのはもう夕方の五時を過ぎた頃だった。

草織はいつものように各駅停車の先頭車両に乗った。車内は空いていて、草織は一番好きな運転席の後ろの三人掛けシートに座り、読みかけの遠藤周作の文庫本を広げた。

駒場東大前駅で同じ高校の制服を着た生徒が何人か乗ってきた。草織は顔見知りがいないかと車両を見回したが、同級生の姿は見当たらなかった。発車のベルが鳴り、閉まりかけたドアをすり抜けるように駆け込んできたのはいつものシャンプーの匂いだった。

顔を上げると、ショルダーバッグを斜め掛けにし、大きなスポーツバッグとバットケースを持った希久夫が向かい側のシートに腰を下ろしている。目が合って、希久夫は微笑んで小さな会釈をした。草織もつられて笑ってしまった。

「いつもギリギリよね」

「そうかな？」

「補習のときも、今も」

「そういえば、そうかも」

「蓮見君、ですよね？　野球部だったんだ」

「うん。軟式だけどね」

草織には軟式野球とそうではない野球の違いがよく分からない。希久夫に訊くと、

「甲子園に行けるのが硬式で、行けないのが軟式」

と説明してくれた。甲子園を目指さない高校野球なんてどういうことだろう？　草織には理解できなかった。

「本当は硬式やりたかったけど、家のことができなくなるから諦めたんだ」

軟式野球部は硬式より練習時間が少し短いのだそうだ。きっと家業の手伝いをしているのだと思った。

「えらいよね。蓮見君」

「そうかな？」

例によって希久夫の髪の毛はまだ乾いていない。

（家に帰ったら、もう一回お風呂に入るのかな？）

「蓮見君って、一日に何回もシャワー浴びるんだね」

希久夫は笑って「だって汗びっしょりで授業出たり電車乗ったりするの嫌じゃん」

と言った。

「いま父親が仕事でずっといないから風呂を沸かすのも面倒くさいし、たいてい部活

のあとのシャワーで済ませてる」

「お風呂当番もやってるの？」

希久夫は「ん？」と妙な顔をした。草織はまだあのとき、希久夫に母親がいないことなど知らなかった。

「伊川さん、英語の発音いいよね。帰国子女なの？」

そう言われ、草織は顔を赤くした。

「外国なんて行ったことないよ。中学まで外国人の先生がいる学校に行ってたからかな。きっと」

「そうか。隣で聞いてて、すごくためになる」

草織は父親以外の男に褒められたことがない。こんなときどうリアクションしていいのか見当もつかなかった。

電車は西永福の駅を過ぎた。

草織はもう少し希久夫と話したかったが、駅を乗り過ごしてまで話すのも変だ。

「浜田山なの？」

鞄に手をかけた草織を見て希久夫が言った。

「うん。蓮見君は？」

「吉祥寺で中央線に乗り換えて阿佐ヶ谷まで」

電車が浜田山の駅に着いて、草織は立ち上がった。

「蓮見君、いつもこの車両？」

「だいたいね」

「そう、あたしも」

一学期の間、同じ車両に希久夫がいることなど意識もしていなかった。でも、きっと今日からはそうじゃなくなる。

「じゃあ、また」

希久夫はドアが閉まる間際、草織にそう声をかけて笑った。

じゃあ、また——明日も明後日も。

そう思うと、草織は訳もなく心が弾んだ。駅から家までの道すがら、何度も何度も希久夫の笑顔が甦った。恋愛経験のない十六歳の草織がそれを恋だと自覚するにはもう少し時間がかかった。二週間の補習授業が終わり、希久夫に会えない八月がそう気づかせた。

希久夫と交際を始めたのは二年生になってからだった。同じクラスになったことが自然に二人を結びつけた。

希久夫は女子生徒たちから騒がれるようなタイプではなかった。むしろ同性から人気があった。「信用されていた」というほうが近いかもしれない。軟派からも、受験命の連中からも相談を受けたりしていた。気の利いたアドバイスをしてくれるわけではないが、「口が堅い」のだという。どうせ誰が誰を好きだ、という程度の話に違いないのだろうけど、希久夫は人が嫌がることを決してしない男だった。

「蓮見は絶対人の悪口を言わねえ」

同じクラスのやんちゃな男子がそう言っていた。妙な人気だった。当然草織は彼女として鼻が高かった。

付き合っている、といっても、希久夫と草織のそれは、しばらくは高校生の男女交際の域を出なかった。とても恋人と呼べるような成熟した男女関係ではなかった。そうなったのは高校三年の春で、希久夫が父親に紹介してくれたのもその頃だった。

「いやぁ……驚いたな。言葉がないよ」

初めて会う希久夫の父敬一郎は、地肌まで陽に焼けた短い胡麻塩頭を困り切った顔で掻いていた。

「お前に彼女を紹介されるなんて想像もしてなかった。どんな顔をしていいのか困る」

敬一郎は希久夫を鋭くした感じの、痩せて彫りの深い顔をした人で、土木技師というよりは「釣りの名人」（そんな職業などないけど）といったほうがしっくりくる気がした。

(きっと麦藁帽子が似合う)

あのとき草織は、初めて会う恋人の父親の前でそんなことを想像する余裕があった。敬一郎の滲み出るような寛容さのせいだろう。

(いつか、家族になるのかな)

草織はぼんやりとそんなことを想像して、体の真ん中のあたりが温かくなったのを覚えている。この二人とならば家族になってもいいと思えた。あの瞬間から、希久夫に対する思いがそれまでとは比べ物にならないくらい深まった気がする。

希久夫は五年も父と二人暮らしをしていた。地方の工事現場にいることの多い敬一郎は月の半分も家にいなかったから、希久夫は事実上独り暮らしをしているに等しかった。双方の親に交際を公認してもらった草織は、休日には阿佐ヶ谷の蓮見家で掃除や洗濯をするようになり、時には希久夫のために母に教えてもらった料理を作ったりした。親の手前、さすがに泊まっていくことはしなかったが、気持ちとしてはもう蓮見家の一員のつもりだった。

草織が希久夫との将来をはっきりと意識したのは大学受験がきっかけだった。

希久夫は北海道大学の農学部を第一志望に決めた。『応用生命科学』という学科で学びたいというはっきりした目的があった。東京の大学は受験しないという。

「他に行きたい学校がないんだ」

希久夫の意思は固かった。東京の大学を目指していた草織は愕然とした。

「四年なんてすぐだよ」

希久夫は至極あっさりそう言ったけど、希久夫と離れて暮らす四年間など草織には想像もできなかった。

結局、親にも内緒で国立大の第一志望校を東京外国語大学からワンランク上の北海道大学文学部に変えて受験を強行し、なんと合格してしまった。あのときの自分、あんなことができてしまった自分が不思議で、秘かに誇らしい。

「受かったよ、あたし」

そう告げたときの希久夫の喜びと困惑が入り混じった顔を思い出すと、今でもクスクスと笑いがこみ上げてくる。

「お父さんとお母さんに、どう説明したらいいかな?」

希久夫は大人びた口調でそう言った。「二人のこと」として考えてくれている——草織はそれが嬉しかった。

「自分で説明する。自分の責任でやったことだから」

伊川家は大騒ぎになった。

札幌で独り暮らしすることだけでも大反対なのに、希久夫と一緒ということが余分な想像をさせた。

「同棲まがいのことは許さない」

草織は、そんな生々しい言葉を使った父と初めて口論した。親の監視の下での交際は許すが、遠い札幌でまだ十代の二人が野放しに睦《むつ》み合うことなど許す父ではなかった。兄や祖母が様々にとりなしてくれたが、父を陥落させることはできなかった。家を出ようとも思ったが、そういう解決方法は希久夫が認めないだろう。

草織は完全に窮した。その窮地を救ってくれたのは敬一郎だった。浜田山の伊川家にきちんとした身なりでやってきて、草織の両親に面会を求めた。

「草織さん。君もここにいてくれないか」

と敬一郎は言った。君を大人扱いするよ、ということだろう。

「片親で、しかも息子をほったらかしの私がこういうことを申し上げるのはおこがましいのですが、息子とお嬢さんがこの先も交際を深めていけるのなら、将来、蓮見の家にお嬢さんをいただきたい……そう勝手に考えております」

それは私の夢でもあります、と敬一郎は言ってくれた。

「希久夫は器用な人間ではありませんが、私にはない美点をいくつか持っています。あれは人を裏切りません。誠実で自制心の強い男です。草織さんを必ず幸せにするでしょう」

　息子に代わってお約束します。

　鉄を鍛え上げたような風格がある敬一郎の言葉は、十分な重みがあった。

「一緒に北海道の大学に行きたいという二人の気持ちを、どうか汲んでやっていただけませんか」

　父と母の横で話を聴いていた草織は感動した。十八歳の自分のために恋人の父親が深々と頭を下げている。しかし草織以上に感動していたのは草織の母だった。母は泣いていた。

　孤立無援になった父が首を縦に振ったのはその日の夕方だったと思う。北海道大学は旧帝大系の名門で、簡単に入れるような学校ではない。父にはそれ以上反対する理由が見つからなかった。

「もう二十年も前になるのか」

　希久夫は出会った頃のことを思い出しているのだろう。しかし二人ともそれ以上昔話をすることはなかった。思い出を語ることは、恋人だった頃の記憶をたどることになる。古傷は塞がったように見えても、触れればまた血が滲んでくるだろう。二人とも穏やかに回顧できるほどには歳をとっていない。

北条の港から少し今治方面に行くと斎灘《いっきなだ》に面した海水浴場があり、白い砂浜沿いに何軒もの茶屋や海の家が並んでいる。その中の戦前からある古い海茶屋で、希久夫と草織は宇治金時を食べた。竹の縁台に二人並んで腰をかけ、海を見ながらお互いの知らない十年の話をした。努めて差し障りのない程度に……

それから希久夫は、一週間かけてここまでたどり着いた旅の話をしてくれた。なぜ自分が車で旅に出たのか。旅先で何が起こり、誰に出会ったのか。すべては二ヶ月前、妻の美奈子の事故死で始まったこと。その美奈子が実は難病を抱えていたこと。万が一のために遺言を残し、あの赤い車を自分が引き継いだこと。そしてカーナビに「もう一つの遺言」が残されていたこと。

「会ったんだろう？　美奈子に」

希久夫は単刀直入にそう訊いた。

「あたしが、奥さんに？」

驚いたような草織の顔を見て、希久夫は戸惑っている。

「……会ってないのか？」

「何のために会うの？」

逆にそう尋ねられ、希久夫は口を噤んだ。

「会う理由がないよね？　彼女にも、あたしにも」

今、希久夫が何を考えているのか、何を思い出しているのか、草織には手に取るように分かった。

「奥さんは、昔あたしとあなたにどんなことがあったのか知っていたの？」

希久夫は首を横に振った。話す必要のないことだった。

「もし仮に知っていたとして……あたしが奥さんの立場だったら、自分の夫と十年も付き合った昔の女なんかと会いたくもないし、最後の最後で一方的に裏切った女なんて、絶対に信用しないし、許さない」

草織は言っているうちに自分が情けなくなってきた。つくづく酷い女だ。

「あたしは希久夫くんの奥さんがどんな人かよく知らないけど、たぶん同じこと考えるんじゃないかな？」

「じゃあ、あいつはここに何しに来たんだろう？」

（そんなこと、あたしに訊かないでよ）

あたしだって、会いたくもなかった。彼女は正しい選択をした勝者で、自分は選択を間違えた敗者だ。

「……好奇心だと思う」

草織は屈辱感を見せずにそう言った。できるだけカラッと、明るく。

「きっと、あたしを見てみたかったんだと思う。希久夫くんみたいな男を裏切った女って、どんな奴なんだろう？　って」

「やめろよ」

希久夫は海を見つめたまま不愉快そうに言った。

（殴ってやりたい）

と草織は思った。希久夫くん、あたしの顔を見てよ。あたしがどういう気持ちでそんなことを言ったのか――希久夫の胸倉を摑んで揺すってやりたかった。

「自分で考えろ……ってことかな。ここに来て、草織と再会して何を感じるか」

そういう遺言だってあるだろう？　と希久夫は草織に同意を求めるように言った。

「弟や母親のこともそうだと思う。会ってみて、自分で考えろ。美奈子はそう言いたかったんだろうな。きっと」

（あの人は、希久夫くんの性格をよく知っている）

考えた挙句、相手を傷つけるより自己犠牲を選ぶという夫の気弱さを、彼女は熟知していた。

「もし希久夫くんの想像が当たっているなら、彼女すごい人だね。旅をして、希久夫くんのために一生懸命拾い集めてた」

何を？　と希久夫が訊いた。

「あなたの、失われた過去」

希久夫は黙ってうつむいている。

「違うかな？」

そうかもしれない。と希久夫は言った。

「でも一度失ったものを取り戻すのはそんなに簡単なことじゃないだろう？　どれもこれも昔のままじゃない。もう一度同じものを手に入れるなんて不可能なんだ」

草織は「洗面所に行く」と言って席を外した。

ドアを閉め、水道の蛇口をひねって手首に流水を当てた。そうして少しでも体の熱を冷ましたかった。希久夫の前で嘘をついて、体温が一、二度上がった気がする。

（向いてない、こういうの）

草織は美奈子と会ってしまったことを今では後悔している。正直な気持ちを言えば、恨んでいる。死んでしまった人間との約束は未来永劫守り続けなければならないのだろうか？　それではあまりにも理不尽な気がした。こっちは生身の人間で、「女」なのだ。

愛したまま無理やり葬った男がいる。その棺を開けてみたら、腐敗もせず、骨にもならず、十年前と同じ姿で眠っていた。その姿を見てしまった以上、黙って棺の蓋を閉じることなどできるだろうか？　草織は、希久夫の心を揺り起こして、目覚めさせたい衝動にかられている。

草織がアメリカへの赴任辞令を受けたのは二十五歳のとき、一九九九年の梅雨がまだ明けない七月の終わり頃だった。

期間は二年。勤務地はシアトルの本社。配属部署はアジア極東地域のマーケティングを統括する部門だが、そこに籍を置きつつ本社が手掛ける新しいプロモーション戦略などを勉強してこい、という上司の命令だった。

草織が大学を卒業して就職したのは、アメリカに本拠地を置くコーヒーの小売りチェーンだ。今でこそ世界最大の店舗数を誇るグローバル企業だが、日本に現地法人を設立したのが一九九五年、草織はその翌年に新卒で採用された一期生ということになる。当時日本法人の所帯がさほど大きくなかったとはいえ、入社四年目の草織に白羽の矢が立ったのは大抜擢といってよかった。

草織は希久夫と同じ北海道大学で英文学を専攻したが、希久夫が東京の製薬会社に内定を貰ったのを見届けて、大学四年の夏から遅すぎる就職活動を東京で開始した。希久夫と離れて暮らすのが嫌なだけで、余裕があったわけではない。むしろ状況は厳しかった。

当時バブル崩壊後の「失われた十年」のど真ん中で、四年生大学卒の女子にとっては未曾有の就職氷河期と言われていた。早々と三年生から就活を始めて無駄足に終わるくらいなら、希久夫の内定を待って就職先を選んだほうがいいと草織は考えた。身も蓋もない言い方をすれば就職など二の次だった。あの頃の草織にとって、そう遠くない将来にやってくる希久夫との結婚のほうが重要だった。

「就活しないんだったら一年間留学すれば？　せっかく交換留学制度があるんだから」

そう言ってくれたのは希久夫だった。英語を学ぶ人間としては考えないことではなかったけど、希久夫と過ごす札幌での自由な生活を一年も無駄にするのがもったいなかった。

「一年も会えないんだよ？　希久夫くん平気なの」

「二回くらいは遊びに行きたいな。俺もまだ海外行ったことないし」

それも楽しそうだな、と草織は思った。希久夫は人の背中を押すのが上手かった。

ギリギリで申請手続きが間に合って、大学三年の九月から四年の六月まで、草織は北大文学部と提携関係にあるカリフォルニア大学のデービス校に留学した。

明るさがまるで違う、というのが強烈な第一印象だった。西海岸だからという気候的な理由だけではない。社会が明るく、人の表情も明るい。あの当時アメリカ全体が空前のITバブルに沸いていた。特に草織が通っていたUCデービス校はIT産業の中心地であるシリコンバレーに近く、町に活気があった。自分と年齢のさほど変わらない若いベンチャー起業家や技術者がびっくりするような豪邸に住み、だだっ広い町中をヨーロッパの高級車で走り回っていた。小さな町にレストランやブティック、カフェが連日のようにオープンして、アメリカ中からビジネスチャンスを求める人間が押し寄せてきた。毎日がお祭りのようだった。「失われた十年」で澱みの底にいる日本とは天国と地獄ほど違った。

結局希久夫は就活と卒業研究に追われてカリフォルニアに来ることはできなかったが、さほどの寂しさを感じずに一年を過ごすことができた。たぶんあの一年の留学生活でアメリカという国とアメリカ人を好きになってしまったのだと思う。良くも悪くも、まったく新しい価値観が希久夫の知らない間に草織の中に出来上がった。

留学を終えて帰国した草織は遅ればせながら就職活動を始めた。『コーヒーストア』という、コーヒーに特化した小売と外食の店舗を北米中心に展開する外資系企業が日本に進出した。その募集票を就職課にあった売れ残りの資料の中から見つけたのは幸運だった。日本では無名に近いアメリカの外食チェーンだが、カリフォルニアに留学経験のある草織にとっては馴染みの深い名前だった。今年日本に現地法人が設立されたばかりで、まだ一号店さえオープンしていない。大企業狙いの北大生たちが興味を示さないはずだった。業界誌などを調べてみても、「喫茶店文化」の根強い日本では成功を危ぶむ声が強かった。

（皆知らないんだ……）

草織はちょっと驚いた。アメリカやカナダでは最もメジャーなコーヒーチェーンとして絶大な人気を誇っている。草織はそれを実感として知っていた。

社風も好きだった。社員全員にブランドに対する忠誠心があった。アメリカでは「会社の『駒』ではなく『伝道師』となる従業員がいる企業だ」と言われていた。しかし草織にとって一番魅力的なのは、本社がアメリカのシアトルにあるということだ。グループ内の人材交流も盛んで、アメリカで研修できる可能性も高い。

（もう一度、あの国で暮らしてみたいな）

一年か二年でよかった。そんな子供じみた願望が、いつの間にか草織の胸の中で膨らんでいた。希久夫とはもちろん結婚したい。その気持ちに揺るぎはない。でもその前にやりたいことが一つできた……というだけのことだ。

草織は採用試験を受けてみる気になった。落ちてもともとだった。

入社して三年が経ち、念願だったアメリカ赴任の内示が出た。それを恐る恐る告げたとき、希久夫は想像どおり優しく微笑んで草織の背中を押してくれた。

「ごめんね。わがまま言って」

シアトルに旅立つ日、成田まで見送りに来てくれた希久夫に、セキュリティゲートへ向かう間際、そう謝った。

「勘違いするなよ。草織の人生は草織のもので、俺のものじゃない。結婚したってそれは変わらない」

希久夫は確かそんな泣かせることを言った。

「なんだよ、泣かないんだな」

希久夫はらしくない意地悪顔をして草織の目を覗き込んだ。

(絶対泣くもんか)

もったいなかった。あと数分しかない。最後の最後まで希久夫の顔をしっかりと見ていたい。

「気持ちよく行って、気持ちよく帰ってくる」

子供のように顔を歪めて、やっとの思いでそう言った。

「ただし二年だけな。延長はなしだよ」

希久夫は笑顔で、珍しくきっぱりとそう言った。

「どうしてもダメ？」

「本当に申し訳ない」

副支配人の森谷が心底申し訳なさそうに顔の前で手を合わせ、草織を拝んでいる。タント・フィオーリはこのホテルとブライダルのフラワーアレンジメントの契約をしていて、副支配人の森谷は久美の高校時代の同級生という仲だが、彼の力でも一部屋もひねり出せなかった。今日は八月十三日で、十七日の日曜日までお盆休みのピークが続く。ここは松山で一番大きなシティホテルだが、予約のキャンセルが一件も出ず、嘘偽りのない超満室状態だった。

森谷はホテル旅館組合にも手を回して空き部屋を探してくれたが、松山市内のましな宿は道後温泉も含めてすべて満室だった。

草織はチェックインの客で混雑するロビーを振り返った。ソファーで観光案内片手に携帯電話をかけていた希久夫と目が合い、首を振ってみせた。希久夫の困った顔からして、あちらも全滅らしい。もう夕方の五時を回ろうとしている。

「今治の駅前？」

かった。

森谷が八方当たって空き部屋を見つけてくれたのは、五十キロも離れた今治のビジネスホテルだった。他にも松山市のはずれにお遍路さんが自炊道具持参で素泊まりするような民宿を二軒見つけてくれたが、希久夫を泊めるには忍びなく、あえて言わなかった。

タント・フィオーリの二階にある四畳半はどうかな？　とも思ったが、久美と久美の母親に希久夫とのことを一から説明しなければならないと思うと気持ちが萎えた。

「俺はかまわないよ。今治のホテルで」

希久夫はいつからこんなに冷たくなったのだろう。

「せっかくだから晩ご飯一緒に食べようよ」

「もちろん。でも飯を食ったあとに今治に移動しても遅くないだろう？」

ゆっくりお酒でも飲みたいと思っているのに。ほんとうに希久夫は冷たい。

「あのね……」

草織は昼間から考えていたことを口にした。

「今日は市内のほとんどのお店が閉まってるから、どうせなら家で何か作ろうと思ってるんだけど」

「草織の家で？」

「うん……」

草織は、もう覚悟を決めている。

「それと……人に泊まってもらえるような立派なものじゃないけど、あたしのマンション、一応、二部屋あるから」

希久夫は表情を消して黙っている。


タント・フィオーリから大街道という道を真っ直ぐ車で南下していくと、五分ほどで石手川に突き当たる。草織のマンションはその緑の葦原を見渡す川岸に建つ新しいマンションだった。五階にある部屋のベランダからは、石手川越しにお城の山と市街地がよく見渡せた。希久夫はリビングのカーテンを少し開け、赤く染まる城山の上の空を眺めている。

「洗濯物、遠慮なく出してね」

希久夫の足元にある小ぶりなスーツケースの中身のほとんどは、一週間ぶんの洗濯物に違いない。

「迷惑掛けてすまない。行き当たりばったりだったから」

草織はキッチンと繋がった十畳ほどのリビング・ダイニングのカーテンを全て開け、ベランダのサッシを網戸にして、まだ熱気の残る夕方の川風を部屋に入れた。希久夫はどこにどう動いていいやら分からず、不器用に突っ立って、ゆるゆると風に揺れる鉢植えのオウギバショウの葉を見ていた。

「物が多くて狭いけど、この部屋を使って」

草織は普段仕事部屋に使っている六畳の部屋のドアを開けた。

「ありがとう」

希久夫はスーツケースを運び入れ、遠慮がちに部屋の中を見回している。

（今朝掃除機をかけておいて正解だった）

草織は素早く目を配り「見られたくないもの」を探した。白木の仕事机と作業台が部屋の一角を占領している。作業台の上には電動ミシンがあり、作りかけの子供服がその横に置かれていた。草織はそれらの布切れを手早くまとめてバスケットにしまい、本棚に入り切らずに床に積み上げた植物や園芸の本を作業台の上に移して部屋を広くした。

「手伝おうか？」

「ダメ。変なもの発見されると嫌だから」

草織は冗談めかしてそう言ったが、（あっ）と気づいたときには遅かった。仕事机のパソコンの横に、まだ赤ん坊の頃のジェイミーを抱いた自分の写真が小さな額に入れて置いてある。希久夫はそれを見ていた。

（見られちゃった）

草織は身構えたが、希久夫は何も言わずにスーツケースの蓋を開け、携帯電話の充電器を取り出して、

「使わせてもらうよ」と近くにあった電源プラグに差しこんだ。

「すぐ夕食の準備するね」

「うん」

充電を開始する携帯電話の電子音が静かな部屋に響いた。

「いい鯵があったから、希久夫くんの好きだったあれ、作ってあげる」

「あれかぁ……懐かしいね」

希久夫は草織の家に足を踏み入れてから初めて笑った。

（この人だって緊張してたんだ）

十年恋人だった男と女が、十年お互いを忘れて生きてきて、突然再会した。これが最後の晩餐になる気もするし、考えてもみなかった関係が始まるような気もする。

「『旅人の木』があるね」

希久夫はリビングに置かれた鉢植えのオウギバショウの葉を指で撫でた。漢字では『扇芭蕉』と書く。扇に似た緑の大きな葉がきちんと東西に広がって生育する不思議な性質を持っていて、昔から旅人が方位目印として利用したことから『旅人の木』と別称されるようになったらしい。

希久夫は通りすがりの旅人なのか？　それとも再会すべくして現れた運命の人なのか？

鯵を三枚に下ろしながら、草織の頭の中ではそんな思いがグルグルと回っている。

シャワーを浴びてTシャツとショートパンツという恰好になった希久夫は、鯵のたたきに刻み生姜と葱を混ぜ、器用にスプーンで団子にしては鍋に入れている。その姿を見ていると、ずっとそこに座っていたような錯覚にとらわれてしまう。

（あたしはどうしてこの人と別れたんだろう？）

アメリカで予想もしなかった恋をし、結婚し、子供を産んだことが嘘のように思える。あれこそが現実なのに……二人は冷えた吟醸酒を切子の盃に注ぎ、静かに乾杯した。

「いつから酒飲めるようになった？」

感慨深げに希久夫が言った。昔はコップ半分のビールで酔っていた草織が、美味しそうに日本酒を口にする姿が不思議なのだろう。

（自分だってお酒弱かったくせに）

「アメリカにいた頃かな」

酒を覚えたのは、ストレスや悲しさから逃避するためだった。美味しいと思ったわけではない。アルコールが入っていればよかった。カウンセリングを受けていた医者からキッチンドランカーだと言われ、自分に興醒めしたことを思い出す。

「さっき見たでしょ？　赤ちゃんを抱いた写真」

草織は自分からその話題を持ち出した。

「アメリカにいる息子なの。裁判で負けたから親権はあたしにないけど……もう小学生」

そうか、とだけつぶやき、希久夫はそれ以上詮索しなかった。

「苦労したんだな、なんて言わないでよね。情けなくなるから」

「言うわけないだろ」

希久夫はベランダの向こうにあるビル街の明かりを見てそう言った。

「草織の人生は草織のものだろう？　自分で納得できてれば、それでいいんじゃないかな」

希久夫は変わっていない。十年前も、見送りに来てくれた空港で同じことを言われた。

でも、希久夫は間違っていると思う。自分の人生は時として自分だけのものじゃなくなる。希久夫の人生まで変えてしまったという負い目が草織にはあった。

巨大な海獣の叫び声に似たアムトラックの警笛が、霧の出てきたハーバーエリアに響いている。それはつがいの牝を探す求愛の声にも聞こえるし、漁師に銛《もり》を撃ち込まれた断末魔の鳴き声にも聞こえる。この音を聞き続けてもう一ヶ月になろうとしていた。「シアトルの音だ」と草織は思う。

今年完成したばかりのセーフコ・フィールドで上がる歓声が、倉庫街にあるこのオフィスビルまで時折潮騒のように聞こえてきた。そういえば今日は、マリナーズの今シーズン最後のホームゲームが行われる日だった。

地元の新聞によれば、来年から佐々木という日本人のピッチャーがマリナーズに移籍するらしい。野茂がドジャースで大活躍をしていたせいで、マリナーズ・ファンの同僚から「ササキはどんなピッチャーなんだ」とよく訊かれる。希久夫の影響で野球には詳しいほうだと思うけど、せいぜい名前と顔が一致するのは松井やイチロー、松坂というスターくらいのもので、佐々木の顔が思い出せなかった。

「『大魔神』だよ。横浜の」

昨日の夜（日本は昼間だが）、電話で希久夫がそう教えてくれた。横浜ベイスターズのクローザーで、彼が出てくると相手チームは諦めてしまうほどの抑え投手らしい。

「なんで『大魔神』なの？」

「顔が似てるから……だった気がする」

たまにはこういう会話もいいと思った。

「元気？」「今何時？」「そっちはもう寒い？」「仕事には慣れた？」「何食べてる？」

短時間に交わす会話はいつも代わり映えがしない。

草織がアメリカに来て以来、希久夫は毎日シアトル時間の夜十一時に五分間だけ電話をしてくれた。日本は昼間の三時で、会社のロビーに置いてある国際通話用の公衆電話からかけているらしい。

「毎日のことだから三分でいいよ」と草織は言ったのだが、「カップラーメンを待ってるぶんだけ喋るってどうなんだろう？」と変なことを言って草織を心配させた。

「そんなもの食べてるの？」「ものの譬《たと》えだよ」「今朝は何を食べた？」「トーストとか」

希久夫は放置しておくとロクなものを食べない。

「トーストと何？」「トーストとコーヒー」

「だけ？」「それだけ」「果物とかヨーグルトは？」「朝からそんなに食えないよ」「せめて野菜ジュースくらい飲んでよ」

そんな会話で五分間はあっという間に過ぎ去る。

「じゃあね」「仕事頑張れよ」「希久夫くんもね」「無理するなよ」「お父さんによろし

く」

「頑張れ」と言ったり「無理するな」と言ったり……遠距離恋愛の電話は他愛なく、とりとめなく、切ない。

東京は午後三時、シアトルは前日の午後十一時。いろいろ試した結果この時間に落ち着いたのだけど、どうにも草織に不利な時間設定のような気がしてならない。

電話を切った希久夫は仕事場にいて、忙しさの中で寂しさを忘れることができる。一方草織は、否応なくその寂しさを抱えたままベッドに入り、耳に残る声の余韻に悶々としなければならない。おかげでシアトルに越して来たばかりの八月は、時差ボケも相まって深刻な睡眠不足になってしまった。昔、札幌の映画館で希久夫と『スリープレス・イン・シアトル』という映画を見たことがある。妻を失った不眠症のシアトル男と、マリッジ・ブルーのボルチモアの女が、ラジオの深夜番組を通じて遠距離恋愛を成就させる——というラブストーリーだったけど、不眠症男を演じたトム・ハンクスの気持ちを、いま草織は同じシアトルで思い知らされている。

電話を切ったあと、いつも草織はベッドの中で希久夫の日常を想像した。阿佐ヶ谷の家、中央線や山手線の中、一度家族見学で行った希久夫の会社の研究室……シアトルの町を知らない希久夫は、あたしの暮らしをどうやって想像しているのだろう？　たまにそう考えることがあった。

アメリカ西海岸の大都市シアトルは、ハイウェイで二時間も走ればカナダ国境に行けるほど北にあるが、暖かい海流のおかげで冬の厳しさはさほどでもない。奥行きの深いピュージェット湾の一番奥に作られた美しい港町で、入り江に突き出た半島の上に碁盤の目状の道路が走り、高層ビルが建ち並んでいる。

草織の職場であるコーヒーチェーンの本社屋は、ダウンタウンを南に下ったハーバーエリアの倉庫街にある。かつてこのあたりは治安の悪い殺風景な港湾地区だったらしいが、草織たちの会社が本社をここに構えて以来、アーティストがアトリエを構えたり、若者向けのブティックやモールができたり、ずいぶん景色が変わったと古株の社員から聞いた。

社屋は、中央に時計塔を持つ地上九階の煉瓦造りのビルで、まるまる一ブロックの敷地を占める巨大な床面積の建物だ。草織の配属されたマーケティング・ディビジョンは七階フロアにあり、二百人近いスタッフが担当地域ごとにグループを組んで販売戦略を練り、商品開発を行っている。

このマーケティング局はシュバイツCEO直属の部門で、十数人毎の小さなグループを束ねるリーダーの上はすぐ最高経営責任者というダイナミックな組織になっていた。全世界で五万人近くいる従業員を束ねるカリスマCEOが、草織のような若い研修社員と気さくに会話することなど日常茶飯事で、他の大手外資系企業では考えられないフレンドリーな空気が会社の隅々まで浸透していた。

店舗展開の新しいコンセプトを作成するプロジェクトが組まれ、そこに草織が呼ばれたのは赴任して三ヶ月後、シアトルでの生活にも慣れた十一月の半ば頃だった。二十人いるプロジェクトチームのリーダーは三十二歳のビル・チェンバレンという男で、優秀な人材が多いマーケティング部門でもとりわけ目立つ幹部候補だった。サンフランシスコ出身、UCLAの経営大学院でMBAを取得したという典型的な西海岸のエリートで、CEOお気に入りの若手マーケティング・ディレクターだ。ビルは、いかにもウエストコーストの健康的な白人青年という風貌をしていた。百八十二センチの長身に少し長めの金髪、そばかすがちの彫りの深い顔にブルーの瞳、笑うと形の良い白い歯が派手にのぞく。『ビッグ・ウェンズデー』のときのウィリアム・カットに似てる——というのが草織の第一印象だった。

ビルの経歴はエリートそのものだが、東海岸のアイビーリーガーたちのようにスーツが板につくタイプではない。リーバイスの501が、ジーンズショップのマネキンのように素晴らしく似合った。大概はこの501に一枚十ドルほどのTシャツ、その上にコットンや革のジャケットを申し訳程度に羽織っている場合が多い。ブーツを履く真冬以外は、ほとんどＶＡＮＳというメーカーのスニーカーばかり履いている。全部『OFF THE WALL』というスケボー少年御用達のモデルで、いつの間にか百足近く自宅の下駄箱に溜まっているという。

「大学卒業するまでスケートボードの上で暮らしてたからさ、もうこのスニーカーなしじゃ生きていけないんだ。たぶんブリーフより長い時間履いてると思う」

ビルは陽気で、始終冗談を言って同僚や部下を笑わせる。ニューヨーク風のシニカルで洒落の利いたジョークではなく、緩くくだらない話を連発する感じも西海岸風だった。この三十過ぎても学生気分の抜けない男が、仕事になると恐ろしいほどの集中力を発揮した。冗談を言いながらも手を抜かない。

ビルはスタンドプレーを嫌う男だった。だから仲間には厳しい。チームの中で落伍者が出ることを決して許さなかった。励まし、叱咤し、全員で成し遂げることに執拗にこだわった。そういうアメリカ人が大好きなキャプテンシーを嫌みなく身に付けていた。

「草織が日本人だからって特別扱いはしたくないんだ」

それはアメリカ人と同じ土俵で戦え、ってことではない。とビルは言う。

「日本人の感性でレベルの高いアイデアを考えればいい。要は『質』さ」

草織のシアトルでの生活は、ビルのプロジェクトに入ってから大きく変わった。それまでのお気楽な研修ムードは一変し、一気に濃密になった。ビルは次々とメンバーに課題を与えた。自分たちの会社が経営するコーヒーショップに、さらなる付加価値を付けていくためには何が必要か？　コーヒーの味は？　フードは？　サービスは？　インテリアは？　カルチャーは？　それを連日全員でブレーンストーミングした。ビルは荒削りなアイデアでも決してゴミ箱に放り込まず、磨けば光らないか？　と丁寧に吟味した。

「今年のうちに何か一つ面白い話を決めたいんだ。ボビーに何かでっかいクリスマスプレゼントを渡したくないか？」

ボビーとはＣＥＯのロバート・シュバイツのことだ。ビルはそうやって部下のモチベーションを上げるのが上手かった。

草織は仕事が面白くてたまらなくなった。おかげで、悶々と希久夫のことばかり考えることも少なくなった。夜、プロジェクトの仲間と食事することが多くなり、週末はダウンタウンに一緒に遊びに出かけたりもした。土曜日はメンバーの女の子の家に泊まりがけで遊びにいったり、日曜日は日曜日で、ビルの家でバーベキューをしたりした。

日課になっていた希久夫の午後十一時の五分間の電話を、日曜日の夜の週一回にしようと言い出したのは草織のほうだった。ただし時間は三十分に増やすことにして。希久夫の声を毎日聞きたいのは山々だけど、電話に出るために急いで家に帰ることが門限のように思えてきたこと、希久夫に聞かせたいことがたくさんあって、とても五分では足りなくなったこと。それが主な理由だった。

草織は、いつの間にか自分のことばかり電話で話すようになっていた。子供っぽく、自慢げに、熱に浮かされたように一方的に。その会話の中に何度もビルという名前が登場した。希久夫はそれをどういう思いで聞いていたのだろうか？

「明日からニューヨークに出張するよ。一泊ぶんの荷物を持って、朝九時にタコマの空港に来て」

クリスマス休暇も近い十二月のある木曜日、突然ビルからそう言われた。彼がニューヨークに出張することはプロジェクトの皆が知っている。店内で流す音楽の専用レーベルを作ろうという企画があり、いくつかのレコード会社との間で下交渉が進んでいた。その大本命、ニューヨークに本拠を置く全米有数の大手レコードメーカーが「社長へのプレゼンテーション如何で決めたい」と言ってきた。ビルはそのプレゼンに単身乗り込むことになった。

「先方の社長というのが、日本の親会社から出向してきている日本人なんだよ」

「じゃあ、私は通訳ということですね？」

「いや、ミスター・ノゾエは完璧な英語を話すらしい。草織は、いわばシンボルだな」

「どういう意味でしょう？」

「うちの会社は優秀な日本人スタッフもいるグローバル企業なんですよ、って見栄だよ。僕の横でニコニコしていてくれればいい」

翌日の朝、タコマ空港にいたビルは別人だった。黒い細身のスーツに白いシャツ、シルバーと紺のレジメンタルストライプのネクタイを締め、黒のトレンチコートを手に持っている。なるほど、こうして見るとＭＢＡを持っているエリートに見える。

「そういう服も持ってるのね」

草織がそうからかうと、

「雇われの身は辛いよ」

と、変な愚痴をこぼしながら早足でチェックインカウンターのほうへ歩いていった。照れくさそうな細長い背中が一瞬愛おしく思えた。

（何考えてんのよ）

草織は自分の迂闊さに動揺した。

（あり得ない）

と心の中のある部分に蓋をして鍵をかけた。

四年ぶりのニューヨークだった。

留学中、たしか春先に一度遊びに来たことがあるけど、クリスマスシーズンのこの街はまったく景色が違った。メーシーズの巨大なリース。ロックフェラー・センターの大きなツリー。五番街の空中に浮かんだ大きな雪の結晶。マンハッタンの隅から隅までイルミネーションで飾られ、キラキラと輝いている。

宿はパーク・アヴェニューにある有名な老舗高級ホテルだった。

「ここに泊まるの？」

「近いホテルはここしか空いてなかったんだ。この時期の出張だからね。まあ大目に見てもらうさ」

チェックインを済ませて部屋に荷物を入れた。三十七階で、ビルの隣の部屋だった。

「すごい」

エドワード様式の部屋にはクイーンサイズのベッドが置かれ、ソファーの向こうの大きな窓からクライスラービルがよく見えた。

（ビルの部屋も同じ間取りかな）

草織は変なことが気になった。

「そんなに遠くない。歩いて行こう」

とビルは言った。二人はパーク・アヴェニュー四十九丁目のホテルを出て七ブロック北に歩いた。よく晴れた寒い日で、ちょっとした散歩をするにはもってこいの距離だった。マンホールから立ち上るスチーム、ベーグル屋台の香ばしい煙、ショーウインドーのイルミネーション……そのどれもがニューヨークにいることを実感させた。CNNが東海岸は今夜から雪になると言っていたが、高層ビルで切り取られた冬晴れの青空を見る限り現実味はない。

華やいだ買い物客たちで賑わうマディソン街に入って五十六丁目まで歩くと、世界四大メジャーの一角を担う巨大音楽メーカーが、四十階建ての自社ビルに本拠を構えている。内々の社長プレゼンはその最上階にあるアーティストサロンで行われることになっていた。金額面や条件面では担当役員と合意に至っている。あとは最終決定権を持つ慎重な社長に、「どう夢を感じてもらえるか」だとビルは言っていた。

プレゼン相手の野添社長は温厚そうな紳士で、系列のハリウッドの映画会社を破綻寸前から立て直した辣腕《らつわん》家にはとても見えなかった。野添は緊張した面持ちで同席する草織に興味を示した。

「日本の方ですか？」

「はい。東京から出向しております」

ほう、と野添は相好《そうごう》を崩した。

「それは将来的に日本とアジアでも展開する、ということですね」

野添はプロジェクトに好印象を持ったようだった。ビルの狙いどおりだ。

二台のパソコンを繋いで映像や音のサンプルを見せながら約三十分、ビルは無駄のない語り口で、互いの利益を端的に説明した。

「我が社は音楽のオリジナルレーベルを持つことで、カルチャーにも貢献する企業だというイメージを手に入れることができる。全世界に一万近くある弊社の店舗で御社のアーティストの曲が流れ、店頭でCDを買うこともできる。御社は労せずに世界中の都会の一等地に一万の販売店を持つことになります」

ビルの話を黙って聞いていた野添は、最後に一つだけ質問をした。

「我々も所属アーティストを説得して参加させる以上、彼らと約束したことは信義として守らなければなりません。中には個性的な思想信条を持ったスターも大勢いる。今後多少のトラブルがあっても、御社のCEOは嫌気を起こさないで最後まで一緒に走ってくれますか？」

つまり――と野添はビルの目を見据えた。

「我々と組んだ以上、決して他社には乗り換えないという約束が欲しい」

野添は独占契約したいという本音を口にした。

お約束します。とビルはきっぱり答えた。

「我が社のCEOは利害ではなく理念で動く人ですから。それは私が保証します」

（越権行為だよ、それ）

草織はビルの発言を内心冷や冷やして聞いていた。厳密に言うと役員でもないビルにはそこまで言う権限はない。一社員がトップの気持ちを斟酌《しんしゃく》して言質《げんち》を与えるなど、日本の企業メンタリティから見れば不遜とも取られかねない。日本の企業人である野添が気分を害さなければいいがと心配だった。

「シュバイツさんは社員に信頼されているんですね」

という穏やかな野添の言葉も解釈によっては皮肉にも受け取れるが、ビルは怯まない。

「私は単なるプレゼンターですが、CEOの信任を受けてあなたの前にいます。独断でこのようなことを言っているわけではありません」と白い歯を見せて笑い、上着のポケットから携帯電話を取り出して、メモリーから一つの電話番号を表示させた。

「ご心配なようでしたら、シアトルで待機しているシュバイツにお電話していただき、直接お尋ねくださってもかまいません」

（この人は単純な楽天家じゃない）

草織は秘かに舌を巻いた。たぶんビルは事前にCEOと相談して、こういう局面も想定していたのだろう。

「その必要はないでしょう。良いプレゼンテーションでした」

野添は満足げに微笑んで右手を差し出し、息子のような年齢のビルと握手を交わした。

「さっそく役員会に諮《はか》って、前向きなご返事ができるよう努力します」

(よかったぁ……)

草織は一気に肩の荷が下りた。単なるプレゼンで契約が内定したも同然の快挙だった。見事にそれをやってのけたビルを誇らしく思った。

「少し彼女と日本語で話していいですか？」

野添は律義にビルの了承をとって、草織に日本語で話しかけた。

「ロバートは良い社員を持って羨ましいね」

「弊社のCEOをご存じなんですか？」

言葉遣いの丁寧な野添がファーストネームで呼ぶのは親しい証拠だろう。

「あちこちのパーティで会うものですから。まあ、その程度の仲です。携帯電話の番号くらいは知っていますけど」

(この人、意外と食えない)

一勝一敗だな、と草織は思った。

「こういうプロジェクトは、双方の現場の人間が盛り上げていったほうが上手くいくもんなんです。頑張ってください」

最後は若者が勝ちを譲ってもらった感じもするが、草織の贔屓目ではビルの優勢勝ち、ということにしておきたかった。


下りのエレベーターの中でビルと二人きりになった。

「おめでとう。最高のプレゼンでしたね」

「やっぱり？　そう思う？」

ビルがそう言って噴き出した瞬間、緊張感が消えてなくなり、二人は四十階ぶんを下る間、ずっとゲラゲラと声を出して笑い続けた。目に涙を溜めて笑った。気がつくとビルにハグされていた。

草織は動揺を気付かれないようにゆっくりと体を離した。

「シアトルに戻ったら、プロジェクトの皆とお祝いしなくちゃね」

ビルは少し癖っ毛の金髪を搔き上げた。

「その前に、二人で……というのはどうかな？」

その夜ビルは、トライベッカにある『ブーレー』という、ニューヨークで一番人気があるフレンチレストランに連れていってくれた。クリスマス前の金曜日によく予約が取れたと思うのだけど、あとになってよくよく考えてみれば、ニューヨークに縁のないビルにそんなコネがあるはずもない。あれはずいぶん前からの予定の行動だったのだろう。

弁護士、ウォール街のエリート、ブロードウェイの人気俳優、ヤンキースの四番打者……絵にかいたようなニューヨーカーたちに交じって食事をしている自分がどこか嘘っぽかったが、目の前にいるビルのおかげで「これは現実なんだ」と思うことができた。時たま「クラムチャウダー注文したら出てくるかな?」などといつもどおりの学生臭い冗談を言ってくれるおかげで、雰囲気に呑まれずに済んだ。

「ずいぶん長くあなたと一緒に仕事してる気がする。このプロジェクトでビルと知り合ったのは、まだ一ヶ月前なのにね」

「四ヶ月だよ」

少し赤くなった顔でビルが言った。草織がまったく酒を飲めないため、赤ワインをボトルで注文してしまったビルは、いつもよりも余分に飲んでいる。

「僕は草織を四ヶ月前から知ってる。草織がシアトルに来た日から、ずっと見てた」

大きな半円形の窓の外、渋滞するブロードウェイに雪が舞い始めていた。

二人がシアトルに戻ったのは日曜日の夜遅くだった。ニューヨークには結局二泊した。クリスマス休暇前の最後の週末をビルと二人で過ごしたことになる。金曜日の夜から降り出した雪が予想以上に積もって、予約していたシアトル行きの午前便がキャンセルになった。航空会社は夕方の振り替え便を勧めたが、どうせならもう一泊しようとビルが言い出した。ホテルのほうも雪の影響でキャンセルが出たようで、そのまま同じ部屋に泊まれるよう手配りをしたのもビルだった。「帰ろうよ」と草織が言えば、二人で夕方のシアトル便に乗っていたに違いなかったが、あのとき草織は、ビルの段どるままに身を委ねてしまった。もう一泊したニューヨークで二人の間に何か特別なことが起きたわけではない。ありふれた観光客のような一日だった。リトル・イタリーでピッツァを食べ、ソーホーをブラブラ歩いてギャラリー見物をし、アップタウンに戻った。

草織はポケットに手を突っ込みっぱなしのビルに、バーグドルフ・グッドマンで革の手袋を買ってプレゼントした。ビルはお返しにと、FAOシュワルツでシリアルナンバー入りの小さなベアーのぬいぐるみを買ってくれた。草織はそのベアーを小脇に抱えて、ビルと二人で真白に雪化粧したセントラルパークを散歩した。滑りそうになる度、草織の手を真新しい革の手袋をつけたビルの手が優しく摑んだ。

夜は、ホテルからもほど近いレキシントン・アヴェニューにある、地元の住民が集まるようなカフェでローストチキンを食べた。草織はクランベリージュースのソーダ割りを、ビルはペールエールのビールを飲みながら、互いの家族の話をした。

希久夫の話はしなかった。草織は、ビルが意識的に恋人の話を避けていることに気づいていた。

食事のあと、もう少しホテルのバーで飲まないか、とビルに誘われたけど、「飲めないからつまらない」と明るく断り、部屋に戻った。この流れ――どんどん危険地帯に入っていきそうな気持ちの流れをどこかで切らねばいけない。草織はベッドサイドの受話器を取り上げ、希久夫に電話をかけた。日本は日曜日の正午になる頃だ。

何度かけても留守番電話になった。希久夫はまだ携帯電話を持っていなかった。希久夫の声が聞きたかった。あの声を聞くだけですんなりと元の場所に戻れるはずなのに。草織は諦めて受話器を置いた。せめて希久夫の顔を思い出そうとしたが、窓の外に広がるマンハッタンの夜景が非現実的過ぎて邪魔する。十年も自分の側にいた男の顔がぼやけたディテールで頭の中に甦る。たった四ヶ月顔を見ていないだけなのに、ずいぶん昔の記憶のような気がしてならない。

「恋人はいるの？」

ビルがポツリとそう訊いたのは、翌日シアトルに戻る飛行機の中だった。

「いるよ」

草織ははっきりと言った。

「十代のときから付き合ってるの。二年間の研修が終わって日本に帰ったら、結婚することになってる」

ビルは返事もせず、青黒く暮れていく高度一万メートルの空を眺めていた。

シアトルのタコマ空港に降り立ったときにはもう夜の十時を過ぎていた。日曜日でもあり、到着ロビーは人影もまばらだった。

「送っていくよ」とビルは言ったが、草織は首を横に振った。

じゃあ、明日オフィスで。

おやすみなさい。

タクシー乗り場に向かおうとする草織の腕をビルが引き止めた。振り向くと、目の前にビルの顔があった。

「ファースト・アヴェニュー・ノースの角を右に曲がってください」

タクシーはハイウエイをシアトルの都心で降り、古くからの住宅街が広がるロイ・

ストリートを西に走っている。

「ああ、坂を上がるんだね？　でもファースト・アヴェニューはあの先で階段になってて、行き止まりだろう？」

年老いた黒人のタクシードライバーはオールドタウンの地理に詳しかった。

「ええ、坂を上って突き当たりの、階段の下にある右手のアパートです」

「いい所に住んでるねぇ。あの辺は治安がよくて住みやすいだろう？」

草織は会社が何部屋か借り上げている独身者向けのアパートに住んでいる。都心の高級住宅街であるクイーン・アン地区の高台の麓で、周囲には緑が多く、センスの良いカフェや本屋も近くにあってとても気に入っている。

草織は一人でタクシーに乗っていた。

ビルは空港のロビーで草織の唇にキスをすると、満足した顔で解放してくれた。

「我が中隊は、今夜は勇気ある撤退をする」

戦争映画の台詞みたいなことを言うと、最後にもう一度草織の額にキスをし、ミッキーマウス・マーチを口ずさみながら、車を置いている駐車場のほうへ行軍するように去っていった。ああいう無邪気な男を憎めるものではない。

あんなに長いキスをしたのは初めてだった。

草織は希久夫の唇しか知らない。だからキスの上手い下手など分からないが、明らかに希久夫のものとは違った。感触も、髪や肌の匂いも、抱き寄せる力も。

わずか十五分前に起こったことで、取り返しのつかないことをしたという深刻さはまだない。それより「明日からどうビルに接しよう？」という心配ばかりが先に立った。

この愛すべきシアトルでの生活、愛すべき仕事仲間との人間関係を壊してしまわないように……

アパートの部屋に戻ると、暗いリビングの片隅で留守番電話のランプが点灯していた。

時計は二十三時十分を指している。希久夫からの電話に違いなかった。

（今は、話をできない）

とても希久夫の声を聞ける精神状態ではない。

（なんで昨日の夜電話に出てくれなかったの）

草織は理不尽に希久夫のせいにした。

「美味かったよ。ちょっと感動した」

希久夫にしては珍しく、大げさにそう言った。鍋の中身はすっかりなくなり、きれいにスープだけになっている。

「足りなかったかな？」

二人とも歳をとったぶん、鯵のつみれも焼き葱も豆腐も少なめにしたのだけど、希久夫と二人、三十分ほどで平らげてしまった。

「この鍋をまた食えるなんて思ってもいなかった。ついバカ食いしちゃったよ」

草織は、この『鯵の叩き吸い鍋』を最後に作ったのはいつだろう？　と考えたが、はっきりと思い出せない。

「スープにお素麺入れてあげようか？　好きだったでしょ」

草織は台所に立って素麺を茹でる準備をした。希久夫は素麺が好きで、鍋をしたあとも雑炊やうどんより、素麺を入れて温かい煮麺《にゅうめん》仕立てにすると喜んだ。

鍋を食べている間中、希久夫は自分が運転してここまで乗ってきた赤いオープンカーの話をした。グレース・ケリーの愛車だったその車が巡り巡って妻の手に渡り、運転免許も持っていなかった自分の物になり、思ってもみなかった出会いや再会を与えてくれた不思議さ――その旅の終わりに草織がいて、昔大好物だった鍋を囲んでいる不思議さを語った。

（あたしの人生は、キクイモモドキみたいだ）

草織は鍋に湯を沸かしながらそう思った。

『キクイモモドキ』は本物の『キクイモ』より綺麗な花を咲かせるけど、肝心の芋の実を付けない。あたしは熱に浮かされてビルという「花」を取った。「実」を付ける希久夫を捨ててまで。

「あたしが友達とこの町で出直すとき、花屋がいいって思ったのはあなたの影響なの。希久夫くんがたくさんの花や草の名前を教えてくれたおかげなの」

キッチンに立つ草織は、希久夫に背中を向けたままそう言った。

「十年前、あたしがアメリカに赴任することになったとき、どうしても行くなって希久夫くんが言ってたら、あたしたちの人生も変わってたかな」

希久夫はしばらく答えなかった。沸騰し始めた湯が手鍋をカタカタと鳴らした。

「美奈子が死んでからこっち、色んなことを考えさせられたんだ」

穏やかな希久夫の声だった。

「そうすると、今さらながらに悔いばかりが残るんだよ。あのときこうしてやればよかった、もしあの時あんなこと言わなかったら、って」

草織は泡立つ熱湯を見つめながら聞いている。

「でも、そういう悔いが残ることの一つひとつがいかにも自分らしくてさ。たとえ時間を巻き戻してやり直したとしてもきっと同じ結果になると思う。同じことを考えて、同じことをしてしまう。だから後悔するのもほどほどにしよう、って反省したんだ」

希久夫というのはそういう男だった。自分は被害者なのに加害者を責めない。あのとき、美奈子に言われたとおりだ。

「夫は自分から孤独を求めたことなんて一度もない。いつも周りの人間があの人を一方的に捨てて、孤独にしてきたんです」

草織は涙が出てきた。

希久夫に背中を向けたまま素麵の束を湯の中に入れた。茹で上がる一分ほどの間にこの涙が止まるだろうかと心配になった。

希久夫と別れたときの刺すような心の痛みが、次から次に蘇ってくる。


「一方的……過ぎないか?」

最後に聞いた希久夫の言葉だ。

「ごめんなさい」

もっとましな言葉がたくさんある気がしたし、こうなってしまった言い訳が千ほどもある気がした。

「ごめんなさい」

二度目にそう言ったとき、電話が切れた。

十年かけて大切に育んできたものを、たった十分ほどの電話で失った。嘘みたいに呆気なく消えた。

窓から淡いピンク色に染まったクイーン・アンの丘が見える。四月。桜の木が多いシアトルの町が一年で一番美しい季節を迎えようとしていた。

希久夫に長い長い別れの手紙を書いたのは三月の終わり頃だった。草織がシアトルに来て七ヶ月あまり。ついに一度も希久夫の顔を見ることなく最後の手紙を書くことになった。

(こうなる以外他に道はなかったのだろうか)

会おうと思えば会えた。そのチャンスは何度かあった。

ニューヨーク出張が終わったあと、草織は年末年始に帰国することになっていた。希久夫も家族もそれを楽しみに待っていた。しかし草織は、帰国の予定を体調不良を理由にキャンセルしてしまった。ビルとのことが何となく後ろめたくて、心から里帰りを楽しめない気がしたのだ。なにより希久夫にそういう不自然さを見抜かれてしまうのではないかという不安があった。

クリスマスウィークになって同僚たちは皆帰省してしまい、長い休暇を独りアパートに籠りっきりで過ごした。心配した実家の母や希久夫が「シアトルに行く」と電話をかけてきたが、一度ついた嘘を正当化するために、小さな嘘を並べて思い留まらせた。

（あたし、何をやってるんだろう？）

希久夫に会いたいのに、会うのが怖くなっていた。明らかに精神がバランスを崩しかけていた。アパートに引き籠っているうちに本当に具合が悪くなり、最後には熱を出して寝込んでしまった。最悪のホリデイシーズンだった。

西暦二〇〇〇年の年明け、世の中がミレニアムのお祭り騒ぎで盛り上がっているときに、草織はアパートのベッドで三十九度二分の熱にうなされていた。

市販の風邪薬がまったく効かない。もう一週間も誰とも会っていなかった。電話もかかってこない。あとになって気付いたことだけど、年末から携帯のバッテリーが切れていた。そんなことに気づかないほど憔悴していた。

（このまま、一人で死ぬかもしれない）

冗談ではなくそう思った。明日になっても熱が下がらなければ自分で救急車を呼ばなければならない、と覚悟した。

（希久夫くん、ひょっこり来てくれないかな）

草織は朦朧とした意識の中でそんな虫のいいことを考えた。死ぬほど会いたかった。

「寂しいよ……」

そう声に出したら、今まで流したことのないような熱い涙が溢れた。

一月二日の夜が明ける頃、アパートのインターフォンが鳴った。

(希久夫くんだ)

飛行機を乗り継いで来たに違いなかった。こんな時間に来てくれるのは希久夫しかいない。

インターフォンは鳴り続けている。草織はよろめく足で玄関までたどり着き、受話器を取った。

「草織。僕だ」

聞こえてきたのはビルの声だった。自分はついにおかしくなったらしい、と草織は思った。ビルは今千二百キロもはなれたサンフランシスコの実家にいるはずだった。

「連絡がつかないから心配になって。車を飛ばしてきたんだ」

草織は、失望と安堵感が混じり合い、しゃがみ込んで泣き出してしまった。

ビルに初めて抱かれたのは、三月も近い冬の終わり頃だった。週末、スキーに出かけたウィスラーのホテルでそうなった。自分で望んだことだから後悔はしていない。もう理屈やモラルでは、ビルに魅《ひ》かれていく気持ちを止めることなどできなくなっていた。

後ろめたさはなかった。むしろ心が楽になった。思えば、最初にビルを見たときから男として魅かれていたのだ。その気持ちを「友情」とか「敬愛」とか、似て非なる曖昧なものに置き換え、自分をごまかそうとしていたに過ぎない。毎日職場でビルと接しながら、希久夫のために必死で自分をごまかし続けた。その自己欺瞞《ぎまん》を隠しきれなくなったとき、心の底からビルに抱かれたいと思った気がする。

「結婚してほしい。前からそう考えてた」

初めてベッドをともにしたあと、ビルは浮ついた様子もなくそう言った。

「今すぐ返事をしなくてもいい」

と付け加えたのは、気持ちの整理をつけてくれということだろう。

「僕がその蓮見という人に会ってもいい」

ビルはそう言うが、希久夫とのことを他人任せにする気はなかった。ただの恋愛ではなかった。自分の人生の半分がそこにある。

結局、草織は希久夫に会う勇気がなかった。

希久夫に別れの手紙が届いたのは、おそらく四月の初め頃だろう。読んだその日に電話がかかってきたことを覚えている。

「こんなこと電話で話せない。とにかく会いにいくよ」

（もう、遅いよ）

「来ないで……お願いだから」

哀願に近かった。今、希久夫が目の前に現れたら、心も体もバラバラになりそうだった。

希久夫への愛情が冷めたわけではまったくない。それは自分の肉体の一部のように分離しがたいもので、ビルへの愛と比較することなどできない。

二人の男を同時に愛してしまった。

そういう自分が呪わしくて、苦しかった。その苦しさに耐えきれず、側にいない希久夫を犠牲にするという一番安易で残酷な方法を選んでしまった。今は良心の呵責《かしやく》から一刻も早く抜け出して楽になりたかった。

最後はとても無様で惨めな幕引きになった。

「一方的……過ぎないか？」

「ごめんなさい」

十年かけて大切に育んできたものを、たった十分ほどの電話で失った。

嘘みたいに呆気なく消えた。

希久夫が歯を磨いている間に、草織は仕事部屋に夏布団を敷いた。机の上のジェイミーを抱いた写真は、自分の寝室に移した。

「先に休んでね」

「ありがとう」

歯を磨き終えた希久夫は、布団の上に胡坐をかいて文庫本を読んでいる。本を読まないと寝つけない癖は昔のままだ。

「何読んでるの？」

「ヘッセだよ。研究室の後輩に薦められたんだ。なかなか為になる」

と文庫本の表紙を見せた。『庭仕事の愉しみ』という題名だった。ヘルマン・ヘッセが植物好きで園芸愛好家だったことは草織も知っている。

「草織も読んでみるといいよ」

その文庫本をあたしが読み終わるまでは、ここにいてくれるということだろうか？

希久夫の何気ない言葉一つで容易《たやす》く心が動いた。

希久夫の洗濯物が洗い上がり、自動で乾燥が始まっていた。

シャワーを浴びた草織は髪の毛を乾かしながら、二ヶ月前に会った美奈子の顔を思い出していた。

あなたにも責任があります——詰るようにそう言っていた。

責任。希久夫を愛した責任。裏切った責任。過去に犯した過ちは、責任を果たすことで償えたりするものなのだろうか?

「無理よ」

あのとき、美奈子に返したのと同じ言葉を鏡に向かってつぶやいた。希久夫も言っていたではないか。時間を巻き戻してやり直したとしても、きっと同じ結果になると思う……と。

(無理よ。そんなこと)

草織は、希久夫の寝ている部屋のドアの前に立った。

「……希久夫くん?」

ドア越しにそう呼びかけたが、返事はない。

耳を澄ませて中の気配を窺った。

遠くの河原で一発だけ上がったロケット花火が、口笛のような音をさせた。

「おやすみなさい」

草織は静かに自分の寝室に入った。

「手放すなんて嫌よ」

「裁判をすれば君は負けるよ」

「それは脅しのつもり？」

またあの夢だ——夢を見ている夢だった。草織の夢の中に、夢にうなされるもう一人の自分がいる。眠る前にシアトルに残してきた息子のことを思うと決まって同じ夢を見た。

「残念だ。君とは何も分かり合えなかった」「この三年間で僕の失ったものは大きいよ」

夢の中で、ビルが執拗に罵っている。

草織がビルと結婚したのは、希久夫と別れてから一年経った四月で、やはりシアトル中に桜の花が咲き誇っていた。すでにそのとき、草織のお腹の中には息子のジェイミーがいた。

二人の結婚は同僚たちから祝福されたが、皮肉なことに双方の家族からは歓迎されなかった。特に草織の両親は露骨に反対した。

「どうして希久夫くんと別れたんだ」

そう口を揃えて草織を非難した。彼らは希久夫が大好きだった。家族同然に愛し、信頼していた。

何の非もない希久夫を紙屑のように捨て、名前も顔も知らない、言葉も通じない外国人と結婚しますと言われても賛成できるはずがなかった。

「国際結婚はリスクが大きいよ？　特に相手の家庭に入る女にはね」

考え直せよ。物分かりのいい兄までがそんなことを言った。

ビルの両親も、長男がアジア人の女と結婚することに積極的に賛成はしなかった。チェンバレン家はそういう保守的な家だった。

結婚を巡るネガティブな空気が一変したのは、草織の妊娠が発覚したときからだろう。老人たちはそれほど孫が欲しいのだろうか？　花嫁のお腹が大きくならないうちに——と、あっという間に結婚式までの段取りが組まれた。当事者の草織は茫然とそれを眺めていたに過ぎない。

草織は結婚後も三ヶ月間働き、辞令どおり二年間のシアトル本社勤務を終えて退職した。自分の会社が好きだったから、せめてそれぐらいのけじめはつけたかった。その大好きな会社を、ビルも辞めると言い出した。理由は報酬だった。当時アメリカのバブルの主役はＩＴから金融に交代していた。ビルのところにも金融関係からいくつかのヘッドハンティングの話が舞い込んできていたのは知っていたが、あまりにもあっさり転職を決めてしまった。

「僕ももうすぐ父親だからね。いつまでもスニーカーばかり履いてられない」

会社や仲間、目をかけてもらったシュバイツCEOへの未練はないようだった。

ビルが転職したのは、彼の故郷サンフランシスコに本拠を置く全米有数の保険会社だった。本音を言うと、草織はシアトルの町を離れたくはなかった。サンフランシスコはビルにとってはホームタウンだけど、草織にとっては何もかもが不慣れな「アウェイ」だった。

ビルはサンフランシスコのど真ん中で生まれた街っ子だった。草織でもその名前を知っている高級住宅街、パシフィック・ハイツにある大きな家で生まれ育った。

チェンバレン家は弁護士事務所を経営する父親の影響で、姉も妹も弁護士という法曹一家だが、家族の中で長男のビルだけ毛色が違った。

ビルの父親は固い人間ではない。企業の法務コンサルティングで成功した人だから経済にも明るく、息子と同じように快活さと抜け目なさが同居したカリフォルニアのインテリだった。

チェンバレン家の家風を作っているのはビルの母親のエリザベスだった。彼女は西部開拓農場主の子孫であることが何よりも誇りで、実家は祖父の代に不動産開発で財をなした地元の資産家だった。典型的なアメリカの保守主義者で、信心深いプロテスタントでもある。ビルの家族の中で草織との結婚に積極的に反対したのはエリザベスだった。

WASP（ワスプ）という略語がある。

白人（White）でアングロサクソン系（Anglo - Saxons）かつプロテスタント信者（Protestant）というアメリカの古い支配階級を表す。同時に人種的偏見を持つ人々を指し、あまり良い意味では使われない。イギリス系移民の子孫であることがアイデンティティの義母エリザベスは、そのWASPの典型だった。あの厳格な母親に育てられていながら、ビルだけがどこか自由な雰囲気を持っているのは不思議だった。ビルの反骨心が強かったのか、あるいは最愛の息子にだけは甘い母親だったのか……おそらく後者のほうだと草織は思う。長男に嫁いだ女としての動物的勘だった。

「どうしても同居しなきゃダメかな？」

草織は新しい環境に適応するのに一生懸命で、ビルの母親と上手く折り合いをつけていく余裕がなかった。しかも妊娠している。サンフランシスコには不安ばかりがあった。

「ママと二人で暮らすわけじゃないだろう？」

僕が側にいるじゃないか、とビルはあっけらかんと笑っていた。

「君に肩身の狭い思いをさせるわけがない」

たしかにそのとおりだった。ビルは頼りになる男だった。ただ、逆境に弱かった。

彼が明るい自信家でいられたのは挫折を知らなかったからだ。

九月十一日。ニューヨークで同時多発テロが発生した。

旅客機が激突したワールド・トレード・センターには、ビルが一週間後に入社する予定だった保険会社の金融部門が入居していた。大打撃を受けた会社は、失った金融部門に優秀な人材を大量に補充しなければならなくなり、代わりに年俸の高い他部門の幹部を解雇し、中途採用者との雇用契約を解除した。そのリストの中にビルも入っていた。全米がテロに対する怒りに燃え上がっている中では、犠牲者でもある会社相手に訴訟を起こすことなどできない空気があった。

ビルはサンフランシスコの名士である父に八方手を尽くしてもらい、古くから名の通った食品会社のマーケティング部門になんとか職を得た。ビルも父親になる責任感で必死だったのだろう。シアトル時代よりも低い年俸を呑んで入社した。

十一月に長男のジェイミーが生まれ、チェンバレン家が賑やかになったが、一方でそれが新しい確執の火種になった。

エリザベスの、息子夫婦に対する介入が度を越して強くなった。

エリザベスは孫の洗礼をプロテスタントの教会で行った。チェンバレン家は代々プロテスタントだから、草織もそれに対して異存はなかった。しかしその母親である草織にまで改宗を求めた。「当然のことです」と彼女は言った。草織は幼稚園から中学まで通ったカトリック系の学校で洗礼を受けていたが、取り立てて宗教的信条があるわけではない。しかし義母のそういう高圧的な姿勢には抵抗感を感じた。とても現代のアメリカとは思えなかった。まるで十六世紀の異端審問だった。

草織が一番不愉快だったのは、ジェイミーの教育についてエリザベスが主導権を握ろうとしたことだった。彼女は一切の日本的な教育、例えば日本語の絵本を読み聞かせることや、童謡を歌ってやることにまで異論を唱えた。

「この子はアメリカ人なの。誇り高いアメリカの男に育てる義務が私にはあるの」

この人は何か勘違いしているのではないか？　と草織は思った。

「ジェイミーはあたしとビルの息子です。子供を教育する責任と権利は、まずあたしたちにあります。それは尊重していただきます」

草織の反撃を食らい、エリザベスは怒りの形相で蒼ざめていた。あの瞬間からエリザベスとの関係は決して後戻りできない反目へと突き進んでいった。

ビルは助けてくれなかった。

彼は自分のことで精一杯だった。新たに就職した食品会社は古臭い一族経営で、ビルは一年もしないうちに事なかれ主義の上司と揉め、辞表を叩きつけた。ビルは苛立っていた。たった一年の間に二回も転職し、プライドが傷つき、年収は激減した。その後独立して経営コンサルタントの事務所を立ち上げたが、上手くいかなかった。ビルの飲酒量が増えたのもこの時期だった。

「あなたと結婚してビルはダメになったわ」

エリザベスにそんなことまで言われた。

もはやビルには、エリザベスからのプレッシャーと闘う草織を援護する余裕などなかった。助けを求めると興醒めしたような顔で逆に詰られた。

「君はアメリカ人と結婚したんだろう？　この国や文化に対する愛情が足りないんじゃないのか？」

草織はかつて、アメリカやアメリカ人が大好きでこの国に来た。サンフランシスコの高級住宅街にあるこの場所には、草織の大好きなアメリカの欠片もなかった。高い塀に囲まれた別の国だ。

ジェイミーが二歳になり、活発に歩き回って様々な言葉を覚えて喋るようになった。この子が物心つく前に、母親として安定した精神状態でいられる環境を作らなければと、草織は切実に思った。

「最後のお願いよ。ここを出て親子三人で暮らしましょう」

そうすれば、もっと夫のケアだってできる。エリザベスとの不毛な共存に割いているエネルギーを他に回すことができれば、何だってできる気がした。

「それは、できない」

ビルは暗い顔で言った。経済状況がそれを許さなかった。銀行に融資を受けて作ったコンサルタント事務所の経営が上手くいっていなかった。父親からもずいぶん出資してもらっていた。それ以上の金の無心はビルのプライドが許さなかった。

「小さなアパートでいいじゃない？　ジェイミーがもう少し大きくなったら私も働くわ」

「君は分かっていない」

ビルは失望感を露わにした。

「僕という男をまったく理解していない」

よく理解しているわ……と草織は心の中でつぶやいた。あなたが外聞を気にして見栄を張る、ちっぽけな自尊心の持ち主だということを。本当は小心な野心家に過ぎないことを——でもまだ愛していた。

ジェイミーの父親だった。

「君だけが出ていく……そういう選択肢だってある」

草織は言葉を失った。ビルという男の、心の底を見てしまった気がした。

草織は夢にうなされている。

夢の中で、夢にうなされている自分の姿が見える。うなされている夢は、決まってサンフランシスコの記憶だった。

「ジェイミーを手放すなんて嫌よ。訴訟を起こしてでも親権を争うわ」

そう言う草織に、ビルは蔑みの目を向けた。

「まさか、日本に連れて帰るつもりかい？」

ビルは初めて見る狡猾《こうかつ》な顔で冷笑した。

「ジェイミーはアメリカで生まれた歴としたアメリカ人だ。日本国籍のままの君がこの国で裁判をすれば、必ず負けるよ」

「それは脅しのつもり？」

「脅しなんかじゃない。忠告だ。僕の父親の仕事が何か知っているだろう」

「そんな言い方、恥ずかしいと思わないの？」

草織は、初めて夫に憎悪を感じた。

「……残念だよ」

草織の怒りに気圧されたビルは目を逸らした。

「結局君とは何も分かり合えなかった。この三年間で僕の失ったものは大きいよ」

草織は怒りを抑えるためにしばらく黙り込んだ。頭の隅にしばらく忘れていた希久夫の顔が浮かんだ。

「あたしが失ったものに比べれば、大したことじゃない」

草織は目を覚ました。


ベッドの横にあるチェストの上、仕事部屋から持ってきたジェイミーの写真がこちらを見ていた。嫌な夢を見た後味の悪さで喉が渇いている。

台所で水を飲んだ。いつの間に降り出したのか、窓の外でヒソヒソと雨音がしている。


八月十四日、金曜日。

朝の天気予報は一日中雨だと言っていた。厚い雨雲のせいで夕方のように暗い。昨日の夜、素麺を茹でながら泣いてしまったことは希久夫に気づかれているに違いなかった。どこか気まずい雰囲気を今朝まで引き摺っている。

希久夫は仕事部屋の窓から自分の車を見下ろしていた。車はマンション前の駐車場で雨に濡れている。その背中が今にも「もう、行くよ」と言い出しそうで、草織は気が気ではなかった。ドリップでコーヒーを淹れる手元に集中できない。

「今日は一日中降るんだって」

「そうか」

希久夫はコーヒーの香りに惹かれるように、ダイニングテーブルに座った。

「休暇はいつまで？」

「あと五日……六日かな？」

トーストとハムエッグ、夏ミカンとヨーグルトが希久夫の前に並んでいる。

「いただきます」

希久夫は昔からものの食べ方が綺麗だった。男の二人暮らしだったのに、いったい誰に躾けられたのだろう？

「もったいないわね。雨で」

「ん？」

「せっかく松山まで来てもらったから、いろんなところ案内したかったのに」

このまま希久夫を東京に帰したら二度と会えない気がする。少なくとも「また来るよ」という理由が希久夫にはない。

「今日一日待ってくれれば、週末はお休みが取れるんだけど」

希久夫は顔を上げて草織を見た。

「無理強いは、しないけど……」

希久夫は困った顔でベランダを濡らす雨を見ている。「いや、もう帰るよ」と唇が動きそうだった。

「草織」

「はい」

「道後温泉って、ここから近いの？」

「歩いていける距離だけど」

「仕事、何時に終わる？」

久美には希久夫のことを全部話した。もちろん美奈子のことは伏せて。

久美は「十年の恋人か……」と、希久夫を呼んだ。良い表現だと思った。「千年」や「百年」みたいに大げさではなく、本物の恋人という感じがする。

「男はこりごりだって言ってたけど、あれは外国人の男に限ってのことね」

実は今、久美も恋愛をしていた。相手は小、中、高と同級生だった男で、松山市役所の福祉課の職員をしている。離婚経験があり、小学校三年の娘がいた。

「運が向いてきたのかね？　私たちにも」

「あたしのほうは望み薄だな」

久美に打ち明けたら急に気が楽になった。

「おたくと違って派手に一回終わってる話だから。しかも、終わらせたのはあたしだしね」

九十九・九パーセントヨリが戻ることなんかないだろう……と草織は思う。まだ諦めてはいないけど。

「でも、もう少しだけ一緒にいたいの。それだけ」

「あんたさぁ……」

見ると、久美が涙ぐんでいる。洟《はな》を啜って、バン、と草織の尻を叩いた。

「い、痛いよ」

「明日から五日ほど夏休み取んな。これ社長命令」


神様がくれた休日だと思う。いつ唐突に終わるか分からないが、感謝して、悔いのないように過ごさねばならない。

夕方、店を少し早目の六時に閉めて、道後温泉本館の湯に浸かって時間を潰していた希久夫を迎えに行った。二人はそのまま道後の町の寿司屋に入り、カウンターで長尻の食事をした。

食事を終えて店を出ると雨が止んでいた。草織のマンションまでは二キロほどあるが、歩いて帰ることにした。雨上がりの涼しい電車道を真っ直ぐ石手川まで南下し、湯渡橋を渡ってから河原に下りて遊歩道を歩いた。

「蛍がいるね」

背の高い葦原に見え隠れする緑の光を希久夫が見つけた。

「覚えてるかい？　北大のカモ池」

希久夫が、恋人だった頃の話を初めてした。

「うん。よく覚えてる」

二人が北海道大学の学生だった頃、緑の多い構内をよく散歩した。希久夫の農学部と草織の文学部は中央の並木通りを挟んで向かい合っている。二人はいつもクラーク博士像の前で待ち合わせして、日本一広いキャンパスを二人でゆっくり歩いた。お金はなかったけど、あんな贅沢な時間はもう持てないだろう。

理学部と工学部の間に学食とレストランがある。その北側に通称「カモ池」と呼ばれる大きな池があって、夏になるとよく蛍が飛んでいた。

「源氏蛍だね。こんな街中を流れてるのに、この川の水が綺麗な証拠だ」

「カモ池の蛍と同じ種類？」

「あっちは平家蛍」

「どう違うの？」

「大きな源氏蛍は水の綺麗な川辺にしか住めない。小ぶりな平家蛍は田んぼとか池とか沼とか、濁った水辺に住む」

「それだけ聞くと北大の蛍が可哀そうね」

「光り方も違う。源氏は強く弱くをゆっくり繰り返す」

「平家のほうは？」

希久夫は空を見上げた。淡く天の川が瞬いている。

「平家蛍は弱く早く、星が瞬くように光る」

（あたしは昔、この人が大好きだった）

好きで好きでたまらなかった。草織はそれを河原の暗がりの中ではっきり思い出した。

「あの頃草織と一緒に見たものは、どれも大事な思い出だよ。どれも愛おしい」

希久夫はそう言ってくれた。

草織にはその真意が分かった。希久夫は暗に「お前を許す」と言っている。

「草織のマンション、あの橋のたもとだよな」

希久夫は先に立って遊歩道を歩いていく。草織はその背中に「ありがとう」と小さくつぶやいた。

八月十五日、土曜日。

朝から晴れていたので、まだ涼しいうちに希久夫と松山城のある城山に登った。

希久夫は、父親の敬一郎の影響で神社仏閣やお城、古民家などの古い日本建築を見るのが好きだ。

「よくできた城だね」と、天守閣の中や外を物珍しそうに見て回っている。

「連立式の天守閣なんて珍しいね」

草織には専門的なことは分からないが、毎日見上げている自分の町のお城が褒められるのは悪い気がしない。

山上の本丸広場からは松山の町が一望できた。南に四国山脈が聳え、谷や尾根が折り重なるように徐々に低くなって平野をつくり、西に向かって明るい瀬戸内海が開けている。

空気が澄んでいる日は対岸の広島や岩国、大分県の国東《くにさき》半島まで見渡せる。草織はここから見る松山の景色が大好きだった。

「いい町だね」

希久夫はそう言ってくれた。

「三年前初めて松山に来て、やっぱりここから町を眺めたの。この町で死ぬ自分を想像できたから、暮らしてもいいと思った」

「東京には、もう戻らないのか」

「もう居場所がないもの」

「生まれた町じゃないか」

「今でも特別な場所だよ。思い出のたくさんある町だから」

十二時になり、町に終戦記念日のサイレンが鳴り響いた。草織は希久夫の隣で静かに黙禱した。


午後から希久夫の車で遠出した。高速道路で一時間ほど西に行った内子の宿場町を散歩した。その後大洲の町まで足を延ばして日の暮れを待ち、肱川《ひじかわ》を下る屋形船に乗って鵜飼見物をした。有名な大洲の鵜飼を見るのは草織も初めてだった。

真っ暗な川面に篝火《かがりび》の明かりだけが輝き、しわがれた鵜匠の声と鵜の鳴き声だけが響いている。昔鎌倉宮で見た薪能に似ていた。

草織は、篝火に照らされては闇に沈む希久夫の横顔ばかり見ていた。草織の手は船端をギュッと摑んでいる。川船の揺れが強いわけではなく、心の揺れを抑えるためだった。

まだこの人を愛している。

またこの人に愛されたい。

草織の自制心が崩壊しようとしていた。

もう誰かに人生を振り回されたり、振り回したりするのはこりごりだった。その結果、とても大切なものをいくつも失ってしまった。家族の信頼、自分がお腹を痛めて産んだジェイミー、そして希久夫……。それ以来草織は、もう恋をしなくても、どこかの男に愛されなくても生きていける自分を慎重に作り上げてきた。

しかし今、体の中で何かが融解《ゆうかい》し、溶岩のように流れ出していた。この三日間必死に封じ込めてきたが、もう止める術がない。

この人の心を取り戻したい。

この人にもう一度抱かれたい。

この人のために生きたい。

あのとき、美奈子に会ったときには荒唐無稽にしか思えなかったことが現実になりつつある。

「万が一私が死んでしまったら、あの人はたぶん、私の車に乗ってあなたの前に現れます」

美奈子はそう予言した。

「そのとき、もう一度愛せると感じたなら、迷うことなく愛してあげてほしいんです」

「無理よ、そんなこと」

川船から水上に掲げられた篝火が、バチッ、と音を立てて爆《は》ぜた。希久夫の頰が一際明るく照らされ、舞い落ちる火の粉の下で再び闇に沈んだ。その闇の中で草織は希久夫の手を探り当て、そっと握った。希久夫の表情は暗くて見えない。

八月十六日、日曜日。

今日も朝から快晴だった。起きてすぐに洗濯した希久夫のTシャツや下着をベランダに干した。この天気なら二時間ほどで乾いてしまうだろう。

希久夫はダイニングテーブルに座ってコーヒーを飲んでいる。洗濯物を干す自分の後ろ姿をさっきから見られていることに草織は気づいていた。昨日の夜の気まずさがまだ尾を引いていた。「もう東京に帰るよ」と言い出してもおかしくない。

昨日大洲で鵜飼を見たあと、松山に帰る車の中で希久夫は終始無言だった。何を考えているか分からなかった。用心深い顔……あえて言えばそんな顔だった。

暗闇で自分の手を握った草織を咎めるでもなく、また許しているわけでもなさそうだった。川船から降りたあとに舟茶屋で食べた鮎の塩焼きを「美味しいね」と言ってから、希久夫は何も喋っていない。

草織が予想したとおり、昨日の夜は何事も起こらなかった。

洗濯物を干し終えた草織が部屋に戻ると、「宇和島に行ってみないか?」と希久夫から言い出した。草織の仕事部屋にある観光ガイドブックを広げている。開いたページに宇和島城の写真が載っていた。

「またお城の山に登るの?」

草織は急な山頂にある宇和島城の写真を見て、わざとうんざりした顔をしてみせた。希久夫は笑ってくれた。宇和島城の城山には、松山のようなロープウェイなどついていない。

「心配しなくていいよ、歩けなくなったら手を引いてやるから」

希久夫はそういう言い方で、昨日からの気まずさを帳消しにしてくれた。

「だったらお弁当作る」

今日も希久夫と一緒にいられる。草織はそれだけで嬉しかった。

夜、宇和島から松山に戻ってきて、繁華街の一番町にあるビストロで食事をした。久美と二人でよく行く有機ワインが売りのビストロで、奥さんがシェフ、旦那さんがソムリエという夫婦二人でやっている小さな店だ。希久夫が「ワインを飲みたい」

と言ったので連れていくことにした。

「お薦めは何？」

「メニューにあるもの全部」

シェフの比奈子さんはフランス帰りだけど、パリではなく、僻地のブルターニュ半島の先端にあるレストランで修業した変わり種だった。魚料理の天才といわれるパトリック・ジョフロアという人が師匠で、松山の海で獲れる魚を驚くほど繊細な手法でフレンチに変えてしまう。それが旦那さんが選ぶ有機農法のシュナンブランやリースリングとよく合った。

「松山は都会だなぁ。こんな店があるなんて」

希久夫は一皿ごとに感心している。

「あたしがここに永住してもいいいって思った気持ちが分かるでしょう？」

「世間は広いって改めて思った。自分の知らない町ですごい人間が普通に暮らしている」

「信州の征二郎さんとか、滋賀の弟さんとか？」

草織は希久夫が旅先で出会ったという人々の名前を挙げた。

「藤沢で蕎麦屋やってる美奈子の昔の彼氏もすごい男だった。とても敵わない」

この人は気づいていないのだろうか？　美奈子のような女が、そのすごい男より自分を選んだ、ということに。

「希久夫くんは、どこか違う町で暮らしてみたいと思ったことはないの？」

「俺が？」

考えてもみなかったな――希久夫は頭の中でどの町がいいか想像を楽しんでいるようにも見える。

「俺は……やっぱり東京で頑張るよ。これでも最近、自分の仕事に使命感みたいなものを感じてるんだ」

余計なことを言ったかもしれない、と草織は悔やんだ。希久夫に東京のことを考えさせてしまった。

「明日、帰ろうと思う」

そう言われて、草織は傍目《はため》にも分かるほどうろたえた。

「でも、お休みは二十日までだよね？　車だから途中一泊するとしたって、十九日に松山を出れば二十日中には……」

「墓参りをしたいんだ。二十日は美奈子の誕生日だから」

八月十七日、月曜日。

眠れなかった。何度か目覚めては眠ったが、諦めてベッドを出た。午前四時。まだ外は暗い。

それほど酒量がないのにボトル半分ほどもワインを飲んだ希久夫は、朝まで目覚めないだろう。眠っているうちに準備をしておこうと思った。いつものテンポで身支度を済ませ、いつもの手順で化粧をした。いつものように、あまり何も考えずに。体に沁みついた動きに身を任せるように。

今日からまた日常に戻らなければならない。


やはり希久夫の心の中に棲んでいたのは、もうこの世にいない美奈子だった。それを思い知らされた。彼女が死んでからの二ヶ月あまり、そして自分と過ごした四日間でさえ、美奈子は希久夫の心を独占し続けていた。

昨日の夜、希久夫は美奈子に対する嘘いつわりのない気持ちを聞かせてくれた。

「自分が情けないんだ。美奈子がいなくなって初めて、掛け替えのない女だって思い知らされた。その気持ちは二ヶ月経った今もどんどん強くなってる。どうしようもないんだ」

希久夫はとても真摯な顔で、草織の前で臆面もなくそう言った。

「美奈子の葬式が終わったあと、あいつのお父さんに言われた。もう十分娘は愛してもらったから、今日からは少しずつ忘れてやってくれ……って。死んだ人間に義理だてして、俺の人生を寂しいものにしないでくれって」

美奈子自身もそれを心配していた。そのため草織に会いにきた。

「でも、そう言われて気づいたことが一つある。うちの親父がどうして再婚しなかったか、ってことだ」

希久夫は思いもよらないことを言った。

「親父が死ぬまで独身を通したのは、別れたお袋への罪滅ぼしなんかじゃない。お袋を愛してたんだ。俺は、そういう親父を不幸だとは思わない」

美奈子がそれを教えてくれた——そう希久夫は言った。

草織の完敗だった。悔し涙も出なかった。夫婦とは、ここまで深く結びつけるものなのだろうか？

もしかすると、美奈子はこうなることを知っていて草織にあのようなことを頼み、カーナビに希久夫を試すような遺言を残したのかもしれない。

まさかね、と草織は思う。

彼女はそんな悪趣味な女じゃないだろう。少なくとも草織に会いにきたときの美奈子は必死で、真剣で、そんなゲームをしかける余裕など微塵もなかった。それに美奈子が草織に最初に持ちかけた「密約」は、どちらの目が出ても美奈子にとっては辛いものになる。

思惑どおり、希久夫が再び草織の愛を受け入れることになっても。

美奈子に操を立て、希久夫が一生孤独に生きていくことになっても。

（あたしが彼女の立場だったら、どうするかな）

気がつけば、化粧をしながらそんなことを考えていた。幾分か気が楽だったのは、最終的には美奈子との約束を守る形になったからだろう。

（不本意ながら……だけど）

美奈子は、わざわざ国際電話をかけてきて、あの「密約」を反故《ほご》にしてくれと頼んだ。


乾いた希久夫の洗濯物を丁寧にたたみ、希久夫のために朝食を作った。卵を焼いてサンドイッチにしたものと、フルーツサラダ。コーヒーを淹れてポットに保存した。淹れたてのフレッシュなコーヒーを飲ませてあげられないことだけが心残りだった。

以上のことをできるだけ丁寧に念入りに済ませたあと、キーホルダーから部屋のスペアキーを外してダイニングテーブルの上に置き、希久夫にメッセージを書いた。共働きの夫婦の間で交わされるような、生活臭いメッセージにしたかった。そのほうが「続き」がある気がしたから。

らず。

希久夫くん

見送るのが照れくさいので、今日は仕事に行きます。生花市場は朝早いのであしからず。

朝食を作っておきました。食べたら食器はそのままにしておいてください。

洗濯物をお忘れなく。

合い鍵を置いていきます。玄関ドアの新聞受けに入れておいてください。

店に顔など出さず、そのまま消えちゃってください。

これじゃあ本当に共働き夫婦の連絡メッセージだな、と思った。草織はしばらく考えてから、最後に一行付け加えた。

幸せな四日間をありがとう。

草織

予定より二日早く店に出てきた草織を見た久美は一瞬驚いた顔をしたが、希久夫のことに関しては何も訊かなかった。いつもと変わらぬ様子で冷静に事務処理をし、店が忙しくなると草織をフォローしてくれた。つくづくいい相棒を持ったと思う。ほとぼりが冷めたら、あの行きつけのビストロで久美の大好きなオーガニックのムルソー（ちょっと高いけど）をご馳走しようと思った。

アルバイトの子たちは、草織に何があったのか気づきもしていない。

「木曜日にいらした同級生の方、かっこいいですね」

理緒ちゃんがそう言ったのには少し驚いた。

「理緒ちゃんの中では、ああいうのは〝かっこいい〟になるの？」

希久夫の容貌は悪いほうではないが「華やか」ではない。若い子たちが好むイケメンの範疇には含まれないだろう。

「私、草食系が好きなんです。うちの女子大にあんな准教授がいたら絶対にもてますよ」

たしかに希久夫は草食系に違いない。あれほど草花が似合う男はいない。

「ひょっとして店長の元彼ですか？」

「あたしの？　そんなふうに見えるのかぁ」

草織は「意外だ」という顔をしてみせた。

「あたしけっこう面食いなんだけど」

そっか、間違いないと思ったんだけどな、と理緒は首を傾げている。

「だってあの人が店長を見る目がすっごく優しかったんですよ。最初は旦那さんかと思ったくらい」

いやだ、やめてよ。草織は理緒の肩を叩いてケラケラ笑い、笑いつつカフェのトイレに入った。ドアを閉めて鍵をかけ、洗面台の縁を摑んで波立つ気持ちを押し殺した。

希久夫には、もう二度と会えないだろう。

店を閉めたあと、久美が家で晩ご飯を食べていけと言ってくれたが断った。何も喉を通りそうにない。

その日の夕焼け空は物すごかった。街も山も人も濃厚なオレンジ色に染まっている。どこか違う星の景色みたいだった。草織もオレンジ色に染まりながら、いつもの道を自転車をこいでマンションに戻った。

駐輪場に自転車を置きにいくと、今朝まであった希久夫の赤い車がなくなっている。

(今頃、どこを走ってるんだろう?)

草織は、希久夫がどんなメッセージを残していったか気になっている。読むのは怖いけど、せめてそれをお守りにして残りの人生を生きていこうと思う。

テーブルの上にたたんで置いておいた希久夫の洗濯物が消えていた。食器はそのままにしておいてと書いたのに、皿もカップもポットもきちんと水切り籠の上に並んでいる。

希久夫からのメッセージは、なかった。

草織は落胆したが、何も痕跡を残さずに消える、というのも優しさなのかもしれない。そう前向きに解釈した。

仕事部屋のドアを開けた。小さなスーツケースが一つなくなっただけで、やけに部屋が広く見えた。

今朝まで希久夫がそこにいたという実感が湧かない。

部屋に入ろうとしたとき、ドアの裏側に何かが当たり、ゴトンと音を立てた。ドアの裏を覗くと、希久夫のスーツケースが壁際に置かれていた。

草織は一瞬、状況を理解できなかった。

そのとき玄関で鍵を開ける音が聞こえ、草織は弾かれるように部屋を飛び出した。ダイニングから玄関に続く廊下の向こう、スーパーの買い物袋を手にした希久夫が立っている。

「今日の晩飯は、俺が作るよ」

決まり悪そうに微笑んでいる。草織は息苦しくて、マラソンのあとみたいに胸が上下している。

「あと二日、十九日まで居ていいかな？」

耳の奥で音がした。草織は確かにその音を聴いた。きつく張りつめた絃《いと》の切れる音だった。

両手に買い物袋を持った希久夫に駆け寄って抱きしめた。希久夫の頭を抱え込むようにして、濡れた頰を希久夫の首筋に擦りつけた。

懐かしい希久夫の肌の匂いが草織の鼻腔に満ちて、渇《かつ》した人間が水を求めるように希久夫の唇を求めた。

細く白い三日月が出ていると、水を飲んで戻ってきた希久夫が教えてくれた。

「台所の窓から見えた。もうすぐ新月だね」

希久夫はベッドには入らず、横たわる草織の足もとに腰を下ろして、暗い部屋の隅を見つめている。

草織は、ダラリと膝の上に置かれた希久夫の長い腕に手を伸ばし、手首のあたりをそっと握った。希久夫は「どうした？」という顔で草織を見た。十年ぶりに希久夫に抱かれた高揚感が冷めず、頭の芯が白く濁っている。子供の頃、泣き過ぎると頭の奥が重くなった感覚に似ていた。体を起こすのが億劫だった。

「希久夫くんの心の中に、あたしの棲む場所はあるの？」

草織は一番知りたいことを尋ねた。

「あるよ」

「そこに棲んでもいいの？」

希久夫は少し返事を言い澱んだ。

「今すぐには、無理かもしれない」

いつまで待てば希久夫の心の中に棲めるのだろう？　生きている間にそんな日が来るのだろうか？

「美奈子さんは、許してくれるかな？」

自分だけが独占していた世界に割り込んでくる草織を許すだろうか？　しかも自分との約束を破った女が……

「美奈子は、死んだんだ」

希久夫は苦しげに言った。

「もういないんだ。死んだ人間の気持ちを確かめることなんてできない」

生きてる人間が、死んでしまった人間の心を忖度《そんたく》して、それに振り回されるなんてあっちゃいけない。そんなの最低だ——希久夫は厳しい口調でそう言った。

「そんなこと、あいつは望んでいないはずだ。そういう女だった」

そう言ってしまってから、自分の矛盾に気がついたように希久夫は笑った。

「……忖度して、振り回されてるな、俺」

草織もつられて笑った。笑いながら美奈子という女のすごみを感じた。

「お父さんの話、ちょっとショックだった」

草織は、昨日の夜聞かされた敬一郎の話を、そのまま希久夫に重ね合わせてみてしまう。

「だから俺も一生独身を通す……って？」

「うん」

「美奈子と違って、うちのお袋は生きていたからね。どこかで生きてる。だから、いつ戻ってきてもいいように、親父はお袋の居場所を空けて待ってたんだ。そして待ち続けたまま死んだ」

そう思うとすごく救われる気がする、と希久夫は言った。

「でも美奈子はもう死んだんだ。死んで、俺だけのものになった。だから、俺だけが憶えていればいい。草織は忘れろ」

「忘れられないよ……」

忘れることなんてできない、と草織は思った。もう隠しておくことなんてできない。

希久夫は優しく草織を問いただした。

「やっぱり会ったんだね？　あいつと」

草織は、重大な決意をしてうなずいた。

「嘘をついてごめんなさい」

真実を話せば、せっかく取り戻した希久夫との関係が終わるだろう。

「でもあたし、美奈子さんとの約束、守れなかった……」


草織が美奈子に会ったのは六月の二日だった。タント・フィオーリに唐突に現れた。クラシックな赤いオープンのスポーツカーは嫌でも草織の目についた。運転していたサングラスの女は店の前に車を停め、ひとしきり店の外観を興味深げに眺めると、車を降りて中に入ってきた。

「いらっしゃいませ」

草織が声をかけると、ちょっと驚いたような顔をして、「伊川草織さん、ですよね?」と言ってサングラスを取った。

「ええ、そうですが……」

草織は、用心深く女の顔を見た。見覚えのない顔だった。

「どちら様でしょう?」

「蓮見と申します」

女は笑うと、エキゾチックな顔になった。

「蓮見希久夫の、家内です」

狭い町だから、なるべく知り合いに遭遇しそうにない道後の料理旅館に行った。そこの若女将は草月流の生け花教室の仲間で、最近ではよく花も買ってもらう。彼女に電話して静かな部屋を取ってもらった。観光客の出入りする新館ではなく、江戸時代からある旧門から庭に入ると離れがある。それに付属した四畳半の茶室を借りた。お茶を運んでくれた若女将が、障子に手を掛けて言った。

「では、ごゆっくり」

「すみません。ご無理を言って」

若女将はにこやかに会釈して障子を閉めた。

「素敵なところですね」

美奈子は感心したように床の間の書を眺めている。希久夫の妻だと聞いて最初は動揺したが、よくよく考えればこの女に対して自分が引け目を感じる必要はない。

「あなたのことは、亡くなった蓮見の義父からよく聞かされていました」

美奈子はいきなり驚かせることを言った。

「お父さん、亡くなられたんですか？」

「ええ、三年前に」

草織は茫然となった。一度は「もう一人の父親」と思い定めたあの優しい人がもうこの世にいない。

「義父はあなたのことが大好きでしたから、昔の話をよく聞きました。もちろん私は、主人の昔の恋人に興味なんてなかったけど」

美奈子は癇に障る言い方をした。

「じゃあ、何のためにいらしたんですか？　わざわざこんな田舎まで」

草織もつい挑発的な物言いになった。美奈子は若く見えるが、たぶん自分よりいくつか年上だと女の勘で分かる。

「ごめんなさい。失礼な言い方でしたね」

美奈子は素直に謝った。

「ダメね、私は。実物の草織さんを見て、つい嫉妬してしまいました」

草織はますます美奈子の意図が分からない。

「どうしても、あなたに会わなきゃいけない事情ができてしまって、ここまで来ました」

真っ直ぐな美奈子の視線に草織は困惑した。

「悪いと思いましたが、調査会社に頼んであなたの住所やお店のこと、調べてもらいました。ごめんなさい」

美奈子は率直に詫びて、頭を下げた。

「あたしに何の御用でしょう。今さら……」

「私、死ぬかもしれないんです。運が悪ければ、来年か再来年」

美奈子は他人事のようにそう言った。

「病気なんです。白血病の一種で、この二年ほど治療を続けてきたんですけど、私が病気を甘く見たせいか病状が逆戻りしてしまって……ですから、いつ死んでもいいように準備をしているんです。ここに来たのもそのためです」

話の内容が現実離れしていて、草織にはついていけない。

「申し訳ありませんけど、あなたのおっしゃることはどれも唐突なことばかりで、返事に困ります」

「まともじゃないのは分かっています。急に現れてこんなこと言って……本当にごめんなさい」

と、また子供のように頭を下げた。「なんて乱暴な人だろう」と思いつつも、妙な人間味が邪魔をして腹が立たない。

「もちろん主人は、私がこんなことをしているなんて知りません。私の病気のことも」

「一つ訊いてもいいですか?」

「はい」

「なぜご主人に病気のことを打ち明けないんですか？　あたしならそうしますけど」

そう言う草織の顔を、美奈子は不思議そうに見つめている。

「意外ですね。あの人のことをよく知っているはずのあなたがそんなこと言うなんて」

夫は「理性の人」ではありません。むしろ「感情の人」です——美奈子はきっぱりとそう言いきった。

希久夫は子供の頃から自分の多すぎる感情の量を本能的に知っていて、それが怖くて必死で抑え込む癖が身についてしまった。一見慎重に見えるのは「性格」であって、生まれながらの「気質」ではない、と言った。

「義父が亡くなったときのあの人を見て分かったんです。体の半分をもぎ取られたみたいだった……実際、精神科医の世話にもなったし、会社も辞めるって言い出すし……あのとき、私が側にいなかったらって考えると、今でも怖くなります」

あのときのショックが、仕事を辞める決心をしたきっかけにもなった、と美奈子は言う。

「もしあの人が私の病気のことを知ったら、自分の人生ほったらかしで、私の側にいようとするに違いない。できれば彼にそんな惨めなことさせたくないんです」

「そういうときこそ助け合うのが夫婦じゃないんですか？」

そんな重大なことを秘密にするなんて、希久夫に対する背徳ギリギリの行為だと思う。

「まだ自分の手に負えます。非常事態じゃない」

プライドの問題です。私個人の——と美奈子は言った。

「まだ諦めてませんから。可能性が残っているうちは、自分の力でこの病気を治すつもりでいます。何事もなかったようにあの人と生きていきたいし、子供だって産みたい」

この人が、希久夫の子供を……そう思うと、わけもなく悔しさが込み上げてきた。

「でも、自分の病気が思いどおりになってくれないことも嫌というほど思い知りました。だから、あなたを捜してここまで……」

「ご存じなんですよね？　あたしが何をしたか」

草織は美奈子の話の腰を折った。

「あたし、あの人を裏切ったんです。あなたが何を考えてらっしゃるか知りませんけど、希久夫くんに関する限り、あたしには何の資格もありません。あの人の前に立つ資格すらない」

「でも、あなたには責任があるでしょう？」

（この人、喧嘩を売りに来たのだろうか？）

草織は不愉快だった。

「彼を裏切った責任、ということですか?」

「〝裏切り〟なんて、ずいぶん耳触りの良い言葉ですね」

美奈子の目が厳しくなった。

「あの人を捨てたんです。あなたは」

草織は心の傷に直に触られた気がした。この女は、希久夫に代わってあたしを罵倒しにやって来たのだろうか?

「あなたには関係のないことよ」

「夫は自分から孤独を求めたことなんて一度もない。いつも周りの人間があの人を一方的に捨てて、孤独にしてきたんです。彼を産んだお母さんも、あなたも……あの人は、子供の頃からそれを文句も言わずに受け入れてきた……なのに今度は私まで彼を独りぼっちにしようとしている」

「やめてよ!」

草織は耳を塞ぎたかった。

「あたしに、何をしろって言うの?」

美奈子はややあって、「お願いがあります」と気色を改めた。

「もし万が一、私が病気を克服できずに死んでしまったら……あの人はたぶん私の車に乗ってあなたの前に現れます」

遺言を残しましたから、と美奈子は言う。

「もしそのとき、彼をもう一度愛せると感じたなら、迷うことなく愛してあげてほしいんです」

草織は言葉を失った。障子の向こうの庭で四十雀《しじゅうから》が鳴いている。

「無理よ、そんなこと……」

「無茶を承知でお願いしています」

美奈子の顔も苦しげに歪んでいる。

「あの人は、決して自分からはあなたを求めたりしない……だから、もしあなたが愛せると思ったなら、時間が掛かってもいいから……」

「人の気持ちは、そんなに都合よく変えられるものじゃないわ！　よく平気でそんなことが言えますね」

「わたしだって！」

美奈子が、取り乱しそうな自分を必死に抑え込んでいるのが分かる。

「……わたしだって、あなたになんか、こんなこと頼みたくない。あの人を残して死にたくなんかない」

蒼白な美奈子の頰を、涙がこぼれ落ちた。

「あの人を誰かに渡すなんて考えたくもない。そうなるくらいなら、この手で殺したほうがましだって思ったこともある」

「あなた……」

「でも、そんなできもしないことを、くどくど考えている余裕なんてわたしにはないんです。愛してるから、わたしは彼の人生に責任があるんです」

そう言いきった美奈子の眼には、圧倒的な迫力があった。

「死んでも相手の人生に責任を持つ。それが夫婦なんだと、わたしは思っています」

美奈子は座布団を外して畳に手をつき、頭を下げた。

「だから伊川さん、悔しいけどあなたしかいないんです。あの人を安心して委ねられる人は」


希久夫は黙って草織の告白を聴いている。告解を聴いている神父のように。

「美奈子さんの事故は新聞で知りました。たった一週間前に会ったばかりだったから、すぐには信じられなかった」

美奈子はタオルケットを体に巻きつけてベッドの上に座っている。

「美奈子さんが亡くなって、あのときの話はもうなくなったものだって思ってた。だけど」

草織は重大なことを口にしようとして、唇が震えた。

「あの事故がある前日、彼女から国際電話がかかってきたの。あのときの約束は忘れてほしいって。どうしても死ねない理由ができたからって」

希久夫は、胸を突かれたように顔を上げた。

「でもあたしには無理だった。現実に希久夫くんが現れて、また愛してしまった。知らないふりして帰すなんて、できなかった」

「ごめん」

希久夫は立ち上がった。

「シャワーを浴びてくる」

重い足取りで部屋を出ていった。

草織には分かっている。希久夫はもうすぐこの部屋を出ていくだろう。

XXII

困らなきゃダメです
人間というのは、困ることだ

美奈子　二〇〇九年六月六日

「それでは明日の予定を確認しておきます。お手元のパンフレットの八ページをご覧くださぁい」

今日から美奈子が途中合流したバスツアーの柏木というコンダクターは、若いのに優秀な女の子だった。ショートカットの小さい顔に少女漫画みたいな目がついていて可愛い。

『エースをねらえ！』の岡ひろみに似てる）

柏木律子はよく気がつくし腰が軽い。職業的にやっているサービスは薄っぺらですぐに分かるものだが、柏木は根っからホスピタリティがある人間なのだろう。いいツアコンに当たったと思う。

最初はまったくフリーの勝手気ままな個人旅行をするつもりだった。しかしそれには一週間という期間は短すぎたし、昔のように野宿覚悟の行きあたりばったりの旅は体に堪える。結局はバスツアーという一番身体に優しく効率のいい方法を選んだ。ラウンジやトイレも付いている大型バスは快適そのもので、シートも長時間座っても疲れない革製のしっかりした造りだ。想像していたより楽しい旅になりそうだった。

一行はツアー・コンダクターの柏木を入れてちょうど三十名。一人で参加しているのは美奈子だけで、あとは全員カップルだ。中年夫婦が二組、老夫婦が一組、残りの十一組はすべて新婚さんだった。

まあ、六月という季節がら仕方のないことだけど。ただ救いなのは、お金がかかるヨーロッパ旅行だけに若い二十代のカップルがいないということだった。他人の幸せな姿というのは嫌いではないけど、旅先で解放された若い男女は周りの空気が読めない。せっかくの旅行だから不愉快な思いはあまりしたくなかった。有名なカトリックの大聖堂でバージンロードを歩く真似をしてみたり、祭壇の前で肩と腰に手を回したツーショット写真の撮影を他の観光客にせがんでみたり……ああいう場面に出くわすと、礼拝に来ている地元の人々が眉を顰《ひそ》めていないかと冷や冷やする。

（ウザいおばさんになったな、わたしも）

そう思いながら、幸せムードで溢れるバスの中を見回した。日本人の晩婚傾向の縮図がそこにあった。自分とさほど歳の変わらない三十代のカップルたちは、一人で参加している三十女をどう思っているのだろう。

美奈子は、前日の夜にパリ経由でモナコ入りした一行と今朝合流し、王宮内の教会にあるグレース・ケリーの墓やカジノなど定番の観光コースを一回りしてモナコの街をあとにした。これから地中海沿いの道を西に走り、ニースやカンヌに立ち寄りながら、有名な高級リゾートの港町、サン＝トロペまで移動して宿泊することになっていた。

「ここ、空いてますか？」

美奈子はツアコンの柏木律子の横の席に座ろうと思った。

「はい。どうぞどうぞ」

「新婚さんたちの間に埋まってるのがちょっと苦痛で」

美奈子が声をひそめて言うと、「ですよね」と律子も声を小さくした。それが聞こえたのか、通路を挟んで隣に座る中年夫婦がニコニコと顔だけで笑っている。美奈子は彼らに軽く会釈して柏木の隣に座った。

最前列の席は眺めが良い。全面ガラス張りのフロントグラス越しに地中海が広く見渡せた。

「蓮見さんは、お一人でモナコに？」

「ええ、一昨日の夕方にパリ経由で」

「どこにお泊まりだったんですか？」

「オテル・ド・パリ」

すごーい。律子は目を丸くした。

「モナコ一の最高級ホテルじゃないですか。私なんかいつもバスで前を通るだけです」

「話の種にね。お上りさんだから」

「フランスは初めてですか？」

「パリには仕事で何回か来たけど、南仏は初めて。柏木さんフランス語お上手よね。こっちにいたの？」

「はい。ここからずっと西にあるモンペリエの大学に二年ほど留学していました」

「仕事の邪魔にならない程度にかまってね。なにぶん独りなんで」

「もちろんです。人数も少ないし、たぶん、いつもよりは忙しくないでしょうから」

私が言うと不謹慎なんですが……と律子は前置きして、

「今回みたいな大人のカップルが多いツアーはアテンドが楽なんです。皆さん、どちらかというと放っておいてほしいみたいだから」

律子は小さく舌を出してみせた。

サン＝トロペの港は絵葉書どおり美しかったけど、映画のオープンセットのようにでき過ぎな気もする。宿泊したホテルは港に面した小さなホテルで、夕食は、同じオーナーが経営する隣のシーフードレストランでブイヤベースを食べた。悪くなかった。夕食後、皆三々五々港のメインストリートに散歩に出た。気持ちの良い初夏の夜だった。雲ひとつない夜空に満月が出て、地中海を銀色に照らしている。まだ夜の九時過ぎで、軽いカクテルでも飲みたい気分だった。

「柏木さん、お酒飲める？」

「もちろんです」

律子の返事はいつも肯定的で気持ちいい。

「どこかその辺のバーで一杯おごらせてよ」

やったー、と律子は石畳の上で飛び跳ねた。

「町はずれにすっごくいいバーがあるんですよ」

美奈子と律子はタクシーを拾い、港から十分ほど走った丘の上にある、隠れ家みたいなシャトーホテルに行った。港を望む大理石のテラスに面してバーがあり、そこでミモザを飲んだ。テーブルの上に灯るキャンドルからかすかに蜂蜜の香りが漂っている。

このホテルは貴族の城館だったらしく、城主の礼拝堂を改修したバーの丸天井にはフレスコ画が描かれ、柔らかいタングステンの間接照明が当たっていた。

「コルビジェのソファーだね、これ」

置かれている家具で良いホテルだと分かる。

「いい店知ってるじゃない？ 律子ちゃん」

「喜んでもらえて嬉しいです。ここ、スイートが八部屋しかないラグジュアリーホテルなんですよ。レストランも美味しいんですけど、値段が……」

と、律子は首を竦めてみせた。

「このバーも高そうね」

「でも、いい女だと安くしてくれるんです」

「どういう基準で決めるのよ？」

タキシードを着た中年のギャルソンが、ドライフルーツとトリュフ・ショコラを美しく皿に盛って運んできて、美奈子の前に置いた。

「つまみのほうが高そうだね」

「だと思うでしょ？　これサービスなんです」

「ふーん、若い女は得だねぇ」

「何言ってるんですか、これ美奈子さんに対するサービスですよ」

バーカウンターに目をやると、先ほどのギャルソンとバーテンダーがにこやかにアイ・コンタクトしてきた。

「あの二人は年増好きってことか」

「フランスって、ある程度の年齢じゃないと大人の女扱いしてくれないんです。子供は子供同士つるんでろ、ってことですかね」

「いい国だなぁ、フランス。住んじゃおうかな」

「美奈子さんなら絶対もてますよ。かっこいいですもん。知的で、自信に溢れてて」

「分かったようなことを言うねぇ、君」

けっこう野蛮だし、自信もないんだけどなぁ……この子には逆に見えるらしい。本当に男にもてるのは、外見は穏やかに見えて内実は芯の強い女だったりする。例えば、伊川草織のような女。

（ちょっと無茶し過ぎたかな）

美奈子は松山でのことを思い出すと背中に汗をかく思いだった。草織はさぞかし不愉快な思いをしたに違いない。でも、わざわざ会いに行った甲斐があった。「この女は信用できる」という確信を持てた。自分以外で希久夫を任せることができるのは彼女しかいない。

もちろん嫉妬心はあるが、どこの馬の骨とも分からない女に希久夫を取られるよりはるかに納得がいく。

美奈子はミモザを一口飲んだ。これもサービスのつもりなのか、シャンパンが少し多目に入っている。この二、三日あまり酒を飲みたいと思わないせいか、舌がアルコールに敏感になっていた。

「お酒はあまり強くないんですか？」

と律子が訊いた。

「そんなふうに見える？」

「食事のとき、白ワインをグラスで注文されてましたけど、少し口をつけただけで残してらしたから」

（こいつ、目敏く観察してるな）

美奈子は好意を持ってそう思った。

「んー……本当はいけるほうなんだけどね。なんだか美味しくなくてさ」

考えてみれば、滋賀で由紀夫と痛飲して以来まともに酒を飲んでいない。大好きなビールを飲んでも、風邪をひいたときのように美味しくなかった。ひょっとしたら「体のサイン」かもしれない。

「明日なんだけどさ……」

美奈子はツアーパンフレットを取り出した。

「たしか午前中は自由行動になってたよね？」

「はい。エクサン・プロヴァンスという町で二時間ほど買い物の時間を取っています」

「そこそこ大きい町？」

「はい。プロヴァンスの中心都市ですから」

どうせ買いたい物もないし、ホテルで暇を持て余すくらいなら確かめておこう。そのほうが精神衛生上いい――と美奈子は思った。

「じゃあ病院もあるわね」

「どこか具合が悪いんですか？」

律子は少女漫画の瞳を曇らせて心配してくれた。

「婦人科のお医者さんに診てもらいたいんだ」

まさかとは思うけど、念のため検査だけは受けておいたほうがいい。美奈子は一昨日あたりからそう考えていた。

「持病があって、ある薬をずっと飲んでるの。昔はその副作用でよく生理不順になってたのね。体が薬に順応してからはそういうこともなくなったんだけど……もう十日近く生理が遅れてる」

「それって、おめでたってことですか？」

「だから、念のために。ね？」

律子の顔がパッと明るくなった。

「良い病院を探しておきます。通訳させてください。時間ありますから」

「ありがとう」

美奈子は穏やかに笑ってみせたが、心中はそれほど穏やかではない。

律子が見つけてくれたのは、エクサン・プロヴァンスの旧市街にある病院だった。カルメル修道女会が主宰する産婦人科と小児科だけの病院で、敷地内に保育園と幼稚園が併設されていた。

美奈子と律子は、愛くるしいフランスの幼児たちが駆け回る芝生の前庭を抜けて、いかにも元修道院らしい石の回廊を持つ産婦人科病棟に入った。医師や看護師の姿に交じって、茶色の修道服に黒いヴェールを付けたシスターの姿も見かけられた。カルメル修道会病院は外観こそ中世の修道院だが、最新の医療機器が導入された素晴らしい産婦人科病院だった。美奈子を診察してくれたのはロビンヌという五十歳くらいの背の高い女医で、「日本人を診察するのは初めてだわ」と、あまり得意そうではない英語でにこやかに言った。律子についてきてもらってよかったと思った。

「避妊はしていなかったんですね？」

とロビンヌ医師は訊いた。

「気をつけてはいますが、安全日だったので」

身に覚えはあった。先月、避妊しないで希久夫に抱かれた。妊娠したとすればあのときに違いない。

美奈子は白血病と不妊症の治療を並行して続けていた。それぞれの主治医である血液内科医の佐々木と産婦人科医の宮川が知り合いということもあって、本来相いれないこの二つのことを、三人で連携を取りながら進めていた。

急性前骨髄球性白血病という美奈子の病気には、幸いなことにATRAという特効薬がある。しかしこの薬には胎児の催奇性という歓迎できない副作用があった。

「寛解」というひとまずの安全圏にいる美奈子は、このATRAの服用を続ける「地固め療法」で完治を目指している。したがって地固め治療の期間中は妊娠してはいけないという悲しい矛盾があった。細胞検査で完治が確認された時点から通常は一年、安全を期すならば二年の「薬抜き」期間を経て、晴れて妊娠、出産へのお墨付きを出してもらえる……という気の遠くなるような話だ。

さらに今年三十八歳になる美奈子には年齢という壁もあった。道草を食うことは許されない。いつかくるその日に向けて、妊娠できる体にしておかなくてはならなかった。

美奈子を診ている産婦人科の宮川医師の見立てによれば、美奈子の卵子は排卵されても採卵管に定着しにくいのだという。そのためにまず健全な卵子を作れるよう、卵巣の機能を安定させる地道なホルモン療法から始めた。

「一見遠回りに見えるかもしれないけど、地固め治療にかかる長い時間を使えば、一番確実で身体に優しい方法で不妊も改善できる。物は考えようね」

宮川はそう言って励ましてくれた。美奈子の白血病が再発したのは、性急に「薬抜き」を始めたことが原因だった。宮川にも事を急ぎ過ぎたという悔いがあるに違いなかった。

今年の冬、白血病が限りなく完治の状態に近づいた美奈子は、佐々木、宮川両医師の許可を得てATRAの服用量を減らし、妊娠に向けて段階的な薬抜きを始めた。美奈子自身はもちろん、佐々木も宮川も経過の良好さに楽観的になっていた。結果、白血病細胞の数が増え、病状が一年以上も前の状態に後戻りしてしまった。

（子供どころじゃない。下手をすれば死ぬ）

あのとき美奈子は、リアルな恐怖を感じた。希久夫の子供は産みたいが、自分が死んでしまっては意味がない。生涯希久夫の側にいて、彼を幸せにするという最低限のことさえできなくなってしまう。

美奈子は再び集中治療で寛解にこぎつけ、二度目の地固め治療期に入った。結局二年も棒に振った。もう一歩も寄り道はできない。


ロビンヌ医師は、念のため妊娠検査薬とエコーの両方の検査をしてくれた。

「HCGというホルモン分泌が確認されたそうです」

「何それ？」

美奈子は律子の堅すぎる通訳に笑ってしまった。たぶんこの子は産婦人科なんて初めて来たに違いない。緊張して学術的な和訳になっている。

「つまり？」

「つまり、妊娠しています。六週目だそうです」

エコーでも着床している胎芽が確認できたという。

「やりましたね！」

大きな声を出した律子を、ロビンヌ医師が唇の前に指を立ててたしなめた。

診察室を出た二人は内廊下を抜け、中庭を巡る石の回廊に出てから、ハイタッチして抱き合った。

わたしは自然妊娠できた。キクちゃんの子供を、自分の力で。

そう思うと、美奈子は天にも昇る思いだった。今、かけがえのない大切なものが、自分のお腹の中で生き始めた。心なしか子宮のあたりがほんのりと温かい。

「どこかで祝杯を上げましょうよ」

律子は無邪気でいい。

「さっき先生に禁酒しろって言われたばかりじゃないの」

「あ、そっか……美奈子さん？」

泣いてしまったのを律子に見つかった。涙が無節操に溢れてはこぼれる。

「あんまり見ないで。恥ずかしいから」

美奈子は背を向けて、ハンカチで涙を拭った。律子がそっと背中を撫でてくれた。

（優しい子だな。この子）

でも律子は知らない。命を授かったばかりの希久夫と美奈子の赤ちゃんが、このあとどうなるのかを。

美奈子は前回の診察で宮川医師に言われた言葉を思い出していた。

「すごく良い卵子を作れるようになりましたね。これならいつでも妊娠できる」

だから……と宮川は付け加えた。

「今までより夫婦交渉には十分気をつけてください。前よりもずっと受精する確率が高くなっていますから。いま妊娠することは、あなたにとっても赤ちゃんにとっても不幸です」

この子を中絶しなければならない。

なんて皮肉なことなんだろう？　美奈子は叫び声を上げたいほど悲しかった。望んで望んで、やっと子供を授かった瞬間に、その命を流さなければならないと考えている。

美奈子には、ずっと前から最悪の場合の心の準備はできていた。そのときは情緒や感情に流されてはいけないと覚悟を決めていた。非情に、綺麗事なしに、子供の幸せを考えなければならない。そのために何度も何度も悲しいシミュレーションを頭の中で繰り返してきた。

仮に自分が病気を克服し、薬抜きを終えて無事に妊娠できたとしても奇形や障害を持った子供が生まれてくる可能性が高かった。妊娠十四週くらいの検診で胎児に明らかな異常があれば、中絶するしかないと心に決めていた。自分のせいで子供に一生重い十字架を負わせるなどできない。親が死んだあとも、子供は何十年も生きていかなければならない。その子供の苦悩を考えれば、「子供に罪はない」「命は尊重されるべきだ」という理想主義者になる勇気はなかった。ましてや希久夫にそれを押しつけたまま自分が先に死んでしまうことなど想像するだに恐ろしい。そういう最悪のシナリオを回避しなければならない。

「そのときは、宮川先生が堕胎の処置をしてください」

美奈子はそう宮川に頼んだ。

「それは、そういう事態が起こってから考えましょう。そうならないために頑張っているんだから」

しかし今は違う。美奈子の中で芽生えたばかりのこの子には数十パーセントの高い確率で悲しい運命が待っている。過去の臨床データが、それを冷徹に証明していた。美奈子は泣きやんだ。泣きやんでから下腹部に手を当て、懸命に芽生えてくれた命に心の中で語りかけた。

短い間かもしれないけど、ママと二人で過ごそうね。

あと一週間かもしれないし、二週間かもしれないけど、この子と一緒に一生懸命に生きようと美奈子は思った。希久夫さえ知らない自分の赤ちゃんの短い人生を、念入りに、大切に過ごそうと思った。

あなたのことは、絶対に忘れないから。

将来、あなたの弟や妹が生まれても、ママはあなたのことを絶対忘れない。

ママに勇気や自信をくれたあなたを、どんなことがあろうと忘れない。


「柏木さん、一枚撮って」

美奈子は自分のデジカメを律子に渡し、バッグからコンパクトを出して化粧が崩れていないか確認した。まだ目が赤かった。

「大切な写真だからさ。記念すべきツーショットだから」

「ツーショット？」

「わたしと、赤ちゃんの」

美奈子は回廊に囲まれた中庭の隅にある裸足の尼僧の石像の前に立ち、お腹にそっと手を添えて微笑んだ。

「L'Annonciation……」

律子が何事かをフランス語でつぶやきながらシャッターを切った。

「何か言った？」

「『受胎告知』ですね。まるで」

「わたしはマリア様みたいに強くないよ」

「もう一枚撮ります。今度はママのアップいきますよ。いいですか？」

美奈子はできるだけ晴れ晴れとした顔で笑おうと思った。お腹にいる赤ちゃんのためにも。


律子がお手洗いに行っている間に、携帯電話で日本に電話をかけた。向こうは夕方の六時半過ぎだ。

『はい、タント・フィオーリでございます』

電話に出たのは若い女の声だった。たぶんアルバイトの子だろう。

「蓮見と申します。伊川さんはいらっしゃいますか？」

少しお待ちください、と言って保留の音楽になった。

草織に大事なことを話さなければならない。わずか五日前にあんな話をしておいて、舌の根の乾かないうちに反故にしようとしている。

『私が死んだら、もう一度希久夫を愛してくれ』

そう言ったばかりなのに、今度は、

『いや、やっぱりあの話はなかったことにしてくれ』

と正反対のことを言おうとしている。まったく失礼な話だ。酷い女だと自分でも思う。呆れ果てたような草織の顔を想像すると気持ちが萎えるが、こういうネガティブな話は一刻も早く片付けておくのが美奈子の信条だった。「頭のおかしい女だ」と思われようが、臆することなく言わなければならない。

あのときの話は忘れてほしい。

どうしても死ねない理由ができたんです。

どんなことをしても生き抜く覚悟ができたんです。

成田に着いたら、グレースのカーナビに残した履歴の「遺言」も全て消そう、と思った。

滋賀の由紀夫と千江のところには、希久夫を説き伏せて連れていけばいい。堂々と二人で、グレースに乗って会いにいこう。そのときは松本の町にも立ち寄ろう。とにかく、やることがいっぱいできた。どんどんエネルギーが湧いてくる。美奈子はどんなことだってできる気がしてきた。

「お電話代わりました」

草織が電話に出た。

「お仕事中申し訳ありません。蓮見美奈子です。謝らなければならないことができて、電話しました」

XXIII

本田「まあまあだな」
藤沢「そうさ、まあまあさ」
本田「幸せだったな」
藤沢「本当に幸せでしたよ。心からお礼を言います」
本田「俺も礼を言うよ。いい人生だったな」

一九七三年、引退会見後の社長・本田宗一郎と副社長・藤沢武夫の会話

希久夫　二〇一〇年六月七日

ジェノバの港というのはとてつもなく広い。すり鉢を半分に切ったような地形で、

地中海に向かって傾斜する南向きの斜面に街があり、海岸線は全て港になっていた。

一番東側にある港はシチリア島や北アフリカに向かうフェリーのターミナルで、その西隣に巨大な貨物専用の港がある。栈橋に面した広大な倉庫街は保税地区になっていて、陸揚げされたコンテナの中身が通関検査を受け、この港町からトラックや貨物列車でヨーロッパ各地に運ばれていく。

貨物列車が発着する港の駅前に『ルンゴマーレ・ジュゼッペ・カネバ』という立派な名前の殺風景な通りがある。希久夫はその絵にならない駅前通りの男臭いバールにいた。

だだっ広くて何の装飾もない店内には、昨日行われたサッカーの試合を繰り返し放送するテレビのスポーツニュースが耳障りなほどの音量で流れ、港の荷捌き場で働く労働者たちがエスプレッソ片手に画面を見つめていた。イタリア語も分からずサッカーに何の興味もない希久夫は手持ち無沙汰で仕方ない。「ここで待っててくれ」と言われてから、かれこれ一時間は経っている。エスプレッソも二杯飲んで、これ以上おかわりする気にもなれない。

リュックから美奈子が使っていたデジカメを取り出した。美奈子が死んでから明日でもう一年になるが、この銀色のボディの小型一眼レフは、あのプロヴァンスの事故現場から美奈子の代わりに生還したもの。カメラのメモリーカードには美奈子が過ごした最後の十二日間の記録が整理されないまま残っている。希久夫はこのカメラを今回の旅に持参し、美奈子を思い出したいときのアルバム代わりに使っていた。

データを液晶画面に呼び出した。

美奈子が人生の一番最後に写したのは、自分のポートレイトだった。撮影したのは事故の前日の二〇〇九年六月七日。撮影時間は午前一〇時三二分、とある。バスがリュベロン山塊の谷底に転落するちょうど二十四時間前というのも妙な符合だった。

写真は、庭の片隅にある修道女の石像の前に立つ美奈子を写したもので、いい笑顔で笑うバストサイズのものと、お腹に手を当てて微笑む全身サイズのものがあった。シャッターを押したのは、病院に付き添った柏木律子というツアー・コンダクターだった。

希久夫は柏木に三度会っている。最初は美奈子の遺体が安置されていたプロヴァンスの病院で。二度目は美奈子の葬儀のとき。三度目は去年の八月、松山から帰ったあとに阿佐ヶ谷の家で会った。希久夫のほうから連絡を取ってわざわざ来てもらった。

「美奈子さんは、モナコからうちのツアーに途中参加されたんです。長年の夢を実現したから、あとはバスツアーで気楽に旅をしたい、とおっしゃって」

阿佐ヶ谷の家に来てもらったとき、柏木律子はそんな話をした。

「長年の夢？」

「モナコの街をレンタカーで走ったそうです。本当はご自分の車で走りたかった……そうおっしゃってましたけど」

グレースの「出自」を知った今では、そういう美奈子の気持ちがよく理解できた。

律子は改めて希久夫に深々と頭を下げた。

「申し訳ありませんでした。美奈子さんを死なせてしまって……」

そう言って顔を伏せたまま、身じろぎもしないで正座している。希久夫は気の毒になった。責めるために彼女を呼んだわけではない。

「私はこうして生きているのに……美奈子さんのほうがもっともっと生きる価値があったのに」

事故自体は不可抗力で律子に責任はない。しかし、束の間だが美奈子と心の交流を持ってしまったことが、律子に罪悪感を与えているようだった。

「一つだけ訊きたいことがあるんです」

希久夫は、律子に確かめておきたいことがあった。

「事故のあと、プロヴァンスの病院で美奈子の遺体を確認したときに、検死報告を通訳していただきましたね？」

「はい」

「あのとき、医者が最後に言った言葉をあなたは通訳しなかった……彼は何と言ったんですか？」

希久夫にそう尋ねられ、律子は見る間に目に涙をいっぱい溜めた。唇を固く結んで耐えている。

「美奈子は、妊娠していたんですね？」

律子は苦しげにうなずいた。

「妊娠、六週目でした」

そう言うと、律子は堪え切れずにしゃくりあげ、子供のように泣き出した。希久夫は暗然とした顔でその姿を眺めていた。草織の言葉が頭を過る。

「彼女から国際電話がかかってきたの。あのときの約束は忘れてほしいって。どうしても死ねない理由ができたからって」

そう草織に告げたときの美奈子の気持ちを考えると、希久夫は焼き串を胸に突き立てられたような痛みを覚えた。希久夫はあのバス事故で、妻と我が子、その両方を一度に失ったことになる。

律子が帰ったあと、美奈子のカメラを遺品の中から引っ張り出した。律子が頼まれてシャッターを押したという写真は、メモリーの一番最後にあった。自分の子宮の上に手を当てて微笑む美奈子の顔は、どこかで一度見た気がした。

ラファエロだっただろうか？　ルネッサンス時代の画家が描いた聖母像に似ていた。

「いやぁ、すまん。待たせたね」

場違いな日本語がバールの中に響いて、写真を見ていた希久夫は顔を上げた。

「相変わらずイタリアの役人は仕事が遅い」

日本の老人にしては大柄な仁科征二郎が、イタリアの若者にしては小柄な青年を伴って帰ってきた。

若者はおそらく税関の役人だろう。征二郎は何に使うのか、手にポリタンクを持っている。

希久夫と征二郎、それに税関のイタリア青年の三人は、保税地区のゲートを通ってコンテナ置き場に向かった。

「これ、ガソリンですか？」

希久夫は手にしたポリタンクを持ち上げて、蓋のあたりの匂いを嗅いだ。

「安全のために日本を出るときに燃料タンクの余分なガソリンを抜くんだよ。だから荷揚げしたときのままだとせいぜい五キロしか走れない。このポリタンクは最寄りのスタンドまで走るぶんだ」

カルロ・カネバという名前がついた大きな埠頭のたもとに、三角屋根を持った古いレンガ造りの倉庫群がある。その三番倉庫に通関検査を終えたグレースがいた。横浜港で別れて以来一ヶ月ぶりの対面だった。

「さっき確認したが、何も問題はなかったよ」

コンテナに納められていたせいで、磨き上げられた赤いボディには埃一つついていない。グレースは横浜から貨物船に乗って太平洋、南シナ海、インド洋と旅をし、スエズ運河を通って地中海に抜け、はるばるヨーロッパまでやってきた。いや、里帰りしたというべきかもしれない。もともとこの車はモナコを走っていたのだから。

「さて、昼飯はどこで食うかね？」

ポリタンクのガソリンを給油口に注ぎながら征二郎が訊いた。

「ちょっと早めにジェノバの町で食うか、それとも高速をひとっ走りしてモナコの町で落ち着いて食うか」

「仁科さんに任せますよ。でも、どうせなら美味い物を食いましょう」

「そうさなぁ……」

征二郎は悩んでいるようだった。たぶんワインが飲みたくなっているのだろう。

「食事のあとは僕が運転しますから、ご心配なく」

希久夫はそう征二郎に言えるほど、この一年でグレースの運転に習熟していた。

「そうか。ならとっておきの場所がある」と征二郎は目を細めた。

「フランス国境の五十キロほど手前にサン＝ロレンツォ・アル・マーレって小さな漁港があってね、そこの漁協の二階にあるオステリアの魚料理が泣きたくなるほど美味い」

「いいですねぇ、断然泣きたくなってきた」

「今の季節だとアンチョビ鰯の炭火焼きに粒貝のスパゲッティーニだな」

ここから百キロほど西に走った所だという。

「もっとも、俺がホンダレーシングの監督やってた頃だから、四半世紀前の記憶でね。今も営業している保証はないが」

「とにかく行ってみましょう。なければないで諦めがつきます」

「分かってるじゃないか」

旅とはそういうもんだ、と征二郎は言った。

港を出発し、ジェノバとモナコを結ぶ高速道路に乗った。地中海を望む景色が素晴らしいことから『アウトストラーダ・デイ・フィオーリ（花の道）』と呼ばれている。思えば、こうしてグレースに乗ってモナコを目指して走っていること自体が夢のようだった。

人間、やろうと思えばたいがいのことはできるものなんだと思った。美奈子の一周忌の供養にグレースをモナコの町で走らせようと思いついたのは、半年ほど前のことだった。

去年の暮れ、思いがけず年末年始を滋賀の弟の家で過ごすことになった。

「どうせ一人やろ？　母さんの作る雑煮を食べに来たらええ」

由紀夫はそう言ってくれたが、また千江を動揺させるのでは……と思うと気が引けた。

「八月に兄さんが来たことも、お袋はもう憶えてへんよ」

憶えてもらうまで何べんでも来たらええやないか、と由紀夫は明るく言って、優柔不断な兄貴の重い腰を上げさせてくれた。

新幹線で行くつもりなど端からなかった。グレースに乗っていかないでどうする、という気持ちがある。そうじゃないと美奈子に申し訳がたたない。

滋賀に行くついでにメンテナンスをしてもらおうと思い、中央道回りで諏訪湖畔の仁科オートに立ち寄った。

「元気そうだな、あんたも、グレースも」

征二郎は相変わらずダンディだった。晴香は髪の毛を伸ばし、ゆるくウェーブをかけていた。

「少し感じが変わりましたね」

希久夫は褒めるつもりでそう言ったが、晴香は「気に入りませんか？」と怒ったような顔をした。

仁科家では予想どおり「飯を食っていけ、なんなら泊まっていけ」ということになった。晴香の作ってくれた鴨鍋をつつきながら、

「家内の一周忌に、グレースをモナコの街で走らせたいと思っているんですが」

と、何でも知っている征二郎に相談した。

「船便で送るのかね？　通関と車検でちょっとばかり金と手間がかかるぞ」

「あいつがやりたかったことなので、できるだけのことをしたいんです」

「そうか、そいつはいい供養になる。あんたのカミさんと、グレース大公妃のな」

俺が一肌脱ごう。任せろ、と征二郎は言った。

希久夫と征二郎が泊まったのは、モナコの手前にあるロックブリューヌという町の小さな賄い付きホテルだった。どうせなら美奈子が泊まったカジノの前の高級ホテルに泊まろうと思ったが、征二郎が嫌がった。

「高くて気取ってて、ロクなもんじゃない。もっとましなところで金を使おう」

このあと、モナコからプロヴァンス地方を一週間ほどかけてグレースに乗って旅をする予定になっている。レースでヨーロッパを股にかけた経験豊富な征二郎の意見に

従っておくのが無難だろう。その後、グレースはマルセイユ港で再びコンテナに積まれ、海路横浜に回航される手はずになっていた。そこで二人は別れ、征二郎はイギリスのカーディフという町でカメラの工場長をする息子夫婦のところへ遊びに行き、希久夫はパリ経由で帰国する。

二人が泊まったオーベルジュは山肌に貼り付いたような旧市街にあって、景色といい清潔さといい申し分なかった。夕食にはムール貝の白ワイン蒸しと仔牛の胸腺の煮込みが出たが、これも悪くない。

「晴香ちゃんのお土産は何がいいですかね？」

若い女が喜ぶ物というのが希久夫には見当もつかない。しかし買うならブティックの多いモナコがいいだろうと考えていた。

「土産なんざ最後のほうで買うもんだ。荷物になるだけだからな」

しかし、あれだけ一緒に行くと騒いでいたのを不承不承納得させて、征二郎だけを連れ出したわけだから、晴香への貢物はよほど気を遣わねばならない。

「ブランド物じゃない天然の香水がいいんじゃないか？　プロヴァンスは花の名産地だから、良い香水屋がたくさんある」

この老人の言うことはいちいち為になる。

「彼女はどういう香りが好きなんですかね？」

馬鹿だなぁ……征二郎は呆れている。

「あんたが晴香に似合うと思う香りを選べばいいんだよ。そのほうがあいつも喜ぶ」

征二郎はそう言って、ふふ、と笑った。

部屋に戻ってシャワーを浴び、ベッドに入る前に美奈子の写真を見た。カメラのメモリーカードに残っているのは阿佐ヶ谷の家を出るときからのものだった。あの日、美奈子は旅に出て二度と帰ってこなかった。その最後の十二日間の記録がこのカメラに残っている。

モナコに泊まったときのホテルの部屋。

食事をした豪華なレストランと立派な料理。

レンタルした赤いオープンカーはちょっとグレースに似ていた。助手席で笑っている赤ら顔の中年外国人は誰だろう？　未だに謎だが、たぶん美奈子がカーナビの代わりに乗せた「地図の読める男」だろう。

面白い写真もあった。美奈子が成田からフランスに発つ前日、六月三日の夜の写真だ。

まずホテルの外観が写っている。東名高速御殿場インターを降りてすぐの『アルファ・イン』というラブホテルで、ご丁寧に『休憩三五〇〇円・宿泊六〇〇〇～』という看板と、美奈子が泊まったらしい『泊まり八五〇〇円』の部屋の見本写真も押さえていた。おそらくその日は朝早く松山を出て、東京に向かって走りに走って御殿場で力尽きたのだろう。寝られるのならどこでもよかったに違いない。部屋の中で写した写真がまたいい。回転ベッドの上に胡坐をかき、壁に貼り巡らされた大きな鏡に映る自分を撮っている。缶ビールを手に鏡の中の自分に乾杯をしていた。その満足気な、達成感に満ちた笑顔がいかにも美奈子らしい。

（そういえば……）

希久夫は写真のデータをどんどん戻して、二〇〇九年六月二日に撮影した写真を呼び出した。白い花が咲き乱れる島の風景があり、鄙《ひな》びた大衆食堂の看板もある。そして海に向かって延びた長い防波堤の写真。人は写っていない。どこかで見た風景だということに希久夫が気づいたのは、松山から東京に帰ってずいぶん経った頃だった。それは美奈子が後生大事に持ち歩いていた「釣りをする男」の写真と同じ場所、同じアングルで撮影されたものだった。

（因島のあの港の、あの防波堤だ）

だとすると、釣りをしている男の正体は二十八の頃の自分、ということになる。そのことに気づいたとき、希久夫の心がちょっと震えた。美奈子は自分がプロポーズされた日の記憶をそういう形で保存していた。あの防波堤には、カーナビに「遺言」を残す旅の途中もう一度足を運んだのだろう。

ここまで「念入りに」自分を愛してくれた人間が他にいるだろうか？　奇跡だな、と希久夫は思う。

草織が写っている写真もある。

撮影したのはやはり六月二日で、タント・フィオーリの外観を店の前から撮影したものだった。店の中で花の鉢を抱えた草織が偶然写っている。

松山から東京に帰ったあと、希久夫は草織に、読み終えたヘッセの本を送った。一週間後、草織から手紙が届いた。中身は本の感想文だった。余分なことは書かれていなかった。最後に「他にも面白い本があればまた送ってください」と書いてあった。本と感想文のやりとり……しばらくはそういう学生くさい繋がりでいいのかもしれない。時機がくれば、草織が住むあの町をもう一度訪れることもあるだろう。

カメラに残っている一番最初の一枚は、阿佐ヶ谷の家を出てすぐ撮ったものだった。撮影時刻は二〇〇九年五月二八日、午前七時〇七分。

不思議な構図の写真だった。グレースのバックミラーに映る風景を運転しながら撮影している。バックミラーの中に映っているのは蓮見家の前の一方通行の路地で、男が一人、路地の真ん中に立っている。小さすぎて顔までは分からないが、間違いなく美奈子を見送る自分だと希久夫には分かった。

希久夫はいつも美奈子の車がバス通りに出て見えなくなるまで見送った。美奈子もまた、見送る自分をバックミラーの中でずっと見ていてくれたのだ。バス通りの角を曲がり、路地が見えなくなるまで。

六月八日。美奈子が死んでから一年目のモナコは朝から快晴だった。太陽はもう夏の光で、空も海も思い切りよく碧かった。

ホテルを朝五時に出た希久夫と征二郎は、運転を交代しつつ、グレース・ケリーと美奈子が走った早朝の市街地コースを心ゆくまで周回した。モナコの市街地コースは最高だった。

「そろそろ一服するか」

道路が混み出した午前八時過ぎ、征二郎は車をカジノ前広場のパーキングメーターに停めた。ちょうどカフェの目の前だった。

「クロックムッシュとカフェ・オレを頼んでおいてくれないか」

征二郎はそう言い残してトイレに行った。

希久夫がテラス席に座り、ギャルソンに二人分のクロックムッシュとカフェ・オレを注文し終わったとき、同じテラス席で新聞を読んでいた老人が声をかけてきた。

「日本人ですか？」

と発音の明瞭な英語で希久夫に尋ねた。

「あの赤いスポーツカーはあなたの車かね？」

と目の前に停まっているグレースを指差した。身なりの良い老人だった。ブルーのシャツに紺のアスコットタイ、仕立ての良いベージュのサマージャケットを着ている。グレーの鳥打帽から豊かな白髪が覗いていた。見たところ八十歳は超えていそうだが、眼力があり、大きく高い鼻が隙のない感じを与えた。

「日本の車だね。見覚えがある」

「ホンダの車です」

「ああ、知っていますよ。ついでに言うと、この車を造った人間も知っている」

まさに征二郎のことではないか。

「近くで拝見してもいいかね？」

「どうぞ」

老人は立ち上がり、グレースの周りをゆっくりと一回りしつつ懐かしげに眺めている。

「私のよく知っている人が、昔これと同じ車に乗っていました。車が大好きな、美しい人でね」

「女性の方ですか？」

「ええ。二十八年前に交通事故で亡くなってしまいましたがね。不運というしかない」

老人は皺ばんだ指でドアの縁をそっと撫でた。「あの人」というのは、彼にとってよほど大切な人だったに違いない。

「座ってみますか?」

希久夫は運転席のドアを開けて、どうぞという顔をしてみせた。

「いいのかね?」

「もちろんです」

老人は帽子を取って折り目正しく会釈をし、「ディディエと言います」と希久夫に握手を求めた。

ディディエ老人は希久夫に杖を預け、ゆっくりとグレースの運転席に腰を下ろした。彼はハンドルを握ってしばらく目を閉じていたが、不意に涙をこぼした。

「どうされました?」

「いや、ちょっと昔のことを思い出しただけです」

ディディエはハンカチで涙と鼻水を拭った。

「あの人は〝決して人生を振り向いてはいけない〟と言ったが、あれは強い人間の論理ですね。たまには振り返らないと、大事な思い出に黴が生えてしまう」

そうは思いませんか?　とディディエ老人は笑った。

人生というものは、決して振り向いてはいけないものなんだと思います。

グレース・ケリー

参考文献

『本田宗一郎本伝』　毛利甚八著　一九九二年　小学館
『本田宗一郎との一〇〇時間　人間紀行』　城山三郎著　一九八四年　講談社

その他、各種雑誌やＨＰを参考にさせていただきました。
この場を借りて御礼申し上げます。

本書は、二〇一〇年十一月に文芸社より刊行された『グレース』を改題の上、文庫化したものです。

グレースの履歴《りれき》

二〇一八年 七 月一〇日 初版印刷
二〇一八年 七 月二〇日 初版発行

著 者 源《みなもと》 孝志《たかし》

発行者 小野寺優
発行所 株式会社河出書房新社
〒一五一－〇〇五一
東京都渋谷区千駄ヶ谷二－三二－二
電話〇三－三四〇四－八六一一（編集）
〇三－三四〇四－一二〇一（営業）
http://www.kawade.co.jp/

ロゴ・表紙デザイン 粟津潔
本文フォーマット 佐々木暁
本文組版 株式会社創都
印刷・製本 中央精版印刷株式会社

Printed in Japan ISBN978-4-309-41620-5

昨夜のカレー、明日のパン

木皿泉　41426-3

若くして死んだ一樹の嫁と義父は、共に暮らしながらゆるゆるその死を受け入れていく。本屋大賞第2位、ドラマ化された人気夫婦脚本家の言葉が詰まった話題の感動作。書き下ろし短編収録！解説＝重松清。

引き出しの中のラブレター

新堂冬樹　41089-0

ラジオパーソナリティの真生のもとへ届いた、一通の手紙。それは絶縁し、仲直りをする前に他界した父が彼女に宛てて書いた手紙だった。大ベストセラー『忘れ雪』の著者が贈る、最高の感動作！

カンバセイション・ピース

保坂和志　41422-5

この家では、時間や記憶が、ざわめく——小説家の私が妻と三匹の猫と住みはじめた築五十年の世田谷の家。壮大な「命」交響の曲（シンフォニー）が奏でる、日本文学の傑作にして著者代表作。

コスモスの影にはいつも誰かが隠れている

藤原新也　41153-8

普通の人々の営むささやかな日常にも心打たれる物語が潜んでいる。それらを丁寧にすくい上げて紡いだ美しく切ない15篇。妻殺し容疑で起訴された友人の話「尾瀬に死す」（ドラマ化）他。著者の最高傑作！

永遠をさがしに

原田マハ　41435-5

世界的な指揮者の父とふたりで暮らす、和音十六歳。そこへ型破りな“新しい母”がやってきて——。親子の葛藤と和解、友情と愛情。そしてある奇跡が起こる……。音楽を通して描く感動物語。

家族写真

辻原登　41070-8

一九九〇年に芥川賞受賞第一作として掲載された「家族写真」を始め、「初期辻原ワールド」が存分に堪能出来る華麗な作品七本が収録された、至極の作品集。十五年の時を超えて、初文庫化！